Citim. Știm.

MATT BEYNON REES

UN MORMÂNT ÎN GAZA

Traducere din limba engleză și note
de Mihaela-Magdalena Dumitru

NICULESCU

Descrierea CIP a Bibliotecii Naţionale a României
REES, MATT BEYNON
Un mormânt în Gaza / Matt Beynon Rees;
trad.: Mihaela-Magdalena Dumitru – Bucureşti:
Editura NICULESCU, 2010
ISBN 978-973-748-475-8

I. Dumitru, Mihaela-Magdalena (trad.)

821.111-31=135.1

Titlu original: *A Grave in Gaza*

Pentru ediţia în limba română:

Adresa: Bd. Regiei 6D
060204 - Bucureşti, România
Comenzi: (+40)21-312.97.82
Fax: (+40)21-316.97.83
E-mail: editura@niculescu.ro
Internet: www.niculescu.ro

Coperta: *Carmen Lucaci*

Tipărit în România

ISBN 978-973-748-475-8

Lui Jamil Hamad

Toate crimele din această carte pornesc de la evenimente reale, petrecute în Gaza. Deși anumite nume și împrejurări au fost schimbate, criminalii au ucis în modul descris aici, iar realitatea morții rămâne neschimbată.

Fâșia Gaza
3 km
Puncte de trecere a frontierei
Erez: punct de control la granița între Fâșia Gaza și Israel
Marea Mediterană
Orașul Gaza
Deir El-Balah
Șoseaua Saladin
ISRAEL
Rafah
EGIPT
Liban
Siria
Cisiordania
Gaza
Iordania
Egipt
75 km
Hartă realizată de Joe Lertola

Capitolul 1

În timp ce Omar Yussef străbătea gangul, roiuri de muște au părăsit toaletele înfundate pentru a-l putea cerceta mai atent. Nu după multă vreme, însă, mizeria din latrine le-a ademenit înapoi și doar o mică escortă zumzăitoare l-a condus pe drumul înăbușitor spre Gaza.

Gangul era larg și pustiu, bântuit de prezența miilor de oameni care îl traversează în silă de două ori pe zi. Pereții, de un gri îmbâcsit, fuseseră odinioară văruiți, dar acum erau pătați până la nivelul umărului de atingerea soioasă a muncitorilor care se îngrămădesc pe-acolo dis-de-dimineață, ca să ajungă pe șantierele de construcții din Israel. Soarele dimineții, bolnăvicios, de culoarea urinei, se strecura pe sub acoperișul înalt de tablă. Aerul era pâclos și fetid, dând locului un aspect respingător.

Omar Yussef se străduia să înainteze, târșâindu-și mocasinii liliachii pe betonul accidentat și sprijinindu-și geanta de voiaj pe genunchi la fiecare pas. Și-a dus dosul palmei la nas, încercând să acopere duhoarea cu mirosul suav de colonie franțuzească.

Magnus Wallender pășea pe lângă el. La cei patruzeci de ani ai săi, suedezul era cu șaisprezece ani mai tânăr decât Omar Yussef și cu șapte-opt centimetri mai înalt, având aproape un metru optzeci. Avea părul ondulat, blond-cenușiu, și o barbă spălăcită, tunsă foarte scurt. Purta pantaloni largi, kaki, o cămașă albastră, bine călcată, și ochelari eleganți, dreptunghiulari, cu ramă de baga.

— O, doamne! a exclamat el, ridicând o sprânceană palidă la vederea băltoacei pestilențiale din fața toaletelor.

— Mirosul Fâșiei Gaza, a spus Omar Yussef.

Wallender a zâmbit și s-a întors către el.

— Nu vrei să te ajut să duci geanta?

Suedezul încerca să se arate binevoitor, dar lui Omar Yussef îi era ciudă că se vedea cu atâta ușurință cât de greu îi era să își care bagajul pe căldura aceea insuportabilă. Dacă ar fi fost un altul, l-ar fi pus la punct, dar Wallender îi era șef. *Mâna pe care nu o poți mușca trebuie sărutată*, și-a zis el în gând.

— Mulțumesc, Magnus, dar mă descurc, i-a răspuns.

Un ofițer palestinian stătea în spatele unui birou vechi, la umbra zidului murdar al gangului, în spatele unei bariere rotitoare care scârțâia și a unui balot înalt de sârmă ghimpată. Când l-a văzut pe Omar Yussef apropiindu-se însoțit de un străin, s-a îndreptat în scaun, pregătit să prelucreze oaspeți atât de importanți. A întins mâna pentru a apuca portofelul din plastic verde care conținea actul de identitate al lui Omar Yussef și pașaportul grena al lui Wallender. Ofițerul a examinat pagina cu fotografia din pașaport.

— Domnul Magnus? a întrebat el.

Wallender a încuviințat din cap, zâmbind.

— Bine ați venit, a murmurat ofițerul în engleză. Ce vă aduce în Gaza?

— Lucrez pentru oficiul din Ierusalim al Agenției de Ajutor și Muncă a Națiunilor Unite, a spus Wallender. Inspectăm școlile ONU aflate în taberele de refugiați din Gaza, a continuat, făcând un gest către Omar Yussef. Colegul meu este director la una dintre școlile noastre din Betleem.

Ofițerul a dat din cap aprobator, cu toate că Omar Yussef era convins că engleza acestuia nu se ridica la nivelul explicației date de Wallender. Omar Yussef a observat că ofițerul notase greșit numele suedezului în carnetul mare cu colțurile îndoite, aflat pe masă.

— De când nu ați mai fost în Gaza, *ustaz*? l-a întrebat ofițerul pe Omar Yussef.

— De douăzeci de ani, fiule. Nu este ușor să obții permisul.

— O să observați niște schimbări în Gaza.

— Și Gaza o să observe niște schimbări la mine, a spus el și a râs scurt, deși, judecând după sunetul scos, părea că se pregătește mai degrabă să expectoreze. Ultima dată când am fost în Gaza aveam un păr frumos, creț, și puteam să îmi duc bagajul fără să transpir.

Ofițerul a rânjit. Și-a trecut privirile de la actul de identitate la chipul lui Omar Yussef, iar zâmbetul i-a șovăit, trădându-i tulburarea politicoasă. Oare este surprins să descopere că sunt mai tânăr decât par? s-a întrebat Omar Yussef. Cu o înălțime sub medie, Omar Yussef părea chiar mai scund, deoarece umerii îi erau căzuți, ca ai unui bătrân. Avea părul alb, pete de ficat pe scalpul golaș, iar mustața sa ferchezuită era cenușie.

— Cel puțin ai mintea întreagă, unchiule, a spus ofițerul, înapoindu-i actul de identitate. Spre deosebire de Gaza.

Wallender a ieșit din umbra gangului și și-a întins oasele, privind în bătaia soarelui.

— Ne întâlnim aici cu ofițerul de securitate ONU pentru Gaza, a zis el. Un tip pe nume James Cree. Mi s-a spus că este scoțian.

Omar Yussef s-a apropiat de el.

— Un ofițer de securitate?

— Se pare că este cam periculos să te plimbi prin Gaza, a spus Wallender râzând.

Taximetriștii lenevcau la umbra postului de poliție alcătuit dintr-o singură încăpere. Câțiva dintre ei s-au apropiat, adresându-le un bun venit oarecum interesat și făcând semn spre mașinile lor galbene, hârbuite. Din umbra postului de poliție și-a făcut apariția un bărbat slab, pleșuv, cu ochii ațintiți la telefonul său mobil. Avea aproape doi metri, iar fața și scalpul îi erau înroșite de soare.

— Aș spune că acela este domnul Cree al nostru, nu crezi? a întrebat Wallender. Pare chiar mai străin decât mine. Ceea ce este o reușită impresionantă.

James Cree și-a băgat telefonul în buzunarul de la pieptul cămășii cu mânecă lungă. Chipul său ars de soare era catifelat și rotunjit, ca un ou ochi pe o farfurie. Avea ochi de o nuanță delicată de albastru și purta o mustață roșcată, mai subțire decât degetul mic de la mână. Membrele îi erau lungi și zvelte, aducând cu cele ale unui alergător de cursă lungă.

Wallender a dat mâna cu Cree.

— Acesta este colegul nostru, Omar Yussef, directorul Școlii de fete din tabăra de refugiați din Dehaisha, a spus el. Am avut mare noroc să obțin pentru el un permis de liberă trecere de la israelieni, ca să mă poată însoți în inspecție.

Scoțianul s-a aplecat pentru a da mâna cu Omar Yussef. Acesta se simțea mic, greoi și burduhănos în fața bărbatului înalt și slab.

— Domnul Wallender vă plimbă prin cele mai frumoase locuri, a spus Cree cu asprime, abia mișcându-și buzele.

Wallender s-a întins ca să îl bată pe Cree pe spate și s-a îndreptat râzând spre Chevroletul Suburban alb cu însemnele ONU, care a ieșit din parcare pentru a-i întâmpina.

S-au așezat confortabil în mașină, la răcoarea aerului condiționat. De pe locul din față, Cree l-a privit pe Wallender peste umăr, în timp ce șoferul se îndrepta către șosea.

— A apărut o problemă, Magnus. În timp ce vă așteptam, m-au sunat de la birou și mi-au tot trimis mesaje pe telefonul celular. Unul dintre profesorii noștri a fost arestat în dimineața aceasta.

— Cine? a întrebat Wallender.

— Un tip pe nume Eyad Masharawi. Are o jumătate de normă la școala noastră din tabăra de refugiați din Shad. În restul timpului este lector la universitate.

— La Universitatea Islamică? a intervenit Omar Yussef.

— Nu, la cealaltă, cum naiba îi zice...

— Al-Azhar.

— Exact. Ei bine, sărmanul a fost arestat. Așa că o să vă las la hotel, dacă nu vă deranjează, iar eu mă duc repejor acasă la Masharawi să văd ce se poate face.

Magnus Wallender s-a uitat la Omar Yussef.

— Nu vrem să întârzii din pricina noastră, James. Ce ar fi să venim cu tine? Ne poți duce la hotel mai târziu.

— Nu întârzii deloc dacă vă las pe voi la hotel mai întâi.

— Noi am prefera să mergem cu tine, drept să spun.

Cree nu se mai uita la ei.

— Dar inspecția voastră? a întrebat încet.

— Aș spune că arestarea unuia dintre profesorii noștri face parte din inspecția noastră, a spus Wallender. Nu ești de acord, Abu Ramiz?

Lui Omar Yussef nu i-a scăpat privirea albastră pe care i-a aruncat-o Cree atunci când Wallender i s-a adresat numindu-l Abu Ramiz, „tatăl lui Ramiz", o formulă respectuoasă și totuși familiară. Scoțianul nu i-a lăsat timp să răspundă.

— În regulă, dacă așa stau lucrurile.

S-a întors către șofer.

— Nasser, mergem mai întâi acasă la Masharawi.

În vreme ce Chevroletul făcea slalom printre gropile din asfalt și prindea viteză, Omar Yussef se întreba unde este închis amărâtul acela pe nume Masharawi și de ce o fi fost arestat. Ca profesor de istorie al unor copii din familii de refugiați, se simțea apropiat sufletește de celelalte persoane care și-au ales aceeași meserie ca și el, pentru bani puțini și încă și mai puțin respect.

Afară, căldura încingea șoseaua, iar dunele de nisip păreau albe în văpaia soarelui. *Chiar și Betleemul este mai primitor*, și-a zis el. Orașul său, situat pe dealurile golașe de la sud de Ierusalim, avea problemele sale catastrofale, dar își păstra substanța istorică și demnitatea pietrelor sale antice. Prietenul său, Khamis Zeydan, șeful postului de poliție din Betleem, călătorea frecvent în Gaza și susținea că locul acesta este atât de prăpădit, încât ar trebui tras spre Marea Mediterană și scufundat, împreună cu luptătorii partizani și miniștrii corupți care îi decid soarta. Și totuși, această micuță fâșie de pământ părea să reprezinte – mai mult decât Betleemul – realitatea disperată a palestinienilor: Gaza rage și se zbate ca un măgar rănit, în vreme ce conducătorii săi joacă rolul fermierului turbat de mânie care îl izbește cu furie pe animalul gâtuit, cu toate că știe și el foarte bine că nu se mai poate ridica de la pământ.

Când mașina a ajuns din urmă un convoi militar care abia se târa de-a lungul șoselei, Nasser a apăsat brusc frâna și a înjurat. Omar Yussef și-a îndreptat privirea către cei doi trimiși ai ONU. Nu păreau să fi priceput înjurătura grosolană în arabă. S-a aplecat în față și i s-a adresat șoferului:

— Să-ți fie rușine. Ai grijă cum vorbești.

Șoferul a accelerat și a îndreptat Chevroletul către banda opusă, încercând să depășească vehiculele militare.

Erau cinci camioane. Cele trei de la urmă erau mici și camuflate, pline ochi cu soldați, care nu mai aveau loc decât în picioare. Se țineau de umerii celor aflați lângă ei și se legănau la fiecare hurducătură a camionului pe suprafața spartă a șoselei. Purtau haine de camuflaj, verzi și kaki, berete și banderole roșii, pe care scria cu litere albe *Serviciul Militar de Informații.*

Al doilea camion din față era de dimensiuni medii și avea o remorcă deschisă. În mijlocul său se afla un coșciug drapat în steagul palestinian, verde-alb-negru. De fiecare parte a coșciugului se afla câte un șir de soldați bine proptiți în picioare, ca să contracareze mișcările camionului, cu privirile îndreptate înainte, încercând să stea în poziție de drepți. Omar Yussef a observat că degeaba încercau să dea impresia că sunt duri, căci fețele tinerești și osoase le trădau nervozitatea.

Șoferul angajat de reprezentanța ONU a încetinit la trecerea pe lângă coșciug.

— Nu există niciun alt Dumnezeu decât Allah, iar Mohamed este profetul Lui, a murmurat el, în semn de binecuvântare adresată mortului.

Omar Yussef s-a aplecat din nou în față, ca să vadă mai bine coșciugul. Sub steag ar trebui să se găsească o cutie simplă, din scânduri nefinisate, fără capac. Mortul ar trebui să fie înfășurat într-un lințoliu, cu picioarele legate în dreptul gleznelor. Când îl vor îngropa, vor păstra coșciugul pentru a-l folosi și cu altă ocazie.

— Mergi pe contrasens, ce dracu', Nasser? a șuierat Cree.

Nasser a călcat accelerația și a depășit în goană coșciugul, întorcându-se pe banda lui.

Omar Yussef se întreba cine ar putea fi mortul. Aceasta era prima imagine a morții pe care o vedea în Gaza, frumos ambalată într-un coșciug. Abia trecuse de punctul de control, că moartea îi era deja tovarășă de drum.

Capitolul 2

Casa familiei Masharawi din cartierul Tuffah, orașul Gaza, era acoperită cu stuc alb pe deasupra betonului, iar ușile aveau tocuri vopsite într-un violet șters. Cele două etaje ale acesteia se ridicau dincolo de zidul grădinii, înalt până la umeri și înnobilat cu steagul palestinian și cu o pictură înfățișând Domul Stâncii, de culoare galbenă. Sigilii spinoase, din sârmă ghimpată, încercuiau moscheea din carton.

Omar Yussef a ieșit de pe aleea de nisip unde era parcat Chevroletul. Cărarea care ducea spre casă traversa un hățiș de lămâi, de două ori mai înalți decât zidul. Copacii răspândeau un miros cald, de citrice, de parcă soarele puternic îi fierbea pentru a face un ceai din ierburi. Într-un ungher al grădinii se afla un crâng umbros de măslini și un *taboun*, un cuptor de pământ de forma unui bulb, unde, dacă ar fi o zi obișnuită, soția lui Masharawi ar coace pâine. O tăcere stranie se prelingea prin ușile și prin ferestrele deschise ale casei, în liniștea deasă a amiezii.

În prag a apărut un băiat slab și deșirat, aflat la vârsta adolescenței, a cărui ureche stângă făcea un unghi de nouăzeci de grade cu capul. Privirile îi pendulau între podea și străinii din fața lui. Omar Yussef i s-a adresat primul.

— Bine te-am găsit.

— Fiți bineveniți, *ustaz*, a șoptit băiatul.

Aceasta este casa lui *ustaz* Masharawi?

Băiatul și-a coborât privirea în pământ, cercetându-și sandalele ieftine din plastic, cu care era încălțat și a dat din cap că da.

Cree a făcut un pas înainte, până în dreptul umărului lui Omar Yussef. Băiatul s-a aplecat pe spate pentru a-l putea privi pe bărbatul cel înalt. Bărbia îi tremura ușor, iar ochii îi trădau teama și tulburarea.

— Doamna Masharawi este acasă? a întrebat Cree.

— Mama? a întrebat băiatul, într-o engleză poticnită.

— Bingo! a spus Cree.

Băiatul nu a înțeles. S-a uitat către Omar Yussef, care i s-a adresat cu blândețe în limba arabă.

— Oamenii aceștia lucrează pentru ONU. Încearcă să afle ce s-a întâmplat cu tatăl tău. Putem să stăm de vorbă cu mama ta?

— Bine ați venit, le-a spus băiatul, tot în engleză.

L-au urmat în casă. Holul întunecat era un adăpost binevenit după lumina orbitoare a soarelui reflectată de pereții albi din exterior. Cât timp ochii i se adaptau încă la întunericul casei, Omar Yussef a urmat pe bâjbâite lipăitul sandalelor din plastic pe gresie. Băiatul a traversat tot parterul, până la ultimele încăperi, unde le-a indicat cu un gest cele câteva canapele adânci, cu imprimeuri florale, înghesuite pe lângă pereții unei camere întunecate și răcoroase.

— Fiți bineveniți, le-a spus el din nou, în timp ce Wallender și Cree intrau.

Apoi s-a întors către Omar Yussef și i s-a adresat în arabă:

— Vă rog să vă simțiți la noi acasă ca în sânul propriei familii.

Omar Yussef a răspuns la cuvintele de bun venit ale băiatului.

— Familia ta îți este alături.

— Doriți ceai sau cafea, *ustaz*?

Omar Yussef a tradus pentru Wallender și Cree.

Wallender a zâmbit, a cerut o cafea și s-a așezat fără să facă zgomot. Cree i-a vorbit băiatului cu voce tare, surd la tăcerea nefericită a casei.

— O cafea să fie. Mersi, flăcău.

— Eu o vreau *sa'ada*, a spus Omar Yussef, care întotdeauna bea cafeaua așa, fără zahăr. Apoi fii bun și roag-o pe mama ta să vină să stea de vorbă cu noi.

Băiatul a părăsit încăperea. Cei trei bărbați au rămas nemișcați pe canapele. Din fundul casei veneau până la ei sunete slabe, ca acelea ale unor fuste care mătură rapid podeaua. În aerul camerei plutea un iz tihnit de plită încinsă și de cafea dată în clocot.

În colț, între Omar Yussef și James Cree, se găsea un raft de cărți din furnir ieftin, acoperit cu un autocolant care imita lemnul. În partea superioară erau aliniate câteva fotografii. Rafturile se îndoiau sub greutatea cărților de istorie și pedagogie scrise în arabă, franceză și engleză. Un singur raft era gol. Omar Yussef a rămas în picioare, examinându-l. Nu se vedea niciun fir de praf, deși era evident că celelalte rafturi nu mai fuseseră șterse de ceva vreme. Lucrurile care stătuseră acolo până de curând fuseseră îndepărtate.

Omar Yussef a presupus că fotografia din centru îl înfățișa pe Eyad Masharawi. Bărbatul din poză își ținea capul ușor înclinat spre stânga. Omar Yussef a zâmbit, întrebându-se dacă nu cumva și Masharawi are o ureche clăpăugă, ca aceea a fiului său și este atât de vanitos încât a încercat să o ascundă de obiectivul aparatului de fotografiat. Bărbatul din fotografie era chel, dar părul care îi rămăsese pe tâmple era negru, de culoarea cafelei amare care fierbea în bucătărie. Ochii îi erau adumbriți și închiși la culoare, păstrând un aer aristocratic. Gura îi era încordată și resemnată, ca și cum ar fi fost obișnuit cu veștile supărătoare.

Băiatul s-a întors purtând o tavă învelită într-un autocolant la fel ca cel care acoperea rafturile cu cărți. A apropiat de canapea două măsuțe lustruite, din lemn de cireș, și le-a aranjat lângă genunchii musafirilor. Apoi a așezat cafelele, prima ceașcă în dreptul lui Wallender.

— Alah să îți binecuvânteze mâinile, a spus Wallender încet, mulțumindu-i după tradiția arabă.

Omar Yussef i-a zâmbit.

— Alah să vă binecuvânteze, a murmurat băiatul, după care a rămas încovoiat într-un fotoliu, în colț.

Wallender s-a aplecat în față și i-a șoptit lui Omar Yussef:

— Pe domnul Masharawi ar trebui să-l numim *ustaz*?

— Este un om educat, un profesor, așa că ar fi o dovadă de respect să-l numiți *ustaz* Masharawi când vorbiți despre el, a spus Omar Yussef.

A luat o înghițitură din cafeaua aromată cu cardamom, apoi a pus ceașca la loc, pe măsuță. În încăpere au intrat două femei, cu pași ușori, măsurați.

Prima femeie i-a salutat cu un gest din cap și le-a urat în șoaptă bun venit. Purta o rochie de casă, lungă și neagră, cu nasturi mari, aurii, care îi atârna pe lângă corp, ajungând aproape până în pământ. Basmaua îi rotunjea chipul și era prinsă sub bărbie cu o clemă aurie. Era bej, cu imprimeu floral pe marginea care îi cădea peste umeri. Pielea ei oacheșă se armoniza cu ochii melancolici, îngrijorați. Avea sprâncene negre și arcuite, ca și cum tocmai ar fi tras aer în piept și era pe punctul de a suspina. Avea trăsături delicate, în ciuda semnelor de îmbătrânire a pielii din jurul bărbiei. Omar Yussef s-a gândit că are în jur de treizeci și cinci de ani. În mână avea un dosar, îl ținea strâns în dreptul stomacului, ca pe o poșetă, și îl tot lovea neliniștită cu degetul pe care purta verigheta ei simplă, de aur. S-a așezat pe marginea liberă a canapelei, cu capul sus și cu spatele drept, întinzându-și palmele peste dosarul pe care îl ținea acum în poală și trasând cerculețe imaginare pe suprafața acestuia.

Femeia din spatele ei era cu câțiva ani mai în vârstă și era îmbrăcată la fel, numai că broboada ei era simplă, purta o rochie cenușie, iar trupul ascuns în spatele hainelor părea ceva mai greoi. Avea gura mare, lipsită de formă, și buze țuguiate. Când se mișca, obrajii cărnoși îi tremurau la fiecare pas. Le-a zâmbit oaspeților și s-a așezat pe canapea lângă cealaltă femeie. Silueta ei durdulie i-a reînviat lui Omar Yussef imaginea vecinei lui, Leila și, înfiorându-se de rușine, și-a amintit de atracția sexuală pe care o simțise față de ea de atâtea ori. Îl încerca aceeași curiozitate fizică față de femeia rotofeie de pe canapea. S-a surprins ținându-și răsuflarea și privind-o în timp ce ea o mângâia pe spate pe prietena ei, încercând să o liniștească.

Gestul ei de alinare a fost indiciul pe care îl căuta Omar Yussef. S-a adresat femeii în negru.

— Sunteți soția lui Eyad?

Ea a încuviințat, ridicând capul.

— Eu sunt Abu Ramiz, Omar Yussef Sirhan, din Betleem. Aceștia sunt colegii mei, care lucrează pentru Națiunile Unite.

Omar Yussef i-a prezentat pe Wallender și pe Cree, apoi le-a spus acestora încet, în engleză:

— Să o întreb ce s-a întâmplat în timpul arestării?

— Nu este nevoie să traduceți, Abu Ramiz, a spus femeia. Sunt profesoară de limba engleză.

Cree și Wallender i-au zâmbit recunoscători.

— Unde predați? a întrebat Wallender.

— Uneori la aceeași școală ONU unde predă și Eyad. Le dau însă lecții și copiilor din comunitatea de aici.

S-a întors către femeia așezată lângă ea.

— Aceasta este prietena mea, Umm Rateb. Lucrează la universitate, este secretara rectorului.

Femeia cea grăsuță a zâmbit, dezvelind un șir de dinți mari și l-a privit lung pe Omar Yussef, cu o expresie de curiozitate amuzată.

— Arestarea lui Eyad își are originea într-o întâmplare petrecută la universitate; nu are nimic de-a face cu munca desfășurată la școala Națiunilor Unite, a spus soția lui Masharawi.

— Ce vă face să spuneți asta, doamnă Masharawi? a întrebat-o Cree.

Femeia s-a oprit. Formula de adresare i s-a părut, pesemne, la fel de ciudată ca lui Omar Yussef.

— Numele meu este Salwa Masharawi. Puteți să îmi spuneți Umm Naji, mama lui Naji. Acesta este Naji, băiatul meu cel mare, a spus ea, arătând către puștiul deșirat care ocupa fotoliul din colțul camerei.

Cree a dat din cap, dând semne de nerăbdare.

— Paisprezece bărbați înarmați au intrat în casă în zorii zilei, când toată lumea dormea încă, a spus Salwa.

— Soldați israelieni? a întrebat Wallender.

— Agenți de securitate palestinieni.

— Ce voiau? a continuat Wallender, scoțând o agendă mică și un stilou.

— I-au cerut documentele soțului meu.

— Documentele de identitate?

— Nu, documentele de la universitate. De curând au fost examene la universitate, iar el ținea lucrările aici, a spus femeia, arătând către biblioteca din colț. Erau pe raftul acela care acum este gol.

— De ce voiau lucrările acestea?

— Au fost niște probleme la universitate, domnule Wallender, i-a răspuns Salwa, închizând ochii și atingându-și fruntea. Eyad, cel puțin, a căutat necazul cu lumânarea, cum se spune în engleză.

— Ce fel de necaz?

— Trei zile pe săptămână, Eyad predă la școala ONU. Îi place acolo, pentru că el se trage dintr-o veche familie din Gaza și obișnuiește să spună că trebuie să lucrăm cu refugiații, ca să le arătăm că sunt întotdeauna bineveniți aici. Poate că vi se pare o prostie, pentru că, după ce au petrecut șaizeci de ani în taberele de aici, aparțin orașului Gaza la fel de mult ca oricare dintre noi, dar sunt încă cei mai săraci oameni din oraș, iar Eyad crede că este datoria lui să muncească pentru ei. În celelalte două zile lucrătoare predă la universitate, în cadrul Departamentului de Educație.

Salwa a avut o ezitare și a privit-o pe prietena ei, care a dat din cap aprobator.

— Spre deosebire de slujba de la școala ONU, munca de la universitate nu îi mai face nicio plăcere lui Eyad. Este o luptă.

— Împotriva cui? a întrebat Omar Yussef.

— Doar nu credeți că toată corupția din viața palestinienilor nu a infectat și universitatea, Abu Ramiz? Să fie viața academică deasupra acestei mizerii? a întrebat Salwa, clătinând din cap. Din păcate, nu este.

Cree a luat ultima înghițitură de cafea, a șters zațul gros care i se lipise pe vârful mustății și a pus ceșcuța pe masă cu un zdrăngănit.

— Naji, pune de ceai. Acum, a spus Salwa.

Și-a țuguiat buzele și a răsuflat, parcă ușurată la gândul că fiul ei nu va fi nevoit să-i asculte istorisirea.

— Este un băiat bun, a spus Omar Yussef, după plecarea lui Naji.

— A luat totul de la tatăl său, până și forma urechii. Ați văzut-o, cea care iese în afară, a spus Salwa. Dar este tăcut și liniștit. Nu ca Eyad.

— Ce i s-a întâmplat lui Eyad la universitate? a întrebat Omar Yussef.

— Eyad a descoperit că universitatea le vinde diplome ofițerilor din Serviciul de Prevenire și Protecție.

— Serviciul de Prevenire și Protecție? a întrebat Wallender, încruntat. Ce este asta?

— Poliția în civil, i-a răspuns Cree.

Salwa a aprobat.

— De ce are nevoie un polițist de diplomă universitară? a întrebat Omar Yussef.

Umm Rateb și-a pus mâna peste cea a Salwei, preluând întrebarea.

— Pentru a promova repede, acești polițiști trebuie să demonstreze că au studiat dreptul sau că au absolvit o altă formă de învățământ superior. Asta le bătătorește calea către posturile cele mai înalte. Desigur, acest lucru presupune un salariu mai bun și putere mai mare.

— Așadar, universitatea le vinde diplome? a întrebat Omar Yussef.

— Da, trebuie să se prezinte la câteva cursuri, dar nu studiază deloc, a spus Umm Rateb.

Salwa a plescăit și pentru prima dată au putut sesiza mânia din vocea ei.

— Nu ar fi putut studia nici dacă ar fi încercat.

Nu îndeplinesc cerințele minime pentru a fi studenți. Acești oameni nu au terminat nici măcar liceul. Și-au petrecut adolescența în încăierări de stradă, când ar fi trebuit să se afle în sălile de curs. Dar acum scandalagiii fac legea în Gaza și vor să primească o diplomă valoroasă fără să depună niciun efort și fără să o merite.

— Ce a făcut Eyad când a descoperit acest lucru? a întrebat Omar Yussef.

Salwa a scuturat din cap.

— Soțul meu nu este un om răbdător. Dacă vede ceva ce îi displace, simte că trebuie să ia atitudine. Întotdeauna îi spun: „Te rog, Eyad, potolește-te. Hai să trăim liniștiți." Dar el nu vrea asta. Acum trei săptămâni, a programat un examen pentru studenții săi.

— Este vorba despre lucrările confiscate în dimineața aceasta? a întrebat Omar Yussef.

Salwa i-a înmânat dosarul.

— Copia aceasta nu au luat-o. Eyad a lăsat-o pe măsuța de la căpătâiul patului.

Omar Yussef a tradus cerința scrisă pe prima pagină. *„Scrieți un eseu despre corupția din guvern."* S-a uitat la Cree, a cărui expresie era stăpânită și impenetrabilă. Wallender s-a aplecat asupra agendei sale.

Umm Rateb a spart tăcerea.

— Rectorul universității, profesorul Adnan Maki, a fost foarte supărat. L-a chemat pe Abu Naji în biroul său și, cât a stat înăuntru, de pe hol s-au auzit țipete. La plecare, Abu Naji nu s-a oprit nici ca să își ia la revedere de la mine, deși eram așezată la biroul din fața ușii profesorului Maki, iar noi suntem buni prieteni de familie. Tot restul după-amiezii, profesorul Maki a fost foarte nervos.

— Universitatea l-a pedepsit pe Eyad? a întrebat Omar Yussef.

— Soțul meu nu a așteptat să fie pedepsit, a spus Salwa cu un zâmbet trist pe buze. În aceeași după-amiază s-a dus direct în clasă și le-a dat studenților un alt test. Uitați-vă.

Omar Yussef a dat la pagina a doua a dosarului și a citit: *„Scrieți un eseu despre corupția din universitate."*

— Toți studenții au scris despre vânzarea de diplome detectivilor din poliție, a spus Salwa. Profesorul Maki l-a suspendat imediat pe Eyad.

Wallender și-a ridicat privirile din agenda sa.

— Dacă studenții știau deja despre vânzarea de diplome, de ce a fost pedepsit Eyad?

— Pentru că acest lucru nu este un subiect de examen sau de dezbatere publică, a răspuns Umm Rateb.

— Este mai mult de atât, a spus Salwa. A devenit o chestiune personală.

— Între Eyad și profesorul Maki? a întrebat Omar Yussef.

— Mai rău, a spus Salwa, fluturând o mână. Este vorba despre colonelul al-Fara.

— Ei, drăcia dracului! a exclamat Cree.

— Ăsta cine mai este? a întrebat Wallender.

— Detectivul-șef din poliție. Unul dintre cei mai puternici oameni din Gaza și, cu siguranță, unul dintre cei mai josnici indivizi pe care îi vei întâlni vreodată, a răspuns Cree, plesnindu-se peste coapse. A torturat mai mulți prizonieri decât toate scrumbiile murate și paharele de Aquavit pe care le-ai consumat tu vreodată, Magnus.

— James, l-a atenționat Omar Yussef, făcând un semn discret cu ochiul înspre Salwa.

Cree s-a uitat la fața gravă a femeii.

— Îmi pare rău, draga mea, a spus el, tușind ușor.

Salwa i-a acceptat scuzele cu o mișcare a capului, dar gura îi era încordată. A tremurat ușor înainte de a continua.

— Profesorul Maki i-a spus soțului meu că l-a făcut de râs în fața colonelului al-Fara. Așa cum spuneți și dumneavoastră, domnule Cree, nu este o situație prea fericită pentru cineva din Gaza în vremurile acestea. După cum i-am spus și soțului meu, oamenii de teapa lui Maki și al-Fara sunt implicați în tot felul de mașinațiuni politice, pe care el nu are cum să le cunoască.

— Dar nu ar trebui ca rectorul universității să apere autonomia universitară? a întrebat Wallender.

Salwa și Umm Rateb au schimbat priviri care păreau a spune că suedezul pare venit de pe Marte.

— Profesorul Maki nu a ajuns rector pentru că este o figură notabilă în cercurile academice, ci mai degrabă pentru că este implicat în politică, a spus Salwa, întorcându-se din nou către Umm Rateb, care i-a aprobat spusele cu fermitate. Face parte din Consiliul Revoluționar al Partidului Fatah și este un vechi membru al Organizației pentru Eliberarea Palestinei. La fel și colonelul al-Fara. Fără îndoială, multe învârteli secrete ar fi afectate dacă ar apărea un conflict între ei. Eu l-am avertizat pe soțul meu că vor căuta un țap ispășitor care să le permită să își depășească disensiunile.

— Ce a făcut soțul dumitale după ce a fost suspendat? a întrebat Wallender.

— Ar fi trebuit să aștepte până la anul, când suspendarea ar fi încetat și toată lumea ar fi uitat ce s-a întâmplat. Dar el s-a dus la una dintre organizațiile pentru protecția drepturilor omului, care susține o campanie împotriva corupției. Ei au decis să transforme toată povestea într-o problemă referitoare la autonomia universitară. I-au scris profesorului Maki în legătură cu cazul soțului meu.

Omar Yussef a simțit că îl învăluie întunericul. S-a gândit la soțul acestei femei, categoric și arogant. În ochii aceia distanți din fotografie strălucea o mândrie ce nu-și avea locul în mijlocul corupției în care se afundase Gaza. Pentru a trăi aici, trebuie să accepți umbrele, să nădușești în camere neaerisite, să-ți înghiți resentimentele.

— I-au scris și colonelului al-Fara, a spus Salwa.

Omar Yussef bănuia la ce a dus scrisoarea aceea. Băiatul s-a întors purtând o tavă cu păhărele umplute cu ceai negru și frunze de mentă. Omar Yussef a observat că pe chipul Salwei trece un licăr de teamă, iar buzele i se crispează, de parcă băiatul din fața ei s-ar afla într-un pericol la fel de mare ca tatăl său. Naji a pus un pahar în fața lui Omar Yussef și a aruncat o privire către dosarul deschis de pe genunchii bărbatului. Omar Yussef a întins mâna după ceai. Mâna i-a tremurat, așa că și-a retras-o. Pulsul i s-a accelerat.

— Colonelul al-Fara a răspuns la scrisoarea trimisă de organizația pentru apărarea drepturilor omului? a întrebat Cree.

— Arestarea lui Eyad a fost răspunsul lui, a răspuns Salwa.

— Ați spus că i-au cerut documentele, a spus Omar Yussef. Este evident că le-a dat tot ce au cerut, asta ne-o spune raftul acela gol. În cazul acesta, de ce l-au mai arestat?

— Polițiștii l-au insultat. L-am auzit pe unul spunând că lucrările par suspecte și că vor fi nevoiți să îl interogheze în legătură cu ele. Eyad și-a pierdut cumpătul și s-a răstit la el. Sunt sigură că intenția lor era să-l provoace, ca să aibă un pretext să-l aresteze.

— Unde vă aflați în acel moment? a întrebat Omar Yussef.

— Eram sus. În timp ce coboram, i-am văzut cum l-au scos pe ușa acestei camere și apoi pe ușa de la intrare. Era încătușat, iar unul dintre ei îl forța să meargă aplecat, apăsându-i ceafa în jos. L-am strigat, dar un agent s-a postat la picioarele scării și nu mi-a dat voie să trec.

Omar Yussef putea distinge disperarea acelor momente în vocea Salwei.

— Erau agenți ai Serviciului de Prevenire și Protecție?

— Da. Erau îmbrăcați în jachete de piele, cu toate că nu era frig. L-au scos pe Eyad prin grădină și au plecat foarte repede.

— V-a spus cineva ce acuzație i s-a adus?

— Azi dimineață, la prima oră, m-am prezentat la biroul lor de aici. Mi s-a spus că Eyad este reținut la sediul lor din sudul orașului. Au spus că este investigat, că probabil lucrează pentru CIA.

— Pentru CIA? a strigat Cree.

— Chiar așa.

— Isuse Hristoase, da' știu că țintesc direct la vârf, nu se încurcă! a exclamat Cree, plesnindu-și palmele una de cealaltă. Nu își pierd vremea cu acuzații prostești de colaborare cu israelienii. Nu, pe el l-au etichetat drept mare mahăr în CIA. Doamne Dumnezeule!

Salwa și-a îndreptat spatele. Vocea i s-a auzit limpede și catifelată.

— De acord, domnule Cree. Dacă soțul meu este spion, atunci duceți-l în Piața Palestinei și împușcați-l. Așa le-am spus. Dar mai întâi trebuie judecat. Trebuie să se facă dreptate.

— Nu v-au spus nimic despre un viitor proces? a întrebat Omar Yussef.

Salwa a dat din cap, în semn că nu.

Cree și-a fluturat mâna cu un gest zeflemitor.

— Ce proces? Nicio șansă.

Magnus Wallender și-a ridicat ochii din notițele sale. Și-a sprijinit cotul pe genunchi și a început să își frece barba scurtă.

— ONU îl va sprijini pe soțul dumitale, Umm Naji. O să avem grijă să fie eliberat sau, cel puțin, să aibă parte de un proces echitabil. Vom lua legătura cu oamenii noștri din guvernul de aici și îi vom informa pe reprezentanții noștri diplomatici.

— Mulțumesc, a spus Salwa.

Omar Yussef simțea că întâlnirea se apropie de final. Mâna îi era acum destul de fermă ca să poată ridica paharul de ceai de pe măsuță. L-a dus la buze și a luat o înghițitură.

Umm Rateb s-a aplecat în față.

— Domnule Wallender, se poate să îl vizitați pe profesorul Maki la universitate pentru a discuta cazul?

— Da, Umm Rateb, cred că îl vom vizita.

— Așteptați câteva ore, a spus femeia cea plinuță. A fost la Rafah de dimineață, iar înainte de a se duce la birou, va trece pe acasă pentru a lua prânzul și a-și face siesta. O să îl găsiți acolo după patru, patru și jumătate. Mergeți la intrarea principală a universității și cereți acolo să fiți îndrumați.

— Mulțumesc.

Umm Rateb s-a ridicat în picioare, sprijinindu-și greutatea pe un picior și împingându-și șoldul în afară.

— Salwa, trebuie să plec, să pregătesc prânzul pentru ai mei. Vorbim mai târziu.

Salwa s-a ridicat și a sărutat obrazul plinuț al lui Umm Rateb. Femeia a zâmbit către Omar Yussef, dezvelindu-și dinții mari.

— Ne vedem mai târziu, Abu Ramiz.

Omar Yussef a fost luat prin surprindere. Deslușise oare atracția pe care o simțea pentru ea? Iar acum îl ispitea în fața tuturor acestor oameni? I-a tremurat mâna, iar câteva picături de ceai i-au pătat dosarul și pantalonii, între picioare.

Wallender a mascat stânjeneala lui Omar Yussef.

— La universitate, Abu Ramiz. Umm Rateb este secretara profesorului Maki, îți amintești?

— Veți fi nevoit să treceți prin dreptul biroului meu pentru a ajunge la el, a spus Umm Rateb.

Omar Yussef a pus jos ceaiul, după care și-a dres glasul, încercând să își vină în fire.

— Cu voia lui Alah, a spus el.

Capitolul 3

Omar Yussef a auzit focurile de armă pe când Chevroletul Națiunilor Unite parca în fața Hotelului Sands. Wallender s-a uitat la el cu îngrijorare. Detunăturile scurte și răsunătoare veneau din apropiere.

— Băieți, instalați-vă confortabil aici, iar eu vin să vă iau după-amiază, în drum spre universitate, le-a spus Cree.

I-a făcut cu ochiul lui Omar Yussef, apoi a întors mașina ONU pe aleea din fața hotelului și a plecat.

Foaierul hotelului se ascundea în spatele ușilor cu geamuri fumurii, pătate de stropii de ploaie murdară. În ciuda luminii puternice de afară, Omar Yussef simțea apropierea unei furtuni de nisip în presiunea acumulată și în ușoara durere care îi sfredelea capul, ca un ac înroșit în foc, înaintând dinspre ochiul drept până în interiorul urechii. Angajații hotelului nu se deranjau să lupte împotriva stihiilor: oricât de multă curățenie ar face ei, va veni mereu o altă furtună de nisip, care va lăsa în urmă un nou strat de mizerie.

Biroul recepției era sculptat din lemn închis la culoare, lăcuit. În spatele altui șir de uși cu geamuri fumurii din fundul holului, Omar Yussef a văzut fețele albe de masă din sufragerie. În dreapta recepției, o scară largă, din piatră șlefuită, urca spre camerele de la etaj. De pe paliere se vedea biroul recepției, toate fiind decorate cu câte o pereche de iatagane încrucișate, montate pe perete, deasupra unei carpete stacojii, cu țesătură groasă, tipică beduinilor.

Femeia de la recepție și-a ridicat ochii din computerul aflat în fața ei. Era micuță, slabă și tânără. Purta un batic albastru și avea ochi mari, adumbriți de gene lungi. A luat pașaportul din mâna lui Wallender și cartea de identitate a lui Omar Yussef.

— Ați avut noroc să găsiți o cameră, domnilor, le-a spus ea, în timp ce le fotocopia documentele.

Le-a înmânat formularele pe care să le completeze cu numele și adresele lor.

— Consiliul Revoluționar se întrunește aici peste două zile. Mulți dintre cei mai importanți oameni din Fatah, împreună cu personalul lor, au sosit deja în oraș. Le place să tragă la hotelul nostru.

— Ce le place atât de mult? a întrebat Wallender, care, în mod evident, văzuse holuri de hotel mai plăcute decât acesta. Nu că nu ar fi un hotel frumos.

Omar Yussef s-a întors către suedez.

— Fatah este facțiunea cea mai mare din OEP, care deține tot felul de proprietăți, de la linii aeriene, până la fabrici de produse chimice. Printre ele și hoteluri. Bănuiesc că acest hotel este și el proprietatea OEP și că gloabelor din partid le place să stea aici pentru că, în calitate de proprietari, pot să se comporte cât vor ei de urât, a spus Omar Yussef râzând.

— Chiar așa? a întrebat Wallender.

— Sigur ca da, numai OEP are destui bani pentru a-și permite angajații cei mai politicoși, cei mai bine educați și cei mai arătoși, a răspuns Omar Yussef, zâmbind către recepționeră.

Femeia a râs.

— *Ustaz*, ar trebui să îi spuneți asta și sărmanului meu tată. El are un fel mai simplu de a-și judeca fiica. O femeie cu șolduri bune, largi, aduce o zestre de șapte cămile, pentru că va naște mulți copii. Eu, una, sunt micuță și am șolduri înguste. Așadar, cu toate că mi-am luat licența în Managementul afacerilor, tatăl meu se plânge că va primi numai o cămilă pentru mine.

Magnus Wallender a intrat și el în horă.

— Abu Ramiz, sunt sigur că îți poți permite o cămilă, nu?

— Să mergem. Ne întoarcem mai târziu cu cămila.

Recepționera a râs din nou.

— Cât poate să coste o cămilă? a întrebat Wallender, prefăcându-se că își numără banii din portofel.

O voce a strigat din pragul sufrageriei.

— Ține-ți banii, domnule. Prietenul dumitale este palestinian. Asta înseamnă că va *fura* cămila.

Omar Yussef s-a întors cu spatele la biroul recepției. Generalul de brigadă Khamis Zeydan ieșea din sufragerie, râzând. Purta un sacou sport, în carouri, și o cămașă crem, deschisă la gât. Părul alb și rar îi era tuns scurt și pieptănat pe frunte. Scalpul său, de obicei protejat de acțiunea soarelui de o beretă militară, era mult mai palid decât tenul. Și-a stins țigara într-o scrumieră de sticlă de pe biroul recepției, a suflat fumul pe deasupra mustății sale pătate cu nicotină și l-a sărutat pe Omar Yussef de trei ori pe obraji.

— Magnus, acesta este șeful poliției din Betleem, a spus Omar Yussef. Abu Adel, ți-l prezint pe Magnus Wallender, de la ONU.

Khamis Zeydan a dat mâna cu Magnus Wallender. Și-a aprins apoi o altă țigară.

— Îl cunoașteți de multă vreme pe Abu Ramiz? a întrebat Wallender, ducând mâna la obraz, în semn că întreba din pricina sărutărilor.

— Ne cunoaștem de foarte multă vreme, a spus Khamis Zeydan, cu mâna pe umărul lui Omar Yussef. Ne-am întâlnit pe când eram studenți la Universitatea din Damasc. Îmi amintesc că pe atunci avea un păr frumos, cârlionțat și o mustăcioară neagră. Semăna cu Charlie Chaplin.

Omar Yussef l-a observat pe Wallender aruncând ocheade curioase mănușii negre din piele, în care era strânsă mâna stângă a lui Khamis Zeydan, care se odihnea pe umărul său. Își dorea să fi avut timp să îi spună suedezului despre mâna protetică ascunsă sub mănușa aceea. Se gândea la ura pe care o simțea Khamis Zeydan față de mădularul din plastic atunci când se îmbăta și își plângea de milă. Nu voia ca privirile suedezului să îi atragă atenția prietenului său și ca amintirea grenadei care l-a schilodit în timpul Războiului Civil din Liban să îi strice buna dispoziție.

— Nu te-am recunoscut fără uniformă, a spus Omar Yussef.

— Sunt atât de înfricoșător încât nu mă poți închipui în haine omenești? a exclamat Khamis Zeydan. De fapt, dacă nu port uniformă evit hărțuiala de la punctul de control israelian de la intrarea în Gaza. Dar port șosete albastre, ca să își dea seama oricine că sunt polițist.

— Ai venit pentru întrunirea Consiliului Revoluționar? a întrebat Omar Yussef.

— Da. Hai să bem o cafea, a spus Khamis Zeydan, trăgându-l de cot. Hai și tu, Magnus, ești invitatul meu.

— Mulțumesc de invitație, a spus Wallender, dar trebuie să sun la biroul din Ierusalim ca să dau raportul.

Khamis Zeydan a protestat, dar Omar Yussef i-a făcut un semn discret.

— Bine, a spus șeful poliției. Am trăit și eu în Europa. Nu o să mă comport ca unul dintre arabii aceia cu mentalitate de provincial care se ofensează când îi este refuzată invitația.

I-a făcut cu ochiul recepționerei zâmbitoare.

— Oricum, după ce vorbești la telefon te așteptăm jos să bei o cafea cu noi.

Își coborî apoi vocea.

— Sau poate preferi să vii mai târziu în camera mea. Am o sticlă care nu respectă deloc legile islamului.

Omar Yussef s-a încruntat, dar nu din respect față de legile profetului. Deși renunțase la alcool în urmă cu zece ani, ținea câte o sticlă de whisky scoțian în casă, numai pentru vizitele lui Khamis Zeydan. În ultima vreme, observase că șeful poliției golea sticlele acestea mai repede decât înainte. Și-a dres glasul, apoi i-a aruncat o privire fetei de la recepție.

Pe stradă s-a auzit o nouă rafală de focuri.

— Ce este cu împușcăturile acestea? a întrebat Wallender.

— Nu îți face griji. Este înmormântarea unui soldat ucis azi-noapte în Rafah, a spus Khamis Zeydan. Funeraliile au loc pe plajă, în complexul prezidențial. Dacă veneați un pic mai devreme, prindeați punctul culminant al paradei. A pornit de la casa generalului Moussa Husseini cu câteva minute înainte de sosirea voastră.

— Cine este omul acesta? a întrebat Wallender.

— Șeful Serviciului Militar de Informații. Locuiește vizavi de hotel. Soldații săi sunt cei care trag focuri de armă în aer, căci sunetul acesta marchează doliul la palestinieni, a explicat Khamis Zeydan, lovindu-l ușor cu pumnul în braț pe Wallender. Desigur, dacă mergi la o nuntă, vei descoperi că tot focul de armă marchează și sărbătoarea la palestinieni. Focul de armă este muzica palestinienilor.

Omar Yussef și-a amintit de coșciugul transportat de convoiul militar de la intrarea în oraș. Era cu siguranță soldatul la ale cărui funeralii se trăgea cu arma acum.

— Care este diferența dintre oamenii Serviciului Militar de Informații și grupul celălalt, Serviciul de Prevenire și Protecție? a întrebat Wallender, mângâindu-și barba.

Khamis Zeydan a tras un fum lung din țigară.

— Imaginează-ți că ai vrea să instaurezi un stat polițienesc, Magnus. Ai avea nevoie de poliția în uniformă pentru brutalizările și intimidările de zi cu zi – acesta este Serviciul Militar de Informații. Apoi ai avea nevoie de poliția secretă, de detectivi în civil care să se implice în operațiuni sinistre, tenebroase – acesta este Serviciul de Prevenire și Protecție.

— Dar ce, Gaza este un stat polițienesc? a întrebat Wallender, încruntat.

— Urma să fie un stat polițienesc, dar a ajuns mai mult o republică bananieră, i-a răspuns Khamis Zeydan, râzând și înecându-se cu salivă.

S-a apropiat apoi de Wallender, pentru a putea vorbi în șoaptă.

— Serviciul Militar de Informații este armata privată a generalului Husseini. Rivalul său, colonelul al-Fara, șeful Serviciului de Prevenire și Protecție, are ambiții mai mari. Este foarte apropiat de CIA.

— La dracu', a exclamat Wallender aruncându-i o privire lui Omar Yussef.

Se gândește la soțul Salwei, închis în pușcăria lui al-Fara, își zise Omar Yussef.

— Nu îți bate capul în legătură cu numele diferite ale acestor organizații, Magnus, a continuat Khamis Zeydan. Singurul lucru pe care nu trebuie să îl uite un străin ca tine este că ăștia sunt niște nenorociți cu toții și că nimic din ceea ce fac nu este în folosul palestinienilor obișnuiți.

— Nu voi uita.

L-au lăsat pe Wallender la recepție ca să completeze alte formulare de înregistrare, iar ei au intrat în sufragerie.

Khamis Zeydan s-a îndreptat spre o masă de lângă fereastra cea mare care dădea spre plajă. I-a făcut semn cu mâna unui chelner.

Omar Yussef s-a așezat la fereastră și a privit cum se sparg valurile pe plaja îngustă. Nu mai văzuse de multă vreme Mediterana de pe coasta palestiniană. Marea de un turcoaz intens se unduia asemenea unui val de pietre prețioase. Mișcarea sa era atât de frumoasă și de liberă, încât ochii i s-au umplut de lacrimi.

A privit nisipul în depărtare. Plaja era plină de gunoaie: canistre de ulei arse și sticle de plastic care ieșeau de sub algele negre și lucioase care împânzeau nisipul. Doi băieți aruncau cu pietre într-un al treilea, care încerca să își descâlcească plasa de pescuit.

Khamis Zeydan a comandat cafea, dulce pentru el și amară pentru Omar Yussef, apoi și-a aruncat pachetul de Rothmans pe fața albă de masă.

— Ce cauți aici, Abu Ramiz?

Și-a înfipt o altă țigară între buze.

Omar Yussef și-a întors din nou privirea spre mare. Băiatul a azvârlit plasa de pescuit cu furie către unul din cei care aruncau cu pietre și l-a pus la pământ.

— Suedezul este șeful meu, a replicat el. Ar trebui să inspectăm școala ONU de aici.

Khamis Zeydan a ridicat din sprânceană.

— Ar trebui?

— Unul dintre profesori a fost arestat. Magnus vrea să ajute la eliberarea lui.

— Știi proverbul: *Este datoria muezinului să cheme la rugăciune.* În Gaza, este mai bine să îți vezi de treburile tale și să nu faci pe detectivul particular.

— Care va să zică, ne duelăm în proverbe, Abu Adel? Ce zici de acesta: *Orice naș își are nașul.* Poate soarta ne-a adus în Gaza ca să îl ajutăm pe sărmanul om.

— Nu cumva să faci tu pe nașul. O să îți prinzi urechile.

Chelnerul a adus cafeaua. Khamis Zeydan și-a aprins țigara.

— Vreau să îți spun ceva, Abu Ramiz, ca un om căruia îi pasă de bătrânul său camarad din zilele studenției. Nu te amesteca în cazul acestui profesor.

— Nici măcar nu știi de ce a fost arestat.

— Pun pariu că nici tu nu știi. Nu cunoști adevăratul motiv. În Gaza, nimic nu este așa cum pare. Adevărul zace în adâncuri. Nu poți ghici cât de departe se ascunde, dar poți fi sigur că îi va trage și pe alții după sine. Nu poți îndrepta toate nedreptățile din Gaza.

— Poate reușesc să îndrept această nedreptate.

— În Gaza nu există nicio nedreptate separată, independentă de celelalte. Sunt legate unele de altele, o să vezi. Când te atingi de una dintre ele, produci reverberații până la cei care dețin puterea și care sunt nemiloși.

Khamis Zeydan și-a strâns proteza cu mâna cea sănătoasă, gânditor.

— Alah mi-e martor, Abu Ramiz, acesta este un loc periculos. Crezi că eu, de pildă, mă plimb pe aici fără pază?

Șeful poliției a făcut un gest către colțul încăperii. Un tânăr stătea la o masă, fumând, cu un pahar de ceai de mentă în față. L-a salutat pe Omar Yussef cu o mișcare scurtă a capului. Avea părul scurt și ondulat, pomeți înalți care se reliefau frumos pe chipul său uscățiv, bronzat, bărbierit cu grijă. Stătea la masă nemișcat, într-o izolare pe care Omar Yussef o observase la deținuții din închisorile israeliene.

— Știi cine este?

— Nu cumva este Sami Jaffari? a întrebat Omar Yussef. Din Dehaisha?

— Israelienii l-au deportat în Fâșia Gaza, pentru că lupta alături de partizanii din Betleem. Chiar și israelienii consideră Gaza o pedeapsă pe măsura unui delincvent.

— Tatăl lui îmi este vecin. Chiar este un delincvent Sami?

— A fost cel mai bun ofițer al meu. A intrat în rândurile partizanilor numai pentru că l-am infiltrat între ei sub acoperire, ca să îi țină sub observație. Acum lucrează pentru mine în Gaza.

— Ca bodyguard?

— În timpul vizitelor mele, da. Dar când nu mă aflu în Gaza, el este ochii și urechile mele aici. Faptul că este deportat îi crește credibilitatea în ochii bandelor locale și astfel obține o mulțime de informații. Și apoi are prieteni în rândul forțelor de securitate.

Khamis Zeydan s-a aplecat spre Omar Yussef.

— Ascultă, ți-am mai spus și altădată să nu îți bagi nasul în treburi murdare – nu ești făcut pentru asta. Nu m-ai ascultat și trebuie să recunosc că ai avut dreptate atunci.

Omar Yussef s-a strâmbat și a fluturat din mână.

— Ba da, este adevărat, a spus Khamis Zeydan. Presupun că nici de data asta nu o să mă asculți. Dacă ești hotărât din nou să dezgropi lucruri care ar fi mai bine să rămână neatinse, cel puțin fă-o cu ajutorul lui Sami. Gaza este un câmp minat, iar Sami știe pe unde trebuie să pășești.

Omar Yussef se gândi că lui Wallender nu îi va face deloc plăcere să lucreze alături de un individ deportat de israelieni sub acuzația de terorism, indiferent cât de nevinovat susținea Khamis Zeydan că este.

— Mulțumesc, dar cred că mă descurc. Nu sunt singur aici. Sunt sub protecție ONU.

Khamis Zeydan a inhalat fumul pe nas și l-a privit fix pe Omar Yussef, clătinând din cap. Ochii săi albaștri îi trădau tristețea și scepticismul.

— Să nu ne certăm, Abu Adel, a spus Omar Yussef, încercând să râdă încet, mai mult scrâșnit. Spune-mi mai bine, de ce se întrunește Consiliul Revoluționar?

Khamis Zeydan a plescăit din limbă, cu amărăciune. A strivit țigara și apoi și-a încălzit vârfurile degetelor pe cana de cafea.

— Urăsc aerul condiționat. Este atât de frig aici, fir-ar al dracului!

— Este din pricina diabetului. Ți-a dat peste cap circulația. Ar trebui să mai renunți la țigări și să fii atent la consumul de zahăr.

— Crezi că știi *tu* ce este bine pentru *mine*?

Omar Yussef și-a încleștat falca. L-a întrebat apoi, ridicând glasul:

— De ce se întrunește Consiliul? Ca să decidă cine mai trebuie ucis?

— Ar fi mai corect să întrebi cine *nu* urmează să fie ucis, a răspuns Khamis Zeydan, cu o mișcare circulară a brațului, menită să arate întregul oraș

Gaza de dincolo de zidurile hotelului. Gaza este în război. Nu cu israelienii – singurii oameni care se mai luptă cu ei sunt musulmanii. Suntem în război cu noi înșine. Întrunirea este o încercare disperată de a opri măcelul în rândurile noastre.

— De ce vă ucideți între voi?

— Colonelul al-Fara vrea să fie următorul președinte și are susținerea CIA-ului. Generalul Husseini vrea să îi răpească favorurile americanilor. În prezent, atât Husseini, cât și al-Fara încearcă să îl împingă pe celălalt la colț, să îi reteze resursele de putere în partid. De îndată ce va reuși, învingătorul va da lovitura. Învinsul și susținătorii lui vor fi șterși de pe fața pământului.

— De asta se întrunește de fapt Consiliul, nu-i așa? Ca să decidă care dintre cei doi câștigă.

— Poate, a răspuns Khamis Zeydan, frecându-se la ochi. Nimeni nu știe pe cine să susțină. Este un pariu pe care nimeni nu vrea să îl piardă, în definitiv.

— Tu pe cine susții?

Șeful poliției l-a privit chiorâș pe Omar Yussef. Și-a aprins o altă țigară, întorcându-și privirea către apa mării.

— De ce nu vrei să îmi spui? Nu ai încredere în mine? a întrebat Omar Yussef.

— Cu cât știi mai puțin, cu atât ești mai în siguranță. O să iasă foarte urât, ascultă ce îți spun eu.

— Ești în pericol?

— Toată lumea este în pericol, a spus Khamis Zeydan. Doar ne aflăm în Gaza.

Omar Yussef a atins mâna prietenului său, zâmbind.

— Mă duc să mă instalez în camera mea.

Khamis Zeydan s-a aplecat peste masa care îi despărțea și a strâns degetele lui Omar Yussef între mâinile sale. Prietenul său a simțit pielea rece a protezei înmănușate care îi apăsa încheieturile.

— Nu uita ce ți-am spus despre ajutorul pe care ți-l poate da Sami. Alah să te aibă în paza Sa!

— Alah să-ți dea viață lungă!

La plecare, Omar Yussef i-a făcut un semn cu mâna lui Sami Jaffari. Tânărul i-a zâmbit și l-a salutat scurt.

Omar Yussef a urcat la etajul al doilea al hotelului. Îl dureau genunchii. Poate Khamis are dreptate, Gaza pare prea periculoasă pentru el. Oameni nemiloși, ca al-Fara, se luptă pentru premiile cele mari, președinție și putere absolută. Un tânăr șiret, ca Sami Jaffari, știe să se facă indispensabil, să se infiltreze în rețeaua lor și să se păzească de amenințările întunecate din sistem. Dar cum ar putea un profesor de istorie de cincizeci și ceva de ani, înfrânat de efectele nebuniilor din tinerețe asupra trupului, cum ar putea un asemenea om să spere că va înfrunta o lume atât de spurcată și că va reuși să își păstreze decența, ba chiar și viața?

A intrat în camera lui. Hamalul îi lăsase geanta pe pat. Omar Yussef a tras una din draperii. La fel ca pe geamurile de la intrarea în hotel, pe fereastră se vedeau dârele lăsate de ploaia care stârnise ultima furtună de nisip.

Camera goală l-a făcut pe Omar Yussef să se simtă singur. A ridicat receptorul telefonului. A încercat de câteva ori până a reușit să prindă o linie cu exteriorul. Apoi a format numărul de acasă.

— Maryam, eu sunt, a spus el.

— Omar, dragul meu, cum te simți?

— Bine, mulțumesc lui Alah.

— Cum este în Gaza?

— Cred că vine o furtună de nisip.

— Stai înăuntru și bea mult ceai de mentă. Și nu uita să pui o haină pe tine, să nu îți ajungă nisipul la piept.

— Așa o să fac. Ce fac copiii?

— Nadia este aici. Le citește povești lui Dahoud și lui Miral.

Omar Yussef a zâmbit. Cea mai mare nepoată a lui avea doisprezece ani și semăna atât de mult cu mama lui, încât nu se putea abține să nu o prefere celorlalți nepoți. Și-o imagina stând împreună cu Dahoud și Miral. Îi luase la el pe cei doi copii anul trecut, la sugestia Nadiei, după ce le muriseră părinții, care îi erau prieteni. Îi auzea vocea în fundal, modulată și expresivă, lipsită de monotonia și plictisul elevelor sale de la Școala de Fete a ONU din Dehaisha, atunci când citeau cu voce tare.

— Dă-mi-o la telefon, Maryam.

Cât timp nu s-a mai auzit nimic la telefon, Omar Yussef s-a gândit la Salwa și Eyad Masharawi, despărțiți de arestul subit. Se întreba ce ar simți Maryam dacă nu ar ști când i se va întoarce soțul în casa lor veche din piatră, de la marginea Betleemului. Sau ce ar simți el dacă nu ar ști când va mai putea mânca din bucatele ei și când îi va mai asculta dojana mucalită. Se simțea singur și îi era frig. S-a uitat în jur, căutând telecomanda de la aparatul de aer condiționat, ca să îl poată opri, dar nu a văzut-o.

Pe fir s-a auzit deodată vocea Nadiei.

— Bunicule, eu sunt.

Părea foarte depărtată.

Omar Yussef a luptat cu senzația de singurătate.

— Ba nu, eu sunt, a spus el.

Nadia a râs.

— Poți să încerci gluma asta cu frățiorul meu, dar eu știu cum să folosesc telefonul, bunicule.

— Evident.

— De fapt, știu și cum să folosesc calculatorul.

— Calculatorul lui tăticu'?

— Acela este numai pentru jocuri. Facem la

școală ore de informatică. Am hotărât să îți construiesc o pagină de internet.

— O ce? A, o ciudățenie dintr-alea? Pentru ce?

— Tăticul are una pentru firmă, așa că nu îi pot face lui.

Omar Yussef nu înțelegea calculatoarele, dar voia să o încurajeze.

— Bine, așa să faci. Sunt sigur că va fi cea mai bună pagină de internet din Betleem.

— Cea mai bună pagină de internet din tot internetul.

— De unde?

— Bunicule, până și bunica știe despre internet.

Chiar știe? Omar Yussef se simțea adesea descumpănit de felul în care soția sa percepea lumea. O credea simplă și convențională, deși nu putea să nu prețuiască legătura care se formase între ei de-a lungul anilor. Oare cunoștea ea lucruri pe care el nu le înțelegea? Este adevărat că uneori părea să îi cunoască gândurile, chiar și atunci când încerca să i le ascundă. Își aminti de prietena Salwei Masharawi, secretara de la universitate, Umm Rateb, și se întrebă dacă Maryam va detecta în vocea sa o urmă a atracției sexuale pe care o simțise pentru o altă femeie.

Maryam a revenit la telefon.

— Omar, ai mâncat la prânz? Nu îl lăsa pe Magnus să te muncească prea tare fără să mănânci.

Omar Yussef s-a relaxat și a simțit cum dragostea pentru soția sa se materializează într-o mână binefăcătoare.

— Promit să am grijă de mine, Maryam.

Capitolul 4

Cerul avea o nuanță albastră, limpede, dar Omar Yussef știa că este pe cale de a se umple cu praf. Simțea pe limbă primele semne ale furtunii de nisip, care i-au tăiat răsuflarea. S-a oprit ca să își sufle nasul, apoi s-a grăbit să traverseze curtea sufocantă a Universității al-Azhar, pe urmele lui Magnus Wallender și James Cree. Campusul era o aglomerare șerpuitoare de clădiri dreptunghiulare de trei etaje, asemănător unui imens joc de domino, cu piese decolorate până la nuanța cafelei cu lapte. Steaguri palestiniene fluturau în bătaia ușoară a vântului, pe acoperișurile clădirilor administrative.

În față, Cree a deschis ușa și l-a poftit pe Wallender, care la rândul lui a așteptat ca Omar

Yussef să îi prindă din urmă. Ușa era în totalitate acoperită de afișe. Majoritatea înfățișau chipurile avântate și îngândurate ale teroriștilor sinucigași care se pregătesc să plece în misiune.

La capătul holului au pătruns într-o anticameră cu două birouri, în spatele cărora era așezată câte o secretară. Umm Rateb, prietena Salwei Masharawi, s-a ridicat pentru a-i întâmpina. Le-a zâmbit, cu capul aplecat spre stânga.

— Dumnezeu să îți dea pace, *ustaz*.

— La fel și ție, a răspuns Omar Yussef.

— Domnul profesor Maki abia s-a întors după pauza de prânz, a spus ea în limba engleză.

Omar Yussef a observat că Wallender s-a uitat la ceasul de pe perete. Era 4:30 după-amiaza.

— O să îl anunț că sunteți aici, a continuat Umm Rateb. Vă rog să luați loc.

Wallender și Cree s-au așezat. Omar Yussef s-a sprijinit de un fișet. A citit eticheta de pe ultimul sertar. *Registru de diplome: de la A la H.* Și-a amintit de Nadia și de computerul ei: *Palestinienilor le-a plăcut întotdeauna ca totul să fie notat pe hârtie. Computerele nu vor prinde niciodată aici.* Cealaltă secretară bătea în tastatura din fața ei, iar imprimanta de pe biroul alăturat a început să bâzâie.

Umm Rateb a ieșit din biroul președintelui.

— Vă rog să intrați, le-a spus ea.

Omar Yussef a intrat în birou, în urma celor doi străini. Jaluzelele erau lăsate, dar lumina care venea din tavan era puternică, iar aerul condiționat, eficient și discret. Profesorul Adnan Maki stătea în picioare în spatele unui birou care crea impresia de eleganță și de bunăstare. Lăcuit în culoarea ceaiului negru, acesta forma o curbă în unghi de nouăzeci de grade, din locul în care se afla telefonul negru, lucios, până în celălalt capăt, unde era un calculator. Pe suprafața sa strălucitoare nu se afla nicio hârtie sau vreun alt semn că cineva ar fi lucrat acolo. În spatele biroului, un catarg purta steagul palestinian. De fiecare parte a steagului, Maki atârnase două fotografii – în cea din stânga zâmbea alături de președintele în funcție, iar în cea din dreapta îl îmbrățișa pe fostul președinte.

Buza superioară a lui Maki era foarte proeminentă, iar bărbia îi era retrasă, amănunt care îi dădea un aspect de cal, dar nu unul de rasă. Riduri adânci îi brăzdau fața, de la nări până la colțurile buzelor. Era de aceeași vârstă cu Omar Yussef, dar nu avea burtă și se mișca cu mai multă ușurință. Ochii săi mici și lacomi erau atât de negri și de uzi, încât semănau cu doi mormoloci.

— Bun venit, bun venit, le-a urat el cu febrilitate, în limba engleză.

S-a întins în față, aplecându-se mult peste birou, pentru a da mâna cu oaspeții săi, care s-au prezentat pe rând. Mirosea a parfum tare și scump. Când i-a cerut lui Umm Rateb să aducă băuturi pentru toată lumea, s-a aplecat și mai mult către oaspeții săi și a întins o mână cu palma deschisă în semn interogativ.

— Ceai sau cafea?

Apoi s-a uitat la ceasul de la mână și a adăugat:

— Sau este destul de târziu pentru ceva mai tare?

A chicotit și și-a dus o mână la gură, cu o exuberanță care friza bufonerie.

Umm Rateb l-a apostrofat cu un deget.

— Într-o bună zi o să dea buzna cei din Hamas ca să dea foc biroului din pricina lipsei dumitale de morală, Abu Nabil.

Maki a râs mai tare.

— Umm Rateb, domnul Cree este englez...

— Scoțian, a spus Cree.

— Și mai bine. Țara whisky-ului. Fără îndoială, îmi permiți să îmi întâmpin oaspeții după obiceiurile lor, nu-i așa, Umm Rateb? Dumneavoastră de unde sunteți, domnule...

— Wallender. Sunt din Suedia.

— Suedia? În Suedia sunteți beți tot timpul.

Wallender a tresărit.

— Vezi, Umm Rateb? Știu ce le place prietenilor noștri. Și sunt sigur că fratele nostru, continuă el cu un gest către Omar Yussef, nu este un islamist convins.

— Am renunțat la alcool, a spus Omar Yussef.

— Care va să zică, erai pus pe rele în tinerețe.

— Mie îmi făceam rău, a replicat Omar Yussef.

— Aș vrea un ceai, dacă se poate, a spus Wallender.

— Foarte bine, ceai pentru toată lumea, Umm Rateb, iar pentru mine o cafea.

Wallender a privit în urma secretarei care a părăsit biroul.

— Este permis să bei alcool în Gaza?

— Nu în public. Islamiștii înfocați ajung chiar să incendieze localurile unde se servește alcool – cum este vechiul Hotel Windmill, clubul ONU. Eu nu vreau decât să o necăjesc pe Umm Rateb. Este credincioasă, doar ați observat baticul, nu? Avem o înțelegere: nu deschid sertarul de jos decât după plecarea ei acasă.

Maki a bătut darabana în lemn, cu un gest jucăuș.

— Domnule Cree, anul trecut am fost în Scoția. Un vechi profesor de la Universitatea St. Andrews m-a invitat să țin un curs despre evrei, despre ocupație și despre suferințele celor din Gaza. Un bătrân gentleman foarte înțelegător. M-a servit cu un whisky de primă clasă în biroul său. Acum, când secretarele pleacă acasă la sfârșitul zilei, îmi imaginez că nu mă aflu în Gaza. Mă visez în biroul acelui profesor minunat din Scoția.

— Eu, unul, prefer să mă aflu în Gaza, a replicat Cree cu fermitate.

Afirmația l-a surprins pe Omar Yussef. Și-a întors capul brusc pentru a-l privi pe Cree.

— Atunci, poate sunteți de acord să facem schimb de pașapoarte, domnule Cree, a replicat Maki.

Pe chipul lui Cree a apărut un zâmbet, dar ar fi putut la fel de bine să fie o grimasă de durere.

— Doar dacă îmi dați cardul dumneavoastră de VIP.

— Nu am așa ceva. Israelienii refuză să îmi acorde unul. Mie, membru al Consiliului Revoluționar și rector al universității naționale! Nu mi s-a dat niciun card VIP.

Maki a ridicat brațele larg deschise, pentru a sugera caracterul nemaiauzit și ininteligibil al acestei atrocități.

— Desigur, ar trebui să mă număr printre VIP-uri. Israelienii eliberează tuturor funcționarilor importanți ai statului acest card, conform termenilor conveniți în acordul de pace. În felul acesta, VIP-urile pot trece mult mai ușor de punctele de control israeliene. Nu sunt nevoiți să aștepte la coadă, laolaltă cu muncitorii de rând.

— Nu mi se pare corect față de muncitori, i-a replicat Wallender.

Umm Rateb a intrat cu ceaiul și a înșirat paharele de-a lungul marginii curbate a biroului.

— Corect, domnule Wallender? a exclamat Maki, cu vocea subțiată până la falsetto și desfăcându-și brațele și mai larg. Este oare corect ca un om ca mine, care are atâtea de făcut și ocupă o poziție superioară în societate, să fie nevoit să aștepte în țarcul de vite, laolaltă cu muncitorii obișnuiți?

— Care țarcuri de vite?

— Când ați venit, nu ați observat barierele de metal și cuștile? Este foarte aglomerat acolo, oamenii se împing și se îmbrâncesc. Mirosul îți mută nasul.

Maki a râs și a plesnit cu palma blatul biroului, apoi a continuat.

— Săptămâna trecută, stăteam la coadă la punctul de control. Unul dintre soldații israelieni a observat cu ce eram îmbrăcat.

Maki a apucat reverul sacoului său sport și l-a frecat între degete, pentru a le atrage atenția asupra eleganței sale.

— Muncitorii poartă tricouri ponosite, murdare și pantaloni plini de vopsea și de mizeria șantierelor din Israel. Așa că soldatul m-a întrebat cine sunt. Când i-am spus, a pus mâna pe armă și mi-a croit cărare printre muncitori, ca să pot trece, a zis Maki, imitând gesturile soldatului care îi îmbrâncise pe muncitori cu patul armei ca să îi facă loc.

A râs și a bătut din palme.

Wallender și Cree îl priveau pe profesor cu zâmbete șovăielnice. Omar Yussef se uita în jos, la mâinile sale.

— Biroul unde am fost primiți azi dimineață era cel pentru VIP-uri, Abu Ramiz? a întrebat Wallender.

— Da.

— Ah, a exclamat Maki, împungându-l pe Omar Yussef, însă dumneavoastră nu sunteți VIP-uri.

Omar Yussef a privit ochii mici și umezi. Nu era cazul să spună ce gândea cu adevărat. A apucat reverul propriului sacou și l-a frecat între degetul mare și inelar, așa cum făcuse Maki.

Maki a râs și a ridicat o palmă în aer. Omar Yussef a ridicat și el o mână, iar Maki a lovit-o în semn de apreciere, apoi a repetat gestul apucării reverului între degete și a bătut din palme, încântat.

— Fiți bine veniți, a spus el.

Omar Yussef i-a făcut un semn cu capul lui Wallender. Acum puteau trece la problema care îi adusese acolo.

— Mulțumim că ne-ați primit, domnule profesor, a spus Wallender. Abu Ramiz și cu mine am venit în Gaza pentru a inspecta școlile ONU din taberele refugiaților.

— O muncă nobilă.

— Din păcate, inspecția noastră începe sub auspicii nefaste, a continuat Wallender.

— Ați întâmpinat dificultăți cu israelienii de la punctul de control? a întrebat Maki, făcând un semn din mână către Omar Yussef, pe care în mod evident îl considera motivul eventualelor probleme.

— Nu, a fost arestat unul dintre profesorii noștri. Are o jumătate de normă la universitatea dumneavoastră și...

— Arestarea nu are nicio legătură cu activitatea sa la universitate.

— Deci știți la cine mă refer? a întrebat Wallender, îndreptându-se pe scaun.

— Da, da. Tipul acela îngrozitor, Masharawi.

Mâna lui Maki a reprodus semnul de mai devreme, de data aceasta pentru a îndepărta parcă imaginea soțului arestat al Salwei Masharawi.

— Eyad Masharawi, a spus Wallender. A fost arestat în dimineața aceasta.

— Nu are nicio legătură cu universitatea, v-am spus deja.

— Dar atunci când a fost arestat, poliția i-a luat toate lucrările de la examenele date studenților.

— De unde ați aflat asta? a întrebat Maki, zâmbitor și exuberant, întorcând capul când spre Cree, când spre Wallender. V-a spus poliția?

— Am vizitat-o pe soția lui Masharawi, a spus Wallender.

— Cum puteți crede ceea ce spune? Este o intrigantă, la fel ca bărbatul ei.

Profesorului i s-au dilatat nările, ca și cum ar fi fost confruntate cu un miros atât de respingător, încât putea penetra chiar și zidul de colonie din jurul său.

— Ne-a arătat unde ținea lucrările. Acum nu se mai află acolo.

— Ce lucrări? Numai cele de la universitate? Cine poate ști? Cred că forțele de securitate nu investighează numai scandaloasele subiecte date la examene.

Wallender s-a uitat spre Cree. Acesta a încuviințat cu o mișcare a capului.

— Masharawi a acuzat universitatea că vinde diplome false polițiștilor, a spus Wallender.

— Nu duc lipsă de studenți care sunt gata să plătească pentru a obține o educație. Ce motiv aș avea să vând diplome false?

— Am zis că universitatea a fost acuzată că vinde diplome, nu dumneavoastră, a spus Wallender.

— Eu sunt universitatea, domnule. Am construit-o din nimic încă din 1991, când Bătrânul mi-a zis să înființez aici o instituție care să rivalizeze cu Universitatea Islamică.

A făcut un gest către fotografia de pe perete, în care se îmbrățișa cu fostul președinte, acum mort.

— Avem două sute de profesori. Unul singur face reclamații: Masharawi. O sută nouă zeci și nouă de oameni nu se plâng de nimic. Avem zeci de mii de studenți. Ce să înțeleagă ei, că diplomele lor nu mai au nicio valoare din cauza acuzațiilor unui singur om? Este un atac josnic.

Omar Yussef a sorbit restul de ceai din pahar, apoi l-a pus înapoi, pe biroul lui Maki.

— Aveți în universitate studenți care lucrează pentru forțele de securitate? a întrebat el.

— Da, așa cum avem studenți care provin din toate grupările de luptă.

— Grupările de luptă? a repetat Wallender.

— Domnul profesor se referă la milițiile care luptă împotriva israelienilor, a răspuns Omar Yussef.

— Cunoscuți și sub denumirea de teroriști, a adăugat Maki, râzând și ridicând din umeri.

— Aveți și studenți care sunt ofițeri ai Serviciului de Prevenire și Protecție? a întrebat Omar Yussef.

— Dacă îmi dați un nume, vă pot aduce dosarul respectivului student, din biroul unde stă Umm Rateb. În dosar puteți vedea certificatul de absolvire a liceului, care atestă faptul că are dreptul de a studia aici. Apoi, la finalul studiilor universitare, puteți vedea registrul matricol care cuprinde toate cursurile absolvite pentru a obține calificarea dorită, cât și plățile făcute către universitate.

— V-a contactat Serviciul de Prevenire și Protecție în legătură cu profesorul Masharawi? a întrebat Omar Yussef.

— Vă rog, nu este profesor. Este un simplu lector cu jumătate de normă.

Și nici VIP nu este, și-a zis Omar Yussef.

— V-au contactat?

— Eu m-am dus la ei. Masharawi a făcut afirmații periculoase la adresa universității și a mea, ba chiar și la adresa guvernului. A refuzat să își retragă spusele. Așa că m-am prezentat la Serviciul de Prevenire și Protecție pentru a le spune ce știam.

— Le-ați cerut să îl aresteze pe Masharawi? a întrebat Wallender, îndreptându-se pe scaun.

— V-am spus deja că nu l-au arestat din această cauză. Dar eu cred că ar trebui tras la răspundere și pentru aceste declarații.

— Atunci, de ce a fost arestat? a insistat Wallender.

— L-am întrebat pe colonelul al-Fara în dimineața asta, iar el mi-a spus că împotriva lui Masharawi s-au adus acuzații mult mai grave decât vina de a fi dat un subiect de examen scandalos, a răspuns Maki, coborându-și vocea, până a ajuns să vorbească aproape în șoaptă. Există dovezi că are legături cu CIA. Sunt la fel de uimit ca dumneavoastră. Da, poate fi chiar CIA.

Cree a fluierat ușurel, după care a plescăit. Omar Yussef s-a apucat strâns de brațele fotoliului. Wallender și-a dres glasul.

— Sper că înțelegeți, domnule profesor, că suntem nevoiți să urmărim acest caz în continuare, întrucât Masharawi este angajat al ONU, a spus Wallender. Este responsabilitatea noastră.

— În mod evident, este o problemă internă palestiniană. Nu are de ce să vă preocupe pe dumneavoastră.

— Comunitatea internațională va privi această problemă cu maximă seriozitate.

Vocea lui Wallender îi trăda nerăbdarea crescândă.

— Este un caz extrem de surprinzător ca rectorul unei universități să solicite intervenția poliției într-o chestiune de libertate academică.

— Libertate academică? Aici e vorba de calomnie.

— Credeți că acele afirmații erau calomnii îndreptate împotriva dumneavoastră personal? a întrebat Wallender.

— Împotriva mea și a universității. Este același lucru.

Maki s-a făcut mic în scaun și a încercat să se calmeze. Și-a dus mâna la frunte și a coborât vocea.

— Domnilor, această întâmplare este supărătoare și pentru mine. În semn de bună-credință, permiteți-mi să vă propun să iau legătura cu cei care conduc această anchetă și să vă informez mâine de cele aflate. Dacă fratele Abu Ramiz este de acord să ia cina la mine acasă mâine seară, poate îi voi da vești bune despre cazul lui Masharawi. Cel puțin, voi putea să vă transmit detalii pe care nu le cunoașteți despre gravitatea nelegiuirilor sale.

Omar Yussef înțelegea de ce Maki ținea morțiș să îl despartă de cei doi străini. În felul acesta, va putea apela la el în numele cauzei palestiniene. Poate va încerca chiar să îl mituiască, pentru a-l convinge să îi pună pe cei de la ONU pe o pistă greșită. Totuși, Omar Yussef și-a zis că, tot așa cum Maki crede că îl poate convinge mai bine pe conaționalul său palestinian dacă este singur, și el va putea să îl manipuleze pe rectorul universității cu ajutorul subtilităților limbii lor materne.

— Accept invitația cu bucurie, Abu Nabil.

— Te aștept cu multă plăcere, a spus Maki, ridicând din nou vocea.

Capitolul 5

Prin aerul rece a răsunat o singură expirație lungă, mormântală. Omar Yussef stătea întins în patul său de hotel, înghețat bocnă, pentru că nu se pricepea să oprească aerul condiționat. Cât și-ar fi dorit ca în locul zumzetului său monoton să audă sforăitul înfundat al nevestei sale. De câte ori adormea, pe hol se auzea o cheie care descuia o ușă sau o voce care ura noapte bună vreunui prieten. Zgomotele păreau atât de apropiate, încât, la un moment dat, crezând că intrase cineva în cameră, s-a ridicat în capul oaselor, pe jumătate adormit, cu inima bătându-i nebunește și cu pijamaua jilavă de transpirație, în ciuda frigului din cameră. Chiar înainte de ivirea zorilor, s-a dus la baie să-și ia un pahar cu apă, s-a înfășurat în prosoape ca să îi țină de cald și a băut apa în dreptul ferestrei. Privind cu atenție pe după marginea draperiilor, a văzut detașamentul de soldați din fața casei de peste drum, proprietatea șefului Serviciului Militar de Informații. Prin întunericul furtunii de nisip care izbucnise în toiul nopții, a numărat vârfurile țigărilor aprinse care se vedeau în întuneric, când soldații trăgeau câte un fum, până când, în cele din urmă, i s-a făcut somn.

Când a coborât din cameră, Magnus Wallender stătea la recepție, râzând împreună cu funcționara cea tânără și frumoasă.

— O dimineață plină de bucurie, Abu Ramiz, i-a urat el.

— Dimineață luminată, Magnus.

— Meisoun, aici de față, îmi spune că nu primesc ziarele englezești în Gaza, așa cum le primim în Ierusalim.

— Vrei să îți traduc titlurile din ziarele arabe? Îți zic eu dacă există vreun articol despre prietenul nostru, Masharawi, sau dacă Suedia a invadat Norvegia. Restul știrilor, te asigur eu, poți trăi câteva zile fără să le afli.

Wallender a râs.

— Ai dreptate. Ți-e foame?

Omar Yussef a luat unul dintre ziarele arabe de pe biroul recepției. Știrea principală era despre înmormântarea ofițerului din Serviciul Militar de Informații. A observat un articol scurt la sfârșitul paginii. A pus degetul arătător pe el și a fluturat ziarul în direcția lui Wallender.

— Gaza este plină de vești care mai de care mai voioase, Magnus. Privește aici: *„Cadavru exhumat, aruncat lângă Deir el-Balah"*, a citit el. Acesta este titlul. Iată ce spune articolul: *„Un fermier a descoperit ieri rămășițele umane lângă orașul Deir el-Balah. Fermierul a anunțat poliția că a descoperit oasele într-un colț al câmpului său plantat cu varză, de lângă șoseaua Saladin."*

— Unde este Deir el-Balah?

— La sud de orașul Gaza, la jumătatea drumului către granița cu Egiptul, a spus Omar Yussef, apoi a citit continuarea. *„La început, fermierul a crezut că dăduse peste niște oase de animale, dar după ce a descoperit craniul, și-a dat seama că sunt oase de om. Poliția a transportat rămășițele umane la Spitalul Shifa din orașul Gaza, unde doctorii sunt nedumeriți în privința vechimii acestora. Doctorul Maher Najjar, medicul legist al spitalului, a declarat că este dificil să identifice vârsta exactă a oaselor, dar a adăugat că nu este exclus să fi fost înhumate în urmă cu un secol. Nu s-a raportat profanarea vreunui mormânt, dar poliția continuă investigațiile în această direcție, în speranța că oasele vor putea fi readuse la locul lor de veci."* Îți mai este foame acum? a întrebat Omar Yussef, chicotind în timp ce împăturea ziarul.

Au intrat în sala de mese, s-au așezat lângă fereastra cu vedere la mare și au comandat pâine prăjită și un coș de croasante.

Wallender a privit către impenetrabila furtună de nisip de afară.

— S-a dezlănțuit infernul.

— Noi îi zicem *khamsin*, care înseamnă cincizeci, a spus Omar Yussef. Este numărul de zile din fiecare an în care nori de nisip ca acesta descind asupra noastră, venind din deșert. Dar cine le ține socoteala?

— Cât timp va mai dura?

— Câteva zile, o săptămână. Până când plouă puțin sau până când se mai domolește vântul. Ai dormit bine?

— M-am trezit de multe ori. Simțeam că mă sufocă cineva.

— Este din vina presiunii create de furtuna de nisip. Mie îmi dă dureri de cap, a spus Omar Yussef, trasând o linie de la sprânceană până la ureche.

— Am o cutie cu aspirine. Vrei câteva?

— Nu, o să le adaug și pe acestea la colecția mea de dureri de cap de aici, aici și aici, a răspuns Omar Yussef, bătându-se cu degetul în cap și zâmbind.

James Cree a sosit odată cu micul dejun.

— Mie ce îmi dai, băiete? l-a întrebat el pe chelner.

— Cafea, domnule?

— Foarte bine, a spus Cree, luând un croasant din coșul de pe masă. Cafea să fie, băiete.

— Cafea americană sau arabă, domnule?

Cree a rânjit agresiv la Omar Yussef.

— Trăim într-o lume extrem de polarizată, nu-i așa, domnule Yussef? Americană sau arabă, acestea sunt unicele alternative. Est sau vest. Capitalism sau fundamentalism.

Apoi, aplecându-se către chelner:

— Adu-mi cafea europeană, băiete. Înțelege ce vrei tu. Dă fuguța!

Chelnerul a zâmbit și s-a întors la bucătărie.

Cree și-a îndesat croasantul în gură.

— Vremea asta îmi face o poftă de mâncare teribilă.

— Ia-l și pe al meu, a spus Omar Yussef.

— Sunteți sigur? Bine.

Cree a apucat al doilea croasant și a mușcat, înainte de a-l fi înghițit pe primul. Și-a șters o bucățică de aluat unsuros de pe mustață și le-a spus cu voce joasă:

— Mă gândesc că arestarea lui Masharawi poate fi o problemă serioasă pentru ONU.

— Este o problemă și mai serioasă pentru Masharawi, i-a răspuns Omar Yussef.

Chelnerul s-a întors, aducând o cană de cafea la filtru.

— Cafea europeană, domnule.

Cree a adulmecat.

— Este ceea ce cred eu, băiete?

— În sănătatea dumneavoastră, domnule.

Chelnerul a zâmbit, apoi și-a reluat locul, lângă ușile batante.

Cree s-a uitat fix la spatele cămășii albe a chelnerului. A sorbit din cafea.

— Sfinte Hristoase, da' știu că a turnat ceva tărie în cafeaua asta!

Wallender s-a aplecat deasupra ceștii și a inhalat.

— Nu este europeană. I-aș spune mai degrabă cafea scoțiană.

Cree a bătut din palme și i-a făcut un semn de aprobare chelnerului.

— Prevăd că o să devin dependent de cafea, a spus el și a sorbit din ea, cu un oftat.

Omar Yussef simțea mirosul alcoolului peste masă. Aroma înțepătoare a ceea ce își interzisese cu desăvârșire i l-a făcut antipatic pe Cree.

— Trebuie să îl vedem pe Masharawi cât mai curând posibil. Cu cât este ținut mai mult timp în închisoare, cu atât ne va fi mai greu să îi convingem pe cei din forțele de securitate că este o greșeală la mijloc, a spus el.

— Să îi convingem? Noi? a întrebat Cree, lăsându-și capul într-o parte. Dumneavoastră vă aflați aici într-o inspecție școlară, domnule Yussef. Eu nu am vrut să îl implic pe Magnus de la bun început, iar în dimineața asta urma să discut cu el dacă nu ar fi mai bine să se retragă din anchetă de pe acum. Să se ocupe de chestiunea aceasta cei care au experiență în a trata cu forțele de securitate. Eu, unul, cred că nu ar fi potrivit să luați parte la investigațiile noastre.

— Dar cred că vă pot ajuta. Există subtilități pe care nu le-ați putea remarca, pentru că sunteți străini.

— Să știți că vorbesc araba destul de bine și, de când mă aflu aici, am învățat cum să tratez cu ticăloșii ăștia.

— Poate că știi cum să te descurci cu cei din forțele de securitate, a spus Omar Yussef. Dar cu Masharawi? Cred că l-ai trata ca pe un scandalagiu, dacă ți s-ar permite să vorbești cu el.

— Nu vi se pare că a stârnit un scandal?

— Nu a făcut decât să își exprime opiniile.

— După cum spun, pare să fie un scandalagiu.

Omar Yussef a ridicat vocea.

— În cazul acesta, avem nevoie de mai mulți scandalagii în Palestina.

Cree a pus ceașca pe masă.

— Nu uitați, domnule Yussef, că responsabilitățile lui Magnus îi includ atât pe elevii din taberele de refugiați din Gaza, cât și problemele Națiunilor Unite. Noi doi nu putem să analizăm situația lui Masharawi numai din punct de vedere umanitar. Trebuie să ținem seama și de politica ONU în problema negocierilor de pace dintre palestinieni și israelieni.

— Și cum afectează cazul lui Masharawi politica Națiunilor Unite?

— Acest lucru înseamnă că trebuie să ne ajustăm reacția la cazul Masharawi în funcție de interesele noastre diplomatice.

— Mi se pare de la sine înțeles că interesul palestinienilor este să aibă ONU de partea lor, din punct de vedere diplomatic, a spus Omar Yussef. Ceea ce înseamnă că, dacă ONU cere eliberarea lui Masharawi, palestinienii vor fi nevoiți să se supună.

— Avem un capital limitat de cheltuit pe asemenea cereri.

— Ce rost are capitalul, dacă nu merită să îl cheltuiești pentru a salva o viață de om? a întrebat Omar Yussef, bătând cu pumnul în masă.

— Nimeni nu spune că Masharawi urmează să fie ucis, a spus Cree.

— Îl acuză de colaboraționism. Ce credeți că li se întâmplă colaboratorilor?

Omar Yussef și-a îndoit încheietura mâinii, cu palma înspre antebraț, pentru a sugera pierderea bruscă a vieții.

— Știm cu toții că acesta este doar un paravan. L-au arestat din cauza întrebărilor despre corupție puse studenților săi. Este un avertisment pentru ceilalți profesori, ca să nu se avânte prea departe.

— Iată un alt obicei căruia ar trebui să i se opună ONU, o organizație care militează pentru libertatea cuvântului, a spus Omar Yussef, apoi i s-a adresat lui Wallender. Așa ar reacționa ONU dacă aș fi arestat în Dehaisha? I-ai spune soției mele, Maryam, că sunt la mijloc importante chestiuni diplomatice și că eu sunt un amărât care nu merită atenția măreței Organizații a Națiunilor Unite?

Wallender s-a încruntat.

— James, eu cred că dacă luăm legătura cât se poate de repede cu Serviciul de Prevenire și Protecție, se va soluționa totul fără ca afacerea să ajungă la urechea diplomaților.

— Aceasta este marea problemă – Serviciul de Prevenire și Protecție, a spus Cree. Dacă Masharawi ar fi fost arestat de oricine altcineva, am fi avut mai multă libertate de mișcare. În Gaza sunt vreo douăsprezece servicii de securitate, iar noi putem să ignorăm autoritatea a unsprezece dintre ele. Dar colonelul al-Fara este cea mai importantă legătură pe care o au diplomații noștri între forțele de securitate.

Omar Yussef a bombănit și a lovit din nou cu pumnul în masă, zăngănind ceștile.

Cree și-a pus palmele pe masă, de o parte si de alta a farfuriei, apoi a tras aer în piept.

— Uite cum stă situația: noi vrem ca negocierile de pace dintre palestinieni și israelieni să continue, dar israelienii se retrag de la negocieri dacă au loc acte de terorism. Dacă al-Fara îi ține pe teroriști sub control în maniera lui grobiană, toată lumea este fericită. Dar dacă al-Fara se hotărăște să nu ne ajute, atunci vor avea loc atacuri teroriste în Israel și totul se va duce dracului. Ergo, trebuie să facem totul ca al-Fara să fie mulțumit.

— Așadar, ticălosul ăsta poate face tot ce vrea cetățenilor din Gaza, atâta vreme cât nu ucide israelieni?

Omar Yussef a simțit că încep să îi tremure mâinile, așa că și le-a ascuns sub masă, așezându-le în poală.

— Domnule Yussef, nu este atât de simplu. Dacă al-Fara nu ia măsuri împotriva grupărilor teroriste, israelienii vor intra cu forța în Gaza, pentru a se lupta ei înșiși cu teroriștii. Al-Fara este gata să permită acest lucru, doar pentru a demonstra că, fără el, Gaza este neajutorată. Alternativele sunt: tancuri israeliene pe stradă sau un cec în alb pentru al-Fara.

Cree s-a lăsat pe spătarul scaunului și a ridicat din umeri.

— De ce nu ne-ai spus asta ieri? a întrebat Omar Yussef. Ți-a spus cum să abordezi problema cineva din New York, care habar nu are cum arată sau cum miros taberele de refugiați palestinieni, nu-i așa? Ai vorbit cu vreun mare mahăr din New York și ți s-a spus să mușamalizezi cazul Masharawi.

— Domnule Yussef...

— Eu nu sunt domnul Yussef. Numele meu de familie este Sirhan. Omar și Yussef sunt prenumele mele.

A ridicat un deget și l-a îndreptat către Cree, deși știa că nu îl va putea face să nu mai tremure.

— Nu înțelegi nici măcar cum stă treaba cu numele arabe. Cu toate astea, crezi că știi cum lucrează mințile duplicitare ale unora ca al-Fara.

Cree s-a uitat cu neîncredere la degetul îndreptat către el.

— Vreți să vă spun domnule Sirhan?

— Nu, corect este să mi se spună Abu Ramiz, tată al lui Ramiz. Dar prefer ca dumneata să nu mi te adresezi în niciun fel.

Wallender l-a apucat de mână pe Omar Yussef.

— Abu Ramiz, te rog să te calmezi. Să nu uităm că urmărim același scop: eliberarea lui Masharawi. Dar trebuie să facem acest lucru fără să îi supărăm pe diplomații de la New York și fără să ne punem rău cu colonelul al-Fara. Este nevoie de agerimea tuturor pentru a găsi o modalitate de a ne duce la îndeplinire scopul. Trebuie să colaborăm. Așa că, vă rog.

Omar Yussef se uita fix în farfuria din fața sa și bătea cu degetul într-o coajă de pâine.

— Îmi cer scuze, James.

Cree l-a privit, apoi a împins scaunul în spate.

— Mașina este afară. Să mergem la închisoare. Poate ne dau voie să vorbim cu Masharawi.

Omar Yussef a privit în sus.

Cree i-a zâmbit.

— Cafeaua europeană mi-a întunecat judecata, a spus el.

Capitolul 6

Chevroletul a cotit pe străzile largi din Tel el-Hawa, cartierul unde persoanele din vârful conducerii OEP își construiseră vile de prost gust. Bărbați în uniformă, cu capetele între umeri, se adăposteau la umbra pilonilor copiați după cei ai templelor grecești, tușind din pricina nisipului răscolit. Nasser a accelerat pe o stradă lungă și dreaptă. Au ajuns în dreptul unei clădiri albe de formă alungită, cu două etaje, chiar înainte ca drumul să dispară printre colinele semănate cu varză și printre dunele de nisip. Era împrejmuită cu un zid văruit, înalt cam de doi metri și jumătate. Lângă poartă erau postați o mână de bărbați în jachete de piele, cu picioarele depărtate și kalașnikovurile pe piept. Acesta era sediul Serviciului de Prevenire și Protecție.

Nasser a oprit vehiculul Națiunilor Unite lângă poartă. Unul dintre gardieni a apărut la geamul mașinii, lipsit de orice urmă de zâmbet.

— Lăsați mașina aici și veniți cu pașapoartele la intrare, a spus el.

Odată ieșit din mașină, Omar Yussef a tușit din pricina prafului și s-a chircit în bătaia vântului fierbinte. În ghereta de la poartă, un gardian le-a examinat pașapoartele celor doi străini. Purta o geacă de piele neagră și largă, cu guler cenușiu din blană sintetică, și un tricou negru. Chipul îi era grosolan, iar mâinile și burta, mătăhăloase. Era o grăsime ca aceea de taur, care ascunde o putere colosală, asemănătoare cu robustețea unui luptător turc.

A scuipat nisipul adunat în gâtlej, apoi și-a șters mustața neagră cu dosul mâinii. A luat cartea de identitate din mâna lui Omar Yussef și l-a fixat cu ochi sadici, lipsiți de expresie.

— Ce doriți?

— Suntem de la ONU, a spus Omar Yussef. Domnii aceștia ar dori să vorbească cu colonelul al-Fara despre un caz foarte important.

— Mie nu îmi pari așa de important, amice.

Omar Yussef și-a atins vârful mustății și a răsuflat nerăbdător.

— Este vorba de cazul profesorului Eyad Masharawi, de la universitate. Vrem să vorbim cu colonelul despre acest caz.

— Nu este aici.

— Se întoarce repede?

Gardianul a ridicat din umeri, apoi a dat drumul cărții de identitate și pașapoartelor, care au căzut pe birou de la o înălțime considerabilă, scoțând un sunet sec la contactul cu lemnul.

— L-am putea întâlni în altă parte? a întrebat Omar Yussef. Sau am putea programa o audiență?

— Faceți o greșeală dacă vă închipuiți că vă pot ajuta în privința asta. Secretara colonelului este mult mai frumoasă decât mine.

— Dumneata faci o greșeală. Dacă nu o corectezi, colonelul o să ți-o tragă dumitale, în locul frumoasei secretare.

Gardianul și-a încleștat pumnii. Omar Yussef l-a măsurat, gândindu-se că ei trei nu făceau nici cât capul lui. Omul a ridicat telefonul și a format un număr. A mormăit ceva în receptor, a așteptat o clipă, apoi a închis, fără nicio vorbă.

— Traversați curtea, urcați scările și o luați în dreapta.

— A sosit colonelul pe neașteptate?

Gardianul a luat pașapoartele și cartea de identitate a lui Omar Yussef și le-a pus într-un sertar al biroului.

— Le puteți recupera la ieșire.

— Mulțumim.

Gardianul a mârâit ceva.

— Mai zâmbește și tu. Ți-ar sta bine, i-a spus Omar Yussef.

I-a urmat apoi pe Cree și Wallender într-o curte încăpătoare. Lângă scară erau parcate câteva automobile Audi sedan negre, pe ale căror plăcuțe de înmatriculare se vedeau numere cu o singură cifră. *Unitatea motorizată a lui Al-Fara*, și-a zis Omar Yussef. Mașinile erau noi și lucioase, chiar și sub stratul de praf pogorât pe străzile din Gaza.

Cree părea încântat.

— Ai darul de a deschide ușile, Abu Ramiz, a spus el.

— Asta numai după ce îmi sunt trântite în nas, a replicat Omar Yussef.

Au urmat indicațiile gardianului până ce au ajuns la capătul unui coridor, unde au văzut o ușă dublă, din lemn închis la culoare, în dreptul căreia se afla o plăcuță împodobită cu emblema guvernului: vulturul cu creastă. Pe ea scria: *Colonelul Mahmoud al-Fara, Comandant, Serviciul Palestinian de Prevenire și Protecție (Gaza).*

Cree a ciocănit ușor în plăcuță cu arătătorul, zâmbind.

— Să îi dăm o lecție, a șoptit el.

Omar Yussef și-a zis că se află încă sub efectul cafelei europene.

În spatele ușii, trei bărbați în jachete de piele erau cocoțați pe un birou gol. Cel mai scund dintre aceștia i-a condus printr-o serie de birouri, târșâindu-și tălpile din plastic cu zgomot, la fiecare pas. În cele din urmă, le-a făcut un semn din cap înspre o sală de așteptare pustie și s-a postat cu picioarele depărtate în dreptul ușii, fără să-i scape din ochi. După câteva minute, o secretară subțirică i-a condus în biroul lui al-Fara. Ferestrele erau acoperite cu draperii subțiri, menite să împiedice privirile indiscrete din afară, iar un curent puternic de aer condiționat stăvilea căldura zilei. Pereții vopsiți într-un bej inexpresiv erau goi, cu excepția unui singur document înrămat în negru, aflat la celălalt capăt al încăperii. *Nicio fotografie cu președintele,* a observat Omar Yussef. *Omul acesta nu pretinde că ar datora loialitate cuiva.* Câteva dosare cu cleme erau împrăștiate pe un raft, lângă ușă. Un televizor era deschis pe un post arab, cu sonorul oprit. În mijlocul camerei se întindea o masă lungă, de ședințe. La capătul ei stătea colonelul al-Fara, așezat pe un scaun înalt, îmbrăcat în haine de piele neagră.

Părul lui, negru și subțire, era pieptănat cu cărare într-o parte și lăsat să îi cadă peste un ochi. Mustața servea aceluiași scop, acoperindu-i gura. Fruntea îi părea umedă și febrilă, iar trupul lui slab, de înălțime medie, era gârbovit în scaun. A tras dintr-un Marlboro pe care îl ținea în mâna stângă și a scuipat în șervețelul din dreapta, pe care apoi l-a aruncat într-un coș de hârtii. Avea acea moderație în mișcări a foștilor prizonieri, pe care Omar Yussef o observase la bodyguardul lui Khamis Zeydan, când îl văzuse la hotel.

Cree l-a salutat pe al-Fara și i-a amintit că se întâlniseră în timpul recentei vizite a delegației ONU de la New York. Al-Fara nu părea să-și amintească de el. Cree i-a prezentat pe Wallender și pe Omar Yussef. După ce a strâns mâna moale a lui al-Fara, suedezul și-a pus palma peste inimă. Un gest de sinceritate de-al arabilor, care l-a făcut pe Omar Yussef să zâmbească.

Al-Fara a trimis-o pe secretară să pregătească un ceai. Și-a dus batista la gură, pregătind o nouă flegmă.

Ochii care îl cercetau pe Omar Yussef pe deasupra batistei erau congestionați din pricina prafului din aer, dar, cu toate acestea, rămâneau diabolici și periculoși. Omar Yussef s-a străduit să citească documentul înrămat de pe perete. Era o diplomă în drept de la Universitatea al-Azhar. *Iată de ce merită să arestezi un om care acuză universitatea că vinde diplome false agenților secreți*, și-a zis el. Când s-a uitat din nou la al-Fara, a văzut că acesta îi urmărise privirile îndreptate către diploma de pe perete. Al-Fara a scuipat în batistă, fără să își întoarcă privirile de la chipul lui Omar Yussef.

— Domnule colonel, am dori să discutăm despre cazul profesorului nostru, Eyad Masharawi, a spus Wallender.

Din gâtul lui al-Fara s-a auzit o tuse hodorogită care a provocat o altă flegmă.

Wallender a continuat.

— Credem că este vorba de o simplă neînțelegere. Am vrea să ne asigurăm că *ustaz* Masharawi va fi eliberat. Am înțeles că este reținut aici.

— Are loc o investigație, a spus al-Fara, trăgând din țigară. Nu poate fi eliberat înainte de finalizarea acesteia.

— Pot să întreb care este miza investigației?

Al-Fara a plescăit, apoi și-a ridicat bărbia. Răspuns negativ.

— Se pare că *ustaz* Masharawi a fost arestat pentru că a adus acuzații de corupție universității, care vinde diplome ofițerilor din Serviciul de Prevenire și Protecție, a spus Wallender.

— Cunoaștem aceste acuzații, a răspuns al-Fara.

— Dar acest lucru se poate lămuri foarte ușor, nu-i așa? Un profesor universitar are dreptul la libertate de exprimare. Trebuie să i se permită să pună întrebări instituțiilor publice, astfel încât să le apere de corupție. Universitarii pot fi niște câini de pază desăvârșiți în slujba intereselor publicului.

— Din ce țară ziceați că sunteți?

— Suedia.

Al-Fara a tras cu poftă din țigară, apoi și-a suflat nasul cu zgomot.

— În Suedia este pace, așa că vă puteți permite toate aceste drepturi. Dacă țara s-ar afla sub amenințarea unei ocupații vitrege, aceste libertăți despre care vorbiți ar deveni mai puțin folositoare. În viitor, când vom fi stăpâni în țara noastră, vom institui din nou aceste libertăți, puteți fi siguri de asta. Palestinienii le merită.

— Conform poziției oficiale a Națiunilor Unite, respectarea acestor drepturi este o cerință prealabilă înființării unui adevărat stat palestinian. Iar dumneavoastră puteți sprijini acest proces eliberându-l pe *ustaz* Masharawi.

— Pentru noi este mai important să le permitem forțelor de securitate să îi investigheze pe colaboratori, din pricina amenințării pe care o reprezintă Israelul la adresa poporului nostru.

— Cine vorbește despre colaboratori? a intervenit Omar Yussef. Era vorba despre corupția din universitate.

Al-Fara a scuipat în batistă și a privit-o cu o grimasă.

— Explicați-ne măcar ce acuzații i se aduc lui Masharawi, ca să îi putem construi apărarea, a spus Wallender. Se poate ca totul să fie o simplă greșeală.

Secretara a intrat aducând ceștile de ceai pe farfurioare împodobite cu motiv floral. Omar Yussef a rămas tăcut până ce al-Fara și-a turnat al treilea pliculeț de zahăr în ceașca de ceai. Unghia de la degetul mic al mâinii sale drepte avea o lungime de doi centimetri – o poză obișnuită printre cei care doreau să arate că nu muncesc cu mâinile. Era de un galben închis, ca urina unui om deshidratat.

— Cum răspundeți la acuzațiile de corupție? a întrebat Omar Yussef.

— Corupție? Colaboratorul acesta se apără acuzându-i chiar pe cei care îi protejează pe palestinieni de oamenii de teapa lui, a spus al-Fara, privind la ceaiul în care amesteca. Nu este vorba de corupție. S-au făcut greșeli, este adevărat. Dacă nu ar greși nimeni, atunci Alah nu ar fi nevoit să trimită profeți care să ne arate calea cea dreaptă.

— Așadar, cineva a vândut diplomele din greșeală? În realitate, nu este vorba de corupție, ci de o simplă neglijență? a replicat Omar Yussef.

— Nu știu dacă au fost vândute diplome. Și în orice caz, clădirea în care ne aflăm nu este universitatea, orice s-ar spune despre ea. Ați greșit adresa.

— Dacă s-ar afla că agenții cumpără diplome ca să fie promovați și să obțină un salariu mai mare de la guvern, forțele polițienești din subordinea dumitale ar fi puse într-o lumină proastă, a spus Wallender.

— Nu ducem lipsă de bani. Am putea plăti salarii mai mari, dacă am vrea. Avem două mii de ofițeri, ceea ce nu este un număr mare. Nu ne-ar costa foarte mult să creștem salariile.

Al-Fara a sorbit din ceai și și-a șters mustața cu un șervețel, apoi a continuat.

— În Gaza s-au infiltrat elemente străine. Spioni. Cu astfel de investigații ne ocupăm noi.

Al-Fara a rămas cu privirile ațintite dincolo de oaspeții săi, dincolo de masă, la televizorul de la celălalt capăt al încăperii. Postul TV difuza în reluare înregistrarea funeraliilor militare cu public din ziua anterioară.

Cu un rânjet discret, al-Fara a privit cum mulțimea se bulucea pentru a putea vedea sicriul drapat în steagul palestinian. Cu unghia lungă și galbenă a degetului mic a început să se scobească între dinți.

— Îl acuzați pe Masharawi că ar fi spion în slujba CIA? a întrebat Omar Yussef.

— Tot ce se poate, a răspuns al-Fara, fără să își dezlipească privirea de televizor.

Omar Yussef i s-a adresat în arabă.

— Dar și dumneata lucrezi tot pentru CIA.

Al-Fara nu a schițat nicio mișcare, dar din gâtlejul său s-a auzit un oftat prelung, ca sunetul unui motor cu reacție aflat în depărtare.

— Ce ar fi putut spiona, mai exact? a întrebat Omar Yussef? Reactorul nuclear din Gaza? Tactica echipei de fotbal palestiniene?

Al-Fara a întors capul către Omar Yussef, fără să se grăbească.

— Credeți că în Gaza nu există spioni?

— Cred că în zilele noastre este foarte ușor să convingi lumea că cineva este spion.

— Pentru că sunt foarte mulți.

— Vă admir logica, a spus Omar Yussef, după care a făcut o pauză. Domnii Wallender și Cree ar dori să îl viziteze pe Masharawi ca reprezentanți ai ONU, unde acesta lucrează în zilele când nu se află la universitate.

Uitând de televizor, Al-Fara s-a întors cu totul către Omar Yussef. Privirea i s-a înăsprit. *Când l-au arestat pe Masharawi, habar nu avea că lucrează și pentru ONU,* și-a zis Omar Yussef în gând. *Profesorul Maki nu i-a spus. Acum este furios, pentru că străinii îl vor acuza pe el. O chestiune internă se poate transforma peste noapte într-un incident internațional. Nu vrea să își bage alții nasul în treburile lui.*

— Nu îl puteți vedea, a spus al-Fara.

— ONU insistă ca reprezentanților săi să li se permită să îl vadă pe Masharawi, a spus Omar Yussef, ridicând vocea, pentru a-i examina starea de sănătate și a discuta cazul lui.

L-a văzut pe Wallender întorcând brusc capul către el, curios să afle ce își spuneau cei doi în arabă, simțind tensiunea care scânteia în jurul lui al-Fara ca o flacără, dar nedorind să îi întrerupă.

Al-Fara privea vârful țigării sale arzând.

— Ca un gest umanitar, îi voi permite soției sale să îl viziteze. Dar nu pot permite nimănui altcuiva să îl vadă până la terminarea anchetei.

— Când îl poate vedea? a întrebat Omar Yussef.

Al-Fara a stins țigara într-o scrumieră de sticlă, apoi și-a deschis palmele.

— Astăzi, bineînțeles.

— Mulțumesc. Vom putea discuta cazul mai detaliat, de îndată ce soția lui ne dă știri despre starea în care se află?

— Nu voi mai fi aici.

— Atunci, poate diseară?

— Nu se poate. Nu voi mai fi în Gaza.

— Dar unde veți fi?

Al-Fara a zâmbit, privindu-l fix pe Omar Yussef.

— Voi fi la Tel Aviv. Am o întâlnire cu ambasadorul Americii.

— Întâlnirea vă va ține departe de Gaza întreaga după-amiază și seară?

— Toată noaptea. Nu ne întâlnim doar ca să ne salutăm. Doar nu mă duc în vizită la mătușa mea, ci sunt primit de ambasadorul american. Avem de vorbit chestiuni serioase, iar discuțiile se vor prelungi cu siguranță până târziu în noapte.

După care, trecând înapoi la engleză și întorcându-și privirile către Cree, a spus:

— Sunt sigur că ONU este înștiințat despre aceste discuții pe tema securității în Gaza.

Omar Yussef i-a aruncat o privire lui Cree. *Oare știe de ele?* s-a întrebat el.

— Dar, desigur, aceste contacte au loc la nivel înalt, mai presus de capetele dumneavoastră, a spus al-Fara, întorcându-și privirile de la Omar Yussef la Wallender.

În curte, Omar Yussef s-a oprit pentru a-și sufla praful din nas. Deasupra autoturismelor Audi se vedeau ferestrele mici, cu gratii, adâncite în zid. Celulele. A simțit cum îl cuprinde o senzație de abandonare, ca un fior rece de-a lungul pieptului și și-a dat seama că așa se simte Masharawi, închis acolo, sus. I-a trecut prin cap să îl strige pe nume, dar Wallender și Cree se îndreptau deja către poartă, fericiți că puseseră la cale o întâlnire între Salwa Masharawi și soțul ei.

Omar Yussef a aruncat o ultimă privire către ferestre. În spatele gratiilor nu păreau să existe geamuri. Praful care plutea în aerul curții umplea, probabil, și acele încăperi.

Capitolul 7

În spatele pleoapelor lui Omar Yussef pulsau pete portocalii scânteietoare, care începeau să se coloreze în roșu și violet. Îl durea capul. Abia respira în aerul gros, canicular și îmbâcsit.

— În ce loc oribil ne-au lăsat să așteptăm, a spus Cree.

Omar Yussef a deschis ochii și a simțit cum lumina puternică a soarelui îi pătrunde în creier ca o rafală de ace. Cree ședea la celălalt capăt al încăperii pustii, pe un scaun de grădină din plastic, cu trupul încovoiat și cu o expresie stingheră. A apucat de umerii cămășii cu vârfurile degetelor și a desprins-o de pielea transpirată. Wallender avea ochii închiși. Își odihnea pe genunchi palmele întoarse în sus și respira adânc, încet, prin nările sale mici.

Vopseaua întărită de pe ferestre împiedica deschiderea lor și nici măcar jaluzele nu aveau. Cree proptise un scaun în ușă, pentru a crea un curent de aer, dar coridorul era inundat de mirosul puternic de fecale care venea dinspre o toaletă înfundată. Era evident o încăpere unde oamenii erau condamnați să contemple scurgerea dureroasă a timpului, pentru ca fiecare răsuflare să le fie un efort chinuitor, răsplătit numai prin inhalarea unui aer scârbos, aproape lipsit de oxigen.

Se făcuse aproape ora două. Cu două ore în urmă o aduseseră pe Salwa Masharawi la sediul Serviciului de Prevenire și Protecție. Gardianul voinic de la poartă, cu care Omar Yussef intrase în conflict, i-a condus în această cameră de la parter, în vreme ce un altul a condus-o pe Salwa spre celulele din celălalt capăt al curții. Gardianul a încuiat ușa de la capătul coridorului, pentru ca cei trei să nu poată cutreiera prin clădire. Toate ușile deschise spre coridor dădeau în camere la fel de pustii și înăbușitoare ca aceasta.

Omar Yussef își simțea pieptul încordat. Aerul mort din încăpere îi era cunoscut, deși era o amintire pe care încercase să o suprime. Acum îi năvălea în minte împreună cu o avalanșă de lacăte grele, mâncare scârboasă și miros de aer încremenit și sufocant. Simțea nevoia de a se confesa celor doi străini, dar îi era teamă de ceea ce vor crede despre el. *Știți, cu mult timp în urmă am stat și eu în închisoare*, le-ar spune el. *A fost o nedreptate, o răzbunare de ordin politic.* Nu l-ar crede. Ar presupune că a fost vinovat, pentru că proveneau, totuși, din țări unde legea și justiția erau respectate. *Poate rușinea este cea care îmi pune căluș la gură*, și-a spus el. *Nu rușinea că am stat în închisoare, ci rușinea că am ieșit din politică de teama unei alte condamnări. Rușinea că atât de mult timp am preferat să duc o viață liniștită, comodă, în vreme ce în jurul meu era numai moarte și suferință*. Și-a fixat privirea asupra soarelui, încleștându-și fălcile ca să nu spună nimic.

Au auzit o cheie învârtindu-se în lacătul de la capătul coridorului, apoi ușa s-a deschis. Pași grei s-au târât de-a lungul holului, apoi s-au oprit.

— Vă rog, a strigat gardianul, iar vocea sa a făcut coridorul să răsune.

Wallender a deschis ochii și și-a rotit gâtul.

— Mi-a prins bine repausul, a spus el, oftând mulțumit.

Cree s-a holbat la suedez cu gura deschisă.

Omar Yussef i-a urmat pe cei doi străini pe coridorul întunecat. Se simțea amorțit, dar încerca să se miște cât mai repede, ca să țină pasul cu ei. Gardianul nu și-a dezlipit privirea de la el, ceea ce l-a făcut să se teamă de ce s-ar putea întâmpla dacă ar rămâne în urmă, închis în acest loc, fără protecția Națiunilor Unite, întemnițat împreună cu duhoarea mizeriei, căldura insuportabilă și vulnerabilitatea deznădejdii.

Salwa Masharawi îi aștepta la poarta complexului, îmbrăcată în rochia ei neagră, largă, cu basmaua înflorată pe cap. Când ei s-au apropiat, și-a îndreptat basmaua și și-a șters nasul cu un șervețel roz.

— Cum vă simțiți, scumpă doamnă? a întrebat Omar Yussef.

Salwa a zâmbit, jucându-se cu unul dintre nasturii aurii ai rochiei. Ochii îi erau injectați. Plânsese.

— Mulțumesc lui Alah, *ustaz*.

— Vă conducem acasă, unde ne puteți spune ce ați aflat de la Eyad.

Înapoi în casa ei din Tuffah, după ce au intrat în curte, Salwa a privit îndelung la graffiti-urile în formă de sârmă ghimpată din jurul desenului care înfățișa Domul Stâncii. Naji aștepta lângă ușă, jucându-se, doar pe jumătate conștient, cu urechea ascuțită și proeminentă. Salwa i-a șoptit ceva, apoi și-a condus oaspeții în sufrageria unde îi primise la prima lor vizită. Omar Yussef s-a uitat la fotografia soțului ei, preocupat și distant, cu capul întors într-o parte, pentru a-și feri urechea diformă. Se întreba dacă lui Masharawi îi mai pasă de asemenea vanități după o noapte petrecută în închisoare.

Salwa s-a așezat, cu mâinile încleștate în poală. S-a uitat la fotografia soțului ei, de parcă ar fi avut nevoie să îi simtă prezența înainte de a le povesti întâlnirea lor lui Omar Yussef și celor doi străini.

— Soțul meu m-a rugat să vă transmit salutările lui și să vă mulțumesc pentru eforturile pe care le depuneți, a spus ea.

— Cum se simte? a întrebat Omar Yussef.

— Regret că sunt nevoită să vă spun că a fost torturat, *ustaz*.

Omar Yussef se gândise la căldura și praful și mirosul îmbâcsit din interiorul celulelor, dar nu îi trecuse prin minte că bărbatul va fi torturat. Wallender a gemut și și-a frecat barba.

— După vizita pe care ați făcut-o azi dimineață colonelului al-Fara, i-au adus de mâncare lui Eyad, dar înainte de asta a fost lăsat fără hrană și fără apă timp de douăzeci și patru de ore, a spus Salwa. L-au obligat să stea în *shabbah*. Cunoașteți poziția?

— Am citit despre ea, a spus Cree. Ghemuit, aplecat în față, cu mâinile legate la spate, iar călcâiele nu trebuie să atingă pământul. După câteva minute, simți că îți iau foc picioarele și spatele.

Salwa și-a acoperit gura și nasul cu o mână. A izbucnit în hohote, și-a lăsat capul în pământ, apoi s-a îndreptat și a tras aer în piept.

— L-au bătut la tălpi și i-au pus pe cap un sac murdar care mirosea a vomă. I-au legat mâinile la spate și l-au atârnat de tavan. A leșinat de câteva ori.

— Cum pot face așa ceva? a exclamat Omar Yussef, ducându-și mâna la frunte.

Și-a amintit de disconfortul simțit în camera unde o așteptase pe Salwa. Îi era rușine de văicăreala și de autocompătimirea care îl încercaseră acolo, la numai câțiva pași de locul unde Masharawi fusese supus unor chinuri adevărate.

Fiul cel mare al Salwei a intrat ducând o tavă cu ceai. Omar Yussef era mulțumit că băiatul își ținea capul și umerii plecați, cu stângăcia adolescentului. Nu ar fi vrut să citească mila și groaza din ochii oaspeților care îl priveau. Naji a așezat ceștile pe masă și a plecat.

— La început, Eyad mi-a vorbit foarte cumpătat. Dar când mi-a povestit despre torturile la care a fost supus, a izbucnit în lacrimi.

Amintirea acelui moment a oprit-o pe Salwa, care s-a aplecat peste măsuța de cafea, în căutarea unui șervețel.

— L-am putut vedea numai printr-o plasă de sârmă. A intrat în încăpere gârbovit, târșâindu-și picioarele, de parcă fiecare mișcare era un chin. A zâmbit și m-a întrebat despre copii. I-am povestit despre ajutorul pe care ni l-ați dat, Abu Ramiz. Vă este foarte recunoscător. Vă trimite omagiile sale.

— Ce l-au întrebat anchetatorii? i s-a adresat Omar Yussef.

— Nu i-au pus întrebări. Pur și simplu i-au ordonat să semneze o confesiune.

— Prin care să mărturisească ce?

— Că este un spion CIA, a cărui misiune a fost aceea de a răspândi zvonuri răuvoitoare despre guvern. L-au amenințat că universitatea îi va opri salariul și că eu și copiii vom rămâne fără bani.

— Va primi salariul de la ONU, a spus Wallender.

Salwa a mulțumit printr-o mișcare a capului.

— L-a întrebat pe anchetator când va fi chemat la proces. Anchetatorul a râs și i-a răspuns: „Vei avea parte de proces când va fi înființat statul palestinian." Înțelegeți, a spus ea, întorcându-se către Wallender și Cree, că pentru oamenii de pe aici asta înseamnă ceva ce nu se va petrece niciodată. O spun sub formă de glumă. Apoi, soțul meu a plâns și mi-a zis că simte că a murit deja de cinci sute de ori. Sunt atât de îngrijorată, Abu Ramiz. Dacă Eyad a ajuns în starea asta după numai o zi, poate că, într-adevăr, au de gând să îl ucidă.

— Sunt sigur că nu, a zis Abu Ramiz. Ai spus doar că i-au dat de mâncare după ce au aflat că reprezentanții ONU se interesează de cazul lui. Cu siguranță vor înceta de-acum și torturile. Ieri era un simplu palestinian și știm foarte bine cum își tratează forțele de securitate compatrioții. Astăzi, se află în atenția autorităților internaționale. Nu este în interesul lor să se vadă că a fost torturat, în eventualitatea că vor fi nevoiți să îl aducă în fața anchetatorilor ONU. Trebuie să poată nega acest lucru, să îl acuze de minciună și să pretindă că a fost tratat bine.

Wallender s-a ridicat în picioare.

— Umm Naji, vom ține legătura cu biroul nostru din New York. Chiar acum mergem să trimitem un raport despre torturile la care a fost supus, pentru a constrânge guvernul să pună imediat capăt acestei situații.

— Magnus, dacă nu te superi, aș vrea să mai rămân cu Umm Naji, a spus Omar Yussef.

— O idee foarte bună, Abu Ramiz. Noi ne întoarcem la hotel să vorbim cu cei de la centru.

— Bine. Eu mă întorc după amiază, târziu. Trebuie să îmi rezerv timp să mă pregătesc pentru cina din seara asta, de la profesorul Maki. Tu iei masa la hotel?

— Nu îți face griji pentru bătrânul Magnus, a spus Cree. Îl duc la un restaurant unde se servește cel mai bun pește din Gaza.

Wallender și Cree au plecat. Salwa și Omar Yussef au rămas tăcuți, în timp ce Chevroletul Suburban al ONU a ieșit în marșarier de pe aleea cu pietriș.

— Te rog să iei masa cu noi, Abu Ramiz.

— Mulțumesc. Alah să te binecuvânteze.

Femeia și-a coborât capul, iar basmaua i-a tremurat. Omar Yussef a scos un șervețel din cutia de pe masă și i l-a întins. Ea și-a șters ochii, dar lacrimile nu i s-au oprit.

— Abu Ramiz, mi-este teamă.

— Este o poveste îngrozitoare și înfricoșătoare, fiica mea. Dar nu trebuie să o înfrunți singură.

— Îmi este teamă pentru fiul meu, Naji. Știi bine ce se întâmplă cu fiii colaboratorilor – sunt atât de disperați să repare reputația distrusă a familiei, încât se oferă voluntari în misiuni sinucigașe îndreptate împotriva israelienilor. El este un băiat atât de singuratic. Ar putea pune la cale ceva înfiorător, iar eu nu aș ști nimic până când nu aș afla de la știri.

— Nu pare a fi genul acela, a spus Omar Yussef. În plus, până una-alta, nu este decât fiul celui *acuzat* de colaboraționism. Iar noi o să ne asigurăm că povestea asta nu merge mai departe.

Salwa a tras aer în piept.

— Mulțumesc, *ustaz*. Mă duc să pregătesc masa.

Femeia a părăsit camera. Omar Yussef a auzit-o cum scoate farfuriile din dulapul de bucătărie. După sala mare și pustie în care luase micul dejun la Hotelul Sands, zgomotul acesta i se părea familiar, domestic.

Băiatul a intrat pe ușă. Și-a încârligat degetele și și-a fixat privirile pe dosul mâinilor sale.

— Da, Naji?

— *Ustaz*, ați vrea să vă arăt păsările mele?

— Mi-ar face mare plăcere.

Băiatul l-a condus pe Omar Yussef sus, pe scări, într-o cameră mare și bine luminată, aflată în partea din spate a casei. A auzit porumbeii ale căror sunete guturale, înăbușite, le remarcase în crângul de măslini prima dată când intrase în casă. Încăperea avea un aer spartan. O pătură pufoasă, cu aspect ieftin, sintetică și viu colorată, acoperea patul. Lângă perete se afla un birou mic, pe marginea căruia erau aliniate vrafuri ordonate de cărți și caiete.

Naji a deschis ușa de sticlă care dădea în balcon. În colțul cel mai îndepărtat de dormitor se găsea o colivie din sârmă și placaj, de aproximativ un metru douăzeci pe un metru douăzeci. O pereche de porumbei stătea cocoțată pe o ramură groasă de măslin răsucită, proptită în interiorul coliviei. Doi canari zburau în jurul lor. Naji s-a aplecat către tăvița cu grăunțe. Le-a pus o mână de semințe dintr-un săculeț. A privit în sus și, din spatele măștii sale rigide și triste, s-a ivit un zâmbet. Omar Yussef a simțit că îi tremură buzele de milă.

— Auzi ce spun, *ustaz*? Ascultă, spun *uzcouru Alah*. Îi auzi?

Amintește-ți de Alah. Aceste cuvinte gângurite de porumbei erau o veche poveste pentru copii. Omar Yussef a ascultat chemarea repetitivă a păsărilor albe, privind expresia tandră de pe chipul lui Naji.

Băiatul s-a ridicat. Și-a băgat degetele prin plasa de sârmă. Unul dintre canari i s-a cocoțat pe degetul mare.

— Totul va fi în regulă cu tatăl meu, *ustaz*?

Omar Yussef a tras aer în piept, apoi și-a dres glasul.

— Desigur.

— A făcut ceva rău?

— Dimpotrivă. Tatăl tău a luat apărarea dreptății. Într-o lume plină de nedreptate, este primejdios să faci așa ceva.

Salwa l-a strigat de jos pe Naji. Cu multă grijă, băiatul a lăsat canarul să îi zboare de pe deget. L-a privit aterizând lângă tăvița cu semințe.

— Cred că este gata masa, a spus el.

Masa era pusă în sufrageria cea mică cu vedere spre partea din față a casei. La intrarea lui Omar Yussef, Salwa așeza pe masă o ultimă farfurie cu vinete.

— *Babaganoush* este mâncarea preferată a lui Eyad, a spus ea. Te rog, Abu Ramiz, așază-te aici.

Omar Yussef s-a așezat în capul mesei. Salwa l-a prezentat celorlalți patru băieți. Cei mari îl priveau curioși. Cei mai mici, care arătau de șase, respectiv șapte ani, rupeau pâinea în fâșii, părând a nu-l observa pe musafir.

Pe masă erau *hummus* și alte salate: *turkiyyeh* roșu, condimentat și *labaneh* alb, cremos. Băieților se părea că le plac ridichile murate: fiecare avea în față câte o farfurie cu ridichi tăiate felii și câteva măsline pe lângă ele. Omar Yussef a desfăcut un *kubbeh*. Dinăuntrul crustei de făină, carnea tocată de miel emana un miros dulceag, de scorțișoară și de semințe de pin. I-a zâmbit Salwei.

— Umm Naji, rar mănânc altceva decât ceea ce gătește draga mea soție, Maryam, care este o bucătăreasă excelentă. Din acest motiv nu îmi place să călătoresc. Dar talentul dumitale de bucătăreasă mi-a făcut depărtarea de Betleem mai ușor de suportat astăzi.

Salwa a zâmbit.

— Fii binevenit. În sănătatea dumitale, a spus ea. Familia dumitale este din Betleem, Abu Ramiz?

— Nu, suntem refugiați dintr-un sat de la marginea Ierusalimului. Scumpul meu tată a sosit în tabăra Dehaisha în 1948, când eu abia mă născusem. Dar orașul meu natal este Betleemul. Nu tânjesc să mă întorc în sat.

— Satul mai există?

— Pe terenurile din jurul satului s-a construit un mall israelian, una din acele clădiri strălucitoare pe care le vedem la televiziunea Golfului. Nu am văzut nimic asemănător în vreunul dintre orașele noastre, deși mi s-a spus că se construiește ceva similar la Ramallah.

— Ai vizitat vreodată satul?

— O singură dată, pe când era mai ușor să obții permis de liberă trecere. Ca să fiu sincer, nu a mai rămas nimic în afară de moschee, dar nici ea nu mai este folosită. Eram foarte mic când am plecat, așa că amintirile mele se reduc la poveștile despre viața dinainte, spuse de dragul meu tată. Aceste povești au ajuns să pară atât de reale, încât le iau drept propriile mele amintiri, a continuat Omar Yussef, privindu-i pe copii și gândindu-se la tatăl lor. Copii, tot ce pare rău trece. Viața este foarte lungă. Când ești tânăr, ai tendința să exagerezi un lucru rău. Dar uitați, eu am supraviețuit chiar și Marii Catastrofe a poporului nostru și sunt un om fericit. Am studiat mult la școală, muncesc din greu și am o familie minunată.

— Ați dat multe examene la școală? a întrebat unul dintre cei mici, privindu-l pe Omar Yussef și luând o înghițitură de *hummus*.

— Da, am dat multe examene. Am mers la universitate în Damasc.

— Și *pe dumneavoastră* nu v-au arestat?

— Nu te arestează pentru că dai un examen, Sufian, a spus Salwa.

Băiatul nu părea convins. Îl privea pe Omar Yussef încruntat, ca și cum faptul că nu fusese arestat, deși a dat un examen, îl transforma într-un membru al conjurației care îl lipsise de tată.

— De ce nu v-au arestat pe dumneavoastră în locul tatălui meu?

Omar Yussef a mestecat *kubbeh*-ul, dar îi pierise pofta de mâncare.

— Sunteți polițist? a întrebat băiatul.

— Sufian, taci din gură, a spus Naji, scuturându-l pe fratele său mai mic de umăr.

— Sunt profesor, ca tatăl tău, a răspuns Omar Yussef.

— Tăticul spune că profesorii trebuie să se poarte ca polițiștii, a spus Sufian. Trebuie să afle adevărul, apoi să aibă grijă să îl aducă la cunoștință tuturor copiilor.

— Abia aștept să îl întâlnesc pe tăticul tău. Cred că o să îl plac mult.

Când poliția nu vrea să afle adevărul, adulții tac, și-a zis Omar Yussef. *Când situația devine periculoasă, numai copiii pun întrebări. Și poate profesorii lor, pentru că le pasă de mințile copiilor și de viitorul în care vor crește. Din acest motiv nu a tăcut Masharawi, în ciuda pericolului. Poate din același motiv mă aflu eu aici.*

Capitolul 8

Delegații Consiliului Revoluționar erau adunați în fața recepției Hotelului Sands când Omar Yussef s-a întors de la familia Masharawi, unde luase prânzul. Cele două vizite la sediul colonelului al-Fara din dimineața aceea îl secaseră de energie. Cămașa îi era umedă, iar părul transpirat i se lipea de gât, pe lângă guler. Îl usturau ochii din pricina furtunii de nisip. Ar fi băut o cafea, dar sala de mese era plină de politicieni și de asistenții lor, care sporovăiau zgomotos.

Khamis Zeydan era așezat la masa de lângă ușă. În jurul ei se aflau alți șase bărbați, împreună cu Sami Jaffari, îmbrăcat în tricoul negru care îi punea în evidență musculatura mlădioasă a umerilor și a pieptului. Unii fumau țigări, alții trăgeau dintr-o narghilea.

Bărbații în costume erau fascinați de povestea pe care o relata Khamis Zeydan. Omar Yussef nu auzea ce spune prietenul său, dar simțea că se apropie poanta, după felul în care se lăsase pe spate în scaun, își ridica brațele și le deschidea din ce în ce mai mult cu fiecare propoziție. Când brațele au ajuns deasupra capului, grupul a izbucnit în râs.

Sami l-a observat pe Omar Yussef dincolo de pragul ușii. I-a făcut un semn de recunoaștere, apoi și-a dat ochii peste cap, ca pentru a-i spune că suferă în tăcere.

Omar Yussef a urcat în cameră. S-a așezat pe pat, în liniște. Cineva a încuiat o ușă în apropiere și a traversat coridorul, vorbind la telefon. Apoi s-a așternut tăcerea. Nu auzea decât sunetul respirației sale. Se gândea la Eyad Masharawi, bătut și torturat și la copiii care îi duceau dorul. Șansele lui Masharawi de a scăpa de alte torturi depindeau de felul în care Omar Yussef se va purta cu profesorul Maki la cina din această seară. L-a cuprins un atac de singurătate atât de neașteptat și de deznădăjduit, încât i s-a descleștat falca, iar pielea obrajilor i s-a părut deodată mai grea. A ridicat receptorul și s-a străduit să își amintească cum să telefoneze în exterior. Apoi a format numărul de acasă.

A răspuns Nadia.

— Salutare, draga mea, a spus Omar Yussef. Ce faci?

— Bine, mulțumesc lui Alah, bunicule. Cum este în Gaza?

— Avem parte de o furtună de nisip aici, a spus el. Cum este vremea în Betleem?

— Foarte cald. Dar nu avem furtuni.

— Sunteți norocoși. Ce ai făcut în ultima vreme?

— Am citit una dintre cărțile tale în după-amiaza aceasta, bunicule. Cea mare, despre Egiptul antic, cu imagini ale piramidelor și ale zeilor egipteni.

— Sunt sigur că nu mi s-ar permite să aduc o asemenea carte în Gaza. Hamas nu ar fi de acord cu ideile ei păgâne.

— Exact. Să îți fie rușine, bunicule.

Omar Yussef a încercat să își amintească câți ani aveau fiii lui când au început să folosească sarcasmul. Era convins că până și în această privință Nadia, la cei doisprezece ani ai ei, dovedea precocitate.

— Așadar, am citit în carte că Seth, cel cu cap de șacal, era zeul deșertului și creatorul furtunilor de nisip, a spus Nadia.

— Atunci, zeul cu cap de șacal își face de cap din plin în Gaza. Din nefericire pentru cei care locuiesc aici.

— Am citit și despre rasa umană. De unde credeau egiptenii că ne tragem.

— Și de unde ne tragem?

— Zeul creației era Atum. El a făcut totul. Mai întâi, l-a scos pe nas pe zeul aerului. Apoi a scuipat-o pe zeița apei din gură. Și apoi a dat naștere altora, de care nu îmi mai amintesc, dar toți au ieșit din corpul lui. Când a privit rezultatul eforturilor sale, Atum a început să plângă și lacrimile sale s-au transformat în oameni cu care s-a populat lumea. Așa că, vezi tu, viața a început cu un plâns zdravăn.

Omar Yussef își amintea de mitul acesta. Își amintea și că la început Atum s-a masturbat și a dat naștere celorlalți zei prin orgasmul său. Spera că partea aceasta nu era menționată în cartea din care citise Nadia.

— Ce crezi despre mitul acesta? a întrebat-o el.

— Cred că are noimă. Explică de ce viața este atât de tristă și de ce ne lovim de atâta răutate, oricât de buni am fi.

— Poate Atum plângea de fericire.

— Nu m-am gândit la asta, bunicule. Dar, oricum, nu cred că plângea de fericire.

— Mă bucur că citești despre istorie și despre felul în care anticii percepeau lumea. Viața nu se reduce la viziunea celor din orașul nostru și din timpurile noastre. Am și alte cărți ca aceasta. Ți le arăt când mă întorc acasă.

— Bunicule, ți-am făcut o pagină de web, a spus Nadia, însuflețindu-se deodată.

— Mi-ai desenat ceva?

— Ce? Nu. Pentru site-ul tău. L-am început ieri, după ce am vorbit. Ți-am înregistrat numele domeniului, apoi am scris textul pentru pagina de start, am postat o fotografie a ta și am făcut și niște grafice.

Ce este o pagină de start?

— Când oamenii scriu adresa site-ului tău, pagina de start este prima care se deschide. Desigur, trebuie să mai fac și alte pagini, ca să poți naviga pe site.

A crescut mai mult decât îmi imaginam eu, și-a zis Omar Yussef. *Înțelege tristețea care stă la originea vieții în povestea despre lacrimile zeului egiptean. Dar are și acest entuziasm tehnologic care denotă încredere în viitor.* Se întreba cum de îi scăpase transformarea prin care trecuse nepoata sa preferată. Poate nesocotise și alte schimbări apărute în lume din simplul motiv că nu îl afectau direct. Își amintea că îl surprinsese să afle de la Salwa Masharawi despre tortura la care fusese supus soțul ei. Acum, surprinderea i se părea străină de el, de parcă ar fi de la sine înțeles că oricare persoană arestată pentru că a criticat guvernul este bătută la tălpi. De când fusese închis, cu mult timp în urmă, petrecuse câteva decenii ridicând în jurul lui un zid de candoare, dar o părticică din acel zid se dărâmase în Gaza. Poate că, totuși, nu fusese candoare, ci orbire. Înțelegea de ce zeul Atum vărsase lacrimi la vederea lumii pe care o crease.

— Bunicule, este vreun computer la hotel?

— Da, este unul la recepție.

— Au acces la Internet?

— Pot să întreb. Recepționera este o doamnă foarte drăguță.

— Notează adresa site-ului. Este *www.pa4d.ps.*

Omar Yussef a notat adresa de Internet pe o bucată de hârtie cu antetul hotelului.

— Dar ce înseamnă?

Nadia a râs.

— O să vezi. Trebuie să te duci să o accesezi pe Internet. Vrei să vorbești cu bunica?

— Da, scumpa mea. Te rog.

Omar Yussef a împăturit bucata de hârtie cu adresa paginii de internet și a băgat-o în buzunarul de la pieptul cămășii.

A tras draperiile de la fereastră. Aleea din fața hotelului se ridica aproape douăzeci de metri de la intrarea hotelului până la șoseaua care ducea spre plajă. Pâcla din aerul prăfuit se îngroșa spre asfințit. Un măgar trecea în trap ușor pe drum, înhămat la o căruță plină de cutii cu roșii. Îl urma un șir de taxiuri galbene care claxonau și se tot agitau să îl depășească. O trupă de soldați cu berete roșii sprijineau ghereta santinelei de la intrarea în casa comandantului Serviciului Militar de Informații, aflată peste drum. Clădirea era un bloc simplu, cu șase etaje. Un singur etaj era luminat, o fluorescență bolnăvicioasă strălucind prin praful din aer.

Maryam a venit la telefon.

— Omar, dragul meu, ce ai mâncat la prânz?

El a simțit din nou chinul singurătății.

— Maryam, viața mea, te iubesc.

— Omar?

— Mă întorc acasă curând, îți promit.

— Omar, s-a întâmplat ceva?

Îl usturau ochii. I-a trecut prin minte că nu ar fi rău să plângă, pentru a elimina tot praful adunat în timpul furtunii. Se simțea gata să izbucnească.

Camera era rece și se imagina încarcerat aici, departe de casă. *Știi ce înseamnă să fii închis, singur și speriat*, și-a zis el. Îi era greață și se temea să nu strice totul vomitând din pricina nervozității în timpul cinei cu profesorul Maki din seara aceea. A respirat adânc, străduindu-se să își proiecteze în fața ochilor chipul soției sale.

— Am mâncat foarte bine la prânz în casa unui prieten.

— Foarte bine. Nu îl lăsa pe Magnus să te ducă la vreun restaurant de acolo. Nu se respectă rețetele.

— Iau cina în casa unui... unui prieten în seara asta.

— Ți-a spus Nadia despre pagina ta de Internet?

— Da, ai văzut-o?

— Nu, nu vrea să o arate nimănui până nu îți dai tu acordul.

— Este foarte inteligentă.

— Te surprinde?

— Nu, mă umple de mândrie. Maryam, ar fi timpul să mă pregătesc pentru cină.

— Am înțeles. Noi suntem bine cu toții, mulțumesc lui Alah.

El a ezitat.

— Tu ești viața mea.

Maryam a râs.

— Omar, ai de gând să îmi cânți serenade? Alah să te binecuvânteze, dragul meu.

Omar Yussef a pus receptorul jos. Peste drum, în fața casei generalului Moussa Husseini, au oprit trei jeepuri. Presupunea că urma să se schimbe garda, dar bărbații de la poartă nu și-au părăsit posturile, iar jeepurile nu au pornit-o din loc. În schimb, au format un cordon în jurul intrării. Din spatele vehiculelor au sărit câțiva soldați care au pătruns în fugă prin ușa blocului. Luminile s-au aprins pe rând, etaj după etaj. Apoi s-au stins toate deodată.

Omar Yussef a stins lampa și a continuat să privească spre casa lui Husseini. Nu s-a întâmplat nimic. A așteptat. Poate era o simplă întărire de gardă. Poate așa se pregăteau de obicei pentru venirea nopții. *Numai că în noaptea aceasta este furtună de nisip*, și-a zis el. *Întunericul va fi de două ori mai greu de pătruns.*

Capitolul 9

Un taxi l-a lăsat pe Omar Yussef pe strada Émile Zola, la numărul 73. S-a sprijinit cu o mână de scoarța netedă a unui platan înalt și a tușit. Praful țâșnea prin aer. La căderea întunericului, furtuna compactă de nisip i-a prefăcut vederea lui Omar Yussef într-o negură monocromă. Ramurile copacilor îi dansau pe deasupra capului, încăierându-se cu tricolorul peste zidurile Centrului Cultural Francez. Ochiurile metalice ale steagului zgâriau ritmic catargul de care era atârnat.

Vântul care bătea din spate i-a răvășit părul și i l-a suflat în ochi. Se mișca cu atenție. Chiar și aici, în cel mai elegant cartier din Gaza, trotuarul era denivelat. Și-a prins un deget și s-a împiedicat într-o cărămidă care fusese împinsă afară din modelul în formă de diamant al trotuarului de rădăcinile unui platan bătrân. Răsuflând ușurat, a ajuns în fața unei porți și a găsit o sonerie. Lângă ea, pe zidul văruit, era scrijelit numele Maki.

În spatele zidului înalt al grădinii, forța vântului slăbea. Omar Yussef și-a aranjat părul cu pieptenele de plastic pe care îl purta în buzunarul cămășii. Și-a șters pantofii pe spatele pantalonilor, pentru a îndepărta mizeria adunată. Grădina avea un aer luxuriant, tropical. Privind iarba deasă și trunchiurile spinoase ale curmalilor înfundate în ferigile de la poale, lui Omar Yussef i-a trecut prin cap că Maki ar putea fi vinovat pentru lipsa de apă din Gaza. Poteca spre casă era scurtă, dar cotea pe lângă o fântână arteziană din beton, împodobită cu faianță turcoaz. O căprioară mare, din plastic, se ivea din spatele unui tufiș aflat lângă apa susurătoare. Omar Yussef și-a pus o palmă peste boticul ei și i-a mângâiat capul în trecere.

Ușa simplă, de mahon, s-a deschis în timp ce urca treptele către verandă. Menajera firavă, îmbrăcată într-un capot maroniu, din nailon, care ținea ușa deschisă, l-a salutat într-o engleză șoptită, plină de respect. Era îngustă în șolduri, înaltă și ciolănoasă, aproape ca o fetiță. Judecând după înfățișarea și accentul ei, Omar Yussef a presupus că Maki o adusese de prin India sau Sri Lanka. I-a mulțumit fetei și a privit în jur. Nu mai văzuse niciodată o asemenea eleganță în casa unui palestinian. Podelele erau acoperite cu marmură de un maroniu lăptos, care în urma lustruirii căpătase sclipirea unui lac în miezul verii. În centrul încăperii se afla un candelabru scânteietor, atât de mare, încât ultimul șah l-ar fi considerat ostentativ, iar sub el, o masă și scaune la fel de sclipitoare ca podeaua. Cu toate că era atât de slăbuță, menajera părea că muncește din greu.

— Profesorul Adnan sosește imediat, domnule, a spus ea. Pot să vă aduc ceva de băut?

— Mulțumesc. Apă minerală, te rog.

Masa era pregătită cu două seturi de tacâmuri sclipitor de scumpe, din argint, și cu pahare de cristal. Omar Yussef a imaginat un al treilea loc la masă, pentru Eyad Masharawi, reamintindu-și că trebuie să cântărească cu atenție fiecare cuvânt în discuția din seara aceasta. Libertatea lui Masharawi depindea de el.

Menajera i-a adus apa minerală și a dispărut. Când a apucat paharul, îi tremura mâna.

În cameră au pătruns notele joase ale unui cântec de dragoste interpretat de Fairuz. În mijlocul unei asemenea opulențe, Omar Yussef mai că se aștepta să o vadă pe diva din Liban apărând de după vreo draperie, însoțită de un cvartet de coarde.

În locul ei, și-a făcut apariția profesorul Maki. A ieșit de pe un coridor a cărui prezență era mascată de un paravan chinezesc, lucrat în email negru și decorat cu păsări albastre și roșii. Purta o cămașă largă, din mătase albastru-cobalt, care îi dădea înfățișarea unui pirat și pantaloni din pânză închiși la culoare. A înaintat cu brațele desfăcute.

— Dragul meu *ustaz* Abu Ramiz, a exclamat el.

Omar Yussef a traversat cu atenție podeaua de marmură, căci părea alunecoasă.

Maki l-a sărutat de trei ori pe obraji. Mirosul puternic de colonie se simțea din nou în aer.

— Consideră că ești în propria dumitale casă, alături de familia dumitale, a spus el.

— Mă simt ca în sânul familiei mele.

— Bun venit, bun venit, bun venit, Abu Ramiz. Alah cel milostiv să te binecuvânteze.

— Alah să te binecuvânteze!

Maki nu a dat drumul mâinii lui Omar Yussef și l-a condus la masă. A tras un scaun și i l-a vârât sub șezut. A privit apoi către paharul de apă minerală.

— Abu Ramiz, nu te mai afli în Hamastan[1]. Din punctul meu de vedere, interiorul acestei case nici măcar nu se află în Gaza. Eu decid unde se află și am ales să fie un loc unde mă pot delecta cu plăcerile pe care mi le îngădui.

Sunt convins că așa este, și-a zis Omar Yussef în sinea lui. Maki avea dreptate, salonul lui nu avea aspectul unui interior din Gaza.

— După cum v-am spus mai devreme, eu nu beau alcool, Abū Nabil.

— Măcar un pahar, a spus Maki. Tizul dumitale, poetul persan din Antichitate, a rimat *divin* cu *vin*. Oare nu avea dreptate? Să bem în cinstea lui.

— Oricât de mult mi-ar plăcea poezia lui Omar Khayyam, sănătatea mea șubredă nu îmi permite să ridic paharul împreună cu dumneata, Abu Nabil, a spus el, făcând un gest vag către organele interne de la nivelul abdomenului său.

Maki a ridicat neîncrezător dintr-o sprânceană.

— Dar nu mă deranjează câtuși de puțin dacă te servești dumneata, a spus Omar Yussef, îndatoritor.

Maki a pocnit din degete și menajera a apărut, aducând pe o tavă de argint un pahar de cristal cu două degete de whisky. Maki l-a apucat fără să își dezlipească privirea de la invitatul său și l-a dus la gură. În timp ce îl dădea pe gât, a rotit un deget în aer, în semn că mai vrea unul, după care s-a așezat. Deodată s-a aplecat în față, luând un aer serios.

— Abu Ramiz, este o plăcere să te afli în compania unei persoane educate.

A scos un oftat menit să transmită suferința pe care i-au provocat-o de-a lungul timpului proștii needucați.

---

[1] Neologism cu nuanță peiorativă, format din *Hamas*, numele organizației care militează pentru eliberarea Palestinei și *–stan*, sufix de origine persană, cu sensul de *loc/domiciliu*.

— Nici nu îți imaginezi cât de tare mă sufocă Gaza și provincialismul ei. Soția mea nu suportă să stea aici mai mult de câteva săptămâni. După cum ai observat din aranjamentul mesei, nu va lua cina cu noi. Nu, în seara aceasta mănâncă într-un loc mult mai civilizat. Este la Paris.

Menajera i-a turnat un alt whisky, iar Maki l-a dat pe gât cu același aer pe care l-ar fi avut dacă ar fi plonjat de pe cea mai înaltă trambulină a clubului privat ascuns între dunele din nordul orașului Gaza. A părut să iasă la suprafață, înghițind cu un mic tremur și privind dincolo de masă, cu ochii bulbucați ai unuia care a înotat pe la fundul apei.

— Avem un apartament în Paris. Un *pied à terre*, cum se spune. Într-o clădire mică, construită în secolul al șaptesprezecelea. În cartierul Marais. Cunoști această zonă a Parisului? Înainte era cartierul evreiesc, dar acum este zonă exclusivistă, a spus Maki, râzând. Îmi place foarte mult să fiu ocupantul unui apartament din cartierul evreiesc. Da, este felul în care mă pot răzbuna pentru ocuparea teritoriilor noastre din Palestina.

A golit al doilea pahar și, în timp ce își dregea vocea, a făcut un semn cu degetul că are de povestit ceva.

— Câțiva evrei bătrâni locuiesc încă în aceeași clădire cu noi. Îmi place să le privesc scurtele atacuri de panică când le spun că locuiesc pe aceeași scară de bloc cu un vechi membru al OEP. Ei refuză să mă bage în seamă, așa că le șoptesc *Allahu akbar* când ne intersectăm pe scară. Soția mea se află acolo acum, în calitate de refugiat gonit de praful și căldura din Gaza. Din punctul ei de vedere, singurul inconvenient al acestei absențe este că ratează șansa de a te întâlni pe dumneata, dragul meu frate Abu Ramiz.

Omar Yussef simțea că se cuvine să schițeze un zâmbet. Și-a forțat obrajii într-un rânjet și a clipit.

— Copiii se află și ei la Paris?

— Da, un băiat și o fată, mulțumesc lui Alah. Ambii fac studii postuniversitare la Sorbona.

— Facultatea au făcut-o aici, la al-Azhar?

Maki a izbucnit în râs și s-a aplecat în față pentru a-l bate ușor peste mână pe Omar Yussef, de parcă ar fi fost un băiețel neastâmpărat, dar simpatic.

— Păcat că nu bei, Abu Ramiz. Ești atât de spiritual, chiar și atunci când ești treaz. Îmi imaginez ce ghiduș ai fi dacă ai bea un pahar de whisky cu mine. Sigur că nu au studiat aici.

Menajera a adus o sticlă de vin roșu din care a turnat pentru Maki. Omar Yussef și-a acoperit paharul de vin cu palma, împiedicând-o să îi toarne și lui. Cristalul a scos o notă subtilă când mâna i-a atins marginea.

— Așadar, lucrezi pentru ONU ca inspector școlar, Abu Ramiz?

— Chiar acum mă aflu într-o inspecție. Dar în restul timpului sunt doar directorul școlii de fete a Națiunilor Unite din tabăra Dehaisha.

— A, oamenii din Dehaisha sunt cei mai cumsecade. Progresiști, stângiști. Nu sunt toți islamiști, ca cei din Gaza.

— Deși sunt director, principala mea activitate este aceea de la catedră. Sunt profesor de istorie de treizeci de ani.

Maki și-a desfăcut brațele larg.

— Acesta este și domeniul meu. Abu Ramiz, suntem doi istorici. Este o noapte minunată. Bine ai venit în casa mea, Abu Ramiz. Vom vorbi despre istorie toată noaptea și vom da uitării problemele curente din Gaza.

Omar Yussef a zâmbit politicos. Telenovelele marocane sau campionatul de fotbal din Egipt ar fi constituit subiecte ceva mai neutre. Dar dacă Maki era relaxat, putea fi mai receptiv la solicitarea de a-l ajuta în cazul Masharawi.

Menajera a adus o tavă cu *mezze* și a împărțit farfurioarele cu salate și alte preparate pe masă. Maki i-a întins lui Omar Yussef o lipie pentru salate și a împins pe rând fiecare farfurie către el, cu o atenție binevoitoare.

— În sănătatea dumitale, a spus el.

Omar Yussef a luat o lingură dintr-o pastă roșie cu nuci pisate, chimion și chilli, a întins-o pe pâine și a mâncat-o.

— Este cea mai bună *moubammara* pe care am gustat-o vreodată, a zis el.

— Fetele acestea din Sri Lanka se pricep mai bine la bucătăria arabă chiar decât arăboaicele. Totuși, mă tem că prietenii dumitale, suedezul și scoțianul, nu au aceeași afinitate pentru cultura arabă. Nu pot înțelege cu adevărat situația noastră de aici, din Gaza. Știi de ce? Pentru că nu ne înțeleg istoria. Dacă te limitezi la politica recentă, atunci toți îți par odioși – naționaliștii, islamiștii, refugiații, mișcarea de rezistență. Nu poți înțelege de ce se comportă palestinienii așa decât dacă mergi înapoi pe firul istoriei până la originile întunecate ale trecutului nostru.

— Și crezi că luptătorii din rezistență cunosc acest trecut?

— Poate nu au făcut doctorate în domeniu, dar credința lor este că luptă în numele profetului Mahomed, care este un personaj istoric, sau în numele lui Saladin, cel care a luptat pentru a apăra Gaza de cruciați.

— Ce învățăminte ar trebui să tragă prietenii mei de aici?

— Că poporul nostru lupta cu invadatorii cu mult înainte de venirea evreilor. Toată istoria noastră a fost o luptă fără oprire.

Maki a luat o frunză de viță uleioasă, a gustat orezul înfășurat în ea, apoi a favorizat digestia cu o înghițitură zdravănă de vin de Bordeaux.

— Cu două mii de ani înainte de a începe numărătoarea anilor, odată cu nașterea islamului, faraonul Tutmes a fost primul care ne-a invadat. Canaaniții au luat Gaza de la egipteni, numai că filistinii au capturat-o la scurt timp după aceea. În partea cea mai veche a orașului se mai vede încă o construcție de piatră, în ruină acum, pe care oamenii o consideră a fi templul pe care Samson l-a dărâmat peste capetele filistinilor. Evident, este o prostie – ruinele acelea nu au mai mult de cinci sute de ani, dar au valoare de simbol în memoria noastră istorică.

— Biblia evreilor spune că Gaza a fost încredințată tribului lui Iuda, a spus Omar Yussef.

— Desigur, dar nu mai aminti acest lucru, căci s-ar putea coborî un fulger care să ne trăsnească, a răspuns Maki, privind în sus cu teroare simulată. Dacă nu un fulger, măcar o rachetă *Quassam* de producție proprie, dintre cele pe care luptătorii din rezistență le lansează în direcția Israelului.

— Ai amintit de acele invazii din Antichitate. Dar ce importanță au ele pentru conflictul din prezent?

— Să știi că au o importanță foarte mare. Sunt rădăcinile conflictului de astăzi. Prietenii dumitale străini privesc înspre Gaza și ce văd? O groapă de gunoi, fără îndoială. Cine poate să îi învinuiască? Scoțianul este probabil din Edinburgh, acea Atenă a nordului, după cum spun ei. Mare centru cultural. Poate că celălalt este din prea-bine orânduitul oraș Stockholm, unde nimeni nu se bășește în timp ce traversează strada. Pentru ei, Gaza este culmea haosului, un loc lipsit de orice valoare. Dar Gaza se afla la răspântia rutelor comerciale internaționale pe vremea când ei își pictau încă trupul în albastru pentru a întreprinde atacuri asupra satelor învecinate, ca să le fure turmele de porci.

Maki a luat o înghițitură de Bordeaux atât de mare, încât a rămas fără suflare preț de câteva clipe.

— Dacă te uiți la datele statistice, suedezele au cei mai mici sâni, în medie, din toată lumea, a continuat el, frecându-și cămașa din mătase în dreptul pieptului, pentru a ilustra. De ce? Pentru că nu înțeleg cum să dăruiască din bogăția vieții. Sunt individualiste. Pe de altă parte, femeile din Gaza poartă pe sub veșmintele lor sâni enormi, grei și încărcați cum sunt cocoașele cămilelor.

Și-a țuguiat buzele, a mijit ochii și a ridicat palmele în sus, ca pentru a susține o greutate senzuală și însemnată.

— Pentru că suntem înconjurați de deșert, noi înțelegem valoarea vieții, a mâncării, a alimentației și a comunității. Natura din jurul nostru este vitregă. Nu ne oferă resurse la îndemână, cum se întâmplă în Suedia, cu lacurile și pădurile lor. Trebuie să ne găsim hrana în cel de lângă noi, în corpurile fertile ale femeilor noastre, în sentimentul de apartenență la un clan și în lupta comună împotriva evreilor. Aceasta este istoria provinciei Gaza.

Omar Yussef a dat din cap și a schițat un zâmbet forțat. Se bucura că lui Maki îi face plăcere discuția cultă din timpul cinei.

Menajera din Sri Lanka a adus un platou cu cotlete de miel împănate, perpelite la grătar, kebab pe frigărui de metal și pui fript pe jar, presărat cu boabe roșii de sumac. Maki a desfăcut kebabul de pe frigărui cu ajutorul unei bucăți împăturite de lipie și i-a umplut farfuria lui Omar Yussef. A apucat o ceapă coaptă și a desfăcut-o cu degetele.

— Invadatorii au continuat să vină. Saladin a luptat aici împotriva cruciaților, apoi au venit turcii, a spus Maki, desenând cercuri grațioase în aer cu bucățile de ceapă, ca un dirijor cu bagheta sa. Britanicii au dat aici trei lupte înainte de a ocupa Gaza, în 1917. Îți dai seama? Crezi că britanicii cunosc lucrurile acestea, ei care merg cu metroul prin Londra și clatină din cap dezaprobator când citesc relatări ale violențelor din Gaza în *Daily Telegraph*?

Maki a fluturat prin aer o foaie de ceapă, disprețuitor.

— Din punctul lor de vedere, violențele de aici pornesc de la conflictul nostru recent cu evreii și își zic că am putea avea pace, dacă am fi oameni de înțeles, ca britanicii. Ce nu înțeleg ei este trecutul nostru de trei mii de ani de opresiune.

— Problema nu este că cititorii ziarului *Telegraph* nu ne cunosc trecutul, Abu Nabil, a spus Omar Yussef. Nici măcar ai noștri nu îl cunosc. Învață istoria numai din desene animate degradante sau din gura politicienilor. Câți dintre cei care pretind că luptă în numele lui Saladin știu ceva despre el, în afară de faptul că a fost un erou care a luptat împotriva creștinilor? Probabil îl cred palestinian, pe când el a fost kurd.

Maki îl fixa peste buza paharului de vin. Și-a luat un ton grav și cumpătat, apoi a replicat.

— În calitate de istoric, tare mult aș vrea să asist la orele dumitale, Abu Ramiz, a spus el. Dar eu sunt și politician. Acum aș vrea să îți spun câte ceva despre politică.

— Primesc cu bucurie să îți fiu învățăcel.

— Situația lui Masharawi este foarte delicată, a spus Maki, rotind vinul în pahar și privind cum se filtrează lumina candelabrului prin el. Mă văd nevoit să fac apel la palestinianul din dumneata, pentru ca acest caz să nu meargă mai departe.

— Nu depinde de mine.

— Eu cred că depinde.

— Eu l-am arestat? Doar nu *eu* am fost cel care a dat informații despre el colonelului al-Fara. Ce să vezi, am uitat să aduc cu mine cheile de la celula lui.

Maki nu își lua ochii de la paharul său.

Omar Yussef și-a zis că trebuie să fie calm. Avea nevoie de ajutorul lui Maki dacă voia ca Masharawi să fie eliberat. Și-a îndulcit vocea.

— Îmi cer scuze. Ai informații noi despre investigație, Abu Nabil?

— Este un caz foarte serios, Abu Ramiz. Există dovezi că este implicat în spionaj.

— Cum ar putea un profesor să ajute o agenție de spionaj?

— Perturbând activitatea de la universitate și otrăvind mințile celor mai buni studenți ai noștri cu declarații împotriva guvernului și a forțelor de securitate.

— Ce dovezi aveți că ar fi făcut așa ceva?

— A semnat o declarație.

— A semnat?

Maki și-a ridicat bărbia și a întins palmele în față, în semn de epilog.

— A recunoscut totul.

— Sub tortură.

— Noi nu torturăm deținuții.

— Noi? Eu nu mă refer la universitate, Abu Nabil.

— Nici eu. Vreau să spun că noi, *palestinienii*, nu torturăm deținuții.

Omar Yussef a așteptat ca menajera din Sri Lanka să strecoare un platou cu fructe pe masă. Profesorul a apucat un cuțit de cojit și o portocală și a tăiat-o în bucăți.

— Atunci, va fi dus în fața judecătorului? a întrebat Omar Yussef.

— Dacă forțele de securitate i-ar permite să compară în fața judecătorului, nu ar face decât să continue să își împrăștie propaganda mincinoasă.

— În acest caz, ce intenționați să faceți cu el?

— Depinde de ce face ONU – dacă alege să facă mare tam-tam pe seama lui sau nu. Dacă ONU păstrează tăcerea, atunci este posibil să putem permite eliberarea lui Masharawi.

— Eliberarea unui spion?

— După o perioadă adecvată petrecută în închisoare, unde va fi pedepsit pentru fărădelegile comise.

— Alte torturi.

— Nu tortură, pedeapsă, a spus Maki, ridicând din sprâncene și fluturând o felie de portocală în direcția lui Omar Yussef. Dar va fi nevoie să îi convingem pe cei de la ONU să păstreze tăcerea asupra acestui subiect. Dacă ajunge o problemă de natură diplomatică, colonelului al-Fara îi va fi dificil să dea înapoi. Masharawi ar putea fi executat sub învinuirea de trădare.

— Lui Wallender i s-a spus deja că Masharawi a fost torturat. Nu va trece cu vederea acest lucru.

— Suedezul este la mâna dumitale Abu Ramiz. Nu vorbește araba, nu-i așa? Nu înțelege cultura noastră și nici mentalitatea jucătorilor. Nu știe decât ceea ce îi permiți dumneata să știe, i-a spus Maki, zâmbitor și mulțumit ca un om care se cufundă într-o cadă cu apă fierbinte. Dar nu mă aștept să cooperezi doar de dragul ochilor mei frumoși. Îți pot oferi stimulente.

Omar Yussef a privit în jur. S-a gândit la mobila din propria sa casă. El și Maryam trăiau confortabil, dar o încăpere de un asemenea lux neprecupețit avea ceva seducător. Menajera a adus cafeaua și a așezat-o în fața lui. Fata mirosea a mirodenii și a bucătărie.

Maki a rânjit și a dat din cap înspre menajera care tocmai părăsea salonul.

— Stimulente pe gustul dumitale.

— Este prea slabă pentru mine, a spus Omar Yussef.

Nu te pierde cu firea, și-a spus Omar Yussef. *Nu îl lăsa să creadă că nu vrei să cooperezi.*

— Voi face tot ce pot, Abu Nabil. Dar trebuie să îmi dai ceva să îi pot oferi suedezului. Să simtă că l-a salvat pe Masharawi. Poate dacă Masharawi ar fi suspendat timp de doar un semestru.

— Ar trebui să îi fie suspendat dreptul de a deschide gura. Nătărăul ăsta nu se poate abține să nu își răspândească acuzațiile hâde de câte ori are ocazia de a vorbi.

— Dacă colonelul al-Fara ne-ar permite mie și lui Wallender să îl vizităm pe Masharawi, am putea să îl convingem să cadă la înțelegere. Să-și țină gura închisă.

— Eu aș prefera să te mulțumesc *pe dumneata* într-un fel sau altul.

— Despre asta vom mai vorbi, fii fără grijă, dar trebuie să mă ajuți să îl conving pe Wallender.

— Atunci, ne înțelegem?

Omar Yussef a încuviințat din cap. S-a uitat la ceas și s-a ridicat.

— Să îți chem o mașină? a întrebat Maki.

— Nu, mulțumesc. Trebuie să merg pe jos după mâncarea excelentă cu care m-ai răsfățat în seara asta. În plus, hotelul meu nu este departe.

Când l-a condus la ușă, Maki i-a întins mâna și l-a sărutat. Vântul a suflat praf înăuntru, iar Omar Yussef și-a înăbușit un atac de tuse. Maki l-a cercetat cu atenție și toată blândețea din timpul cinei îi pierise de pe chip. Ochii îi păreau duri în lumina amurgului. *Nu mă crede*, și-a zis Omar Yussef.

A coborât treptele. În dreptul fântânii, căprioara de plastic și-a frecat din nou boticul de mâna lui. A ajuns la poartă. Strălucirea marelui candelabru contura silueta lui Maki în pragul ușii.

Profesorul a apăsat pe un buton, iar poarta s-a deschis, însoțită de o pală de vânt, mai repede decât se aștepta Omar Yussef. L-a lovit puternic peste încheietura mâinii. Afară, pe stradă, furtuna de nisip se întețise.

Capitolul 10

Întunericul îl urmărea pe Omar Yussef ca o pasăre de pradă. La fiecare mișcare nedeslușită pe care o simțea în beznă, se oprea și scruta furtuna de nisip până se convingea că este singur. În jur nu se vedea nici țipenie de om. Străzile erau goale, ca la cea mai pustie oră a nopții, deși nu era nici unsprezece.

La colțul străzii lui Maki, a privit de-a lungul falezei, în direcția hotelului său. Norul de praf tremura în lumina galben-brună a felinarelor stradale, ca și cum toți cei care treceau pe aici în timpul zilei îl înconjurau acum pe Omar Yussef, stârnind praful cu pașii lor tainici. Vântul făcea să îi răsune în urechi același iureș ca și valurile Mediteranei, aflate la mai puțin de o sută de metri dincolo de faleză. Aerul era umed, iar cămașa i se lipea de spate. Se întrebă dacă a transpirat în timpul cinei sau abia după ce a pornit-o la drum. Tensiunea pe care o simțise în prezența lui Maki îl epuizase. Părea să îi fi transformat genunchii în sloiuri de gheață, iar acum se clătina ca un copil care se ridică în picioare pentru prima dată. Trebuia să se miște din locul acela.

A pornit spre hotel. A luat-o pe șosea, nu pe trotuar, deoarece lumina felinarelor nu bătea decât pe mijlocul străzii. Orașul Gaza dormea de o oră, iar luminile erau stinse peste tot, cu excepția arterelor principale, ca să îi priveze pe atacatorii israelieni de puncte de reper geografice – fie că pândeau de deasupra, din elicoptere, sau traversau orașul în goana mașinilor, într-un detașament sub acoperire. La câteva ferestre pâlpâiau lumini fluorescente, dar majoritatea erau întunecate și acoperite de obloane, pentru a le proteja de vântul fierbinte.

Când a ajuns în dreptul primului stâlp, a rămas fără suflare. S-a așezat pe bordura înaltă a străzii înguste și a tușit în batistă. Știa că furtuna nu se va opri timp de o zi sau două; a blestemat-o, dorindu-și cu disperare să se oprească. Voia să respire și să vadă fără nicio dificultate. Voia să scadă presiunea din aer și să nu îl mai doară tâmplele. Își dorea să se aștearnă din nou liniștea, să nu se mai audă gâfâitul fierbinte și hodorogit al *khamsin*-ului. A scuipat o flegmă granuloasă în mijlocul drumului.

A auzit deodată huruit de motoare prin șuierul furtunii. Două jeepuri au dat colțul, venind dinspre strada Émile Zola. Mașinile hârâiau atât de tare, încât părea că din ele izvora vântul cu gemetele sale. Omar Yussef și-a imaginat că vârtejul avea să îl absoarbă și să îl arunce în înaltul cerului, deasupra orașului. Ar fi o călătorie tumultoasă, dar nu s-ar supăra defel dacă l-ar arunca dincolo de granițele Fâșiei Gaza.

Jeepurile s-au oprit în dreptul lui Omar Yussef. Erau vopsite într-un verde închis, lipsite de orice semn de identificare și înaintau cu farurile stinse. Înăuntrul fiecărui vehicul se zăreau siluetele a patru partizani, care își țineau puștile între picioare.

Geamul din față al primului jeep s-a deschis pentru a da la iveală un chip acoperit cu un ciorap de damă, cu găuri decupate în dreptul ochilor și al gurii. În jurul frunții, bărbatul își legase o fâșie de material negru pe care scria cu litere albe: *Brigăzile Saladin*. Acolo unde se termina ciorapul de damă, începea o jachetă de camuflaj. Mâneca jachetei ducea la o mână vânjoasă, care ținea un pistol automat îndreptat către Omar Yussef. Profesorul s-a ridicat anevoie și și-a luat batista de la gură. Voia ca ei să îl vadă bine.

— Pacea fie cu voi, i-a salutat el.

— Pace și dumitale, a răspuns bărbatul cu pistolul. De unde ești, unchiule?

— Din Betleem.

— Ești departe de casă.

— Sunt în vizită în Gaza. Mă îndreptam către hotelul unde stau. Nu credeam că vremea proastă mă va încetini atât de mult, dar a trebuit să mă așez puțin. Nu pot să respir.

— Cum se numește hotelul?

— Sands. Vrei să dai arma la o parte? Respir și mai greu din cauza ei.

Partizanul și-a retras pistolul.

— Iartă-mă, unchiule. Pe străzile astea se ascund israelieni.

— Dacă eu sunt unul dintre ei, atunci detașamentul meu m-a lăsat în urmă pentru că îi încetineam. Nu îți face griji, îmi imaginez că sunt mult mai puțin periculos decât ei.

Partizanul i-a șoptit ceva bărbatului așezat pe scaunul de lângă el, care purta, de asemenea, un ciorap pe față și banderolă pe cap. S-a întors apoi către Omar Yussef.

— Te-am duce noi la hotel, unchiule, dar suntem în misiune.

— Nu îți face griji. O să merg pe jos. M-am obișnuit deja cu praful. Mă descurc eu.

— Nu ai de mers decât cinci minute până la hotel, unchiule. Dar nu te grăbi. Ar fi bine dacă ai ajunge mai târziu.

— Ce vrei să spui?

— Misiunea noastră este în apropierea hotelului. Nu aș vrea să te văd prins în mijlocul a cine știe ce. Așa că nu te grăbi.

— Cum adică misiunea voastră?

— Alah să te binecuvânteze, unchiule, a mai spus el, apoi jeepurile au demarat cu zgomot.

Omar Yussef i-a privit dispărând într-un nor de praf. Misiunea lor era în apropierea hotelului Sands? O avea legătură cu generalul Husseini. Poate își întărise garda de noapte știind că va fi atacat. Dar de ce? Și oare ce erau Brigăzile Saladin?

A rămas nemișcat în lumina portocalie. Vor fi împușcături în fața hotelului. Știa prea bine că nu ar trebui să se apropie, dar voia să vadă ce se întâmplă. Și-a dat seama că picioarele îl ajută din nou, descărcarea de adrenalină făcându-l să nu se mai simtă epuizat. S-a îndreptat către hotel, de-a lungul falezei.

La fiecare pas se aștepta să audă împușcături. Erau numai opt oameni în cele două jeepuri; garda din fața casei generalului Husseini îi depășea numeric. Dar poate nu erau singurii partizani care se îndreptau către această încăierare, dacă, într-adevăr, urma să aibă loc o încăierare. A râs la gândul că, dacă nu s-ar fi aflat în misiune, l-ar fi dus cu jeepul până în fața hotelului. *Nici măcar nu aș fi avut mărunțiș să le las bacșiș*, și-a zis el.

A ajuns la capătul șirului de hoteluri aliniate de-a lungul plajei. Poate ar fi mai bine să aștepte aici. Nu voia să fie surprins în câmp deschis când cele două părți vor începe să tragă. A privit în zare, la șirul de hoteluri. Toate erau poziționate la oarecare distanță față de șosea, la capătul unor alei scurte care coborau în pantă. Deasupra aleilor pâlpâia câte un neon, împrăștiind în aerul îmbâcsit sclipiri roz și verzi. Unde erau partizanii și jeepurile lor? Poate că ținta lor se afla undeva, în interiorul hotelului Sands. Ar putea fi deja înăuntru. Consiliul Revoluționar se afla în hotel. Poate nu generalul Husseini, ci unul dintre delegați este ținta lor. A mai făcut câtiva pași.

Ajunsese la mai puțin de două sute de metri de hotel, când a reușit să descopere, prin praful din aer, unde se poziționaseră atacatorii. Cele două jeepuri erau oprite în dreptul intrării, pe aleea din fața hotelului. Unul zăbovea în fața porții, în vreme ce altul era oprit în mijlocul șoselei. În timp ce se apropia, i-a observat pe gardienii din fața casei generalului Husseini, tăcuți și nemișcați. A grăbit pasul. Spera să poată trece de ei înainte de a se întâmpla ceea ce se pregătea. Dacă s-ar opri unde se afla acum, le-ar părea suspect. Nu voia să i se mai pună o armă în piept în seara asta.

În timp ce Omar Yussef se apropia de jeepuri, unul dintre partizani s-a uitat în direcția dinspre care venea și a părut să îl recunoască. Sperând că era cel cu care vorbise mai devreme, Omar Yussef a ridicat mâna spre intrarea pe aleea hotelului, ca să îi amintească încotro se îndrepta. Bărbatul a părut că nu știe ce să facă, apoi zgomotul unui motor a despicat furtuna, iar el și-a întors privirea în direcția de unde venea zgomotul.

Un Chevrolet Suburban cu însemnele ONU a apărut la celălalt capăt al șirului de hoteluri. Silueta sa compactă se deslușea clar prin întuneric. Părea o dovadă de naivitate din partea șoferului să conducă cu farurile aprinse, în loc să se strecoare pe străzile amenințătoare învăluit în întuneric. Mașina s-a îndreptat către cele două jeepuri. Omar Yussef nu își putea dezlipi privirile de ei. Dacă în mașină se aflau Cree și Wallender, pătrundeau direct în mijlocul câmpului de bătaie. În cel mai bun caz, partizanii îi vor opri și le vor trage o sperietură pe cinste.

Mașina cu însemnele ONU a încetinit. A trecut în viteza a doua pe lângă primul jeep. Omar Yussef a coborât de pe trotuar și le-a făcut semne cu ambele mâini ridicate deasupra capului. Era sigur că în mașină se aflau Cree și Wallender, care se întorceau la hotel. Trebuia să îi avertizeze.

Deodată, primul jeep a huruit ca un avion cu reacție aflat la mică altitudine. S-a hurducat până în fața intrării hotelului Sands și a blocat drumul. În acel moment, cel de-al doilea jeep a tras în spatele Chevroletului, tăindu-i retragerea. Partizanii au sărit din vehicule și și-au îndreptat kalașnikovurile către mașina Națiunilor Unite. Omar Yussef a aruncat o privire către casa șefului Serviciului Militar de Informații. Gardienii dispăruseră.

A înaintat în grabă, tușind din pricina prafului și continuând să fluture din mâini. Vântul cald părea că se izbește de el, încetinindu-l și sufocându-l. Trebuia neapărat să ajungă la Cree și Wallender.

Partizanii i-au tras afară din mașină pe cei doi străini, cu brațele ridicate deasupra capului. Din pricina vântului, Omar Yussef nu le înțelegea strigătele. Wallender părea îngrozit. Era aplecat pe spate, peste capota mașinii, iar un kalașnikov îl împungea între coaste.

Cree refuza să se aplece. Părea chiar mai înalt decât atunci când Omar Yussef îl văzuse pentru prima oară. Avea mâinile ridicate, dar vorbea calm și fără pauze, captându-le atenția celor doi partizani care îl înfruntau.

Omar Yussef a ajuns în dreptul primului jeep. A pus o mână pe portiera deschisă din dreptul șoferului, pentru a-și trage sufletul. A respirat adânc, pregătit să strige, dar s-a înecat cu praf și a început să tușească. Fața i s-a înroșit de rușine, simțindu-se neputincios. A scuipat o flegmă plină de fiere și și-a șters buzele cu batista.

— Opriți-vă, a țipat el. Ce faceți?

Bărbatul care păruse a-l recunoaște s-a întors către el, fără a-și dezlipi arma din pieptul lui Cree. A strigat către Omar Yussef, ca să poată fi auzit pe deasupra zbieretelor nervoase ale celorlalți partizani.

— Du-te la hotel, unchiule.

— Aceștia sunt colegii mei. Nu se fac vinovați de nimic. Se află aici pentru a ajuta poporul palestinian.

— Du-te la hotel.

Omar Yussef a făcut câțiva pași către el. A reușit să zâmbească către Cree.

— Totul se va aranja, James.

— Nu te expune pericolului, Abu Ramiz, a spus Cree. Nu ne pot face nimic nouă, străinilor, dar pe dumneata s-ar putea supăra rău.

Partizanul a pus o mână pe pieptul lui Omar Yussef.

— Unchiule, problema asta nu te privește.

— Dar ți-am spus, sunt prietenii mei.

— Pleacă de aici, unchiule.

— Aveți de gând să îi răpiți? Îi duceți undeva? În cazul ăsta, luați-mă pe mine.

Încerca să audă ce spune, pentru a-și putea controla vocea, dar i se părea că altcineva îi rostește cuvintele. Cineva disperat și strident.

Cree vorbea, explicându-le rolul său în cadrul ONU, partizanul striga și îl îmbrâncea pe Omar Yussef, care continua să înainteze, iar o armă care fusese îndreptată către Cree s-a întors în direcția lui Omar Yussef, care s-a uitat drept înainte și a mai făcut un pas, până ce a simțit țeava sub osul pieptului.

— Oamenii aceștia sunt de la ONU, a strigat el.

— Acesta este motivul pentru care îi săltăm, unchiule.

— Atunci luați-mă pe mine. Și eu lucrez pentru ONU.

— Avem nevoie de un străin.

— Eu sunt mult mai important în cadrul ONU decât ei doi. Am un rol capital pentru întreaga operațiune a Națiunilor Unite în Palestina. Luați-mă pe mine.

— Nu, unchiule, a răspuns partizanul, mormăind și marcându-și fiecare cuvânt cu o împunsătură a armei.

Ochii îi păreau galbeni sub ciorapul care îi acoperea fața.

— Abu Ramiz, totul este în regulă. Du-te la hotel.

Abia deschisese Cree gura pentru a vorbi, că partizanul s-a și întors pentru a-i zdrobi dinții scoțianului cu țeava puștii. Cree a căzut în genunchi. Partizanul a scos un pistol.

O să îl împuște, și-a zis Omar Yussef și a apucat fără întârziere arma, dar bărbatul cel vânjos s-a descotorosit de el cu ușurință.

Partizanul a ridicat arma și l-a pocnit zdravăn pe Cree cu patul puștii în moalele capului. Scoțianul a căzut cu capul în jos, fără suflare, pe asfaltul acoperit de praf.

Omar Yussef a încercat să îl prindă. Nu a reușit să îl țină, dar cel puțin i-a amortizat căderea. S-a ridicat apoi în picioare.

— Ești un prost, i-a strigat el bărbatului.

Știa prea bine că nu avea nicio șansă să scape dintr-o luare de ostatici în felul acesta, dar își petrecuse întreaga seară mascându-și adevăratele sentimente în fața lui Maki, de dragul eliberării lui Eyad Masharawi, lăsând chiar să se înțeleagă că este corupt până în măduva oaselor, precum și-l dorea profesorul. Se săturase de diplomație.

— L-ai ucis. Ai ucis un oficial ONU!

Când ceilalți partizani l-au văzut pe străinul cel înalt căzut la pământ, la strigătele lor s-a adăugat panica. Doi dintre ei l-au înhățat pe Wallender și l-au îndesat pe bancheta din spate a celui de-al doilea jeep. Unul dintre aceștia l-a pălmuit pe suedez peste obraz în timp ce intra în mașină. Vehiculul s-a îndepărtat huruind prin întunericul nopții, ducându-i cu sine pe patru dintre partizani. Chipul cadaveric al lui Wallender s-a ghicit o clipă dincolo de geam, apoi a dispărut.

Bărbatul care îl lovise pe Cree s-a aplecat deasupra corpului căzut la pământ. Le-a ordonat celorlalți să o ia din loc.

Omar Yussef l-a apucat de braț.

— Nu mă auzi? L-ai ucis. Unde îl duceți pe celălalt?

— O să afli în curând. Ăsta nu a murit, dar nu aș fi fost obligat să îl lovesc dacă ai fi făcut ce ți s-a spus, unchiule.

— Nu îmi spune unchiule, lepădătură. Tu nu reprezinți poporul meu. Ești dintre cei care distrug Palestina. Javrele de teapa ta mă îngrețoșează pe mine și pe toți oamenii cumsecade din Palestina. Nimeni nu vă spune în față cât de mult vă urăsc, pentru că le este teamă de voi. Dar vă urăsc cu toții. Ei bine, mie nu îmi este frică. Nu îmi pasă ce o să…

Din pricina întunericului, a furtunii și a lacrimilor care îl podideau, Omar Yussef nu a văzut pistolul și mâna lovindu-l în moalele capului. A simțit doar o străfulgerare albă dinspre tâmpla dreaptă, traversându-i întreg corpul și răbufnind în spatele orbitelor. Explozia a luminat întregul oraș, pe care Omar Yussef l-a putut vedea clar, ca în plină zi. Și-a amintit ce îi spusese Khamis Zeydan la micul dejun: *În Gaza nu există nicio nedreptate separată, independentă de celelalte. Sunt legate unele de altele, o să vezi. Când te atingi de una dintre ele, produci reverberații până la cei care dețin puterea și care sunt nemiloși.* Oare ce ticăloșii demascase el ca acești oameni să reacționeze astfel? În clipa în care fulgerul alb l-a străbătut, Omar Yussef a văzut toate crimele comise vreodată în Gaza. Se va apuca să le dezlege când se va trezi. Dacă se va mai trezi.

Fulgerul alb a încetat, iar furtuna de nisip s-a oprit și ea. Înăuntrul său domnea tihna. Probabil părăsise Gaza.

Capitolul 11

Când și-a revenit, era frig și întuneric. Își ținea brațele în jurul corpului și tremura și a auzit o voce spunând că se mișcase. *Unde este Magnus?* s-a întrebat el. *Ne țin în aceeași cameră oare?* A încercat să deslușească zgomote care să trădeze prezența lui Wallender.

A început din nou să tremure. O mână i-a ridicat capul și i-a dat să bea apă. Mișcarea gâtului l-a săgetat până în creștetul capului și l-a făcut să țipe de durere. Apa i s-a vărsat peste bărbie și pe piept, dar a sorbit o mare parte din ea. Avea gustul apei de izvor alpin, ceea ce l-a făcut să se întrebe dacă nu cumva se află afară, în noaptea friguroasă. Spera să fie adevărat, pentru că în Gaza nu sunt Alpi, așa că probabil s-ar găsi în altă țară. Când s-a înecat, s-a rostogolit pe o parte. Mișcarea i-a preschimbat capul într-o unică și gigantică pulsație dureroasă, căreia i-a dat glas într-un nou urlet. O mână l-a bătut încurajator pe umăr. *Ce răpitori amabili*, și-a zis. *Lepădăturile!* A îndepărtat mâna cu brutalitate.

— Du-te dracului, i-a aruncat el.

S-a auzit un hohot de râs.

— Jur pe Alah, este din nou binedispus, ca întotdeauna, a spus o voce, urmată de un nou hohot.

A recunoscut vocea, dar cel căruia îi aparținea se afla în Gaza, iar Omar Yussef era convins că partizanul îl lovise atât de tare, încât îl azvârlise peste parapetul de la graniță, undeva departe de infecta Fâșie Gaza.

— Sami, ajută-mă să-l ridic.

Din nou vocea aceea familiară, și iată și un nume cunoscut. Creierul îi zvâcnea când l-au rezemat de tăblia matlasată a patului. Răpitorii cei amabili îi dăduseră perne și – abia acum o simțea sub el – o saltea. Creierul său chinuit a lăsat durerea să coboare spre ceafă, spre umeri și în stomac, unde s-a precipitat asemenea băieților pe care îi văzuse încăierându-se pe plajă, lângă plasele de pescuit. Durerea a șters minunatele imagini alpine pe care le plăsmuise închipuirea lui și l-a silit să își amintească că se află în Gaza. Era în sângeroasa Gaza, o știa prea bine, fir-ar al dracului să fie!

— Să-ți fie rușine, i-a spus Khamis Zeydan.

Omar Yussef a respirat adânc. Și-a dus mâna la față, în partea stângă, unde durerea era mai intensă. Ochii îi erau acoperiți de o bucată de țesătură. A băgat un deget sub material, pentru a-l ridica, moment în care un licărit l-a săgetat în ochi. Încetișor, a rulat bandajul în sus până în dreptul frunții și a deschis ochii la lumină.

— Am încercat să îți reparăm ochelarii, a spus Khamis Zeydan. Nu s-au spart lentilele, dar rama este un pic îndoită.

Omar Yussef și-a luat ochelarii. Și i-a pus la ochi. Îi stăteau strâmb pe nas, lentila dreaptă era cu un centimetru și jumătate mai sus decât cealaltă. În fața ochilor i-a apărut imaginea camerei de hotel. Cocoțați de o parte și de cealaltă a patului se aflau Khamis Zeydan și Sami Jaffari. Zâmbeau cu chipurile palide, percepând parcă durerea loviturii care îl lăsase în nesimțire. Mai încolo se afla James Cree, așezat într-un fotoliu aurit, stil rococo, cu cotul sprijinit de măsuța de toaletă. Capul îi era înfășurat într-un bandaj și avea ochii larg deschiși, ficși, adânciți în orbite și sleiți de nesomn.

— Sami v-a găsit afară, a spus Khamis Zeydan. Era jos, în hol, când a auzit strigăte, așa că a ieșit să vadă ce se întâmplă. V-a găsit pe voi doi în stare de inconștiență. Se pare că ați fost loviți cu pistolul în cap. James și-a revenit acum o oră. Tu ești treaz de ceva vreme, dar ai delirat.

— Magnus?

— Răpit de Brigăzile Saladin. Cum te simți?

Omar Yussef a gemut.

— Poți să oprești aerul condiționat? Mi-e frig.

Sami s-a îndreptat către colțul camerei, lângă ușă, unde Omar Yussef nu îl mai putea vedea. Zgomotul enervant, de pisică ce toarce, a încetat, iar lui a început să i se pară mai cald. A închis ochii și a ascultat liniștea ce îl impresura, dar nu a reușit să revină în peisajul de munte, așa că i-a deschis din nou și s-a îndreptat de spate.

— Te simți bine, James? a întrebat el.

Cree a ridicat paharul cu whisky.

— Au mare grijă de mine.

Pe măsuța de toaletă se vedea o sticlă.

— Primul lucru pe care l-a cerut când și-a revenit, în hol, a fost un whisky, a spus Khamis Zeydan râzând. Din fericire, nu era de față niciun islamist.

Era înconjurat de emisari ai Consiliului Revoluționar, care, după cum știi, nu sunt susținători înfocați ai proscripțiilor profetului, pacea fie asupra lui. Câțiva emisari oficiali l-au putut servi de îndată pe prietenul nostru scoțian din sticluțele pe care le poartă în buzunarul de la șold. Deși unul dintre ei, care se pretinde doctor, a vrut să îți dea săruri mirositoare.

Omar Yussef a părut să nu priceapă.

— I-am zis, *Ți se pare că prietenul meu a leșinat, pur și simplu? Lasă dracului sărurile tale*. Partidul nostru geme de indivizi care și-au obținut diploma de doctor în spatele Cortinei de Fier. I-am mai dat lui James o sticlă din rezerva mea, în scopuri pur medicale, desigur, a continuat Khamis Zeydan zâmbind.

— Cine sunt cei din Brigăzile Saladin? Asta scria pe bentițele pe care le purtau în jurul capului. Dar de unde știi că l-au răpit pe Magnus?

Khamis Zeydan a scos o foaie de hârtie din buzunarul sacoului. A despăturit-o și i-a întins-o lui Omar Yussef.

Partea de sus a paginii purta o emblemă – două iatagane și un vultur așezat pe picioarele din spate. Când Omar Yussef a încercat să citească, a simțit că-i explodează creierul, iar din stomac au reînceput bruftuluielile și hodorogelile. I-a înapoiat-o lui Khamis Zeydan.

— Nu pot. Te rog, citește-mi-o tu.

— *Brigăzile Saladin cer eliberarea fratelui și luptătorului Bassam Odwan din Rafah. Forțe corupte din interiorul Serviciului Militar de Informații doresc să treacă vina pentru nelegiuirile lor asupra fratelui Odwan și a Brigăzilor Saladin. Brigăzile cer eliberarea lui Odwan în schimbul libertății așa-zisului oficial al ONU care se află în prezent în custodia Brigăzilor. Străinul, care este supus unei anchete sub acuzația de activități de spionaj, va fi înmânat autorităților în schimbul eliberării lui Odwan. Odwan trebuie înapoiat camarazilor săi din Rafah pentru a continua lupta împotriva Ocupației,* a încheiat Khamis Zeydan, împăturind fițuica și așezând-o pe noptieră.

Mai departe abundă polilogia eroică de rigoare, dar aceasta este esența.

Omar Yussef a oftat exasperat.

— Ce este prostia asta? Cine dracu' e Bassam Odwan?

— Bassam Odwan a fost arestat pentru uciderea ofițerului înmormântat ieri. I-ai auzit pe camarazii săi cum trăgeau în aer în timpul funeraliilor, când ai ajuns la hotel.

Omar Yussef și-a amintit că văzuse camionul și coșciugul drapat în steagul palestinian pe drumul care ducea în orașul Gaza.

— Și de ce l-a omorât Odwan pe militarul acela?

— Odwan face parte din Brigăzile Saladin, a spus Khamis Zeydan, aruncându-i o privire lui Sami. De obicei, poliția nu se atinge de ei. Este cea mai puternică grupare din Fâșia Gaza. De data aceasta, un ofițer din Serviciul Militar de Informații a încercat să îl aresteze pe Odwan. Se pare că Odwan nu s-a lăsat arestat și l-a ucis pe militar.

— Ce legătură au toate astea cu Magnus? Și să știi că nu este spion.

— Nu te frământa din pricina acuzației ăsteia, a răspuns Khamis Zeydan, punând o mână pe piciorul lui Omar Yussef. Nu pot anunța că au răpit un străin numai pentru a se folosi de el pe post de ostatic. Creează aparența că au făcut totul pentru a proteja poporul palestinian.

— Trebuie să îl găsim pe Magnus.

— Nu cred că este atât de simplu.

— Ce tot spui? a exclamat Omar Yussef, smucindu-l pe Khamis Zeydan de braț.

— Trebuie acționat la nivel înalt. Chiar dacă am

afla unde îl țin închis, nu ar renunța la el doar pentru că am bătut noi la ușa lor. Și dacă am apela la ajutorul forțelor de securitate, s-ar isca un adevărat măcel. Asta ar fi mult mai periculos pentru Magnus decât orice îi fac ei acum. În definitiv, nu suntem în Irak – doar nu se pregătesc să îi taie capul.

— Atunci, trebuie să îi convingem pe cei care îl țin prizonier pe Odwan să îl elibereze. După asta, Magnus își poate recâștiga libertatea.

— Generalul Husseini, comandantul Serviciului Militar de Informații, s-a deplasat personal la Rafah ca să coordoneze arestarea lui Odwan. Crezi că îi va permite ucigașului să plece tacticos la plimbare? a întrebat Khamis Zeydan, schimonosindu-se. Uite cum stă treaba, Brigăzile Saladin au săpat tuneluri pe sub granița cu Egiptul până în Rafah, pentru a introduce clandestin arme în Fâșia Gaza. Un ofițer al Serviciului Militar de Informații, locotenentul Fathi Salah, a încercat să îl aresteze pe Odwan, pentru a opri contrabanda. După aceea, Husseini a pus să îi fie purtat coșciugul prin toată Fâșia Gaza și a organizat funeralii demne de un erou pentru Salah, în semn că oamenii lui își riscă viața pentru a apăra legea și ordinea. Nu îl poate elibera pe Odwan în ziua următoare.

Omar Yussef s-a ridicat, sprijinindu-se în coate. Vedea stele verzi din cauza amețelii.

— Comunicatul dat de Brigăzile Saladin pretinde că Odwan este nevinovat. Dacă Odwan l-a ucis pe locotenentul Salah, atunci trebuie să le dovedim celor din Brigăzile Saladin că omul lor a greșit. Sau, dacă locotenentul Salah a fost ucis de altcineva, putem să îi arătăm generalului Husseini că Odwan este nevinovat. Dar pentru asta trebuie să investigăm, să aflăm adevărul.

— Da' știu că te-au pălit tare în cap. Ai pierdut orice contact cu realitatea.

Stelele verzi au dispărut din fața ochilor lui Omar Yussef și s-a putut așeza mai bine.

— Mi-au curățat creierul de orice urmă a Fâșiei Gaza, a răspuns el. Acum gândesc ca oamenii din lumea adevărată, nu ca nebunii care trăiesc în acest balamuc.

Khamis Zeydan a clătinat din cap și și-a aprins un Rothmans.

— Nu fuma aici, i-a spus Omar Yussef. Îmi este greață.

Khamis a ezitat, s-a uitat la țigară, îngrozit că era nevoit să renunțe la nicotină, apoi a stins-o în scrumiera de lângă pat. A bătut darabana pe blatul măsuței de toaletă, zgâlțâindu-și în același timp un genunchi în sus și în jos. Omar Yussef și-a zis că nu ar fi atât de enervant nici dacă fuma.

Cree a luat o înghițitură de whisky.

— Cred că ai dreptate, Abu Ramiz. Rezumatul pe care l-ai făcut alternativelor noastre este cât se poate de corect.

Khamis Zeydan s-a uitat perplex la Cree, neștiind ce să creadă.

— Nu știu care dintre voi a fost lovit mai rău.

— Pe mine m-au lovit de două ori, dar sunt gata să pun pariu că am o căpățână mai groasă decât a lui Abu Ramiz, a spus Cree râzând și închinând paharul în cinstea lui Khamis Zeydan.

Șeful poliției din Betleem și-a turnat un pahar din sticla de pe biroul aflat în apropierea lui Cree.

— Uite ce este, în timp ce voi doi erați inconștienți, recunosc că mi-au trecut prin minte aceleași gânduri, Abu Ramiz. Dar am discutat cu Sami despre cât de realiste sunt astfel de planuri. El înțelege Gaza cel mai bine. De aceea vă spun că ideea voastră este nebunească.

Omar Yussef a pus o mână pe antebrațul zvelt al lui Sami.

— Ce tot spune?

Sami a rânjit. Și-a dezvelit dinții decolorați, dar sănătoși și i-a zâmbit compătimitor.

— Am auzit de la tipii din Brigăzile Saladin că în noaptea în care a fost ucis, locotenentul Fathi Salah plecase să se întâlnească cu Odwan.

— Să se întâlnească cu el? Nu să îl aresteze?

— Să se întâlnească. Cei din Brigăzile din Rafah nu îmi spun prea multe, pentru că sunt în relații strânse cu unitatea lor de aici, din orașul Gaza, iar cele două aripi sunt rivale de moarte, a spus Sami. Dar am reușit totuși să obțin ceva informații de la ei. Susțin sus și tare că Odwan nu l-a omorât pe Salah.

Dar cine i-ar fi putut înscena uciderea?

Sami a dat din umeri și s-a uitat către Khamis Zeydan.

Generalul de brigadă a încuviințat printr-o mișcare a capului.

— Pentru un individ ca Odwan s-ar găsi o mulțime de candidați, o mulțime de dușmani. Mai întâi, în Rafah sunt contrabandiștii rivali. Apoi sunt cei din forțele de securitate, care au interes să creeze agitație, ca să obțină bugete mai mari. Gaza se află într-o stare de anarhie. Se vede asta dacă te uiți de la fereastra ta la suita de gardieni pe care generalul Husseini o ține în fața casei.

— În seara asta și-a întărit paza. I-am văzut când au sosit.

Khamis i-a aruncat o privire lui Sami.

— Toți acești soldați luptă pentru putere, a spus Sami. Mai ales generalul Husseini și colonelul al-Fara.

— Sami, ai spus că există o rivalitate între Brigăzile Saladin din Rafah și aripa din orașul Gaza? a întrebat Omar Yussef, încruntându-se. Nu înțeleg.

— Numai cu numele fac parte din aceeași organizație, Abu Ramiz, a răspuns Sami. Se ceartă pe profiturile din contrabanda cu arme introduse clandestin pe sub granița cu Egiptul. În acest moment se cer piese de schimb pentru rachetele balistice. Liderii Brigăzilor din Rafah susțin că ei aduc armele, așa că tot ei ar trebui să primească cea mai mare parte din bani. Cei din Gaza pretind că se expun unui risc mai mare de a fi nimiciți de un atac israelian, prin urmare cei mai mulți bani li s-ar cuveni lor.

Omar Yussef a luat o gură de apă. Acum nu i se mai părea răcoritoare, ca apa de izvor. Era călâie și îi lăsa un gust amar. Și-a pus mâna pe brațul lui Khamis Zeydan.

— Este ciudat. Când partizanul m-a lovit în cap, mi-am amintit ce mi-ai spus în timpul mesei de dimineață, că toate nedreptățile din Gaza sunt legate unele de altele, deși, aparent, nu au nicio legătură. Ar putea exista vreo legătură între cazul lui Eyad Masharawi și răpirea lui Magnus?

Khamis păru să trateze ipoteza zeflemitor, concentrându-se asupra paharului de whisky.

— Mă întorceam de la profesorul Maki, a continuat Omar Yussef. Răpitorii au venit pe strada lui Maki, din spatele meu.

— Insinuezi că profesorul ar fi pus la cale răpirea? Fii serios. Aceiași indivizi au fost aici, la hotel, pe când tu erai plecat, a spus Khamis Zeydan.

— Aici?

— Au intrat în holul hotelului în timp ce tu luai cina cu profesorul Maki. Sami era de față, tocmai îi făcea ochi dulci recepționerei, când i-a văzut intrând, puțin după ora nouă. Câțiva dintre ei au vorbit cu recepționera, apoi au urcat la etaj. Nu după multă vreme, au plecat. Sami s-a interesat ce doreau. Se pare că au întrebat-o pe angajata hotelului în ce cameră stau suedezul și celălalt inspector școlar de la ONU.

— Trebuie neapărat să obținem o întrevedere cu acest Odwan, a spus Omar Yussef.

— Ai de gând să îi organizezi evadarea? l-a întrebat Khamis Zeydan, turnându-și din nou în pahar.

— Va trebui să îi cerem generalului Husseini să ne lase să vorbim cu el.

— Dacă îi ceri voie politicos, nu văd de ce nu te-ar lăsa.

Pe Omar Yussef îl enerva umorul de proastă calitate al prietenului său, iar mirosul de whisky din cameră îl făcea să poftească la băutura interzisă.

— Locuiește vizavi. De ce nu te duci chiar *tu* să îi ceri voie? Doar ești prieten cu toți acești nemernici. Husseini face parte din Consiliul Revoluționar, la fel ca tine. Strângeți-vă mâinile conform codului vostru secret.

Khamis Zeydan nu și-a luat ochii de la băutura din pahar.

— Strângerea secretă de mâini implică de obicei sume de zeci de mii de dolari. Cel puțin.

— Aș putea încerca să aranjez o întâlnire cu generalul Husseini, a spus Sami. Nu vreau să riști să te amesteci în această afacere, Abu Adel, a continuat el, întorcându-se către Khamis Zeydan. Ar fi periculos. Din punct de vedere politic.

Khamis Zeydan a dat peste cap restul de whisky. A lovit paharul gol cu mâna protetică și a ridicat din umeri.

— Cunosc câțiva oameni apropiați de Husseini, a spus Sami, punând o mână pe piciorul lui Omar Yussef. Te previn însă, generalul este un tip perfid. Evident, este un mincinos și un hoț – asta e de la sine înțeles. Dar e și sadic. Îi torturează chiar el, personal, pe unii dintre prizonieri, pentru propria sa plăcere. Îi place să le taie buricele degetelor și să le smulgă unghiile. În pușcărie i se spune *Manichiura lui Husseini.*

Omar Yussef și-a împreunat degetele și le-a lăsat peste burtă. Le-a strâns cât a putut de tare, ca să nu se vadă că îi tremură mâinile. Aici nu mai era vorba despre o neînțelegere în mediul universitar, sau despre un șef corupt și răzbunător care pedepsește un turnător. Trecuseră la răpire și crimă. Viața prietenului său era în pericol. Își aminti deodată sentimentul care îl încercase pe drumul de intrare în orașul Gaza, când vehiculul ONU a depășit coșciugul lui Fathi Salah, și anume că este urmărit de spectrul morții. A simțit până și răsuflarea rece a mortului suflându-i în ceafă.

— *Manichiura lui Husseini*, a repetat Khamis Zeydan, turnându-și din nou. Și-a însușit practica aceasta pe când se afla la Beirut, în timpul războiului civil. Îl cunoșteam bine pe nenorocitul ăsta pe atunci. Făceam amândoi parte din garda personală a Bătrânului. Încă de atunci era mârșav, nemilos și corupt.

— Se integra bine în peisaj, fără îndoială, a spus Omar Yussef fixându-l pe Khamis Zeydan.

Șeful poliției din Betleem i-a înfruntat privirile, rotindu-și whisky-ul în pahar.

Cree și-a umplut din nou paharul.

— Înainte de a fi opriți de partizani, Magnus mi-a spus „Uite-l pe Abu Ramiz." Te îndreptai spre noi pe mijlocul străzii, dând din mâini.

A luat o altă înghițitură, fără să se grăbească.

— Parcă știai ce urma să se întâmple, a continuat el.

— Partizanii mă opriseră cu câteva minute mai înainte pe stradă, a spus Omar Yussef. Spuneau că se află în misiune. Când am văzut că vă îndreptați spre ei, m-am gândit că sunteți în pericol. Încercam să vă previn.

Cree a plimbat o înghițitură de whisky prin gură, fără să spună nimic, dar a continuat să îl privească pe Omar Yussef.

— Așadar, te îndoiești de mine? a întrebat Omar Yussef ridicând vocea. Crezi că eu le-am vândut pontul partizanilor și le-am indicat mașina voastră, ca să mă asigur că nu răpesc alți oficiali ONU? Și apoi, normal, mi-au tras una în cap, ca să nu pară o înscenare.

Cree a înghițit în cele din urmă.

— Nu, presupun că nu este veridic, a spus el, cu voce gravă și sumbră.

Omar Yussef a tras o înjurătură și a izbit cu mâna în măsuța de noapte. Mișcarea l-a făcut să salte ușor pe pat, iar paharul cu apă i s-a vărsat pe pantaloni.

Lui Cree a părut că i se face milă de el. A pus o mână binevoitoare pe spatele lui Khamis Zeydan, arătând spre Omar Yussef, și a spus cu o voce mai destinsă:

— Nu știu araba prea bine, dar am înțeles câte ceva din ce le-a spus Abu Ramiz partizanilor în timpul ambuscadei: „Eu sunt mult mai important în cadrul ONU decât ei doi. Am un rol capital pentru întreaga operațiune a Națiunilor Unite în Palestina." Așa a zis. Și acum, priviți-l pe marele baștan de la ONU cu pantalonii uzi.

Cree și Zeydan au pufnit în râs. Sami a strâns genunchiul lui Omar Yussef, cu un gest menit să îl îmbuneze.

Khamis Zeydan a dat noroc cu Cree, pentru a elogia gluma.

— Aveai o viață atât de pașnică, Abu Ramiz, a spus el. Acum, însă, necazurile se țin scai de tine. Anul trecut cu partizanii din Betleem, acum cu cei din Brigăzile Saladin și Dumnezeu știe cine altcineva. Ce ți s-a întâmplat?

— Eu sunt același dintotdeauna, a răspuns Omar Yussef. Numai că pe lume sunt mai multe necazuri în ultima vreme.

Capitolul 12

Khamis Zeydan l-a trezit pe Omar Yussef din două în două ore, ca nu cumva să fi suferit o comoție. De fiecare dată când se trezea, Omar Yussef se holba fără să înțeleagă, mirându-se că James Cree se află la piciorul patului său, bând și fredonând. La ora opt, generalul de brigadă l-a trezit chiar în timp ce Sami intra în cameră.

— Generalul Husseini ne poate primi la nouă și jumătate, a spus Sami. Vrea să ia micul dejun cu dumneata la el acasă.

Omar Yussef a inspirat fără să se grăbească. *Îmi amintesc cine este generalul Husseini, dar de ce oare vrea să ia micul dejun cu mine?* I-au trebuit câteva clipe ca să își aducă aminte. S-a frecat în creștetul capului. Evident, fusese lovit mai tare decât credea.

I-a aruncat o privire lui Khamis Zeydan. Neliniștea din ochii obosiți ai prietenului său i-a dat de înțeles că momentul lui de confuzie nu trecuse neobservat.

— Ca să poți manevra un șarpe ca Husseini trebuie să fii perfect lucid, i-a spus Khamis Zeydan. Tu nu ești deloc capabil să-i opui rezistență în starea în care te afli.

— O să joc rolul polițistului masiv și tăcut și o să-l las pe James să vorbească, a spus Omar Yussef. El pare în stare să o facă.

Cree fluiera „Florile pădurii"[2]. A ridicat paharul. Whisky-ul din sticlă coborâse sub linia de jos a etichetei.

— Eu sunt în plină formă, flăcăi. Proaspăt ca o floricică. Lăsați pe mine.

— În timp ce dormeai, a sunat la ONU ca să îi alerteze în legătură cu răpirea lui Magnus, i-a șoptit Khamis Zeydan lui Omar Yussef. Abia îngâna cuvintele. Nu este deloc într-o stare mai bună decât tine.

— Alah mi-e martor, nu mă tem, a spus Omar Yussef, întinzând o mână pentru a-l apuca pe Khamis Zeydan de cot și a-l trage mai aproape. Numai că mi se pare că Gaza este prea întortocheată pentru mine și nu înțeleg tărâmul pe care pășesc.

— Eu te-am prevenit.

Omar Yussef s-a frecat la ochi, bombănind.

— Serviciul Militar de Informații, Serviciul de Prevenire și Protecție, Brigăzile Saladin din Gaza, divizia rivală din Rafah. Mi se pare că trebuie să îndes în mintea mea toți kilometrii pătrați din Gaza și toți soldații din toate grupările posibile, dacă vreau să am măcar o șansă de a înțelege ce se petrece aici.

— Vrei să îți desenez un grafic?

— Viața lui Magnus depinde de acești oameni, iar eu nu știu în care dintre ei să mă încred.

---

[2] Veche melodie populară din Scoția

Auzea disperarea pe care i-o trăda propria voce. *Nu cumva am o criză de nervi?* s-a întrebat el. *Nu pot îngădui să se întâmple așa ceva. Magnus are nevoie de mine.*

— Hai să simplific eu lucrurile pentru tine, a spus Khamis Zeydan, luându-i mâinile între ale sale și privindu-l fix. Nu te mai gândi la toate grupările astea. Nu poți avea încredere în niciuna. Nu te gândi decât la cel care stă în fața ta în momentul respectiv. Uită-i numele și organizația din care face parte. Tot ce trebuie să îți amintești este că el e primul din șirul de indivizi care așteaptă să te mănânce de viu.

— Este un șir lung.

— Gaza este plină de mâncăi dezgustători.

Sami adusese ziare din hol. Niciunul nu amintea de răpirea lui Wallender, dar Husseini aflase cu siguranță motivul vizitei lor. Omar Yussef se întreba de ce dispăruseră gărzile generalului în momentele dinaintea ambuscadei. Oare ce știa Husseini despre răpire?

Omar Yussef s-a dat jos din pat. Și-a îndepărtat bandajul în fața oglinzii din baie. De la falcă până în colțul sprâncenei se întindea un ditamai cucuiul, în tonuri de negru, roșu și violet. Partea superioară a gâtului său căpătase o nuanță verde ca de smarald. Și-a ciufulit părul alb de deasupra urechii; pielea din jur avea culoarea acelor de pin. Smocul de păr sur și sârmos dinăuntrul urechii era lipicios din pricina sângelui închegat. Și-a cercetat cu atenție pupilele. Una dintre ele părea mai mare decât cealaltă – și-a imaginat că este un semn al comoției cerebrale. Ei bine, de gândit nu reușea să gândească normal; ce altă dovadă îi trebuia că suferise o comoție? S-a băgat sub duș și a lăsat apa sărată să îi curgă peste spatele amorțit.

La ora nouă și jumătate a îmbrăcat o cămașă curată, cu mânecă scurtă, și a transferat hârtia pe care scrisese adresa de Internet dată de Nadia în buzunarul de la piept, alături de declarația Brigăzilor Saladin și de stiloul negru Mont Blanc pe care îl ținea de obicei în sacou. A coborât scările hotelului cu pași șovăielnici, însoțit de Sami și de Cree. Din spatele computerului de la recepție, Meisoun i-a trimis un zâmbet cochet lui Sami, o privire compătimitoare lui Omar Yussef și o urare de însănătoșire grabnică. Lui i-a trecut prin minte să o roage să acceseze site-ul Nadiei, dar nu mai avea timp pentru așa ceva. Și-a dat seama cu îngrijorare că îi arde de un asemenea fleac acum, când viața lui Wallender este în primejdie. Și-a dus mâna la vânătaia de la cap, întrebându-se dacă nu cumva lovitura îi afectase judecata. I-a mulțumit apoi lui Meisoun pentru urări.

În clipa în care a dat de norul de praf, mai gros decât în ziua precedentă, a înțeles că nu va avea parte de sănătatea pe care i-o dorise recepționera. Sami a traversat șoseaua paralelă cu plaja și a dat mâna bărbătește cu ofițerul din ghereta aflată în fața casei generalului Husseini. Ceilalți gardieni, cu gurile acoperite de *keffiyeh*-uri în pătrățele, îi fixau pe el și pe Cree cu ochi mijiți, care le trădau neîncrederea. Sami le-a făcut semn să îl urmeze.

Ofițerul i-a condus în interiorul clădirii, fără să dea drumul mâinii lui Sami.

Casa lui Husseini era proiectată ca un bloc de apartamente. Etajele inferioare erau locuite de fiii generalului și de familiile acestora. Pe nevastă o ținea la etajul al șaselea și o vedea cât de des îi este posibil unui bărbat însurat de treizeci de ani și care este nevoit să urce șase etaje pentru a ajunge la ea. Etajul al treilea era destinat primirii oaspeților.

Când Omar Yussef i-a ajuns pe ceilalți din urmă în fața ușii de la salonul lui Husseini, Cree se uita pe fereastră, legănându-se de pe un picior pe celălalt și răsuflând zgomotos prin buzele țuguiate, ca un atlet care se concentrează înaintea cursei. Mâna ofițerului aștepta să bată la ușă. I-a zâmbit lui Omar Yussef, care i-a făcut semn să purceadă. Profesorul a inspirat adânc, dar, pe scară, praful era aproape la fel de gros ca afară. Un gardian a deschis ușa lucioasă, din lemn de trandafir.

— Intrați, vă rog și Alah să vă primească în Paradis! li s-a adresat ofițerul cel înalt, înainte de a se întoarce la postul său din fața casei.

Salonul de primire al generalului Husseini ocupa toată lățimea clădirii și aproape întreaga sa lungime. Aici se vedea cât câștiga ofițerul de poliție, acest salon era rodul lungilor ani de corupție. Patru seturi de canapele împărțeau camera în pătrate egale, astfel încât o petrecere de mari proporții se putea scinda cu ușurință în grupuri mai mici. Fiecare set de canapele și fotolii avea o altă culoare pastelată, cu desene circulare țipătoare, asemenea celor pe care le poți vedea pe puloverele ieftine. Peretele din planul îndepărtat strălucea datorită paharelor de cristal și carafelor expuse într-un cabinet de sticlă. O masă lungă și vreo douăsprezece scaune din lemn curbat se înșirau în dreptul aceluiași perete. Deasupra mesei se afla un candelabru care părea executat în același atelier ca exemplarul strident din sufrageria profesorului Maki. Omar Yussef a remarcat cu o tresărire îngrijorată a stomacului că masa era, într-adevăr, pregătită pentru micul dejun.

Gardianul i-a condus la masă, după care și-a reluat locul lângă ușă. Un tânăr în uniformă măslinie i-a întrebat dacă doresc cafea sau ceai. Era ciolănos, iar pe obraji avea o acnee liliachie, de tipul aceleia care lasă urme adânci sub piele. Pe uniformă nu purta niciun fel de însemn al gradului, nici măcar cel de simplu soldat. După ce le-a luat comanda, băiatul s-a făcut nevăzut în spatele unei uși care dădea într-un coridor scurt.

Pe coridor au apărut trei bărbați. Omar Yussef nu le-a văzut decât siluetele, dar a presupus că cel scund, din mijloc, este generalul Husseini. Vorbea la un telefon celular și înainta cu pași mici, absenți, părând să fi uitat că poate vorbi la fel de bine și stând jos. A ajuns în salonul cel încăpător. Cei doi bărbați care îl însoțeau și-au ocupat posturile de-o parte și de cealaltă a ușii. Erau înalți, dar numai unul dintre ei, un tip solid, ras în cap, care respira pe gură, îi privea pe noii veniți ca un adevărat bodyguard. Celălalt și-a împreunat mâinile deasupra unui clipboard și și-a sprijinit bărbia în piept. În mod evident, era aghiotantul lui Husseini.

Acesta le-a făcut un semn de recunoaștere cu mâna, indicând că va termina convorbirea îndată. Mai mult asculta decât vorbea și țintuia cu privirea încordată furtuna de afară, ca și cum ceea ce îi spunea vocea interlocutorului s-ar fi putut materializa din norul aflat în fața ferestrei. Era mai scund decât Omar Yussef, care nici el nu depășea un metru șaptezeci. Purta o cămașă militară măslinie, probabil croită la comandă, ca să îi poată cuprinde pântecele voluminos, iar pantalonii îi erau îndesați în niște cizme înalte, maronii, de parașutist. Avea degete butucănoase, groase și păroase, iar pielea lui era de culoarea cartofului copt. S-a întors cu fața către oaspeți, a închis telefonul, și-a mângâiat mustața sură și îngrijită cu gândul în altă parte, apoi și-a desfăcut brațele în semn de salut. Avea un zâmbet larg, hrăpăreț, și ochi ca două pietricele spălate de ploaie.

Generalul l-a sărutat pe Sami de cinci ori, țuguindu-și buzele și închizând ochii de plăcere. După fiecare sărutare, i-a adresat urări de bun venit. Sami i-a prezentat pe Cree și pe Omar Yussef. Husseini i-a strâns mâna lui Cree și i-a tras-o în jos, într-un mod care i-a dat scoțianului de înțeles că era cazul să se aplece pentru săruturile de rigoare. Nici când acestea au luat sfârșit, Husseini nu a dat drumul mâinii lui Cree. A chicotit și, cu mâna rămasă liberă, a șters o pată de sânge uscat de pe mustața roșcată a lui Cree. Scoțianul părea foarte stânjenit. Omar Yussef s-a bucurat că avusese timp să facă un duș, în loc să stea să bea toată noaptea.

— Nu îți face griji. Am aflat de problemele voastre de la fratele Sami, a spus Husseini.

Vocea sa subțire era cumpătată, grețoasă și mieroasă, de parcă se străduia să domolească un animal nervos.

Omar Yussef s-a întrebat cât de apropiat era fratele Sami de omul acesta. În timp ce generalul i-a luat mâna și i-a depus trei săruturi pe obraji, gândurile i s-au întors la Manichiura lui Husseini. Buzele lui au lăsat o urmă umedă pe obrazul drept al lui Omar Yussef. Generalul i-a mângâiat oaspetelui tâmpla vânătă, cu blândețe, gemând cu un tremolo liniștitor și melodios. L-a luat pe Omar Yussef de mână și l-a condus la masă, unde i-a tras un scaun ca să se așeze. Băiatul cu cafeaua a adus băuturile, iar Husseini i-a făcut un semn scurt din cap, dându-i de înțeles că era timpul să aducă mâncarea.

— Fratele Sami spune că sunteți un om foarte respectat în Betleem, Abu Ramiz, a zis Husseini zâmbind.

Omar Yussef a încuviințat, cu modestie.

— Îl cunoașteți pe comandantul nostru de acolo? a întrebat generalul.

— Maiorul Qawasmeh?

— Este colonel. Dar, într-adevăr, Qawasmeh este numele lui.

— Nu l-am întâlnit.

Omar Yussef știa că acesta era un avertisment, o aluzie la puterea lui Husseini, care trecea dincolo de granițele orașului Gaza, ajungând până în Betleem și care ar fi putut reprezenta o amenințare la adresa familiei lui Omar Yussef.

— Este un om bun. Un om puternic, a continuat Husseini, aplecându-se în față pe scaunul său și săltând puțin, cu înflăcărare. Îmi plac oamenii puternici. Nu scapă din mână lucrurile de care le cer să se ocupe. Numai dacă așa le ordon eu, a spus el râzând, iar vocea lingușitoare a cedat locul unui cârâit strident, ca al unui papagal deranjat de pe stinghia sa. Îmi plac, atâta vreme cât nu sunt destul de puternici ca să se ocupe de mine.

S-a plesnit peste burdihan și a ridicat mâna cu degetele răsfirate, ca să bată palma cu Sami.

Băiatul cu cafeaua a adus un platou destul de mare ca să încapă pe el un copil mic. Era plin ochi cu *hummus* și cu carne tocată de miel. O senzație șerpuitoare în stomac i-a semnalat lui Omar Yussef că *hummus*-ul și carnea erau amestecate cu bucățele de grăsime de miel, aproape invizibile în pasta de năut. Cree a dus o mână la gură; Omar Yussef și-a dat seama că scoțianul fusese tratarisit cu acest fel de mâncare cândva, în trecut, și că acum regreta whisky-ul băut.

Generalul Husseini s-a ridicat și i-a servit pe oaspeții săi cu porții generoase din *hummus*-ul cu carne, ajutându-se de o paletă teșită, încăpătoare. În timp ce mânca, Omar Yussef s-a străduit să păstreze pe chip o expresie satisfăcută.

— Domnule Cree, îmi cer scuze în numele cetățenilor din Gaza pentru scandalosul atac îndreptat împotriva dumitale și a colegilor dumitale, a spus Husseini.

Cree avea gura plină de *hummus*. Nu părea că va înghiți prea repede, așa că a răspuns printr-o mișcare solemnă a capului.

— Am văzut și acuzațiile nerușinate pe care Brigăzile Saladin le-au adus împotriva Serviciului meu de Informații în foaia volantă pe care au tipărit-o în urma răpirii, a continuat Husseini, încruntându-se și dând din mâini în semn că alegea să le ignore. Vreau să vă asigur că nu ne vom găsi odihna până ce nu îl vom elibera pe prietenul dumneavoastră, pe prietenul nostru...

— Magnus Wallender, i-a șoptit Sami.

— Prietenul nostru, Wallender.

Omar Yussef a înghițit dumicatul pe care îl avea în gură. S-a gândit că ar fi mai bine să spună ceva, măcar i-ar distrage atenția de la mâncare și de la suferința stomacului.

— Domnul Cree ar dori foarte mult să vorbească cu Bassam Odwan.

— Un criminal feroce. Nu pot permite așa ceva.

— Națiunile Unite doresc să vă ajute la investigație în orice mod o pot face.

— Odwan nu este cel care l-a răpit pe omul dumneavoastră.

— Nu el, prietenii lui.

— Așadar, cu prietenii lui ar trebui să vorbiți, nu cu el.

— Ne-ar putea ajuta să dăm de prietenii lui.

— Vă închipuiți că noi nu i-am pus aceste întrebări? a spus Husseini, adresându-le un zâmbet larg tuturor.

— L-ar putea considera pe domnul Cree o figură oarecum mai neutră.

— Cum poate fi cineva neutru când este vorba de crimă? Acest Odwan mi-a ucis cu sânge rece unul dintre cei mai buni ofițeri.

— În această după-amiază sosește o echipă de la biroul ONU din Ierusalim, a spus Cree, după ce și-a dres glasul. Desigur, vor negocia la nivel înalt în vederea eliberării ostaticului. Dar opinia lor este că nu trebuie să se piardă timp prețios în vreme ce ei se află pe drumul spre Gaza. Ei m-au rugat să aranjez o întrevedere cu Odwan.

Omar Yussef nu auzise nimic despre negocieri. Probabil hotărârea fusese luată atunci când Cree sunase la ONU, în timp ce el dormea.

Era un alt as pe care îl putea juca în confruntarea cu Husseini.

— Negociatorii delegați de ONU știu că printre diplomații străini staționați în Tel Aviv dumneavoastră vă bucurați de cea mai mare încredere dintre toți comandanții de securitate palestinieni, a spus Omar Yussef.

Husseini păru brusc interesat.

— Acum aveți ocazia de a vă consolida această poziție, a spus Omar Yussef.

— Ne coordonăm reacția față de răpirea reprezentantului ONU cu ambasada americană, a spus Cree, după ce a reușit să înghită un alt dumicat, pentru că americanii dispun de cele mai bune relații în interiorul forțelor de securitate de aici. Ambasadorul american este foarte interesat să vă audă teoriile.

Husseini și-a închis ochii cenușii, încuviințând alene din cap.

— Sunt bun prieten cu ambasadorul.

Satisfacția de pe chipul său trăda imaginea unei cine amicale cu ambasadorul la reședința lui, cu vedere spre plaja din Herzliya Pituach. Omar Yussef nu știa dacă Husseini râvnea la această relație pentru banii pe care i-ar putea stoarce sau pentru libertatea pe care ar obține-o, ca favorit al ambasadorului, de a-și brutaliza și ucide dușmanii fără teamă de consecințe.

— Ambasadorul vă consideră un bun prieten și dorește să aveți tot ajutorul necesar pentru a vă putea derula operațiunile, a spus Cree.

Tot ajutorul, și-a reperat Omar Yussef în minte. *Fie într-o valiză, fie transferat către o bancă din Elveția.*

— Îl voi suna pentru a-l informa asupra desfășurării investigației noastre în acest caz important, a spus Husseini cu o înclinare a capului.

— Vă așteaptă apelul cu nerăbdare.

— Dar suedezii?

Omar Yussef și-a înăbușit un zâmbet. ONU și americanii îi promiteau câștiguri suplimentare și prestigiul unor relații sus-puse, dar el nu ezita să mulgă mai mult.

— Ambasadorul Suediei a comunicat superiorilor mei că și el dorește foarte mult ajutorul dumneavoastră, a răspuns Cree. Este pregătit să acopere costurile oricăror operațiuni întreprinse în vederea eliberării domnului Wallender.

Husseini a luat o murătură de pe o farfurie și a mestecat-o.

— Odwan este deținut la *Saraya*, închisoarea centrală. Este ușor să aranjăm o întrevedere. Nu vă cer decât să nu vă lăsați păcăliți de omul ăsta. Sunteți oameni inteligenți, dar nu sunteți ofițeri de poliție. Este nevoie de ani întregi de experiență polițienească pentru a înfrunta un delincvent înveterat fără a-i cădea în plasă. Nu credeți nimic din ceea ce vă spune.

— Așadar, putem să îl vedem? Mulțumim, a spus Cree.

— Care este părerea dumneavoastră despre evenimentele care au dus la moartea locotenentului Fathi Salah? a întrebat Omar Yussef.

Husseini și-a curățat farfuria cu o coajă de *pita* și a râgâit, căzut pe gânduri.

— Locotenentul Salah a plecat să îl aresteze pe Odwan sub acuzația de contrabandă. Nu putem permite pătrunderea necontenită în țară a armelor pe sub granița cu Egiptul, așa cum s-a întâmplat uneori în Rafah. Când locotenentul Salah l-a încolțit pe Odwan, infractorul s-a opus arestării și l-a ucis pe Salah.

— Cum a fost arestat acesta, în cele din urmă?

— S-a predat când oamenii mei au mers acasă la el, la o oră după incident.

— De ce s-a predat?

— De laș ce este.

— Dacă a fost gata să îl omoare pe Salah pentru a nu fi arestat, de ce să se predea după numai o oră? a întrebat Omar Yussef.

— Avea de înfruntat o forță impresionantă. Le-am spus comandanților din subordinea mea să nu își asume niciun fel de riscuri. Eu personal am plecat la Rafah pentru a prelua controlul operațiunii. Am mobilizat toate trupele la fața locului, chiar și pe cele din Khan Yunis și Deir el-Balah, a spus Husseini, revenind la cârâitul de papagal. Dacă i-ar fi trecut cuiva prin cap să atace închisoarea de aici, din Gaza, în noaptea aceea, ar fi descoperit că nu o păzea decât băiatul care îmi servește cafeaua.

Băiatul cu fața mâncată de acnee se clătina de pe un picior pe celălalt, privind dușmănos în jur. Se uita la Husseini de parcă își dorea cu ardoare să fie lăsat unic gardian al unei închisori cu un singur deținut – generalul.

— M-am asigurat că Brigăzile Saladin nu pot opune rezistență operațiunii, mobilizând un număr atât de mare de trupe. Am înconjurat casa familiei lui Odwan. Sunt foarte nevoiași și locuiesc într-o zonă sărăcăcioasă a taberei de refugiați din Rafah. Odwan ăsta este cu adevărat o scursură. Le-am strigat prin megafon că voi distruge toate casele din tabără dacă va trebui, dar că până la urmă o să-l găsesc pe nemernicul de Bassam Odwan și o să-l arestez. Atunci a ieșit din ascunzătoare.

Husseini părea fericit că se poate lăuda cu operațiunea lui. Omar Yussef a decis să își manifeste aprecierea față de abilitățile de polițist ale generalului.

— Ați fost foarte meticulos și eficient, *Pasha*, a spus el. Dacă se poate, aș vrea să vă întreb ceva în legătură cu seara trecută. Ați auzit ceva neobișnuit în timpul răpirii?

— De ce să fi auzit? a răspuns Husseini, ridicând din umeri.

— Totul s-a petrecut sub fereastra Domniei Voastre. Wallender se întorcea la Hotelul Sands, de peste drum, când a fost răpit.

— Eu duc o viață liniștită. Mă duc la culcare devreme. Nu stau treaz până noaptea, târziu, ca occidentalii aceștia, a răspuns el, zâmbind în direcția lui Cree.

A venit timpul să îl împung puțintel, și-a zis Omar Yussef.

— Poate dumneavoastră dormeați, dar noaptea trecută v-ați întărit garda. Ei ce au văzut?

Husseini s-a făcut că nu-l aude.

— În cinstea prietenului meu străin, domnul Cree, aș vrea să vă ofer o plăcere interzisă celor mai mulți oameni din Gaza.

Ochii ca două pietricele au strălucit ștrengărește. Husseini a pocnit din degete de două ori, iar băiatul a adus la masă una din carafele din cabinet. Lichidul care se clătina pe fundul larg al carafei părea a fi coniac, iar Omar Yussef l-a auzit din nou pe Cree respirând cu greutate. În mod evident, *hummus*-ul nu îi căzuse bine după tot whisky-ul ingurgitat, iar un pahar de coniac nu îi va fi de niciun folos stomacului său. Scoțianul era palid. Părea că tot sângele i se scursese de pe buzele tumefiate.

Generalul a scos dopul carafei și a inhalat adânc aroma coniacului. Băiatul a adus pahare.

— Este un mic viciu al meu, a spus Husseini, râzând. Nu mă refer la coniac. Mai degrabă, la sticlă. Este cristal cu plumb, de Boemia. Îmi place greutatea sa, este atât de masiv și totuși atât de fragil. Am adunat multe piese în colecția mea, după cum puteți vedea, a spus el, făcând un gest către peretele scânteietor, plin cu boluri, sticle, sfeșnice și vaze, toate reflectând lumina strălucitoare a candelabrului. Mi-am format gustul pentru cristalul de Boemia în timpul studenției mele la Praga, în urmă cu treizeci de ani. Am făcut un masterat în economie, dar nu ai nevoie de o înaltă calificare ca să înțelegi valoarea acestor mici podoabe. În Praga sunt atât de ieftine, încât aproape că le dau gratis. Carafa aceasta a costat mai puțin de o sută cincizeci de dolari.

Suma reprezenta, probabil, salariul pe trei luni al băiatului care le adusese cafeaua. Omar Yussef a examinat dopul carafei din mâna îngrijită a lui Husseini. În cristal erau tăiate sute de muchii ascuțite, minuscule.

L-a rugat pe Husseini să nu îi toarne în pahar. Cree a ezitat, dar a acceptat coniacul și l-a sorbit în tăcere. Sami și-a aprins o țigară și a învârtit coniacul în pahar. Husseini a dat pe gât două măsuri duble, înainte ca taifasul să ia sfârșit. Ceasul de porțelan în formă de trăsură de pe masă arăta ora zece și jumătate.

— Acum îl voi suna pe ambasador ca să îl informez, a spus Husseini, în timp ce îi conducea spre ușă, iar dumneavoastră puteți merge la închisoare.

Ajuns la baza scării, Omar Yussef auzea încă hohotul de râs al lui Husseini.

Capitolul 13

Spre marea surprindere a lui Omar Yussef, Cree a insistat să se urce la volanul Chevrolet-ului, spunând că stilul de șofat haotic al lui Nasser îi va provoca o senzație de greață în starea lui actuală. Scoțianul a făcut eforturi să se concentreze, chiar dacă tot ce avea de făcut era să țină drumul drept până la închisoarea centrală, la sediul armatei din Gaza.

Zidul împrejmuitor, înalt de trei metri și jumătate, al închisorii Saraya, era o pânză cât se poate de bună pentru artiștii specializați în graffiti-uri politice. Tencuiala era mâzgălită cu verdele, roșul și negrul invocărilor adresate lui Alah, actualului președinte și predecesorului acestuia, poporului, tărâmului strămoșesc și martirilor. Privindu-le, Omar Yussef s-a întrebat dacă Bassam Odwan se va alătura acestei liste.

Gardienii au ridicat bariera alb-roșie care împiedica intrarea și l-au îndrumat pe Cree spre una din laturile clădirii principale, un bloc de trei etaje vopsit într-un cenușiu murdar. La capătul unui șir de camioane ale armatei îi aștepta un ofițer al Serviciului Militar de Informații. Acesta l-a recunoscut pe Sami.

— Ce mai faci, *ya zalameh*? l-a întrebat el, ridicând un braț în aer și coborându-l apoi pentru a-i scutura mâna zgomotos, cu o plesnitură la atingerea palmelor.

Salutul l-a făcut pe Omar Yussef să se mire încă o dată în privința cunoștințelor lui Sami. Oriunde mergea, cei din securitate îi erau prieteni. Cel de acum îi spusese chiar *bătrâne*.

Ofițerul nu i-a dat drumul brațului cât timp i-a condus către intrarea în închisoare și apoi în sus, pe scara învechită. Omar Yussef și Cree au mers în urma lor, respirând anevoie. Aerul era pâclos din pricina prafului care plutea deasupra orașului și a mirosului greu, de bărbați întemnițați, de sudoare și rufe murdare, carne fiartă și țigări.

Ofițerul i-a condus prin închisoare asemenea unui ghid turistic binedispus, nerăbdător să le împărtășească cunoștințele sale despre un loc pe care puțini îl vedeau și chiar și mai puțini doreau să îl vadă.

— La etajul acesta sunt cazați ofițerii. La capătul coridorului se află biroul comandantului Forțelor Naționale de Securitate.

Au urcat încă două etaje. La apropierea lor, un gardian aflat în capătul scărilor s-a ridicat în picioare și și-a aninat kalașnikovul peste umăr. A făcut să zornăie cheile în broasca unei uși grele, de metal, vopsite într-un albastru searbăd, pe care apoi a încuiat-o în spatele lor.

Blocul era lung de aproape treizeci de metri, având câte cinci celule pe fiecare parte a coridorului. Din prima celulă se auzeau cuvintele conducătorului de rugăciune și murmurele bărbaților care îi răspundeau la unison, într-un crescendo șoptit. Vântul împingea praful din aer de-a lungul coridorului, prin fereastra zăbrelită fără geam de la capătul opus. Gardienii în uniformă de camuflaj și berete roșii stăteau sprijiniți de ușa primei celule, fumând, cu coatele rezemate de puștile lor de asalt.

— Deținuții nu sunt închiși în celule în acest moment, l-a informat ofițerul pe Cree. Este ora rugăciunii de amiază, așa că s-au adunat în celula numărul unu. Vedeți dumneavoastră, tipul care conduce rugăciunile este mare șeic afară. Aceasta este cea mai exclusivistă moschee din orașul Gaza.

Cree s-a uitat în interiorul celulei printr-un grilaj metalic orizontal, tăiat la înălțimea capului.

— Aveți dreptate, a spus el.

— Odwan se află la capătul coridorului, a spus ofițerul, făcând un semn cu capul. Este în detenție la regim celular.

— Și mai exclusivist, i-a șoptit Cree lui Omar Yussef.

Ofițerul a descuiat ușa solidă, de fier. Omar Yussef a pășit într-o încăpere mică, neluminată, în care a văzut doar o chiuvetă de inox, câteva găleți goale și spălătoare pentru podele. Puțea a cârpe de șters nespălate. În celălalt capăt al încăperii era un grilaj tăiat într-o altă ușă metalică. Omar Yussef s-a uitat prin el.

— Acesta este criminalul Odwan, a spus ofițerul.

Bassam Odwan stătea cu capul plecat și cu palmele deschise în fața sa. A îngenuncheat și s-a aplecat până la podea, atingând cu fruntea covorașul sintetic de proastă calitate. Omar Yussef nu se mai rugase de ani de zile. L-a privit pe Odwan aplecându-se.

Cât a durat rugăciunea, deținutul a rămas cu spatele la ușă. Prin găurile din tricoul alb, subțire și murdar, i se vedea spatele mătăhălos. Umerii îi porneau din gâtul gros, iar mușchii spatelui îi șerpuiau de fiecare dată când își ducea mâinile la față. Avea constituția unui țăran, lat în spate și rotunjit. S-a aplecat până la podea pentru ultima oară, după care și-a strâns covorașul de rugăciune.

— A terminat rugăciunea, a spus Omar Yussef.

Gardianul a descuiat ușa. Odwan nu a schițat nicio mișcare. Ofițerul l-a strigat cu o voce care își pierduse vioiciunea de ghid turistic.

— Hei, Odwan, ai vizitatori.

Odwan și-a așezat covorașul făcut sul într-un colț al celulei. S-a întors. Din față, trupul lui părea chiar mai solid. Avea pieptul masiv și voluminos, iar burta i se ghicea mare și forțoasă în spatele tricoului. Purta pantaloni largi, militărești, iar picioarele murdare îi erau desculțe. Avea o barbă neagră, bogată, și buze mari, roșii, umede. În părul negru își tăiase un breton drept la mijlocul frunții. Vârfurile bretonului se înălțau peste o crestătură cafenie întinsă de-a lungul frunții, șlefuită în decursul lungilor ani de rugăciune pe covoraș. Arăta ca un neg imens. Omar Yussef a apreciat că nu împlinise încă treizeci de ani.

Odwan a acceptat îndată prezența lui Omar Yussef, întrucâtva prietenos. A mijit însă ochii, suspicios, la intrarea lui Cree, iar pe Sami l-a privit cu o neîncredere și mai mare. Sami i-a zâmbit și a rămas sprijinit de perete. Ofițerul a încuiat ușa în urma lor.

Omar Yussef s-a apropiat de Odwan și i-a strâns mâna. I-a apucat-o cu blândețe, dar palma sa i-a înghițit toate degetele lui Omar Yussef. O mână de muncitor, oțelită, lăbărțată și ajunsă stângace în urma muncilor primitive ale generațiilor întregi. Cu un neașteptat și surprinzător icnet de ușurare, Omar Yussef a remarcat că Odwan nu trecuse pe la salonul de Manichiură al lui Husseini. S-a prezentat și l-a prezentat și pe Cree.

— Simțiți-vă ca acasă, alături de propriile familii, le-a spus Odwan.

A privit în jur și a zâmbit când a înțeles cât de absurd suna acum tradiționalul salut. Avea un zâmbet simplu și dezarmant, care l-a făcut pe Omar Yussef să se gândească la rânjetul inocent al handicapaților mintal, dar privirea îi rămânea aspră și circumspectă.

În celulă nu se vedea decât o rogojină subțire lângă perete și o găleată pentru murdării. Odwan avea covorașul lui de rugăciuni și o sticlă de plastic plină cu apă, cu eticheta zdrențuită de atâta folosință. O singură fereastră, prea înaltă ca să poți vedea prin ea, era țintuită în cuie, iar aerul dinăuntru era încins, de nesuportat. Sudoarea se distingea clar pe chipul lui Odwan și, nu după mult timp, Omar Yussef a simțit și el broboane de transpirație la subraț. Cree și Omar Yussef s-au așezat pe rogojină. Odwan și-a încrucișat picioarele în mijlocul încăperii și a rămas cu ochii ațintiți asupra lui Sami, care stătea pe vine, lângă ușă.

— El cine e? a întrebat Odwan, cu o voce răgușită.

Omar Yussef și-a amintit de torturile la care fusese supus Eyad Masharawi, întrebându-se dacă și Odwan își vătămase corzile vocale țipând de durere.

— Este Sami Jaffari, un deportat din Betleem. Ne ajută în timpul investigației.

— Ce investigație, unchiule?

— Am început prin a investiga cazul unuia dintre profesorii noștri, arestat din ordinul colonelului al-Fara.

Odwan a rămas cu gura deschisă, încruntându-se puternic.

— Dar de azi-noapte investigația noastră și-a schimbat cursul. Brigăzile Saladin l-au răpit pe colegul nostru, un suedez care conduce școlile din Gaza și Cisiordania ale Agenției de Ajutor și Muncă a Națiunilor Unite. În schimbul libertății lui, ei cer eliberarea ta.

— Cu voia lui Alah, așa se va întâmpla.

— Bassam, trebuie să îl găsim pe prietenul nostru.

— Au tipărit o foaie volantă?

Omar Yussef a încuviințat din cap.

Brigăzile Saladin au distribuit o fițuică în care își asumă răpirea.

Odwan a privit către chipul învinețit al lui Omar Yussef și nasul umflat al lui Cree.

— Îmi pare rău dacă v-au rănit. Ei v-au făcut asta, unchiule?

— Nu contează. Cum putem da de prietenul nostru?

— Trebuie să vorbiți cu Abu Jamal.

Omar Yussef a ridicat din umeri.

— Este liderul din Rafah al Brigăzilor, a explicat Odwan.

— Cum ajungem la el?

— Nu cred că vă va primi decât dacă îl convingeți că ați putea aranja o învoială în privința mea.

— Ce fel de învoială?

— Cum așa, ce fel de învoială? Să mă scoateți de aici.

— Dar generalul Husseini nu va fi de acord.

Era rândul lui Odwan să ridice din umeri.

Omar Yussef și-a înăbușit reacția de frustrare. Trebuia să discute cu Odwan câteva din datele cazului său.

— Ce s-a întâmplat când a venit locotenentul Salah să te aresteze?

— Vă căutați prietenul, sau mă investigați pe mine?

— Mă gândesc că dacă aflăm ce s-a petrecut cu adevărat, îl putem convinge pe generalul Husseini că ești nevinovat.

— Chiar sunt nevinovat, a răspuns Odwan, ridicând vocea, ceea ce i-a produs un atac de tuse răgușită.

— Noi te putem ajuta să îți dovedești nevinovăția.

— Credeți că interesează pe cineva dovezile? Nu au avut nevoie de nicio dovadă ca să mă bage în gaura asta. Sau ca să mă spânzure de încheieturile mâinilor în fața aparatului de aer condiționat ieri, toată ziua.

— Bassam, singura modalitate de a-l elibera pe prietenul nostru este să dovedim că nu l-ai ucis tu pe Salah. Dacă ONU are dovada nevinovăției tale, atunci generalul Husseini va trebui să o accepte. Mai ales dacă i-l aducem pe adevăratul vinovat.

Odwan a închis ochii și și-a împreunat palmele late.

— Frate Abu...

— Abu Ramiz.

— Abu Ramiz, eu cred că viața și moartea sunt în mâinile lui Alah. Dacă este să mor, nimeni nu mă poate salva.

— Și dreptatea tot în mâinile lui Alah se află.

— Nu și în Gaza, a replicat Odwan, izbucnind într-un râs zgomotos și plesnindu-l pe Omar Yussef peste un genunchi.

Este un om simplu, dar nu e prost, și-a zis Omar Yussef, hotărât să îl înfurie pe Odwan, pentru a-l determina să le spună varianta lui.

— De ce l-ai ucis pe locotenentul Salah?

— Nu eu l-am ucis, v-am spus.

— Dacă ai fi nevinovat, ne-ai povesti ce s-a întâmplat. Ce ai de ascuns?

— Credeți că apăr pe cineva?

— Ce motiv ai avea să nu vorbești? Dacă tu crezi că meriți să mori, atunci Alah să se îndure de tine. Dar eu vreau să îmi salvez prietenul.

Odwan a rămas nemișcat. Omar Yussef a încercat să își ascundă disperarea. A apelat la o replică ce părea sortită eșecului încă dinainte de a o termina de rostit.

— Cine știe, poate că prietenul meu, știindu-se salvat cu ajutorul unui musulman, va trece la islamism.

— Se va converti? a întrebat Odwan râzând, atât cât putea fără a declanșa un nou acces de tuse. Credeți că va depune actele și pentru un pașaport palestinian?

Omar Yussef era furios pe sine. Îl apreciase greșit pe Odwan; nu era atât de simplu cum îl crezuse el. A întins un braț în direcția lui Cree, biruit de iritare.

— Ajută-mă să mă ridic. Ticălosul ăsta nu are de gând să ne ajute. Să mergem.

Odwan a pus o mână grea pe umărul lui Omar Yussef.

— Așteaptă, unchiule, nu pleca. Liniștește-te, te rog.

I-a întins sticla cu apă tulbure.

Omar Yussef a fost impresionat de această manifestare jalnică de ospitalitate. A luat o gură de apă. Avea gust de plumb.

— Mulțumesc.

Odwan și-a schimbat poziția picioarelor, și-a masat spatele și a făcut o grimasă.

— M-am dus să mă întâlnesc cu Salah. Avea ceva de vânzare.

— Ce?

— Ceva furat de la noi.

— De la Brigăzile Saladin?

— Unchiule, nu vrei să te amesteci în așa ceva.

Omar Yussef s-a aplecat către el.

— Crede-mă, sunt deja implicat. Trebuie să știu ce s-a întâmplat.

Odwan i-a aruncat o privire lui Cree.

— De unde știu eu că străinul acesta nu este un spion?

— Pentru că nu vorbește araba, a spus Omar Yussef. Și în orice caz, toți spionii din Gaza sunt palestinieni.

Privirile lui Odwan au fost subit atrase de Sami, care stătea relaxat în dreptul ușii. Apoi a rânjit.

— Mă bucur că ai venit, unchiule. Alah să îi dea putere prietenului dumitale din Suedia și să îl aducă acasă.

Omar Yussef a acceptat urarea cu o mișcare din cap și a așteptat urmarea, cu sprâncenele ridicate.

Odwan a oftat.

— Aranjasem să primim un prototip de proiectil. A trecut frontiera printr-unul din tunelurile de sub granița cu Egiptul. Salah o vindea.

— Dar există deja proiectile pentru rachete în Gaza. *Qassam.*

— Noi voiam ceva mai bun. Pentru a construi o rachetă mai sigură, cu o arie mai mare de acțiune.

— Dar ce poți face cu un singur proiectil-rachetă?

— *Qassam* se baza pe un prototip de proiectile nord-coreene intrat în țară prin contrabandă, acum câțiva ani, cu ajutorul partidului Hezbollah din Liban. Inginerii de aici au folosit prototipul pentru a construi sute de proiectile de fabricație proprie. Urmează să facem din nou același lucru, numai că de data asta avem un prototip mai bun.

— Așadar, proiectilul urma să fie replicat, pentru a crea un arsenal de rachete perfecționate?

— Abu Jamal voia să îl boteze *Saladin I.* Sună bine, nu? a întrebat Odwan, mândru de parcă numele era propria sa născocire.

Omar Yussef a încuviințat din cap a încurajare.

— Cineva a furat proiectilul în timp ce era transportat prin tuneluri, a continuat Odwan. Probabil că l-au plătit pe vreun trădător din interiorul Brigăzilor ca să le dezvăluie planul. I-au atacat pe băieții noștri imediat după ce au intrat pe teritoriul nostru. I-au ucis pe doi dintre ei și au furat proiectilul.

— Locotenentul Salah l-a furat?

Odwan și-a împuns obrajii cu limba.

— A doua zi după furt, Salah l-a contactat pe Abu Jamal și i-a spus că prototipul se află în posesia lui. Abu Jamal mi-a ordonat să mă întâlnesc cu Salah și să mă asigur că spune adevărul. Dacă era adevărat, Abu Jamal voia să îl cumpere.

— De ce să îi dați bani pentru ceva ce a furat?

— Important era să recuperăm proiectilul cât mai repede. Cu Salah ne puteam răfui mai târziu.

— Cât voia Salah?

— Douăzeci de mii de dolari – foarte mult pentru Rafah. Așa că m-am întâlnit cu Salah la marginea taberei de refugiați, seara, târziu. Era un loc retras; în jur erau clădiri, dar fuseseră bombardate și părăsite. Am coborât din mașină și m-am îndreptat către jeepul lui Salah.

— Era singur?

— Da, nu mai era nimeni cu el. I-am cerut să îmi arate containerul cu proiectilul. Mi-a răspuns că era ascuns în altă parte. Ne-am certat din cauza asta, pentru că Abu Jamal nu voia să îi dau banii înainte să văd proiectilul. M-am îndreptat către mașina mea, să îl sun pe Abu Jamal. Salah m-a urmat, spunând numai tâmpenii. Apoi s-a auzit un foc de armă. L-a lovit pe Salah chiar aici, a spus Odwan, dându-și un ghiont zdravăn în piept.

— Și ce ai făcut?

— M-am urcat în mașină și am șters-o de acolo. Se trăgea în continuare dinspre una dintre clădirile bombardate. Cineva încerca să mă ucidă și pe mine.

— Câți atacatori trăgeau?

— Numai unul. Împușcăturile veneau din același loc și am auzit o singură armă.

— Ce ai făcut după ce ai plecat?

— L-am sunat pe Abu Jamal. El a trimis câțiva oameni la fața locului. Forțele de securitate erau deja acolo. M-am dus acasă și, când au venit să mă aresteze, m-am predat.

Odwan nu a mai adăugat nimic. Omar Yussef a încercat să își ascundă însuflețirea. Dacă Odwan spunea adevărul, atunci nu el era ucigașul. Ar putea să îl convingă pe generalul Husseini să îl elibereze, dacă găsesc dovezi. Dar asta însemna că ucigașul era în libertate și că va face orice ca să îl împiedice pe Omar Yussef să îl identifice.

Odwan a clătinat din cap.

— Nu avea nicio noimă.

— Ce anume?

— De câte ori îl întrebam unde a ascuns proiectilul, Salah îmi spunea într-o limbă străină. Cred că era engleză. Vorbești limba engleză, unchiule?

Omar Yussef a dat din cap că da.

— Ce însemnă *price*? a întrebat Odwan.

— Înseamnă prețul unui obiect.

— Așa mi-am închipuit și eu. Când întrebam unde este proiectilul, el tot spunea ceva despre preț, iar eu ziceam „Bine, o să îți primești banii, dar vorbește în arabă și spune-mi unde este proiectilul." Apoi el iar zicea ceva despre preț. Acum îmi pare rău, dar trebuie să recunosc că la momentul respectiv m-am enervat, crezând că a luat-o razna din cauza stresului.

— A mai spus și altceva în engleză, sau numai cuvântul *price*?

— A spus *high noon price*.

— *High noon price*?

— Ceva în felul ăsta. O să îl primești, spunea el, „la *high noon price*". Ce înseamnă asta, unchiule?

— Prețul atunci când soarele este la amiază. Sau prețul mare de la amiază.

— Vezi, nu are nicio noimă. Era miezul nopții, nicidecum amiază, iar eu știam deja prețul. M-a enervat cumplit, a spus Odwan, lovind cu pumnul în cealaltă palmă, pentru a-și vărsa nervii. Dar, după ce sărmanul de el a fost împușcat, am început să mă gândesc mai bine. Încerca să îmi spună ceva. Părea disperat când m-a urmat la mașină, repetând întruna expresia asta smintită în engleză. Dar cineva voia să îl omoare – poate că știa.

Omar Yussef și l-a imaginat pe Salah vorbind fără sens, încercând disperat să îi transmită un mesaj lui Odwan și pe partizanul nătâng, prea înverșunat ca să priceapă.

— Ce s-a întâmplat cu proiectilul? Abu Jamal a reușit să îl răscumpere mai târziu?

— Nu știu. Trebuie să îl întrebați pe Abu Jamal. Eu nu am mai aflat nimic de când m-au arestat.

— De ce te-ai predat?

— Aș fi putut scăpa, a spus el, privind în jur și coborând vocea. Pe sub casa noastră trece un tunel care ajunge până în Egipt. Îl folosim numai pentru transportul de produse – țigări, lapte praf pentru copii, lucruri de genul ăsta. Trebuie să încarci totul într-un cărucior care merge pe șine de metal și este pus în mișcare de câte un scripete montat la fiecare capăt al tunelului. Ar fi fost foarte greu pentru o persoană de statura mea să se strecoare, dar aș fi reușit eu.

— De ce nu ai făcut-o?

— Mi-ar fi arestat toată familia. Am treisprezece frați și surori, o mamă și un tată. Dacă aș fi fugit, toată lumea ar fi crezut că eu l-am ucis pe Salah, iar poliția ar fi distrus casa părinților mei, a spus el, privindu-și mâinile cele mari.

Deținutul părea unul dintre elevii lui Omar Yussef, vinovat de o minciună menită să îi ascundă lașitatea. Omar Yussef a recunoscut în purtarea lui ezitările care trădează înșelătoria.

Odwan s-a uitat la Omar Yussef și a înțeles că minciuna lui nu ține.

— Ca să fiu sincer, Abu Ramiz, nu am putut să trec prin tunel, a zis el. Spre rușinea mea, m-am pregătit să fug, în ciuda represaliilor care urmau să se abată asupra familiei mele. Știam că poliția mă va tortura. Am coborât chiar până la intrarea în tunel, dar era atât de îngust, de lung și de întunecos, că mi-a fost frică să nu rămân blocat acolo. Îmi era teamă că voi muri sufocat.

Omar Yussef a scos din buzunarul de la piept fițuica tipărită de Brigăzile Saladin și i-a arătat-o lui Odwan.

— Poate asta îți va da speranțe, Bassam.

Odwan a citit-o și i-a înapoiat-o.

— Îmi pun toate speranțele în Alah, Abu Ramiz.

Omar Yussef a băgat hârtia la loc, în buzunarul cămășii.

— Alah să se îndure de tine, a spus el, ridicându-se țeapăn.

— Mergeți în pace, a zis Odwan.

Au ieșit din blocul celular în tăcere. Întinși pe paturile lor, deținuții îi priveau cu ochi sticloși prin grilajele decupate în ziduri, la înălțimea unui cap de om.

Pe scări, Omar Yussef a rezumat discuția purtată cu Odwan pentru Cree, care nu înțelegea araba decât foarte puțin.

— Prețul de la amiază? a întrebat Cree. Are vreo legătură cu filmul acela cu Gary Cooper, *High Noon*? Nu, nu poate fi asta. Este al dracului de ciudat, Abu Ramiz.

Escorta lor l-a sărutat pe Sami de cinci ori. A ridicat brațul și l-a plesnit pe Omar Yussef peste palma întinsă în semn de salut.

— Alah să vă aibă în pază, *ya zalameh*, le-a spus el.

Omar Yussef simțea încă strângerea de mână hotărâtă a lui Odwan.

— Nu îmi spune *bătrâne*! s-a stropșit el. Închisorile mă fac ursuz.

Ofițerul a ridicat din umeri, nepăsător. S-a întors către Cree să își ia la revedere. Scoțianul i-a întors salutul și a ridicat din sprâncene, stingherit, în direcția lui Omar Yussef.

— Obicei vechi, a spus el, în timp ce ofițerul o luase încetișor înapoi, către clădirea închisorii.

— Eu o să încerc să verific toate informațiile cu cei din Brigăzile Saladin de aici, din Gaza, a spus Sami, aprinzându-și o țigară.

— Te referi la focurile de armă?

— Poate îmi spun și ei că așteaptă livrarea acestui prototip de proiectil. Notează numărul meu de mobil, în caz că afli ceva nou.

Omar Yussef a scos fițuica Brigăzilor Saladin, a desprins stiloul Mont Blanc din buzunarul cămășii și a scris în grabă numărul de telefon pe spatele hârtiei.

Sami a ocolit bariera de la intrarea în închisoarea Saraya și a oprit un taxi vechi și hodorogit.

Praful purtat de vânt s-a adunat în gâtlejul lui Omar Yussef și i-a biciuit tâmpla julită cu grăunțe înțepătoare de nisip. Voia să se odihnească, dar știa că îl așteaptă o zi lungă. A privit cerul înăbușit de praful portocaliu. *Prețul de la amiază.* Oare ce voia să însemne? Un mister, ca însuși soarele ascuns în spatele perdelei de praf din Gaza.

— Te simți în stare să conduci? l-a întrebat el pe Cree.

— Să îți spun cinstit, nu mă simt deloc în apele mele, a răspuns Cree, pipăindu-și cu băgare de seamă nasul vătămat. Dar situația devine din ce în ce mai interesantă.

Omar Yussef a zâmbit amar.

— Să mergem la Rafah, a zis el.

Capitolul 14

Tocmai treceau prin sectorul sudic al orașului Gaza, pe Șoseaua Saladin, traversând zonele nisipoase unde se arase de curând peste o așezare israeliană abandonată, când Omar Yussef a simțit că Chevroletul ONU trage într-o parte. Cu un hodorogit puternic și brusc, ca zbaterea unor aripi imense, roțile au trecut peste pietrele și bolovanii de pământ de la marginea câmpului. Omar Yussef a pus mâna pe brațul lui Cree și a smucit volanul la stânga. Scoțianul și-a ridicat capul și a revenit brusc pe șosea, clipind des pentru a-și alunga somnul de o clipă. A continuat să conducă încet și a trecut de un pâlc de case mici și dărăpănate ale refugiaților, holbându-se năuc înainte, ca un om care încearcă să înainteze pe un drum de țară, printr-o ceață impenetrabilă.

— Ar trebui să faci o pauză, James. Amândoi am avut o noapte grea. Poate ar trebui să ne vadă un doctor.

— Dar ne-a văzut un doctor.

— Un doctor din Consiliul Revoluționar. Eu mă refer la un doctor adevărat.

Vântul ridica spirale de praf portocaliu din straturile de varză și de roșii care se întindeau de o parte și de cealaltă a drumului, apoi le azvârlea cu putere peste parbriz. Cree și-a arcuit spinarea ciolănoasă în față, până ce aproape a atins volanul cu bărbia, privind fix prin praful care înainta în rotocoale.

— Nu îți face griji. Aproape am ajuns.

— La Rafah? Abia suntem la jumătatea drumului.

— Nu asta voiam să spun. Vreau să îți arăt ceva aici.

A părăsit drumul principal și a oprit mașina sub un curmal înalt. A suflat de câteva ori pe gură cu putere, și-a ținut pleoapele larg deschise cu degetele arătătoare și a făcut câteva mișcări din umeri.

— Ce este aici? a întrebat Omar Yussef.

Cree a clipit cu ochii încețoșați, a coborât din mașină și s-a întins.

Omar Yussef a trântit portiera în urma sa. Aerul fierbinte și gros era îmbibat de mirosul stătut, de țarc de găini. La umbra curmalului, în spatele unui zid din cărămidă de zgură, se cuibărea o căsuță de țară, simplă, cu două etaje, făcută din beton. Un gard viu, bine îngrijit, se întindea din dreptul casei până la curba șoselei. În bătaia vântului, marginea unei table ondulate de pe acoperișul dependinței sălta și apoi cădea la loc cu un zgomot ritmic. Se auzeau vocile subțiri ale unor copii care se jucau dincolo de zidul casei.

— Casa ține de satul Zuweida, a spus Cree, privind spre sud, în direcția unui câmp plantat cu varză.

În partea aceea, acoperit de praf, este Deir el-Balah. De obicei se văd curmalii de pe marginea șoselei care traversează orașul. Acum nu se mai distinge nimic, dar orașul este acolo.

Vântul era mai puternic aici decât în Gaza, unde îi stăteau stavilă clădirile. Omar Yussef a mijit ochii încercând să străpungă furtuna de nisip care împrăștia frunze de varză peste câmpie.

— James, dacă nu te simți bine, pot conduce eu. Recunosc că sunt un șofer prost, dar trebuie să mergem mai departe. Trebuie să vorbim cu partizanii din Rafah despre situația lui Magnus și să aflăm mai multe despre proiectil.

Cree și-a înclinat capul, ascultându-l.

— Ar fi cazul să repare dracului acoperișul. Auzi ce zgomot scoate drăcia aia? După cum am spus, am să îți arăt ceva aici, a spus el, întorcându-se.

S-a îndreptat cu pași nesiguri către poarta din zidul care împrejmuia casa. A ciocănit în lemn și s-a uitat peste zidul din beton. Vocile copiilor s-au oprit. Pașii unui bărbat au traversat curtea, apoi cineva a deschis poarta.

— Bine te-am găsit, Suleiman, a spus Cree.

Bărbatul i-a răspuns la salut și a dat mâna cu el.

— Acesta este domnul Suleiman Jouda. Este stăpânul casei, i-a zis Cree lui Omar Yussef.

Jouda era scund și slab și avea vreo treizeci de ani. Părul lui negru, la fel ca mustața cea groasă, era înfoiat și periat frumos pe spate. Doi copii bruneți așteptau de o parte și de cealaltă a unei triciclete roz, cu picioarele durdulii goale pe pământul bătătorit din curte, holbându-se la Cree și sugându-și degetele. Jouda i-a condus prin curte, către o poartă îngrijită din spatele casei. Când a deschis-o, un miros de verdeață l-a izbit pe Omar Yussef.

Peluza cea mare era de un verde mai intens și mai bogat decât oricare altă bucată de pământ cultivat pe suprafața Fâșiei Gaza. Gardul viu înconjura întreaga pajiște, fiecare din cele patru laturi ale sale întinzându-se pe o lungime de o sută optzeci de metri. Gardul constituia o frână în calea vântului și nici praful nu reușea să înăbușe splendoarea ierbii. Dincolo de centrul peluzei se vedea un obelisc din granit, înalt de un metru douăzeci, ridicat pe un soclu pătrat de aceeași înălțime. În jurul pajiștii erau adunate, în careuri mici, șiruri îngrijite de morminte, sculptate în gresie albă.

Cree s-a îndreptat cu pași mari spre mijlocul pajiștii. Omar Yussef l-a urmat. În partea dreaptă a cărării, pământul fusese răscolit în jurul câtorva morminte și se vedeau urme de reparații la unele pietre funerare, dar Cree a trecut de ele fără să le privească. Jouda a rămas la o distanță respectoasă.

— Dumneata ești istoric, Abu Ramiz, a spus Cree. Înțelegi unde ne aflăm?

— Într-un cimitir militar britanic.

— Așa este. Din Primul Război Mondial. Consulatul Britanic îl plătește pe domnul Jouda să aibă grijă de locul acesta. Dichisit, nu?

— Ca să fiu sincer, este singurul loc din Gaza pe care l-aș numi *dichisit.* Parcă nu am fi în Gaza.

— De acord. Îți dă impresia că trebuie să mori pentru a avea parte de puțină liniște în Gaza, a spus Cree, zâmbind distant, cu amărăciune. Și nu oricum, ci să fi murit într-un război care s-a terminat demult, pentru a te bucura de pace într-un loc frumos, unde cineva are grijă de tine.

— Un alt teatru de război despre care lumea a uitat.

— Eu nu am uitat, a replicat Cree, plimbându-și limba peste dinți.

Răspunsul lui i-a dat de gândit lui Omar Yussef. Era profesor de istorie, dar nu era singurul care își amintea trecutul.

— Aseară, la cină, am discutat cu profesorul Maki despre campania britanică din Primul Război Mondial. Mi-a spus că britanicii au atacat Gaza de trei ori înainte de a o ocupa, apoi s-au îndreptat către Ierusalim.

Cree a încuviințat printr-o mișcare a capului.

— Uită-te la datele de pe pietrele de mormânt. Îl vezi pe tipul acela? A murit în aprilie 1917, dar cel din rândul următor a decedat în noiembrie.

— Bătăliile s-au dat în satul acesta?

— Până când au înființat cimitirul de aici, în martie 1917, luptele se mutaseră spre nord, spre orașul Gaza. Dacă mureai în acțiune, te îngropau unde te aflai. Dar răniții erau transportați la spitalul de campanie din Deir el-Balah și, dacă nu supraviețuiau, îi îngropau aici.

Omar Yussef a cercetat cu atenție pajiștea.

— Câți sunt aici?

— Șapte sute cincizeci de morminte. În colțul acela sunt câțiva indieni. Aici se află șapte soldați evrei. Dar majoritatea sunt britanici de modă veche, fețe palide ca mine, a spus Cree privindu-l pe Omar Yussef și încruntându-se. Doamne Dumnezeule, îți imaginezi cum este să crești în Marea Britanie, unde totul este cenușiu, umed și e al naibii de frig, dar cel puțin ești acasă și deodată să te trezești obligat să lupți pe viață și pe moarte pentru bucata asta de pământ, străină și ciudată?

— Din nefericire, James, întotdeauna s-au dat lupte pentru bucata asta de pământ. De cele mai multe ori fără să se știe sau să se admită deschis. Evreii se aflau aici în urmă cu mii de ani, iar arabii au venit de mai mult de o mie de ani, dar toți ceilalți care au luptat pentru acest loc au fost străini, atrași de lăcomie, de ură sau de credință. Cruciații, Napoleon, turcii, toți au fost străini de locul acesta.

Cree a înaintat fără grabă de-a lungul șirului de morminte. Omar Yussef s-a uitat la ceas. Era ora unu. Voia să obțină informațiile de care avea nevoie și să se întoarcă din Rafah înainte de lăsarea întunericului; nu îi surâdea deloc eventualitatea unui drum de întoarcere pe întuneric, prin norii de praf care acopereau Șoseaua Saladin, având în vedere cum conducea Cree. A pășit în urma lui, nerăbdător, întrebându-se dacă nu cumva scoțianul trage de timp, încercând să elimine efectele băuturii și ale loviturii la cap înainte de a porni din nou la drum.

Cree a îngenuncheat în fața unuia dintre morminte. Omar Yussef a citit inscripția peste umărul lui: *Soldat James Cree. Batalionul al 4-lea de Pușcași Edinburgh. 21 de ani. 5/11/17.*

— Străbunicul meu. Numele lui îl port. S-a căsătorit, și-a lăsat nevasta gravidă cu bunicul meu, Billy, și a plecat la război. Cu greu se poate numi o viață, nu?

— Cum a murit?

— Nu știu. Înscrisurile oficiale despre soldați erau ținute la Londra, dar majoritatea au fost distruse de bombardamentele germane din al Doilea Război Mondial. Nu a mai rămas nimic din viața lui.

— Cu excepția numelui tău.

— Mda, cam atât a mai rămas.

Ochii i se înroșiseră din pricina prafului din aer și a vântului care îi bătea în față, dar acum îl usturau din cauza gândurilor răscolite. Și-a șters o lacrimă cu dosul palmei și și-a tras nasul.

— Pământul acesta nu este lipsit de semnificație pentru mine, Abu Ramiz. Este datoria mea față de străbunicul să nu permit ca locuitorii din Gaza să fie uciși de aceleași violențe care i-au luat și lui viața. Lui și turcilor care au luptat împotriva lui, a adăugat el cu un zâmbet în colțul gurii.

Omar Yussef și-a dus mâna la bărbie. Drumul către Rafah putea suferi o mică amânare.

— Am intrat în armată pe când eram tânăr, a spus Cree. Batalionul de Pușcași Edinburgh fusese între timp înglobat în Regimentul Regal de Scoțieni, așa că m-am înscris la ei. Îmi închipuiam că asta mă va aduce mai aproape de el.

— Nu prea aproape, din fericire.

— După câte știu eu, nimeni nu a încercat să mă omoare, a spus Cree, zâmbind absent. Slavă Domnului, nici nu a trebuit să omor eu pe cineva. Oricum, pentru că știam atât de puține lucruri despre tipul care se odihnește în pământul acesta, am purtat în minte conversații întregi cu cel pe care mi-l închipuiam eu că a fost. El mi-a spus că greșeam. El fusese încorporat. Nu alesese de bună voie uniforma militară și nici nu voia să lupte. Atunci am părăsit armata și mi-am găsit de lucru în cadrul Organizației Națiunilor Unite. Știam că voi vedea oameni aflați în cele mai grele condiții, dar speram ca uneori să îi văd și în momentele lor cele mai bune.

— Și ce ai văzut?

— O să îți răspund la întrebare după ce îl găsim pe Magnus.

Omar Yussef a pus mâna pe vârful pietrei funerare. Nouăzeci de ani de furtuni de nisip, ca aceea care biciuia acum gardul viu, o înăsprise până la consistența hârtiei de șmirghel.

— Sălbăticia omului față de om îndoliază infinite mii de suflete, a spus el.

— „Omul s-a născut ca să jelească". Robbie Burns. Credeam că ești doar istoric, Abu Ramiz.

— Uneori, ceea ce ar trebui să spună istoricii este exprimat mai bine de scriitori.

Cei doi bărbați s-au uitat unul în ochii celuilalt, insistent. Cree a încuviințat din cap, apoi s-a ridicat în picioare. A aruncat o privire către partea estică a cimitirului. Abia atunci a observat pietrele avariate și pământul răscolit, pe care Omar Yussef le văzuse încă de la intrare.

— Ce s-a întâmplat aici? a întrebat el.

— Am fost călcați de vandali acum câteva nopți, a răspuns îngrijitorul. Nu i-am auzit pentru că dormeam, domnule Cree. Au intrat prin gardul de acolo, din colțul cel mai îndepărtat de casa mea. Au scos iarba din jurul câtorva morminte și au spart câteva pietre funerare.

— S-a mai întâmplat vreodată așa ceva? a întrebat Omar Yussef.

— Niciodată. Dar oamenii sunt foarte supărați în legătură cu implicarea armatei britanice în ocuparea Irakului. Au lipit câteva afișe pe pietrele funerare, iar pe una din ele au scris comentarii indecente, cu vopsea.

Omar Yussef s-a îndreptat către mormintele profanate. De pe câteva dintre ele fusese îndepărtat stratul de gazon, iar pământul fusese împrăștiat în jur, ca și cum bogăția ierbii ar fi fost o ofensă la adresa mormintelor aride ale palestinienilor morți în Gaza. Trei pietre funerare fuseseră sparte în bucăți. Îngrijitorul le aranjase deasupra cioturilor distruse, într-un echilibru precar. Pe trei dintre pietrele alăturate celor distruse erau lipite fotografii prost copiate din ziare, care ilustrau un soldat britanic urinând deasupra unui prizonier irakian. Omar Yussef auzise despre această fotografie, după ce se dovedise a fi un fals. Morții care se odihneau în acest cimitir plăteau pentru știrea falsă din ziare.

— Nu am dezlipit încă afișele, pentru că aștept indicații în privința modului în care să o fac fără a distruge piatra, a spus îngrijitorul, scărpinându-se îngrijorat pe ceafă. Pe aceasta au scris un slogan. L-am scos cu terebentină, dar cred că am deteriorat piatra, așa că m-am gândit că este mai bine să cer sfatul unui expert înainte de a le șterge și pe celelalte.

Omar Yussef a cercetat piatra ștearsă de vopsea.

— Nu ai deteriorat-o, Suleiman. Pietrele erau toate un pic murdare. Când ai curățat-o pe aceasta, tu ai crezut că ai pătat-o. De fapt, ai îndepărtat straturile de mizerie acumulate în timp. Va arăta și ea la fel ca celelalte, după un an sau doi de vânt și soare.

— Mulțumesc, *ustaz*. Eram foarte îngrijorat. Cei morți s-au odihnit aici atâta amar de vreme, încât simt că oamenii care le-au profanat mormintele au vrut să îi ucidă a doua oară.

— Din fericire, acest lucru nu este posibil.

Îngrijitorul l-a privit pe Omar Yussef neîncrezător. *Se simte foarte apropiat de străinii aceștia morți, dacă îi păzește și îi îngrijește în felul acesta*, și-a zis Omar Yussef în gând. *Nedreptatea profanării mormintelor lor îl face să sufere.*

— Cu toate astea, este foarte trist, a concluzionat Omar Yussef, punând o mână pe umărul lui, gest pentru care a fost recompensat cu o privire recunoscătoare.

Cree s-a întors încă o dată către mormântul celui al cărui nume îl purta. A trecut cu mâna peste suprafața pietrei, stăruind asupra locului unde fusese cioplit în piatră numele. S-a ridicat și s-a îndreptat hotărât către ieșire. Când a trecut prin dreptul lui Omar Yussef, privirea îi era limpede și pătrunzătoare, și mergea hotărât.

— Mulțumesc pentru înțelegere, Abu Ramiz. Aveam nevoie să mă adun. Acum sunt gata de plecare.

Omar Yussef a pășit pe cărare, lăsând în urmă gazonul distrus și mormintele pângărite. S-a aplecat pentru a șterge praful adunat pe pantofi cu o batistă. S-a uitat încă o dată la cimitir în timp ce se ridica, îndreptându-și spatele anchilozat. Gândurile i-au zburat către povestea Nadiei despre zeul Atum, din al cărui plânset s-a născut omenirea. Într-adevăr, omul era născut ca să plângă. Lacrimile lui Atum nu puteau fi uscate decât dacă se transformau în praf.

Capitolul 15

Când au ajuns pe strada principală din Rafah, Omar Yussef s-a aplecat peste portiera mașinii pentru a întreba încotro se află casa lui Salah. În timp ce îi făcea semn să se apropie unui tânăr adăpostit la intrarea unui magazin de fierărie, a tras în piept o pală fierbinte de praf, care l-a silit să își dreagă glasul. Omul a traversat trotuarul alene, cu mâinile în buzunarele jeanșilor și cu umerii lăsați pe sub un *keffiyeh* cu pătrățele roșii pe care îl purta încolăcit în jurul gâtului, sub formă de fular. S-a uitat în spatele lui Omar Yussef, la Cree, care se holba la drumul din fața lui.

— Unde este casa locotenentului Fathi Salah? a întrebat Omar Yussef.

— Casa martirului Salah?

Lui Omar Yussef i s-a părut că a detectat un zâmbet vag pe chipul bărbatului.

— Așa cum zici.

— Este în celălalt capăt al orașului, le-a explicat tânărul, băgându-și capul pe geamul din dreptul lui Omar Yussef, pentru a se feri de vârtejul de praf din aer.

În momentul în care a oprit mașina pe aleea de nisip din spatele casei în care locuise Fathi Salah, Cree a scos un geamăt, simultan cu scrâșnetul ambreiajului.

A tras frâna de mână, a oprit motorul și și-a descleștat mâna de pe volan pentru prima dată în ultima jumătate de oră.

— Credeai că nu vom mai ajunge aici, nu-i așa? a spus el.

— De când poate o lovitură la cap și o amărâtă de furtună de nisip să oprească un membru al Regimentului Regal al Scoției? a replicat Omar Yussef.

— Bine, bine, eu sunt un fost militar prea încăpățânat să știe când să se oprească. Dar scuza dumitale care este?

— Eu sunt palestinian. Sunt obișnuit să înghit mizerii.

Izolată de alte case și înălțată pe un petic de pământ, casa familiei Salah avea forma unui bloc cu două etaje și era construită din beton nefinisat. În așteptarea unui alt etaj, câteva tije ruginite țâșneau din stâlpii de susținere de pe acoperiș, ca niște smocuri de păr rebel. Frunzele de un argintiu mat ale câtorva măslini se unduiau deasupra zidului care împrejmuia grădina. La adăpostul zidului, copertina din pânză neagră care acoperea cortul funerar fâlfâia în bătaia vântului. Trecuseră două zile de la înmormântarea locotenentului Salah, iar cortul era pustiu, cu excepția unui singur bătrân.

Omar Yussef a înaintat cu dificultate în direcția cortului, cu pantofii plini de nisipul care îl zgâria prin bumbacul subțire al șosetelor. A mijit ochii, pentru că aerul părea clocotitor după răcoarea din mașină. Sub copertină vântul s-a mai domolit, dar încă simțea pe limbă praful din aer în momentul în care l-a salutat pe bătrân. Cree s-a apropiat în spatele lui, aplecându-se pentru a trece pe sub marginea cortului.

Bătrânul, scund și îngrijit, stătea pe unul dintre scaunele murdare, din plastic alb, aliniate pe laturile cortului. Fața îi era acoperită cu marginea *keffiyeh*-ului, înfășurat pe sub ochi, pentru a-i proteja nasul și gura de praf. Ochii săi căprui păreau că poartă doliu, iar mâna îi era moale când i-a strâns-o Omar Yussef. A făcut câțiva pași spre poarta grădinii și a strigat un nume care s-a pierdut în vânt. Cât timp bătrânul a rămas cu spatele la el, Omar Yussef și-a scos pantofii și a vărsat nisipul care se strânsese în ei în afara cortului. Bătrânul și-a aranjat *jalabiya*[3] albă și șleampătă, ridicând-o un pic pe lângă șolduri, pentru a se putea așeza confortabil.

În mijlocul cortului, un mic pătrat format din pietre înconjura o grămăjoară de cărbuni și lemne aprinse. Fumul care se ridica din ea făcea aerul înțepător. Printre cărbuni se odihnea un ibric de cupru, frumos ornamentat, dar înnegrit de foc.

În spatele bătrânului erau lipite pe zidul grădinii afișe care anunțau moartea eroică a locotenentului Fathi Salah. O fotografie care înfățișa chipul războinic și misterios al ofițerului era suprapusă imaginii Domului Stâncii din Ierusalim. Fathi Salah era preamărit ca martir într-un panegiric scurt și pios care acoperea partea de sus a foii. Colțul unuia dintre afișe flutura, contrapunctând, cu un glas de tenor frenetic, basul hodorogit al copertinei.

---

[3] Robă cu mâneci lungi, lungă până la glezne.

Un adolescent a apărut dinspre grădină și a turnat cafea din ibricul înnegrit în păhărele de plastic, pe care le-a întins lui Omar Yussef și Cree. Lui Omar Yussef i-a făcut plăcere amăreala scurtă dar intensă, care i-a curățat gâtul de nisip. S-a întors către bătrân și i-a urat ca Alah să aibă milă de cel mort.

Bătrânul a mulțumit înclinând din cap și murmurând câteva cuvinte, apoi și-a îndepărtat *keffiyeh*-ul de pe față, în semn de respect.

— Îl căutăm pe tatăl locotenentului Fathi Salah, a spus Omar Yussef.

— Eu sunt tatăl lui.

— Cum vă numiți, scumpe domn?

— Zaki Salah. Abu Fathi.

Omar Yussef și-a repetat urarea ca Alah să îl apere pe cel decedat, urare care a fost din nou acceptată.

— Frate Abu Fathi, ne aflăm aici pentru a afla adevărul în legătură cu moartea fiului dumitale. Sperăm ca în felul acesta să îl eliberăm pe prietenul nostru, care a fost răpit de Brigăzile Saladin. Își va câștiga libertatea numai dacă Bassam Odwan este eliberat. Vrem să aflăm care au fost adevăratele circumstanțe ale morții fiului dumitale.

— Dar sunt bine cunoscute, a spus Zaki Salah cu glas șoptit.

— Odwan neagă că l-ar fi ucis pe Fathi.

— Minte. S-a făcut o investigație.

— Ce au descoperit cei care au investigat cazul?

— Exact ce s-a spus în ziare. Fathi a primit ordinul de a-l aresta pe Odwan. În timpul arestării, Odwan l-a împușcat pe Fathi și a fugit. Fathi a murit pe loc. La scurt timp după aceea, Odwan a fost arestat. Acum riscă pedeapsa cu moartea, așa cum se cuvine unuia care ucide cu sânge rece.

Ochii lui Zaki Salah erau umezi și mânioși.

Omar Yussef i-a privit stăruitor. Nu voia să îl supere pe bărbatul îndoliat, dar simțea că este presat de timp.

— Odwan spune să s-a dus să se întâlnească cu Fathi, deoarece Fathi dorea să le vândă ceva celor din Brigăzile Saladin.

— De unde știți ce spune Odwan?

— Am fost să îl vedem.

— La închisoare?

Omar Yussef a încuviințat. Zaki Salah a dat din cap. Buzele bătrânului s-au strâns, preschimbându-se într-un fir subțire ce trăda înverșunarea.

— Veniți cu mine, a spus el, ridicându-se.

Omar Yussef a pus paharul de cafea pe scaunul de lângă el. Cree s-a ridicat în picioare.

— Numai dumneata, *ustaz*, a spus Zaki Salah.

Cree s-a așezat la loc, ușurat.

Zaki Salah l-a condus pe Omar Yussef prin grădină. Vântul lovea ramurile de măslin de zid. La intrarea în casă, praful din aer a fost biruit de aroma caldă și bogată de *foule*. Mirosul de piure de fasole cu oțet l-a făcut să îi fie dor de propria sa casă, de aromele apetisante care se preling dinspre bucătăria unde Maryam pregătește masa.

Salah a înaintat de-a lungul coridorului, târșindu-și picioarele și șfichiuind gresia ieftină cu sandalele. Probabil nu era mai bătrân decât Omar Yussef, dar se mișca și mai încet decât acesta și era ușor adus de spate.

În salon, Zaki Salah s-a oprit în fața a trei diplome încadrate în rame țipătoare, aurii și argintii. A ridicat un deget negricios, stafidit, și l-a îndreptat către prima.

— Aceasta este diploma pe care fiul meu, Fathi, a obținut-o de la Universitatea al-Azhar. A studiat științe politice, a spus el. De ce s-ar preta un om cu diplomă universitară și o poziție bună în interiorul forțelor de securitate la afaceri dubioase, făcute la adăpostul întunericului, cu un infractor de teapa lui Odwan?

Omar Yussef s-a apropiat de perete și și-a potrivit pe nas ramele îndoite ale ochelarilor. A examinat celelalte două certificate. Primul era o licență în științe politice acordată unui bărbat pe nume Yasser Salah; a doua, o diplomă în drept pe același nume. Amândouă purtau emblema Universității al-Azhar, domul și minaretele unei moschei, plasate în fața unei cărți deschise.

— Cine este Yasser Salah? a întrebat el.

Celălalt fiu al meu. Și el este tot ofițer.

— În care forțe de securitate?

— Yasser este înrolat în Serviciul de Prevenire și Protecție. După ce a obținut a doua diplomă, a spus Zaki Salah, bătând în rama ultimului certificat de pe perete, a fost promovat căpitan.

— Felicitări, a spus Omar Yussef, după care a făcut o pauză. Abu Fathi, Brigăzile Saladin pretind eliberarea lui Odwan.

— Este împotriva tuturor legilor dreptății.

— Dar Brigăzile sunt foarte puternice.

— Fiul meu a făcut parte din forțele de securitate. Și ei sunt foarte puternici.

— Credeți că generalul Husseini îl va executa pe Odwan, chiar dacă asta îl pune pe picior de conflict cu Brigăzile?

— Eu cer pedeapsa cu moartea. Dacă Husseini este slab și îl eliberează, îl voi ucide eu însumi pe Odwan.

— Dumneata?

— Familia mea. Fiul meu, Yasser, își va asuma responsabilitatea. Are abilitățile necesare, doar este ofițer de securitate. Dacă guvernul este prea slab să ne facă dreptate, atunci cunoști bine legile și obiceiurile noastre și înțelegi ce trebuie să fac, a spus

Zaki Salah cu o voce monotonă, apatică, ca și cum crima din răzbunare ar fi fost un fapt la ordinea zilei. Când Odwan l-a ucis pe Fathi, i-a ucis întreaga familie. Fathi avea o fetiță de numai trei luni. Dacă Odwan este eliberat, îl voi ucide eu însumi, iar dacă eu nu o pot face, atunci o va face fiul meu. Și chiar dacă suntem nevoiți să așteptăm mai mult, nepotul meu va ucide pe cineva din familia lui Odwan.

Omar Yussef a închis ochii și tras aer adânc în piept. Ura vechile legi tribale. Erau tradiția unei țări lipsite de guvernare, unde nu vedeai apropiindu-se prin furtuna de nisip decât pe cel care venea cu gânduri rele. Zaki Salah vorbea de parcă s-ar fi aflat în urmă cu o mie de ani, iar dorința lui de răzbunare părea că va dăinui cu-adevărat o mie de ani.

— Generalul Husseini trebuie să pună în balanță justiția tradițională, de clan, cu posibilitatea ca viața unui străin să fie amenințată, a spus Omar Yussef.

— Cui îi pasă de un străin? Ce mare brânză de capul lui? Dacă Husseini îl eliberează pe Odwan, atunci nu este musulman. Răzbunarea mea este cerută de legile islamului. Ucigașul trebuie ucis. Nu îl pot trăda pe cel care a fost sânge din sângele meu, a replicat Zaki Salah, ștergându-și palmele una de alta, ca și cum s-ar fi spălat pe mâini, apoi a continuat cu aceeași voce înfuriată și stăruitoare. Trebuie să îi explici străinului cum stau lucrurile.

Omar Yussef și l-a imaginat pe Magnus Wallender mort, întrebându-se cine îl va răzbuna pe el. A închis ochii, pentru a alunga imaginea.

— Abu Fathi, fiul dumitale a fost implicat vreodată în activități de contrabandă?

— Nu a fost niciodată implicat în activități ilegale.

— Nici în traficul de arme? Sau consideri că asta face parte din lupta de rezistență, nu din activitățile ilegale?

Zaki Salah părea ursuz.

— Întotdeauna a luptat din răsputeri împotriva contrabandiștilor. Era datoria lui de ofițer. Dar când venea acasă, contrabanda îi bătea la ușă, așa că era nevoit să lupte împotriva infractorilor chiar și aici. Știi doar că ne aflăm foarte aproape de granița cu Egiptul.

— Chiar așa? Cât de aproape?

— Dacă nu ar fi furtuna de nisip, ați fi văzut-o din spatele casei când ați sosit. Este o distanță de o sută de pași între spatele casei mele și gardul de la graniță, a explicat Zaki, ridicându-se ca să meargă la fereastră și să dea la o parte perdeaua. Uite, o vezi?

Omar Yussef s-a zgâit prin praful gros de afară. În spatele casei era o grădină, iar la capătul ei, un garaj șubred. Dincolo de el se ridica un gard din metal închis la culoare, înalt de aproape zece metri, ondulat ca tabla ieftină cu care unii își acoperă casa. Aceea era granița cu Egiptul.

— Zona de aici este împânzită de tuneluri. Contrabandiștii le sapă pe sub gardul de colo, a spus Zaki Salah.

Un tânăr a ieșit din garaj și a încuiat ușa cu un lacăt. A traversat apoi grădina încovoiat pentru a se apăra de vânt. Omar Yussef l-a auzit tușind când a intrat în casă.

Aroma delicioasă de *foule* a pătruns în salon și a stăruit în jurul lor, la fereastră.

— Ar fi bine să vă întoarceți la cortul de doliu, ca femeile să poată pune masa, i-a spus Zaki Salah lui Omar Yussef. Aș fi onorat dacă ați lua prânzul cu noi.

Tâmpla vânătă a lui Omar Yussef a pulsat, în semn de protest la auzul invitației la masă.

— Sunt onorat, a spus el, dar trebuie să îmi continui investigația. Prietenul meu nu mai are mult timp dacă nu descopăr adevărul. Nu ar putea să îmi dea o mână de ajutor fiul dumitale, Yasser, dezvăluindu-mi ce a aflat despre investigație, în calitate de membru al forțelor de securitate?

— Îl trimit eu la dumneata.

Omar Yussef s-a întors la cort. Cree ședea în același loc. Și-a scuturat umerii, și-a răsucit gâtul într-o parte și în cealaltă și i-a zâmbit lui Omar Yussef. Ibricul înnegrit zăcea pe cărămizile din jurul cărbunilor încinși. Cree îi zâmbea scuzându-se.

— Mi-e teamă că l-am golit deja, a spus el. Mi-a luat ceva vreme, cu păhărelele astea, dar aveam nevoie urgent de cafea.

— Să îți fie de bine, i-a spus Omar Yussef.

Tânărul care traversase grădina din spatele casei a apărut la marginea covoarelor prăfuite care acopereau podeaua cortului de doliu. L-a fixat cu privirile pe Omar Yussef.

— Tu ești Yasser? a întrebat Omar Yussef.

Tânărul a încuviințat printr-o mișcare a capului.

— Alah se va îndura de fratele tău. Te rog, ia loc lângă mine. Tatăl tău crede că ne poți ajuta.

Tânărul a avut o ezitare. S-a așezat pe un scaun în fața lui Omar Yussef și s-a aplecat în față, sprijinindu-și coatele pe genunchi. L-a măsurat pe Omar Yussef din cap până în picioare, cu ochii săi căprui mijiți, furioși și neîndurători. Își ținea capul într-o poziție care lăsa să se întrevadă unghiul în care linia părului cobora pe frunte, iar aceasta semăna cu lama unui topor. Și-a încruntat sprâncenele groase, apropiindu-le de rădăcina nasului, unde au început să tremure ca trăgaciul unui pistol gata să țâșnească. Avea un nas drept și ascuțit și dinți inegali și sparți, care i se ițeau pe sub mustață. Trăsăturile chipului său păreau arme pe care Yasser nu s-ar fi dat în lături de la a le folosi.

— Yasser, ce este *Saladin I*?

Expresia lui Yasser Salah a devenit și mai precaută. Își pregătea armele. Nu a răspuns.

— Ce știi despre *Saladin I*? a insistat Omar Yussef.

— Ce este asta?

— Eu te-am întrebat pe tine.

— Mi se pare că știți deja. De ce mă mai întrebați pe mine?

— Este prototipul unui nou stoc de proiectile care urmează să fie fabricate aici, în Fâșia Gaza. Fratele tău încerca să îl vândă Brigăzilor Saladin atunci când a fost împușcat.

Yasser Salah s-a scărpinat pe frunte. Omar Yussef se aștepta să se taie în ascuțișul lamei de topor din vârful frunții.

— Era pe punctul de a-l aresta pe Odwan, a spus Yasser.

— Odwan spune altceva.

— L-a ucis pe fratele meu ca un laș; acum nu face altceva decât să își inventeze scuze demne de un laș.

— Poate că spune adevărul.

Yasser a clătinat din cap. Omar Yussef a simțit disprețul tânărului ca pe o palmă puternică peste față.

— Lucrați pentru ONU? a întrebat Yasser, făcând un semn spre Chevroletul pe care erau inscripționate deslușit literele mari și negre.

Omar Yussef i-a răspuns printr-o mișcare a capului.

— Ce știți despre Brigăzile Saladin? Ce puteți ști despre viața noastră în Rafah? Acesta este teritoriul uitat al Palestinei. Aici totul este mult mai grav decât în oricare altă parte a țării. Mai mulți martiri în timpul Intifadei decât oriunde altundeva. Mai multe invazii ale israelienilor. Nu știți nimic despre viața noastră de aici sau despre felul în care fratele meu își slujea poporul.

Yasser Salah și-a prefațat fiecare propoziție cu o răsuflare ce aducea cu întinderea unui mușchi încordat.

— Când ai aflat de moartea fratelui tău?

— Îndată ce s-a întâmplat. Am fost chemat la fața locului.

— De ce?

— Eram de serviciu în noaptea aceea. Sunt ofițer al Serviciului de Prevenire și Protecție.

— Fratele tău, Fathi, s-a dus singur să efectueze arestarea?

— Nu, era însoțit de un detașament de ofițeri.

— Chiar așa? a exclamat Omar Yussef, gândindu-se la scena pustie a întâlnirii cu Fathi Salah, descrisă de Bassam Odwan. Ce ai văzut când ai ajuns acolo?

— Corpul fratelui meu sub un cearșaf alb. Camarazii săi aliniați în apropiere. Urmele de roți ale unei mașini care părea că a demarat brusc.

— Unde le-ai văzut?

— La marginea taberei de refugiați. Aproape de graniță.

— De ce a ales Fathi un loc atât de retras pentru a-l aresta pe Odwan? De ce nu a mers să-l aresteze la el acasă, așa cum au făcut camarazii săi câteva ore mai târziu?

— Nu cunosc detaliile acestei operațiuni. Poate a aranjat o întâlnire cu el, dar adevărata sa intenție era să îl aresteze.

— L-a atras într-o capcană, ca să îl aresteze?

— Tot ce se poate.

Yasser Salah și-a curățat gâtlejul cu un horcăit purulent, s-a apropiat de marginea cortului și a scuipat în nisip. A ridicat ibricul de cafea și a plescăit nemulțumit când a văzut că este gol. Și-a aprins o țigară.

— Ca ofițer al forțelor de securitate, ai auzit despre o nouă armă care ar fi fost adusă de contrabandiști în Rafah? l-a întrebat Omar Yussef.

— Israelienii au toate armele. Noi nu avem nimic. Ei dispun de avioane supersonice al căror bubuit le provoacă avorturi femeilor din Palestina. Când și-au părăsit așezările de aici, le-au umplut cu materii radioactive pentru a-i îmbolnăvi pe cei din Rafah. Au tancuri care trag cu raze acustice care îți lichefiază intestinele.

— Noi avem rachetele *Qassam*.

— Nu sunt îndeajuns. Aproape că trebuie să îți aterizeze în cap ca să te poată ucide.

— Așadar, trebuie îmbunătățite?

— Da, dar ar fi dificil.

— De ce?

Yasser Salah i-a înfruntat privirea lui Omar Yussef, dar nu a răspuns.

— Dificil, pentru că ar trebui să aduceți un nou prototip în interiorul Fâșiei Gaza, pe sub nasul israelienilor, a spus Omar Yussef. Am dreptate?

— Pe sub granița egipteană trec multe tuneluri, dar majoritatea sunt prea înguste pentru a transporta un proiectil, a răspuns Yasser. De aceea ar fi dificil.

— Cu toate astea, cel care ar intra în posesia noului proiectil ar putea cere un preț mare de la o grupare ca Brigăzile Saladin, care l-ar folosi apoi pentru a produce proiectile mai bune. Corect?

Salah a deschis larg ochii pe care îi ținuse întredeschiși, și-a descrețit sprâncenele și a ridicat din umeri.

— Brigăzile Saladin cer eliberarea lui Odwan, a spus Omar Yussef. Îl țin ostatic pe un membru al echipei noastre, un străin.

— Asta fac ei, sunt delincvenți.

— Dacă Odwan este nevinovat, prietenul nostru ar putea fi eliberat.

Yasser și-a ridicat capul și a rânjit batjocoritor.

— Dacă Odwan este eliberat, îl ucid eu.

— Nu îți este teamă că atragi răzbunarea Brigăzilor asupra ta, ucigându-l?

— Nu îmi este frică de moarte. Este datoria mea să răzbun memoria fratelui meu. Aceasta este justiția tribală, iar eu cred în ea.

Omar Yussef l-a privit pe Yasser cu atenție. De-a lungul anilor, văzuse în ochii elevilor săi aceeași siguranță, violentă și absolută. Avea și el propriile convingeri, la fel de profunde, dar spera că nu ajunsese la ele prin credință oarbă în tradiție sau în detrimentul altor oameni.

Cree și-a dres glasul.

— Abu Ramiz, ar fi bine să ne îndreptăm către punctul de control, să îi luăm pe negociatorii trimiși de ONU. Ajung acolo la patru și jumătate.

Omar Yussef a dat din cap aprobator și s-a ridicat.

— Vă avertizez, nu aveți încredere în Brigăzile Saladin, a spus Yasser Salah. Sunt niște hoți și niște criminali.

A ridicat din nou ibricul de cafea, dar amintindu-și că era gol, l-a lăsat să cadă, supărat, lângă foc.

Omar Yussef a răzbit cu greu până la Chevroletul Suburban, cu pantofii din nou plini de nisip.

Cree a pornit motorul.

— Este aproape trei. Ce ar fi să te las în oraș și apoi să mă îndrept către punctul de control, să îi iau pe negociatori? Îi aduc eu la hotel ca să îi poți informa asupra cazului. Te poți odihni în timp ce mă aștepți acolo.

Omar Yussef a încuviințat din cap. Chevroletul a înaintat cu dificultate prin nisipul adânc și a depășit casa familiei Salah. A aruncat o ultimă privire spre garajul șubred, din cărămizi arse, care se ridica în spatele grădinii împrejmuite de zid. Părea destul de mare pentru a adăposti patru mașini, dintre care două așezate transversal. Ar fi trebuit să se vadă urme de cauciucuri pe drumul de acces spre șosea, prin nisipul din fața garajului, dar nu era nimic. *Poate le-a acoperit furtuna*, și-a zis Omar Yussef. *Dar chiar și pe o furtună ca cea de acum, tot ar fi nevoie de câteva zile pentru a le acoperi. Poate nu este un garaj pentru mașini*.

Capitolul 16

Șoseaua Saladin i-a dus înapoi în orașul Gaza. Gârbovit în scaunul din dreapta șoferului, Omar Yussef rememora evenimentele ultimelor douăzeci și patru de ore. A ieșit din reverie numai când Cree a tras brusc de volan pentru a evita un pieton care se avântase nepăsător în mijlocul traficului. Cree a înjurat, iar Omar Yussef a zâmbit, l-a bătut pe Cree pe brațul său lung și s-a întors la gândurile sale.

Saladin a venit pe acest drum pentru a elibera Palestina din mâinile cruciaților. Acum nu îl mai străbat eliberatori, ci doar partizani violenți, polițiști corupți și funcționari guvernamentali cărora nu le pasă decât de statutul lor de VIP-uri. În afară de Omar Yussef și de James Cree, nu se zărea nici urmă de eliberator.

O căruță trasă de un măgar, încărcată cu pepeni verzi, a ieșit de pe un drumeag prăfuit, iar Cree a făcut o nouă mișcare bruscă.

— Pentru numele lui Dumnezeu! a exclamat el, frecându-și fruntea.

Omar Yussef călătorea pe același drum ca marele luptător Saladin. Îi va elibera pe Magnus Wallender și Eyad Masharawi. A închis ochii, încercând să își imagineze momentul în care le va strânge mâna, pentru a sărbători eliberarea lor.

Deodată a fost cuprins de panică. Mâinile celor doi bărbați erau mutilate de Manichiura lui Husseini, iar sângele se prelingea peste el. A făcut eforturi să deschidă ochii. Amândoi ar fi putut fi torturați chiar în acest moment, iar el stătea în mașină, fără să îi poată ajuta. A scos un geamăt.

— Te doare ceva? a întrebat Cree.

— Capul, a spus Omar Yussef, dându-și seama că geamătul fusese destul de puternic pentru a fi auzit.

— Este încă umflat, nu-i așa?

— Mă simt de parcă aș fi fost lovit de un măgar.

Și-a amintit de cimitirul britanic și de felul în care Cree îi vorbise despre trecutul lui.

— James, legătura ta cu tot ceea ce se petrece în Gaza este străbunicul tău, a spus el. Și eu am un motiv pentru care pun lucrurile astea la inimă mai mult decât te-ai aștepta.

Cree nu și-a dezlipit ochii de la drum, dar a ridicat bărbia.

— Da?

— Asemenea lui Eyad Masharawi, și eu am fost odată închis pe motive politice.

— Ai fost un tip nărăvaș, a exclamat Cree, zâmbind mânzește. Când s-a întâmplat asta?

— Pe când eram foarte tânăr, în anii '60.

— Israelienii te-au închis?

— Nu, iordanienii.

De ani întregi nu mai vorbise despre vremurile de atunci și acum era surprins să constate că asta îl elibera.

— Eram implicat în politică în Betleem, eram chiar un radical. Unii dintre oponenții mei mi-au pus ceva în cârcă.

— Ce anume?

— O crimă, a răspuns Omar Yussef după o scurtă ezitare.

— La dracu'!

— Mai sunt puțini oameni în viață care știu lucrul acesta. Nu am povestit nimănui, cu excepția soției mele. Și ție. După toată povestea asta, am plecat la Damasc, la universitate și am participat activ la viața politică studențească. Dar la întoarcerea în Betleem, recunosc că eram speriat. Așa că am rămas în umbră. Am lucrat la școală și am trăit o viață liniștită. Închisoarea a fost atât de cumplită, încât nu le puteam îngădui să mă trimită acolo din nou, a spus Omar Yussef, cu o voce atât de înceată, de parcă ar fi vorbit cu sine însuși. Totuși, de curând, furia la adresa modului în care suntem conduși a început să cântărească mai mult decât teama. Din acest motiv nu îmi voi găsi odihna până când nu îi vom elibera pe Masharawi și pe Magnus.

— Știu că așa vei face, a spus Cree, punând o mână uriașă pe umărul lui Omar Yussef și adresându-i un zâmbet.

Scoțianul l-a lăsat pe Omar Yussef la Hotelul Sands, apoi și-a continuat drumul spre nord, către granița cu Israelul. Era aproape ora patru. Omar Yussef avea timp, înainte de sosirea echipei de la ONU, să bea un ceai și să curețe mizeria care se adunase pe el în cortul de doliu al familiei Salah.

A tras după el ușa din sticlă fumurie a hotelului. S-a frecat la ochi și a început să tușească violent, încovoindu-se din pricina spasmelor.

De la recepție, funcționara cea frumoasă i-a făcut un semn.

— *Ustaz*, veniți aici și beți un pic de apă.

— Mulțumesc, domnișoară Meisoun, a spus el după ce a golit paharul cu apă.

— Ați fost la furat de cămile, pentru a-i aduce una tatălui meu?

Omar Yussef și-a zis că era foarte drăguț din partea ei să flirteze cu un bărbat plin de praf, cu jumătate de cap învinețit și roșu la față din pricina accesului de tuse.

— Planul meu este să eliberez Gaza, ca emirul Saladin și să te fac pe tine emira mea, să îmi stai alături la marile banchete, a răspuns el.

Ea s-a prefăcut că se îmbufnează.

— Dacă ați fi emir, nu ați avea nevoie de o femeie micuță ca mine. Ați putea plăti pentru o nevastă cu șolduri largi, care să vă dăruiască copii mulți.

— Poate mi-ar plăcea să urmez tradiția și să îmi iau patru neveste: trei cu șolduri mari și pe tine, să fii favorita mea, a spus Omar Yussef, râzând în felul lui, gutural.

A tușit din nou, bătându-se cu palma peste piept. A simțit hârtiile din buzunarul cămășii și a scos biletul pe care notase adresa site-ului construit de Nadia pentru el.

— Meisoun, poți să introduci literele astea în calculatorul tău, te rog?

— Desigur, *ustaz.*

Meisoun a întors monitorul calculatorului spre el. A scris *www.pa4d.ps.* Pentru o clipă, monitorul s-a albit, apoi albul a fost înlocuit de un albastru închis. Elementele de design au apărut unul câte unul pe suprafața ecranului, până ce Omar Yussef a putut să își vadă site-ul complet.

În partea de sus se afla titlul, scris cu litere galbene: *Agenția de detectivi din Palestina.* Dedesubt, un citat: „*Oricând sunteți afectați de nedreptate și privațiuni, eu sunt omul de care aveți nevoie. Agentul O*". În partea stângă a ecranului, încadrat într-o ramă ovală, estompată, se vedea imaginea unui chip: un bărbat de vreo cincizeci și cinci de ani, cu păr alb și început de chelie, mustață albă, ochelari cu rame aurii și un zâmbet vesel îndreptat către aparatul de fotografiat mânuit de nepoata sa preferată.

— Nu sunteți dumneavoastră în fotografie, *ustaz*? a întrebat Meisoun.

— Așa se pare.

În mijlocul ecranului, textul galben era suprapus pe un fond roșu: *Sunt Agentul O, apărătorul secret al dreptății în Palestina. Sunt bine îmbrăcat și serios și înțeleg foarte bine adâncimile aproape insondabile ale minții palestiniene. Am rezolvat cazul Colaboratorului din Betleem, deși adevărul le-a scăpat celor din forțele de securitate. De la baza mea clandestină situată în tabăra Dehaisha, înfrunt ticăloșiile cu umor și cu un acut simț al onoarei și decenței. Dacă aveți nevoie de ajutorul meu în lupta împotriva forțelor întunericului, contactați-mă la agento@pa4d.ps.*

— Nu cumva sunteți o persoană faimoasă? a întrebat Meisoun.

— Cred că mai degrabă infamă, a răspuns el. Meisoun, te rog să nu arăți nimănui computerul – adică, ce este pe el acum, știi tu, oricum s-ar chema chestia asta.

— Stai fără grijă, Agent O. Nu voi dezvălui nimănui secretul dumitale întunecat.

Omar Yussef s-a silit să zâmbească și s-a îndreptat către sala de mese, unde era liniște. A comandat ceai și s-a așezat lângă fereastră. Împinse de vântul nisipos, valurile se spărgeau la intervale regulate pe plajă.

Și-a imaginat-o pe Nadia scriind textul și gândul l-a făcut să zâmbească. Fata îl vedea în postura de erou, ba chiar de eliberator, un nou Saladin. Își dorea să poată părăsi Gaza și să pornească spre ea. I-ar spune povești cu detectivi. Ar fi mai plăcut decât să fii detectiv de-adevăratelea și mai puțin riscant.

Își savura ceaiul de mentă, zâmbind gânditor, când în sala de mese a năvălit Khamis Zeydan. S-a aplecat peste masa lui Omar Yussef și, apropiindu-și buzele de urechea prietenului său, i-a șoptit:

— Prietenul tău, Cree, a fost atacat. Au pus o bombă pe marginea șoselei, mare, după câte se pare, în apropiere de postul de control israelian.

Omar Yussef a vărsat ceaiul pe fața de masă.

— În ce stare este?

— Nu știu. Sami a primit vestea acum câteva clipe de la unul dintre oamenii săi din forțele de securitate.

Omar Yussef s-a ridicat în picioare.

— Trebuie să ajung la James.

Sami a străbătut în viteză strada Omar al-Muktar într-un Jeep Cherokee negru. Khamis Zeydan stătea pe locul din față, în vreme ce Omar Yussef era în spate, cu palmele sprijinite de o parte și de cealaltă a banchetei, pentru a contrabalansa traiectoria trepidantă a mașinii. Gândurile îi goneau prin cap. Își simțea inima alergând mai repede decât roțile jeepului. Vânătaia de la tâmplă îi pulsa, trimițându-i dureri încărcate de electricitate în ochi și în jurul cortexului. *Poate nu a fost o bombă, ci doar un accident de mașină*, și-a zis el. *James era foarte obosit și amețit, nu era deloc în cea mai bună stare pentru a conduce mașina. Poate a ieșit în afara drumului.* Jeepul a cotit pe Șoseaua Saladin, depășind camioane cu ciment și căruțe trase de măgari și claxonând prelung de fiecare dată când vreun copil cobora de pe trotuar pentru a traversa.

Trecând de zona din nordul orașului, cu depozite și blocuri grosolane, cu apartamente pentru refugiați, au început să traverseze întinderile sălbatice de măslini prăfuiți. Omar Yussef se întreba dacă nu cumva era la mijloc o greșeală. Erau foarte aproape de punctul de control. Poate Cree ajunsese totuși acolo.

Drumul din fața lor era blocat de o mulțime de oameni. Sami a încetinit. Din pricina vântului, Omar Yussef auzea larma precipitată a vocilor furioase chiar și cu geamurile închise. S-au auzit câteva detunături dogite, bubuitoare, iar mulțimea a dat înapoi. Sami a tras pe dreapta.

Khamis Zeydan a deschis compartimentul pentru mănuși, de unde a scos un pistol. După ce a coborât din mașină, l-a băgat în cureaua pantalonilor. Omar Yussef l-a urmat.

Praful gros i-a zgâriat ochii, ca o greblă. În aer se simțea un miros înțepător de combustibil ars. A scrutat grupul de tineri care atacau și se trăgeau înapoi după fiecare salvă de focuri. Asalturile lor erau punctate de un răpăit scurt, sunetul pietrelor lovind metalul. În spatele acestor tineri, o mână de oameni ai Serviciului Militar de Informații se mișca înainte și înapoi, împingându-i pe unii dintre băieți și trăgând focuri de armă în aer. Dincolo de beretele lor roșii, Omar Yussef a văzut flăcări ridicându-se în aer.

L-a urmat pe Khamis Zeydan până în fața unui ofițer care stătea deoparte, ținând în mână un walkie-talkie.

— Ce s-a întâmplat aici? a întrebat șeful poliției din Betleem.

— Da' cine întreabă?

— Generalul de brigadă Khamis Zeydan, de la Poliția Națională, membru al Consiliului Revoluționar.

— Vă salut, domnule. O bombă plasată la marginea drumului. Vehiculul ONU a fost aruncat de pe cealaltă parte a drumului, unde se vede craterul acela mare, până în dreptul dâmbului de pe partea aceasta. Uitați-l acolo, în spatele mulțimii de tineri, de unde ies flăcări.

Ofițerul a continuat să vorbească, dar Omar Yussef nu îl mai auzea. S-a îndreptat către resturile mașinii distruse. A simțit mâna cea sănătoasă a lui Khamis Zeydan pe umărul său, dar a îndepărtat-o. Simțea că ceva îi întunecă mintea și știa că este ura.

Și-a croit drum prin mulțimea de tineri. Aceștia l-au înghiontit, iar el s-a luptat să își păstreze echilibrul, apucându-se de brațele lor, pentru a nu cădea. I-a văzut zâmbind, jubilând în fața resturilor carbonizate.

Chevroletul ONU era răsturnat. Din motor se ridicau flăcări și fum negru, iar în față, în dreptul scaunului pasagerului, capota era turtită aproape complet. *James este acolo, înăuntru*, și-a zis el. *Trebuie să îl scot de acolo*. Și-a făcut loc cu coatele către primele rânduri ale grupului de tineri. Un băiat de vreo paisprezece ani s-a răsucit, pregătindu-se să azvârle o piatră către mașină. Omar Yussef i-a apucat brațul, i-a luat piatra din mână și a aruncat-o la pământ. L-a răsucit pe băiat cu fața spre el și s-a aplecat către chipul lui.

— Să îți fie rușine, a mârâit el.

Expresia extatică de pe chipul băiatului și toată frenezia sa s-au spulberat treptat sub ochii lui Omar Yussef. Rămas cu gura căscată, a încercat să se dea înapoi.

— Să îți fie rușine, fiu de cățea, a spus Omar Yussef, strângându-l pe băiat de încheietura mâinii, până ce a simțit că îi tremură mușchii brațului din pricina adrenalinei care îi pompa prin vene și a efortului de a-l reține pe băiat.

Băiatul s-a eliberat din strânsoarea lui și s-a adăpostit în mulțime. Cei din Serviciul Militar de Informații au tras o nouă salvă în aer, iar tinerii s-au dat înapoi. Asta i-a permis lui Omar Yussef să fugă spre mașina ONU fără a risca să fie lovit de pietre. Unul dintre polițiști a strigat la el, dar înspăimântătorul muget al focului i-a acoperit vorbele. Și-a dus mâinile la ochi, apărându-se de dogoarea flăcărilor. Vântul și-a schimbat direcția, învăluindu-l în fum de carburant ars. A căzut în genunchi și s-a uitat pe sub norul negru, spre scaunul șoferului. Nici urmă de James.

S-a târât spre mașină, ajungând la numai câțiva metri. Fumul negru îl încolăcea acum din toate părțile. Simțea sudoarea picurându-i în ochi și avea o senzație de arsură în gât. Brusc, s-a așternut tăcerea în jur și a simțit cum i se îngustează ochii până ce devin două despicături de abanos, iar în adânciturile de pe față i se infiltrează tenebrele urii.

S-a ridicat în picioare și a făcut încă un pas spre mașină. A simțit cum îl apucă cineva și îl trage înapoi. S-a împotrivit. Un braț i s-a încolăcit peste piept, dar i-a opus rezistență. O nouă salvă de pietre. Una l-a lovit în umăr și a rupt tăcerea așternută peste mintea sa. Auzea acum horcăitul mașinii în flăcări, uralele tinerilor acoperiți de fum și vocea lui Khamis Zeydan.

— James nu este acolo. Este la spital, slavă lui Alah. Haide, să plecăm de aici.

Omar Yussef nu a schițat nicio mișcare.

— Dă-mi arma ta.

L-a tras pe Khamis spre el, apucându-l de reverul hainei.

— Îi omor. Îi omor pe toți.

Recunoscând ura care îl copleșea pe Omar Yussef, ochii lui Khamis Zeydan s-au oțelit. L-a târât pe prietenul său departe de mașină cu de-a sila, dar în același timp cu prudență și înțelegere. Pietrele cădeau în jurul lor pe când se îndepărtau de mașina ONU și de grupul de tineri.

— Nu este nicio ambulanță aici, vezi? i-a spus Khamis Zeydan. Deja l-au transportat la Shifa, la spital. Te duc eu acolo, să îl vezi.

Sprijinit pe umărul lui Khamis Zeydan, Omar Yussef s-a îndreptat către jeep poticnindu-se, gâfâind și cât pe-aci să vomite. Sami îl privea fără nicio reacție. A urcat în mașină. În minte i-a revenit imaginea lui James Cree, ghemuit în fața mormântului străbunicului său din cimitirul britanic al eroilor căzuți în Primul Război Mondial și s-a simțit cuprins de ură împotriva nemiloasei istorii a Fâșiei Gaza. În haine și în piele persista mirosul de fum de la mașina ONU. Și-a văzut chipul în oglinda retrovizoare. Tenebrele erau adânci.

Capitolul 17

Când Omar Yussef a coborât din jeep, vântul torid, de seară, scutura frunzele palmierilor din curtea largă a Spitalului Shifa. Khamis Zeydan a dat buzna pe intrarea principală, unde tuburile fluorescente fuseseră aprinse devreme, pentru a ilumina amurgul greu, nisipos. Omar Yussef a intrat pe ușă și a inspirat adânc aerul dinăuntru. Nu era plin de praf sau de fum de carburant, dar tot nu era curat, ci în el pluteau miasme corporale și mirosuri de intestine bolnave, toate învăluite în izul de detergent de podele antiseptic. S-a frecat la ochi, și-a curățat secrețiile granuloase adunate în canalul lacrimal și și-a șters lentilele ochelarilor cu batista.

Khamis Zeydan s-a întors dinspre biroul recepției, aprinzându-și o țigară.

— Este la terapie intensivă? a întrebat Omar Yussef, aranjându-și pe nas ochelarii strâmbi și citind îngrijorarea pe chipul lui Khamis Zeydan.

— Este la morgă, i-a răspuns prietenul său.

Genunchii lui Omar Yussef au început să tremure. S-a clătinat și s-a sprijinit de perete, în umărul în care fusese lovit de o piatră pe când încerca să ajungă la vehiculul în flăcări al lui Cree, iar durerea l-a săgetat, făcându-l să geamă de durere. Se simțea slăbit, din ce în ce mai plăpând.

— Asistenta întreabă dacă poți să identifici cadavrul.

A căutat să își recapete tăria și puterea de care fusese stăpânit în fața rămășițelor vehiculului ONU.

— Să mergem la morgă, a spus el.

Khamis Zeydan l-a condus înapoi, prin aerul încărcat de praf și au traversat peticul de iarbă îngălbenită de soare din curtea spitalului. Morga se afla în colțul sud-estic al curții pătrate, o clădire din gresie, cu un singur etaj și câteva trepte la intrare. O asistentă i-a îndreptat către biroul patologului.

— Abu Fawzi vine imediat, a spus ea.

Biroul era mare, încărcat cu mormane de dosare și zugrăvit într-un verde apos, asemenea halatelor medicale. Omar Yussef a citit etichetele dosarelor negre și înalte de pe raft: *Răni de armă, Explozivi, Traume craniene, Strangulări/Spânzurări, Atacuri sexuale, Otrăviri.* Fișele de caz din interior umpleau până la refuz toate acele dosare. A bătut cu degetul arătător în cotorul dosarului marcat *Explozivi* și apoi și-a lăsat mâna să se odihnească pe el, gândindu-se la James Cree, al cărui caz va face parte în curând din acest dosar.

Își aminti că îi vorbise lui Cree despre condamnarea sa la închisoare din tinerețe și în minte îi reveni zâmbetul scoțianului și mâna pe care i-o pusese pe umăr. I se părea că simpla menționare a cuvântului *crimă* fusese de ajuns pentru a o invita în viețile lor. *Așa se întâmplă când cuvântul iese din gura mea*, și-a zis el.

— Copiii aceia, a zis el. Este inuman să arunce cu pietre în rămășițele unei mașini.

Khamis Zeydan s-a așezat pe un scaun șubred în fața biroului medicului legist. Și-a stins țigara într-o scrumieră care se clătina periculos deasupra unui morman de dosare, apoi a încercat stabilitatea scaunului lăsându-se pe spate și ascultându-i scârțâitul.

— Pentru ei, toți reprezentanții autorității sunt vrednici de ură, a spus el, aprinzându-și un alt Rothmans. Nu se gândesc la amărâtul din mașină. Ei dădeau cu pietre în tot ceea ce îi ține în mizerie.

Omar Yussef și-a atins mustața cu degetele murdare de funingine. Miroseau a fum de la focul care înghițise mașina lui Cree. *Când* tu *ești victima, nu mai găsești înțelegere pentru suferința altora*, și-a zis el.

Își amintea uluirea răsfrântă pe chipul băiatului de lângă mașina în flăcări, când îl apucase de braț și îi luase piatra pe care urma să o arunce. I-ar fi plăcut să plesnească chipul acela. *Trebuie să îmi păstrez furia pentru cei care i-au făcut asta lui James, nu să o irosesc pe copilul acela nesăbuit*, și-a spus el. *Și pentru cei care îl țin încă prizonier pe Magnus.* Regreta ce îi spusese lui Khamis Zeydan, că dorea să îi omoare pe toți.

Un bărbat în halat verde deschis a intrat pe cealaltă ușă a biroului, pe care scria *Sală de operații.* Omar Yussef a observat în spatele lui sclipiri de lumină reflectată în frigiderele de oțel inoxidabil. Doctorul a închis ușa și i-a salutat.

— Sunt doctorul Maher Najjar, medicul legist al spitalului. De fapt, singurul legist din toată Fâșia Gaza.

— Probabil sunteți o persoană foarte ocupată, a spus Khamis Zeydan.

— Am șase ucenici. Este o profesie în plină ascensiune, a răspuns doctorul.

Sub halat, corpul lui Najjar se ghicea solid și greoi. Pe capul său chel se odihnea o bonetă chirurgicală, iar masca de față era trasă pe jumătate peste barba sură. Omar Yussef căuta pe chipul lui semne care să îl trădeze drept cel care văzuse toate cadavrele celor morți în Fâșia Gaza, le deschisese și le examinase pentru a stabili cauza morții.

— Sunteți colegul domnului de la ONU care a murit? l-a întrebat doctorul pe Khamis Zeydan.

— Nu, eu îl însoțesc pe prietenul meu, Abu Ramiz. El a lucrat cu domnul de la ONU.

Najjar s-a întors către Omar Yussef cu o expresie gravă întipărită pe chip.

— Alah se va îndura de cel plecat dintre noi.

I-a strâns mâna lui Omar Yussef și și-a dus palma la inimă.

— Vreți un ceai, ca să vă întăriți nervii înainte de a identifica cadavrul?

Omar Yussef a clătinat din cap. Najjar l-a luat de braț și l-a condus către lumina puternică de dincolo de ușa *Sălii de operații*. În jurul pereților erau îngrămădite frigidere medicale din oțel inoxidabil. Un cerc roșu pe fond alb lipit pe primul frigider semnala că era o donație din partea guvernului japonez. Najjar l-a condus pe Omar Yussef către patru mese mortuare aflate în mijlocul încăperii. Prima dintre ele era goală. În centrul ei se vedea un orificiu prin care sângele se scurgea într-un jgheab aflat la nivelul plăcilor de gresie din podea. Celelalte trei mese erau ocupate, pe fiecare aflându-se câte un cadavru acoperit cu un cearșaf din plastic bej. Cel mai apropiat de Omar Yussef era foarte înalt. I-ar fi putut spune lui Najjar că acesta era Cree fără să fie nevoie să ridice cearșaful și era mulțumit că măcar nu fusese mutilat de explozie și că îl putea recunoaște încă după forma corpului.

— Îmi cer scuze pentru numărul mare de cadavre. Sunt cazuri dificile. Trebuie să mai lucrez la ele, a spus Najjar, părând că își alege cuvintele cu mare grijă. De cele mai multe ori, cadavrele care sunt aduse aici nu prezintă niciun mister: sunt fie accidente domestice, fie accidente rutiere, fie vreun membru al rezistenței ucis de israelieni. Ultimele două necesită o analiză aprofundată.

Ținându-l pe Omar Yussef de umeri, l-a ghidat către marginea mesei pe care se odihnea corpul cel înalt.

Omar Yussef a dat din cap. Najjar a ridicat un colț al cearșafului.

Fața îi era toată numai roșu și negru, de parcă ar fi fost jupuită. Părul de la ceafă era stacojiu din pricina sângelui, iar restul fusese ars. Buze nu mai avea, iar dinții dezveliți păreau înfiorători. Ce mai rămăsese din mustață îi acoperea urmele nasului. Fața lui durdulie se zbârcise sub acțiunea flăcărilor. Arăta ca o mumie de la muzeul de artă egipteană. Omar Yussef a încuviințat printr-o mișcare a capului, iar Najjar a lăsat cearșaful să cadă la loc, peste cadavru.

— Sunt câteva acte de întocmit, dar mai întâi o să vă aduc totuși ceaiul acela.

Doctorul l-a lăsat pe Omar Yussef în grija lui Khamis Zeydan.

Omar Yussef a privit corpul lui Cree, acum acoperit de cearșaf. Se întreba dacă îl vor îngropa alături de străbunicul său, în Cimitirul Eroilor Britanici. Probabil că ONU va trimite corpul neînsuflețit acasă cu vaporul. Își imagina pământul rece din Edinburgh unde îl vor îngropa. A remarcat că prietenul său își strângea mâna protetică în palma celei sănătoase. Întindea bine mănușa neagră, de piele, pe care o purta pentru a-și ascunde mâna artificială.

— Ai mai văzut vreodată un cadavru în halul ăsta? a întrebat Omar Yussef, arătând către masa pe care se afla Cree.

— Îmi pare rău, dar trebuie să spun că da, a răspuns Khamis Zeydan. Blestemul vieții mele este că dacă ai ridica cearșafurile de pe celelalte două mese, ți-aș spune că am văzut cadavre care arătau mult mai rău decât oricare dintre cele de aici.

Omar Yussef se întreba la ce orori fusese martor prietenul său în deceniile în care cutreierase Orientul Mijlociu și Europa în numele Organizației pentru Eliberarea Palestinei. Își imagina spitalul de campanie primitiv unde fusese tratat după pierderea mâinii din pricina unei grenade, undeva în Liban.

Asistenta medicală le-a adus ceai în două pahare de plastic. Omar Yussef a inhalat aburul cald. Termometrul de pe frigiderul japonez indica trei grade Celsius. Probabil este temperatura la care se conservă cadavrele, și-a spus el, copleșit de nevoia bruscă de a simți căldură în corp. A sorbit din ceai, dar i s-a părut că îl opărește pe gât.

Sprijinindu-se de masa de disecție goală, și-a imaginat că nu peste mult timp acolo se va odihni leșul său. Se întreba dacă Najjar ar descrie moartea sa ca pe una obișnuită, sau ar intra pe lista cazurilor complicate care necesită o analiză aprofundată a medicului legist.

Najjar a intrat ținând în mână un clipboard. A notat câteva informații despre Cree, cele pe care i le putea oferi Omar Yussef, apoi i-a înmânat fișa medicală pentru a o semna.

— Ar putea cei de la biroul ONU să o sune pe asistenta mea? Vor trebui să-i dea datele complete și numele rudei celei mai apropiate, pentru a anunța familia, a spus doctorul.

Omar Yussef a încuviințat.

— A suferit?

— Abu Ramiz, la această întrebare se dă întotdeauna răspunsul milostiv „nu”, dar în acest caz pot spune cu sinceritate că este adevărul adevărat.

A murit pe loc. A fost ucis de unda de șoc a exploziei, nu de flăcări.

Omar Yussef simțea furia încordându-i pieptul. Nu era furios pe doctor, dar pe cineva trebuia să se descarce.

— Dar acesta? a întrebat el, arătând către cadavrul cel mai apropiat. Sau cel din capăt? Ei au suferit?

A înclinat paharul, iar ceaiul i-a ars degetul.

— V-am spus că răspunsul meu este întotdeauna „nu". Dar este numai o chestiune de delicatețe față de rudele sau prietenii chemați să identifice cadavrul, a răspuns Najjar calm, privindu-l pe Omar Yussef și încercând să aprecieze starea emotivă a profesorului. Sunt liber să vă răspund cu sinceritate în cazul celorlalți doi. Despre cel din mijloc, ei bine, nu sunt sigur, dar bănuiesc că a avut parte de o suferință îndelungată și obositoare, cauzată de o infecție. Despre cel de-al treilea vă pot spune cu siguranță că a suferit cumplit.

Omar Yussef a privit cele două cadavre. Și-a amintit de dosarele negre de pe rafturile medicului legist. *Câte moduri de a muri! Câtă suferință, de câte trebuie să te temi în viața asta. Câți oameni gata să ia viața altuia.*

— Îmi pare rău că m-am răstit la dumneata, doctore, a spus el. Doar că, de când am venit în Gaza, acum trei zile, unul dintre colegii mei a fost răpit, altul este în închisoare, torturat, iar acesta a fost ucis. Este prea mult pentru un bătrân profesor de istorie.

Najjar a întins mâna după clipboard și, în timp ce își arunca ochii peste informațiile de pe fișă, a profitat de ocazie pentru a îndepărta discuția de la mort.

— Răpit? Cine?

— Un suedez pe nume Wallender. A fost răpit de Brigăzile Saladin aseară. Cer eliberarea din închisoare a unuia dintre oamenii lor, în schimbul libertății lui.

— Astfel de lucruri se petrec frecvent în Gaza, Abu Ramiz. Guvernul cedează întotdeauna. Nu vă faceți griji. Îl vor elibera pe omul Brigăzilor Saladin, iar prietenul dumitale va scăpa, a spus doctorul, contrasemnând fișa. Nu va fi un proces plăcut nici pentru dumneata, nici pentru prietenul dumitale, dar poți fi liniștit în privința rezultatului final.

— Nu sunt atât de sigur. Omul Brigăzilor a ucis un ofițer din Serviciul Militar de Informații. Generalul Husseini pare hotărât să îi aplice pedeapsa cu moartea.

Doctorul Najjar a rămas înmărmurit.

— Domnule doctor? a spus Omar Yussef, încruntându-se.

— A ucis un ofițer al Serviciului Militar de Informații?

— Da, cel pe care l-au îngropat acum două zile. Locotenentul Fathi Salah.

Najjar a aruncat o privire către mesele de disecție din fața sa. Ochii săi se îndreptau când spre cadavrul lui Cree, când spre cel de pe cea mai îndepărtată masă.

— Bassam Odwan, a zis el.

Brusc, Omar Yussef și Khamis Zeydan și-au îndreptat privirile către el.

Doctorul s-a dus să închidă ușa.

— Știți cum arată Bassam Odwan?

— L-am văzut în dimineața aceasta, la închisoare, a răspuns Omar Yussef.

— Este cumva acesta? a întrebat Najjar, ridicând un colț al cearșafului care acoperea ultimul cadavru.

Umerii lați ai lui Bassam Odwan erau dezgoliți. Avea fața palidă și buzele lui groase, vineții, erau încadrate de barba neagră. Avea părul ras deasupra urechilor și pielea pe alocuri arsă, acoperită de urme galbene și albastre.

Omar Yussef s-a întors către Khamis Zeydan.

— Este Odwan.

Najjar a acoperit fața lui Odwan, dar Omar Yussef a tras cearșaful de pe masă, expunând vederii întreg corpul. S-a tras înapoi, fără să lase cearșaful din mână.

Torsul masiv și musculos al lui Odwan era atât de vânăt, încât părea că poartă un tricou de camuflaj. Zona genitală era parțial rasă, iar pe organe se vedeau urme de tăieturi. Vârfurile degetelor îi fuseseră retezate, iar în locul unghiilor avea cruste de sânge. *Manichiura Husseini*. Cadavrul său emana o duhoare de piele arsă și de fecale.

Khamis Zeydan a luat pânza din mâna lui Omar Yussef și a acoperit cadavrul. I-a aruncat prietenului său o privire încărcată de amărăciune și furie.

— Presupun că în acest caz nu vor exista documente de niciun fel, domnule doctor, a spus el.

Najjar a aprobat din cap.

— Nici măcar o autopsie oficială, a adăugat el. Gardienii de la închisoare l-au adus cu puțin timp înainte de sosirea prietenului dumneavoastră de la ONU. Doctorul închisorii a spus că a murit din pricina unui subit atac de cord. Nici măcar nu eram sigur că este cu adevărat Odwan, pentru că mi-au mai adus uneori cadavre cu nume false ale unor indivizi morți în pușcărie.

— Aduc mulți morți de la închisoare? a întrebat Omar Yussef.

— Se pare că au loc multe atacuri de cord acolo, a răspuns doctorul aproape în șoaptă, pe un ton conspirativ.

Omar Yussef a simțit că inima stă să-i sară din piept din cauza tensiunii. Acum, că Odwan este mort, Brigăzile Saladin îl vor ucide pe Magnus ca să se răzbune, și-a zis el. Am și mai puțin timp la dispoziție decât credeam.

— Ce i-au făcut omului ăstuia, doctore?

Najjar l-a privit fix înainte de a-i răspunde.

— A primit electroșocuri la tâmple și în zona genitală. A fost bătut. Puteți vedea și singuri ce i-au făcut la degete. Nu vă pot spune dacă aceste lucruri l-au omorât, dar eu, unul, mă îndoiesc. Ar trebui să îi examinez creierul pentru a vedea dacă, de pildă, bătaia i-a provocat o hemoragie. La nivelul cavității bucale și al esofagului superior are tăieturi grave, pe care nu le pot lămuri. Parcă ar fi înghițit lame de ras.

Najjar i-a ridicat pleoapele lui Odwan. Lui Omar Yussef i s-a tăiat respirația când a văzut holbându-se la el globul întunecat și lipsit de expresie.

— Vedeți aici, sunt vase de sânge sparte, vasele minuscule din această membrană, unde pleoapa se unește cu globul ocular, le-a spus doctorul. Este semn de asfixiere.

— S-a sufocat? a întrebat Khamis Zeydan.

Lui Omar Yussef i-a revenit în minte cum se cutremurase de groază Odwan povestindu-le că s-a predat oamenilor lui Husseini de teama de a nu se sufoca în tunelul de sub granița cu Egiptul.

— Da, dar nu din pricina unei bucăți de kebab. Nu uitați de rănile din gură, a spus doctorul. Trebuie să efectuez autopsia pentru a avea un răspuns cert. Până nu văd dacă traheea este obstrucționată, îmi este greu să afirm cu certitudine că a murit sufocat.

— Când veți avea rezultatele autopsiei?

— Țin să vă reamintesc că mi s-a ordonat să nu efectuez autopsia. Verdictul dat de doctorul închisorii este suficient în ochii autorităților.

— Atac de cord?

— Este ceea ce se poate spune rudelor. Cadavrul ar trebui înmormântat azi, desigur, dar mi s-a ordonat să îl țin aici până se decid autoritățile să anunțe familia că a murit. De un atac de cord.

— Nimeni nu va crede așa ceva, a spus Omar Yussef.

— Nu se așteaptă nimeni să creadă. Tot ce se așteaptă de la ei este să tacă din gură. Așa cum tace cadavrul lui Odwan.

— Tace? a exclamat Omar Yussef. Când mă uit la el, mi se pare că îl aud țipând.

— Sărmanul! Alah să aibă milă de el, a spus Khamis Zeydan.

Omar Yussef a bătut cu mâna în capătul celei de-a doua mese de disecție, apoi s-a întors către Khamis Zeydan.

— Toți cei pe care îi întâlnesc în Gaza sunt fie torturați, fie uciși. Dacă nu te-aș vedea stând în fața mea, aș crede că tu zaci sub cearșaful acesta.

— Din fericire, ne-am cunoscut cu mult timp înainte de venirea ta în Gaza. Altfel, aș fi în mare pericol, i-a răspuns Khamis Zeydan.

Doctorul Najjar își mângâia barba.

— Abu Ramiz, cred că acel cadavru vă poate interesa în calitate de profesor de istorie. De fapt nu este un cadavru propriu-zis, sunt numai oase.

A înlăturat pânza care le acoperea. Pe masă zăcea un schelet gălbejit și plin de praf. În articulațiile umerilor și genunchilor pătrunseseră bucăți groase de pământ uscat.

— Tipul ăsta a ajuns la mine acum două zile, bucăți-bucățele. Poliția l-a adus într-o pungă de gunoi, din plastic. Eu am așezat oasele în ordine. Nu prea știu ce să fac cu el. Aștept să apară funcționarii religioși de la *waqf* pentru decide unde să fie reînhumat.

Omar Yussef și-a amintit atunci anunțul din josul primei pagini a ziarului, sub articolul despre funeraliile locotenentului Fathi Salah.

— Acesta este cadavrul descoperit de un fermier din Deir el-Balah?

— Da, la marginea câmpului său. A anunțat poliția, care l-a adus la mine.

— L-a adus? Este bărbat?

— Da, bărbat. Pelvisul lui este mai mare și mai gros decât cel al unei femei. În plus, deschizătura pubisului este triunghiulară, pe când la femei are patru laturi.

— Vi se cere să îl identificați?

— Ar fi aproape imposibil. Este un schelet vechi. Nu a mai rămas nici urmă de țesut moale, ceea ce înseamnă că a fost îngropat în urmă cu cel puțin cinci ani. Dar oasele nu sunt sfărâmicioase, cum devin după o ședere de o sută de ani în mormânt.

— Așadar, moartea a survenit în urmă cu cinci până la o sută de ani.

— Este foarte greu să precizez o dată mai exactă decât atât. Tăind prin os, aș putea verifica dacă nu este mai vechi de o sută de ani, a spus doctorul, punând o mână lateral, ca un ferăstrău, pe femurul scheletului. Sub lumină ultravioletă s-ar produce foarte puțină fluorescență pe un os mai vechi de un secol. Dar nu este la fel de urgent ca celelalte două cazuri – al lui Odwan și al prietenului dumneavoastră.

— Poate acesta este destul de vechi ca să fi murit de moarte naturală, în propria sa casă, a spus Omar Yussef.

— Scheletul este, într-adevăr, vechi, dar nu am spus că era bătrân când a murit. Nu uitați, Abu Ramiz, că vă aflați în Gaza. Este puțin probabil să mori de moarte bună. Uitați-vă la a treia coastă de pe partea dreaptă, i-a îndemnat doctorul, arătând spre cutia toracică.

Coasta era ruptă neregulat la jumătatea lungimii sale.

— Iată capătul, a spus Najjar, ținând în mână un os de numai câțiva centimetri. Dar nu se potrivește cu cealaltă bucată.

— Ce vreți să spuneți? a întrebat Omar Yussef.

— Că nu s-a rupt, ci a fost sfărâmată. Dacă am fi deschis mormântul acestui individ și nu l-am fi descoperit aruncat la marginea unui câmp, am fi găsit înăuntru mai multe fragmente minuscule provenind din aceeași coastă. Glonțul a lovit coasta și a sfărâmat-o, a concluzionat doctorul, punând fragmentul de os pe masa metalică, alături de schelet. A fost o rană înfiorătoare. Bucățile de os rezultate în urma impactului s-au înfipt probabil în plămân, producând leziuni multiple.

— Așadar, cauza morții este plaga împușcată în plămân?

— Puncția produsă de glonț, chiar și atunci când trece prin plămân, nu poate omorî. Dar ar fi fost imposibil de refăcut distrugerile imense produse de fragmentele minuscule de os la nivelul țesutului. Dacă a fost un om sărac, fără acces la îngrijire medicală corespunzătoare, sau dacă a trăit în Gaza în urmă cu mult timp – să zicem, la capătul îndepărtat al intervalului cuprins între cinci și o sută de ani – infecția provocată de rănile minuscule l-ar fi ucis.

— Iar acum a suferit insulta de a-i fi împrăștiate rămășițele pe câmp.

— Nicio insultă nu ne mai poate surprinde în Gaza, Abu Ramiz.

Omar Yussef a cuprins cu privirea cele trei mese și încărcătura lor teribilă. Felul în care moartea pune stăpânire pe om pare întotdeauna o surpriză înfiorătoare într-un loc ca acesta. A fi în viață înseamnă a fi conștient de amenințarea continuă a morții și de macabra realitate a sosirii ei. Dar nici după clipa morții nu îți găsești pacea, nici măcar atunci când oasele ți se prefac în țărână.

— Stau la Hotelul Sands, i-a spus Omar Yussef lui Najjar. Dacă mai aveți întrebări în legătură cu cel decedat, James Cree, sper că mă veți căuta.

Najjar s-a uitat stăruitor la Omar Yussef. Privirea îi era sinceră, iar barba îi ascundea fălcile încleștate. A privit către masa lui Odwan.

— La noapte voi avea de lucru în sala de autopsie. Vă promit că o să vă caut.

La ieșirea din morgă, Khamis Zeydan și-a aprins o țigară.

— Nu prea mai ai timp, a spus el.

— Acum, că Odwan este mort, îl vor ucide și ei pe Magnus? l-a întrebat Omar Yussef, sprijinindu-se de balustrada scărilor.

Tăcerea lui Khamis Zeydan era un răspuns suficient de limpede. A zâmbit amar.

— James Cree și Bassam Odwan, morți în aceeași încăpere. Da' știu că ai ajuns la morga nimerită!

Omar Yussef i-a făcut un semn lui Sami, care a tras jeepul Cherokee la scară, prin întunericul care se lăsa tot mai negru.

— Ce vrei să spui? a întrebat el. Doctorul Najjar a zis că este singura morgă din Gaza.

— Poate ar trebui să reformulez, a spus Khamis Zeydan. Erai omul nimerit pentru a veni la morga asta.

Capitolul 18

În vreme ce Sami gonea prin lumina slabă a amurgului, Khamis Zeydan s-a întors pentru a-l privi cu asprime pe Omar Yussef, așezat pe bancheta din spate.

Omar Yussef s-a încruntat și a ridicat capul mai sus.

— Ce este? a întrebat el. La ce te uiți?

Prietenul său a continuat să îl fixeze cu privirea.

— Acum trebuie să merg la reședința președintelui. Are loc întâlnirea Consiliul Revoluționarilor.

— Dacă vă hotărâți să începeți revoluția, anunță-mă și pe mine. Altfel, puteți să vă duceți dracului cu toții.

— O să îmi notez asta în agendă. Uite ce e, nu vreau să te las singur. Îmi fac griji în privința ta. Rămâne Sami cu tine.

— Sami este garda *ta* de corp, nu a mea.

Khamis Zeydan și-a dat ochii peste cap și a oftat.

Privirea lui Omar Yussef a rămas ațintită în gol, pe geam, în timp ce mașina încetinea din pricina ambuteiajului care se crease în jurul Pieței Palestinei. Cu cât se aglomerau străzile, cu atât se simțea mai stingher. Trebuia să recunoască că nu vrea să rămână cu mintea plină de ororile văzute la morgă.

— Du-mă acasă la Salwa Masharawi. O să petrec câteva ore acolo, în timp ce voi porniți revoluția. Sunt oameni buni. Mă vor ajuta să mă liniștesc după toate cele întâmplate.

Când au intrat pe aleea cu pietriș a casei familiei Masharawi, Khamis Zeydan a apucat unul din cele două telefoane mobile atârnate la centura lui Sami.

— Ia ăsta, i-a spus el, aruncându-l în poala lui Omar Yussef. Ca să te pot găsi, dacă am nevoie de tine.

— Nu îmi plac telefoanele mobile. Te pot îmbolnăvi, a spus Omar Yussef, bătându-se cu un deget în tâmpla nevătămată și încercând să împingă telefonul înapoi în mâna lui Khamis Zeydan.

— Nu te poți îmbolnăvi de cancer la creier dacă nu ai pic de creier, a replicat Khamis Zeydan. Pentru numele lui Alah, ți-l dau numai ca să poți lua legătura cu noi când situația devine periculoasă. Pune-l în buzunar și uită de el.

— Dar dacă îl caută cineva pe Sami?

— Îi spui că nu și-a permis o secretară mai frumoasă și să sune pe celălalt număr.

— Celălalt număr? Adică cel pe care l-am notat mai devreme? a întrebat Omar Yussef, amintindu-și că scrijelise câteva cifre pe spatele fițuicii difuzate de Brigăzile Saladin.

— Nu, acela este numărul telefonului din mâna dumitale, a spus Sami. Celălalt număr este scris pe eticheta lipită pe spatele telefonului, Abu Ramiz.

Omar Yussef le-a făcut cu mâna în timp ce jeepul ieșea de pe alee în marșarier. Ajunsese la capătul puterilor. Nu se simțea în stare de un efort mai mare de atât. Mâna i-a căzut pe lângă trup, dar a rămas locului, urmărind cum se pierd în întuneric luminile stopurilor.

Aleea era pustie. Dinspre casă venea o lumină albastră, fluorescentă, care traversa crângul de măslini. Porumbeii lui Naji erau tăcuți. Pe zidul văruit nu se mai distingea Domul Stâncii, pictat cu spray.

Omar Yussef și-a sprijinit fruntea de cărămida arsă. A închis ochii și a văzut trupul carbonizat al lui James Cree, trupul torturat al lui Odwan și vechiul schelet prăfuit de la morgă. S-a gândit la vocea lui Magnus, la accentul lui iscoditor de scandinav, la râsul lui. Respira greu. A auzit un scâncet și și-a dat seama că el îl scosese. Și-a șters o lacrimă care se scurgea pe sub ramele îndoite ale ochelarilor.

La ușa casei Masharawi l-a întâmpinat Naji, zâmbind timid. Salwa a ieșit din salonul aflat în spatele casei. L-a privit cu speranță. Dar când el s-a târât până în dreptul luminii, încrederea i s-a năruit.

— Nu te îngrijora, fiica mea, a spus el. Nu aduc vești proaste despre soțul tău.

— Abu Ramiz, arăți...

— Ca un fund de măgar după ce a fost biciuit?

Naji a chicotit, iar Salwa și-a acoperit gura cu o mână, zâmbind.

— Fii binevenit, Abu Ramiz. Vino să stăm jos.

L-a condus în salon, iar Naji s-a dus la bucătărie, ca să facă cafeaua.

La intrarea lui Omar Yussef, Umm Rateb s-a ridicat din fotoliu. A îndreptat telecomanda către televizor, pentru a-l da mai încet.

— Mă bucur să te văd, Abu Ramiz. Ia loc, te rog, l-a invitat ea, arătând spre fotoliu. Salwa și cu mine ne uitam la știri, să vedem dacă se spune ceva despre Abu Naji.

Omar Yussef s-a așezat pe fotoliu, iar cele două femei, pe canapea. Telefonul lui Sami îl împungea în șold. Și-a schimbat poziția ca să nu îl mai simtă. *Cât urăsc porcăriile astea*, și-a zis în gând. Probabil o să mă îmbolnăvesc de cancer la intestine, stând așa, pe el. Mă întreb dacă nu cumva și telefoanele sunt mai periculoase în Gaza decât în alte părți.

Salwa i-a zâmbit oaspetelui.

— Cine a biciuit măgarul, Abu Ramiz?

— Alți măgari, a spus el.

Și-a dus mâna la tâmpla învinețită. Parcă trecuseră secole de la răpirea lui Magnus.

— Colegul meu suedez a fost luat ostatic de Brigăzile Saladin.

Umm Rateb a apucat mâna Salwei.

— Abu Ramiz, l-au răpit pentru că încearcă să îl elibereze pe soțul Salwei?

Omar Yussef nu avea nicio dovadă a acestei legături, dar și-a amintit din nou ceea ce îi spusese Khamis Zeydan, că orice fărădelege este legată de multe altele în Gaza. Dar chiar și așa, nu voia să le îngrijoreze și mai mult pe cele două femei.

— Bănuiesc că este vorba de altceva. Vor să le fie eliberat un om în schimbul libertății lui Magnus.

— Dacă Alah vrea, va fi liber în curând, a spus Umm Rateb.

Disperarea care îl cuprinsese pe alee îl părăsea. În prezența acestor două femei, simțea ceva din liniștea și căldura casei sale. Îi era dor de soția sa și se simțea vinovat că își petrecea timpul cu o altă femeie, față de care simțea o oarecare atracție. Dar avea nevoie să iasă din lumea nesociabilă și violentă a hotelurilor și a închisorilor, iar salonul Salwei Masharawi i se părea acum cel mai odihnitor loc de pe pământ.

Naji a adus cafeaua. Omar Yussef i-a mulțumit. Băiatul dădea să iasă din cameră, când s-a oprit în fața televizorului.

— *Ustaz*, acela nu este prietenul dumitale, străinul?

Omar Yussef s-a întors către ecran. La televizor se transmitea o înregistrare neclară. Un bărbat îmbrăcat într-o cămașă albastră stătea în picioare, într-o cameră goală, înaintea unui poster care înfățișa Domul Stâncii. Părul îi era adunat într-un smoc blond-cenușiu, iar din bărbie îi ieșeau țepi de păr scurt. Ochelarii îi cădeau de pe nas, obligându-l să ridice capul pentru a-i face să alunece înapoi, deoarece avea, în mod evident, mâinile legate la spate. Era Magnus Wallender.

— Dă-l mai tare, repede, a spus Omar Yussef.

— Telecomanda este pe brațul fotoliului, a zis Umm Rateb.

Omar Yussef a apucat telecomanda. S-a holbat neajutorat la butoanele colorate.

— Naji, a zis el, împingând-o către băiat.

Naji a îndreptat telecomanda către televizor și vocea lui Magnus a izbucnit deodată în interiorul salonului. Calitatea proastă a înregistrării și camera goală, cu ecou, în care se afla, îi bruiau cuvintele. Omar Yussef s-a mutat către marginea scaunului. Abia atunci l-a observat pe teroristul mascat din colțul imaginii. Era îmbrăcat în uniformă de camuflaj, iar pe cap își trăsese un ciorap negru cu două găuri în dreptul ochilor. Țeava kalașnikovului lui era îndreptată spre Magnus.

— ... guvernele Uniunii Europene să sprijine eliberarea fratelui Bassam Odwan, care este un luptător pentru drepturile și libertatea poporului palestinian.

Magnus s-a oprit și a privit piezis către militantul înarmat. Țeava kalașnikovului a zvâcnit, îndreptându-i privirea înapoi, către aparatul de filmat. A continuat să vorbească monoton, cu o voce răgușită, mijindu-și ochii prin ochelarii cu ramă de baga, pentru a citi mesajul care părea să fie ținut de cineva aflat lângă aparatul de filmat.

— Dacă fratele Odwan nu este eliberat, Brigăzile Saladin declară că mi se va întâmpla ceva rău în următoarele două zile.

Magnus s-a oprit. A rămas cu gura căscată.

Cana de cafea din mâna lui Omar Yussef a început să tremure. A pus-o pe măsuța de lângă el. S-a gândit la cadavrul torturat al lui Odwan, de la morgă. Când Brigăzile vor afla ce s-a întâmplat, îl vor ucide pe Magnus. Dar dacă înregistrarea fusese făcută în urmă cu mai multe ore? Poate că aflaseră între timp. Magnus ar putea fi deja mort la ora asta.

Teroristul l-a forțat pe Magnus să îngenuncheze, iar el s-a postat deasupra lui, în picioare. Și-a ridicat arma, strigând *Allabu akbar*. Cu cealaltă mână, l-a apucat pe Magnus de păr și i-a tras capul pe spate. Gestul acesta a expus vederii gâtul ars de soare al lui Magnus. Omar Yussef a clipit șocat și a icnit, imaginându-și că teroristul ar putea reteza gâtul prietenului său.

Înregistrarea a luat sfârșit, iar prezentatorul TV, cu o cravată țipătoare la gât, a trecut la o știre despre întârzierile înregistrate la trecerea graniței dintre Rafah și Egipt, cauzate de operațiunile israeliene împotriva contrabandiștilor care folosesc tuneluri subterane. Salwa i-a aruncat o privire lui Naji, iar băiatul a stins sonorul televizorului.

James a murit din pricina acestui loc împuțit, și-a zis Omar Yussef. *Nu pot permite să i se întâmple și lui Magnus același lucru*. A rămas cu ochii ațintiți asupra mâinilor sale. Era convins că petele de ficat i se măriseră. Pumnii îi tremurau chiar și după ce i-a strâns cu putere unul în celălalt. Se simțea prea șubred și bătrân ca să își ajute prietenul, prea slăbit ca să poată ajuta pe cineva. Îi era rușine că își plângea de milă, îi era rușine de lacrimile vărsate pe aleea din fața casei Salwei și de mulțumirea domestică pe care o simțise în compania celor două femei.

— Nu știu ce să fac, a spus el.

— Nu îți face griji. Sunt sigură că o să îl salvezi, Abu Ramiz, a zis Salwa.

— Așa cum o să îl salvezi și pe soțul prietenei mele, a continuat Umm Rateb, luând mâinile Salwei într-ale sale.

Profesorul Masharawi, am uitat de el, și-a amintit Omar Yussef. Le-a privit pe cele două femei. Pe chipul Salwei se citea sfârșeala și durerea. S-a simțit cuprins de un val de afecțiune pentru ea și a fost nevoit să inspire adânc pentru a-și reține lacrimile.

— Ai dreptate, Umm Rateb, a zis el. Nu o să am odihnă până când nu o să-i văd pe amândoi aici, așezați la masa Salwei.

Salwa și-a ridicat privirile către el.

— Ai luat cina, Abu Ramiz?

Când a auzit întrebarea ei, și-a dat seama că asta îl adusese acolo. Voia să stea la masă în sânul unei familii și să mănânce mâncare preparată cu dragoste, nu pentru profit. Dar a dat dovadă de slăbiciune, și-a zis el. *Nu ai timp să șezi aici, chiar dacă este atât de bine. Nu te poți preface că nu ai văzut înregistrarea cu Magnus.*

— Am mâncat deja, a mințit el. Acum trebuie să mă întorc la hotel. Trebuie să vorbesc cu niște oameni de la ONU. Nu îți face griji în privința soțului tău.

Umm Rateb a mers în urma lui până la ușă. În umbra scărilor de la intrare, Omar Yussef i-a adulmecat mirosul de săpun de trandafiri.

— Oamenii aceia care l-au răpit pe prietenul dumitale, Abu Ramiz, mă dezgustă, a spus ea. Nu sunt musulmani.

— Mă tem că sunt, Umm Rateb.

— Nu sunt adevărați musulmani.

— Nu, nu sunt adevărați musulmani.

Omar Yussef și-a târât picioarele prin nisip până la șosea, în căutarea unui taxi.

Capitolul 19

Când a ajuns la Hotelul Sands, Omar Yussef a primit de la Meisoun un mesaj telefonic notat pe o bucățică de hârtie.

— Era o doamnă pe nume Nirnberger, a spus ea. Vorbea foarte repede în engleză, așa că nu am înțeles altceva, *ustaz*. Sper că am scris numărul corect. Poate este și ea agent secret.

Zâmbetul ei prietenos l-a făcut să se simtă neputincios. Nu voia decât să se prăbușească peste biroul recepției și să îi povestească toate întâmplările acelei zile dramatice. S-a hotărât însă să o sune pe soția sa imediat ce va fi răspuns mesajului primit.

Urcând scările, a simțit mirosul de pui la grătar care venea dinspre sala de mese.

— Ce bine miroase *shish tawouk*-ul, Meisoun. Te rog, spune-le celor de la bucătărie să îmi trimită în cameră o porție și o farfurie de *hummus*.

A simțit un junghi de vinovăție că putea fi mistuit de banala senzație de foame la atât de puțin timp după ce văzuse cadavrul lui Cree.

— Desigur. Poftă bună, *ustaz*, a zis ea.

Pe holul care ducea la camera sa era liniște. Ocupanții hotelului se aflau în biroul președintelui, la întâlnirea Consiliului Revoluționar, acolo unde era și Khamis Zeydan. Omar Yussef a ascultat zgomotul pe care îl făceau pașii săi pe covor. Părea o prostie, dar simțea că, de când venise în Gaza, moartea îi călca pe urme, mergea la câțiva pași în spatele său. Înaintând de-a lungul holului, i se părea că îi aude ecoul pașilor, însoțit de un șuierat asemănător unor vorbe de avertizare.

Aerul din camera sa era cald, înăbușitor. A căutat lângă ușă butonul de unde oprise Sami aerul condiționat, ca să îl poată porni din nou. A dat de un indicator digital, un disc mic cu două simboluri colorate – un soare roșu și un fulg de nea albastru. S-a jucat cu discul, a produs câteva semnale electronice și a așteptat, dar nu s-a întâmplat nimic. Și-a desfăcut nasturii cămășii, s-a dus la telefon și a format numărul de pe hârtiuța de la Meisoun. La capătul celălalt a răspuns cineva la un telefon celular, iar pe fundal s-a auzit sunetul înăbușit al interiorului unei mașini aflate în mers.

— Nancy la telefon, a spus vocea din mașină în engleză.

Era un telefon cu echipament hands-free, ca acela pe care îl avea în mașină fiul său, Ramiz, ceea ce îi provoca o senzație neplăcută, de parcă ar fi vorbit în pustiu.

— Doamna Nirnberger? a întrebat Omar Yussef.

— Domnișoara.

— Omar Yussef la telefon.

— Mulțumesc că m-ați sunat, domnule Yussef.

Părea o americancă tipică. Vorbea cu un entuziasm deliberat, ca și cum era minunat să primească un telefon și al cui apel putea fi mai neașteptat și mai plăcut decât al directorului școlii de fete a ONU, din tabăra Dehaisha?

— Conduc echipa de negociatori care se îndrepta către punctul de control atunci când James a fost lovit.

Omar Yussef a dat din cap, dar apoi și-a dat seama că ea nu îl poate vedea.

— Sigur, înțeleg, a spus el.

— Am vorbit despre situația de față cu oamenii noștri de la Ierusalim și New York și suntem înclinați să credem că Fâșia Gaza este un loc mult prea periculos pentru străini în acest moment, având în vedere ce i s-a întâmplat lui James. Așa că am făcut cale întoarsă la punctul de control și acum suntem în drum spre Ierusalim. Chiar în timp ce noi stăm de vorbă, toți angajații noștri străini de la biroul din Gaza părăsesc Fâșia.

Apoi, ca și cum ar fi ținut în fața lui o rochie nouă ca să o poată admira, Nirnberger a adăugat:

— Ce credeți?

Cred că și pentru mine este prea riscant, chiar dacă nu sunt străin care merită să fie apărat în situații periculoase.

— Sunt de acord că este foarte periculos.

— Vom coordona negocierile pentru eliberarea lui Magnus din biroul de la Ierusalim. Suntem de părere că de acolo vom putea gestiona contactele cu guvernul și cu serviciile de securitate palestiniene. Dar avem nevoie ca dumneata să rămâi în Gaza ca să ne oferi evaluări de la fața locului și să efectuezi contactele concrete.

— Ce să fac?

— Să te întâlnești cu tipii care îl țin ostatic pe Magnus, dacă vor să stabilească o întâlnire.

Omar Yussef și-a încleștat mâna pe receptor.

— Înțeleg.

— Niciunul dintre angajații noștri locali din Gaza nu este atât de familiar cu situația creată ca dumneata, așa că ești omul nostru în acest caz, domnule Yussef.

Tonul lui Nirnberger îi amintea lui Omar Yussef de politicienii americani pe care îi văzuse în interviurile televizate. Și-o imagina cu capul ușor înclinat într-o parte, încuviințând cu viclenie, cu un zâmbet cunoscător abia reținut, ca și cum știa toate secretele.

— Între timp, aveți nevoie de ceva? Spuneți și se rezolvă.

— Cei de la spital au nevoie de informații despre James ca să îi poată anunța familia și să se ocupe de transportul cadavrului.

— Am avut grijă de asta, domnule Yussef. S-a rezolvat. Nu am stat degeaba. Nu îți face griji. Noi vă asigurăm spatele.

Gura păcătosului...

— James avea rude apropiate?

— Nu prea știu. Nu m-am ocupat personal de problema aceasta.

— Avea un străbunic îngropat în Cimitirul Eroilor Britanici de aici, din Deir el-Balah. Știu că mormântul avea o mare importanță pentru el. Poate că familia ar vrea să îl îngroape acolo, datorită legăturii sale speciale cu Gaza.

Nirnberger a renunțat la tonul bonom. Părea că vorbește fără să își descleșteze fălcile.

— Ei bine, putem să le propunem, dar cred că ar fi o greșeală să le oferim o nouă atracție celor care fac demonstrații anti-ONU acolo.

Și-a dres glasul și a revenit la tonul vesel.

— Așadar, există un cimitir britanic în Gaza, eh? Cum naiba?

— Poftim?

— Cine ar fi crezut că există o grămadă de britanici morți și îngropați la dracu-n praznic, tocmai în Gaza?

— Gaza are o relație aparte cu moartea, a spus Omar Yussef, încleștându-și și mai tare mâna pe receptor. O să vă țin la curent cu ce aflu aici, doamnă Nirnberger.

De data asta nu l-a mai corectat.

— Nu vă faceți griji. O să îl salvăm pe Magnus.

— Dacă vrea Alah.

— Bineînțeles.

Camera de hotel era cufundată în întuneric. Omar Yussef a aprins lampa de lângă pat. Și-a frecat umărul, acolo unde fusese lovit de piatra aruncată în timpul dezlănțuirii de furie asupra mașinii în flăcări a lui Cree. A râs hodorogit când și-a dat seama că îl durea atât de tare umărul, încât aproape că uitase de vânătaia care i se întinsese pe jumătate de cap. Orice gând la mâncare îi făcuse greață peste zi, dar acum era lihnit. A încercat să nu se mai gândească la porția de *shish tawouk*; i se făcea și mai tare foame dacă și-l imagina pe bucătar pregătind-o. A format numărul de acasă. Din nou, cea care a răspuns a fost Nadia.

— Bună, Nadia. Ce se întâmplă acolo? Totul este în regulă?

— Bunicule, ai văzut site-ul?

— Nu am putut decât să arunc o privire scurtă peste el.

— Cum ți se pare?

De entuziasm, vocea Nadiei se ascuțise. Omar Yussef se întrebă cât ar putea să îi dezvăluie din ororile prin care trecuse *Agentul O* de când îl văzuse ultima oară. Îi era teamă că mizeria care îl înconjura ca praful din aer o va răni.

— Mi-a plăcut site-ul, a spus el. Doamna care mi l-a arătat pe calculator a fost extrem de impresionată, numai că acum mă crede spion.

Nadia a râs.

— Când mă întorc acasă, vreau să îmi arăți cum faci designul, a spus Omar Yussef, și cum îl introduci în calculator astfel încât să apară și pe computerul de la capătul acesta.

— Este ușor, bunicule.

— Este ușor pentru tine, pentru că ești foarte deșteaptă. Bunica este acolo?

Pe când Maryam se apropia de aparat, se auzea un copil smiorcăindu-se în fundal.

— Este Dahoud, a zis ea. Îi este dor de tine. A văzut ceva despre Gaza la știri și a plâns toată seara. Zicea că nu se duce la culcare „până când nu sună unchiul".

Maryam și Omar Yussef îi adoptaseră pe Dahoud și pe sora lui, Miral, la începutul anului, după ce violențele din Betleem le răpiseră părinții. Grija lui Dahoud față de el îl mișca pe Omar Yussef. Sărmanul micuț își pierduse deja tatăl mult iubit și, fără îndoială, îi era teamă că va muri și omul care îi luase locul.

— Spune-i că sunt bine, se poate duce la culcare acum și o să ne vedem curând.

— Când, Omar?

— Nu știu, a răspuns el, dregându-și glasul și încercând să pară nonșalant. Ai văzut știrile?

— Nu, ți-am zis, Dahoud le-a văzut. Dar nu înțeleg nimic din ce spune el. De ce? Ce s-a întâmplat?

Vocea ei era sonoră și metalică, ca și cum ar fi plonjat pe neașteptate în telefon.

Omar Yussef a ezitat.

— Ei bine, Magnus a fost răpit de Brigăzile Saladin, iar un alt tip de la ONU care lucra cu mine a murit într-o explozie...

Maryam a scos un icnet ascuțit.

— Pentru numele lui Alah, Omar, trebuie să pleci imediat de acolo.

— Trebuie să fac totul pentru eliberarea lui Magnus, Maryam. ONU refuză să desemneze pe altcineva. Le este frică să trimită aici un străin.

— Dar angajații locali, din Gaza?

— Presupun că se feresc de pericol.

— Asta ar trebui să faci și tu. Ce faci, îi lași să te sacrifice?

— Maryam, stai liniștită, mă descurc.

Și-o imagina dând din cap a neîncredere la celălalt capăt al firului.

— Nu ești atât de puternic, Omar. Faptul că ai înfruntat bandele din Betleem anul trecut nu înseamnă că poți face același lucru într-un oraș străin. Gaza este un loc înfiorător.

— Pot să am grijă de mine. Este și Abu Adel aici. Nu mă lasă el să fac ceva riscant.

— O fi Abu Adel șeful poliției din Betleem, dar în Gaza este un nimeni. Oamenii aceia îl vor strivi ca pe o insectă. Iar el poate fi la fel de nesăbuit ca și tine, Omar.

— Cine sunt *oamenii aceia*, Maryam?

— Cei care l-au răpit pe Magnus și l-au aruncat în aer pe celălalt.

— Poate nu este aceeași grupare.

— Asta nu înseamnă decât că pericolul este de două ori mai mare.

Lui Omar Yussef nu îi plăcuse niciodată să se certe cu Maryam. De cele mai multe ori, perspectiva ei era mai simplistă decât a lui, și se enerva când ea nu reușea să priceapă subtilitățile care lui i se păreau evidente. De data aceasta știa că ea are dreptate dar nu avea nicio alternativă decât să încerce să îi sfideze logica.

— Maryam, vreau să te calmezi. Nu îl speria și mai tare pe Dahoud sau pe Nadia și pe ceilalți copii. Acum, du-te la Dahoud și spune-i să nu își facă griji pentru mine. Și Maryam...

— Ce?

— Dacă nu ești destul de convingătoare, Nadia își va da seama că ceva este în neregulă. Așa că ar fi bine să crezi cu tărie că nimic nu i se va întâmpla sărmanului tău soț.

— Mă descurc eu cu Nadia.

— Este mai greu de păcălit decât teroriștii din Gaza, draga mea. Nu o trata superficial.

Se auzi un ciocănit la ușă.

— Maryam, au venit cei de la room service cu cina mea. Vezi, ești atât de agitată, încât nici nu m-ai întrebat dacă mănânc cum trebuie.

— Nu îmi pot îndeplini așa cum trebuie îndatoririle de soție, a spus Maryam. Vino acasă și vei fi la adăpost – și de oameni periculoși, și de bucătari proști.

Omar Yussef a închis telefonul după câteva declarații de afecțiune.

A ciugulit din puiul la grătar și a luat câteva înghițituri din pâinea unsă cu *hummus*. Se întreba ce mănâncă Magnus în cămăruța jegoasă în care probabil îl ascunseseră cei din Brigăzile Saladin. Oricât ar fi încercat să se concentreze asupra mâncării, gândurile i se îndreptau către cadavrele de la morga Spitalului Shifa. Îl durea stomacul de foame, dar imaginea morților întinși pe mesele de disecție i-l întorcea pe dos. Capul îi era greu; vânătaia de la tâmplă prinsese din nou viață și pulsa, șfichiuindu-i creierul. A deschis minibarul. Înăuntru erau o sticlă mare de apă minerală, câteva cutii de cola din apă de trandafiri și conserve cu sucuri din fructe. A zâmbit trist văzând rafturile goale din micul frigider, unde ar fi trebuit să se afle sticle miniaturale cu whisky și votcă. *Mulțumesc lui Alah că islamiștii din Gaza îmi scot în cale atât de puține tentații*, și-a zis el.

A rămas așezat pe marginea patului până când i s-a răcit mâncarea, bând puțin câte puțin din sticla de apă. Asta i-a curmat greața și i-a alinat senzația de zvâcnire din tâmplă. S-a gândit să se culce, dar nu își putea încetini forfota gândurilor. În schimb, a ascultat răpăitul puternic al nisipului pe care vântul îl sufla în sticla geamurilor.

Era aproape miezul nopții când s-a auzit o bătaie în ușă. A înghețat. O pauză, urmată de o a doua bătaie.

— Abu Ramiz?

Era vocea lui Sami. Omar Yussef a deschis ușa. Încrezător în sine, tânărul aștepta pe coridor, fumând. Abordase o poză neglijentă, cu tricoul negru bine întins peste trunchiul vânjos și degetul mare înfipt sub cureaua jeanșilor. L-a măsurat pe Omar Yussef din cap până în picioare și a zâmbit, părându-i-se amuzant aspectul său mizer. Și-a pus apoi o mână pe brațul lui.

— Cum te simți, Abu Ramiz?

— Rău, Sami. Unde este Abu Adel?

— În camera lui, cu câțiva dintre membrii Consiliului Revoluționar, la o bârfă.

— Au încheiat întrunirea?

— Consiliul? Da, deocamdată. Dar jigodiile alea nu termină niciodată de vorbit.

Sami s-a așezat în dreptul biroului și s-a uitat la porția de pui.

— Servește-te, te rog, a spus Omar Yussef.

Sami a ciugulit cu degetele din bucățelele de pui, pe care le-a mestecat agale.

— Mulțumesc, Abu Ramiz. Este cel mai bun *shish tawouk* pe care l-am mâncat de multă vreme. Nu am mai avut parte de o masă bună de când am fost deportat din Betleem.

— Îți e dor de mâncarea mamei?

— Este cea mai bună.

— Știu, am avut ocazia să o încerc.

— A, ai dreptate. Tatăl meu vorbește foarte frumos despre dumneata și în plus îți cunosc și eu reputația de om integru.

— Când îți vor permite israelienii să te întorci acasă, Sami?

Tânărul a luat o bucată de pui cu degetele și a privit-o meditativ, așa cum privește un cunoscător un trabuc scump.

— Când vecinii îmi vor arde casa din temelii și o vor demola, a spus el mestecând puiul și privindu-l pe Omar Yussef. Până atunci, nicio șansă.

— Ai vești despre Magnus?

Sami a dat din cap că nu.

— Încerc să aflu cine l-a ucis pe James. Cred că așa vom ajunge la Magnus.

— Îți amintești ce mi-ai spus despre Manichiura Husseini? Asta i s-a întâmplat lui Odwan înainte de a muri. Am vrut să îți spun când ne întorceam de la morgă, dar pur și simplu nu puteam vorbi despre asta.

Sami a mestecat o altă bucată de pui. Și-a lins degetele și a încuviințat în semn de înțelegere.

— Brigăzile Saladin l-ar putea ucide pe Magnus drept răzbunare pentru moartea lui Odwan, a spus Omar Yussef. Putem să îl găsim înainte să se afle că tovarășul lor a fost ucis?

Sami a scuturat din cap.

— Nicio șansă. Dacă nu știu încă de moartea lui Odwan, vor afla înainte de răsăritul soarelui. Au oameni în închisoare, cu telefoane mobile ascunse. Știu tot ce se petrece în Saraya și în celelalte închisori și baze militare. Dar nu cred că îl vor ucide pe Magnus.

— Trebuie să reacționeze cumva, să îl răzbune pe Odwan.

— Nu mi se par pregătiți să escaladeze conflictul până într-acolo încât să ucidă un străin. Vor merge pe altă variantă. Ceva cu efect local, pentru a le transmite un mesaj celor ce conduc Gaza, fără să își pună în cap lumea întreagă.

Sami a luat farfuria cu *hummus* într-o mână, în timp ce cu cealaltă aduna marginile pastei de năut cu dumicați de pâine, adâncit în gânduri.

— Cum s-a desfășurat întâlnirea Consiliului Revoluționar?

— Abu Adel zice că a fost tumultoasă. Și periculoasă.

— Periculoasă? a întrebat Omar Yussef, amintindu-și ce îi spusese Khamis Zeydan despre rivalitatea din ce în ce mai mare dintre șefii serviciilor de securitate.

— Generalul Husseini l-a acuzat pe colonelul al-Fara de corupție și a cerut o investigație oficială în privința lui.

— Dar generalul Husseini este și el vinovat de corupție, nu?

— Da, numai că aceste Consilii sunt ciudate. Dacă cineva te acuză de ceva, nu te poți întoarce să spui: „Pentru numele lui Alah, și tu ești la fel de corupt ca mine." Ai arăta ca un copil prost, care nu știe să se apere altfel decât denunțându-l pe acuzator și, lucrul cel mai important, ai recunoaște adevărul acuzației.

— Și ce a făcut colonelul al-Fara?

— Abu Adel zice că al-Fara nu a spus nimic. Dar toți ceilalți au făcut scandal.

Omar Yussef s-a gândit că tăcerea lui Al-Fara era un semn rău. La adăpostul tăcerii colonelul își plănuia, pasămite, răzbunarea.

Și-a amintit exuberanța comică, burdihanul greu și ochii umezi, ca două pietricele, ai generalului Husseini, omul care îl asfixiase, probabil, pe

Bassam Odwan. Își imagina că în fața lui, la masa Consiliului, se aflase părul lins și mustața neagră ale colonelului al-Fara, adunând scuipatul în șervețelul din mâna sa osoasă și scoțând fum de țigară pe nări. Al-Fara, torționarul lui Eyad Masharawi. Întâlnirea Consiliului îi pregătise pe cei doi pentru o ultimă înfruntare. Oare ce noi grozăvii vor arunca în joc pentru a-și atinge scopul ultim?

— Cine va pierde bătălia dintre Husseini și al-Fara?

— Primul dintre ei care dă semne de slăbiciune, a spus Sami. Știi cum se spune: *Când vaca nu se mai ține pe picioare, ies la iveală multe cuțite.* Fiecare dintre ei are dușmani care așteaptă nerăbdători să taie o bucată din stârv, de îndată ce se arată vulnerabil.

— A amintit cineva de bomba care l-a ucis pe James?

— La Consiliul Revoluționar? Nu, nu au abordat subiectul. Toată lumea s-a concentrat pe lupta dintre Husseini și al-Fara.

Omar Yussef a scos un suc de căpșune din minibar, iar lui Sami i-a dat o cola din apă de trandafiri. Și-a turnat în pahar lichidul gros, siropos. Era singurul lucru pe care simțea că poate să îl înghită fără să vomite. Voia să doarmă, dar mai avea de discutat despre un ultim lucru.

— Sami, știi povestea pe care ne-a spus-o Odwan despre rachetele *Qassam*. Este adevărată?

— Că au adus în Gaza un singur prototip prin tunelurile din Rafah și apoi au fabricat sute de cópii acolo?

Omar Yussef a încuviințat.

— Da, a fost vorba de un proiectil nord-corean, adus prin Iran, a spus Sami. Acum toată lumea încearcă să pună mâna pe o armă și mai mare. Gruparea care o va folosi cu succes împotriva Israelului va cuceri influență în rândul oamenilor și își va putea impune voința asupra președintelui.

— Vorbești de Brigăzile Saladin?

Sami a ridicat din umeri.

— Cu cât Brigăzile Saladin produc mai multe neplăceri, cu atât mai mult este nevoit președintele să îi țină de partea lui. Dacă vrei să obții bani de la președinte, pasul numărul unu este să produci agitație în Gaza și să omori câțiva israelieni din când în când. În cele din urmă, președintele va da banii pentru a te domoli.

Omar Yussef a dus arătătorul la frunte, încruntându-se.

— Știm că Brigăzile Saladin nu au pus mâna pe noul prototip de proiectil, pentru că le-a fost furat după ce l-au adus în Rafah. Atunci, la cine se află? Asta trebuie să aflăm. Am putea să le dăruim Brigăzilor proiectilul în schimbul eliberării lui Magnus.

Sami părea extrem de serios când a înghițit ultima bucată de pâine cu *hummus*.

— Ar fi bine să te mai gândești la planul acesta, Abu Ramiz. Cel care are proiectilul nu ți-l va da prea ușor și, în plus, cei mai periculoși oameni din Gaza se vor afla și ei pe urmele lui.

Omar Yussef și-a dat seama că, dacă ar găsi până la urmă proiectilul, nu ar putea să îl dea pe mâna Brigăzilor Saladin. Oricine ar intra în posesia lui, l-ar folosi pentru a ucide, pentru a-i izgoni pe israelieni din taberele de refugiați și pentru a domina scena coruptă a politicii în Gaza. Dacă l-ar găsi, ar fi nevoit să îl distrugă. Dar cum altfel să negocieze viața lui Magnus?

A gemut și și-a dus o mână la tâmpla învinețită.

— Negociatorii trimiși de ONU nu mai vin. S-au întors de la punctul de control. Li se pare prea periculos. Suntem pe cont propriu, Sami.

— Ne descurcăm mai bine fără ei. Oamenii ăștia cred că dețin toate răspunsurile, dar nu știu să asculte. Ajutorul lor este inutil. Nu valorează nici cât o ceapă degerată.

Omar Yussef l-a privit, surprins de vehemența sa.

— Voi încerca să stabilesc o întâlnire cu oamenii Brigăzilor de aici, din Gaza, ca să îi poți întreba ce s-a întâmplat cu James, a spus Sami, după care și-a șters mâinile pe un prosop, a scos un pachet de țigări din buzunarul de la spate și s-a ridicat în picioare, zâmbind stânjenit.

— Știu că nu îți place să fumez aici, Abu Ramiz, așa că îți spun noapte bună acum. Ai nevoie de odihnă.

Capitolul 20

Omar Yussef a visat despre moarte. A nădușit imaginându-și explozia în care a murit James Cree, zguduit de detunătura înfiorătoare, cuprins de flăcări, zdrobit de metalul torsionat al Chevroletului ONU, lovit de pietrele aruncate de tinerii localnici. S-a înecat odată cu ultima suflare a lui Bassam Odwan, chiar în timp ce sângele îi șiroia din degetele retezate. A simțit din plin glonțul care a pornit din pușca cea veche și s-a oprit în coasta lui și apoi fragmentele de os care i-au sfâșiat plămânii. Detunătura s-a auzit iar și iar, țintuindu-l de fiecare dată în saltea. Moartea nu îl mai urmărea. De-acum, împărțea același pat cu el, nu ca o soție, ci ca o amantă geloasă și furioasă, care nu îl lăsa să se odihnească.

S-a auzit țârâitul telefonului. Gloanțele i-au sfărâmat cutia toracică încă o dată, iar telefonul a continuat să sune. S-a rostogolit până la noptieră și a ridicat receptorul. Cuvintele nu îi ieșeau din gură; nu a putut decât să scoată câteva icnete.

— Abu Ramiz, dumneata ești?

Un alt icnet. Împușcăturile continuau. A scâncit.

— S-a întâmplat ceva? Sunt doctorul Najjar, de la morgă. Se aud focuri de armă?

Omar Yussef a privit în jur. Sunt în camera de hotel, și-a zis el, înțelegând cu greu ce se petrece.

— Ce se aude, Abu Ramiz? a întrebat doctorul.

— Se trăgea asupra mea.

— Abu Ramiz? a strigat doctorul, alarmat.

Omar Yussef a lăsat receptorul pe pernă și și-a șters sudoarea de pe față cu un colț al cearșafului. Se auzeau împușcături. S-a uitat la ceasul digital de pe noptieră: 6:00 a.m. A dus receptorul la ureche.

— Da, se aud împușcături afară. Nu știu ce se întâmplă. Eu dormeam, aveam un vis urât.

— Îmi pare rău că sun atât de devreme, dar am muncit toată noaptea și acum mă duc acasă. Voiam să te anunț fără nicio întârziere ce am descoperit.

Omar Yussef și-a dres glasul și s-a ridicat într-un cot, încercând din răsputeri să se desprindă din coșmar.

— Mulțumesc.

— Ceea ce îți voi spune trebuie să rămână între noi, Abu Ramiz. După cum știi, în mod oficial, Bassam Odwan a murit din cauza unui subit atac de cord suferit în închisoare. Dar bănuielile mele inițiale, că a murit asfixiat, au fost corecte. S-a sufocat din pricina unui blocaj al căilor respiratorii.

Omar Yussef s-a ridicat în capul oaselor, la marginea patului.

— Odwan s-a înecat cu mâncare?

— Nu cu mâncare. Îți amintești că gura și partea superioară a gâtului îi erau acoperite de tăieturi fine? Ei bine, mai jos, pe trahee, am descoperit ce îi blocase respirația: un fel de sticlă.

— Sticlă?

— De fapt, așa ceva nu am mai văzut niciodată în Gaza. Dar am văzut o dată, pe când mă aflam în Iordania. Cred că este dopul uneia dintre sticlele acelea de cristal folosite pentru a păstra băuturi alcoolice.

Gândurile lui Omar Yussef s-au îndreptat către colecția de cristaluri de Boemia a generalului Husseini.

— O carafă?

— Așa se numește? Are o mulțime de fațete mici tăiate în suprafața sa, care reflectă lumina ca o piatră prețioasă. Dar între fațete sunt margini dure și ascuțite ca tăișul unui diamant. Era destul de mare, iar tăieturile au fost provocate probabil de împingerea sa forțată pe gât. Asta l-a sufocat, a spus doctorul, apoi a făcut o pauză. Împușcăturile acelea par foarte apropiate, Abu Ramiz.

Omar Yussef s-a ridicat în picioare și s-a îndreptat către fereastră ca să tragă draperiile într-o parte. Cablul telefonului nu ajungea însă atât de departe. Detunăturile de afară se transformaseră în salve grave, asurzitoare, peste care se suprapunea zăngănitul strident al geamurilor sfărâmate.

— Nu văd nimic acum. Draperiile sunt trase, a spus el, ridicând vocea pentru a fi auzit peste zgomotul împușcăturilor. Corpul lui Odwan a fost adus la dumneata direct de la închisoare?

— L-au adus cei de la Serviciul Militar de Informații. Nu putea fi adus de oriunde.

Omar Yussef a ascultat împușcăturile. Păreau îndreptate asupra casei de peste drum, a generalului Husseini. *De oriunde. Nici măcar de acolo*, și-a zis el. I-a mulțumit doctorului și a închis.

S-a strecurat pe lângă perete și a ridicat draperia. Pe strada din fața hotelului erau trase vreo zece-douăsprezece jeepuri, unele vopsite în culori de camuflaj, altele într-un cenușiu închis. Bărbații ascunși în spatele lor erau îmbrăcați la fel ca cei din detașamentul Brigăzilor Saladin care îl răpiseră pe Wallender: ciorapi de damă trași pe față, jachete de camuflaj și tricouri negre, pantaloni militari și bocanci grei. Trăgeau cu mitralierele M16 și kalașnikov spre casa lui Husseini.

La toate etajele, ferestrele erau sparte. Omar Yussef a privit cu atenție casa prin lumina prăfoasă a zorilor de zi. La al treilea etaj se vedeau prin aerul cenușiu, murdar, gurile de țeavă ale câtorva mitraliere tresăltând.

Cineva a ciocănit la ușă. Omar Yussef și-a tras pantalonii pe el și a deschis. Khamis Zeydan a trecut pe lângă el și l-a împins la o parte. Cămașa lui descheiată lăsa să i se zărească pieptul acoperit cu păr sur, iar cele câteva șuvițe de păr care îi mai acopereau chelia erau zbârlite de dormitul pe pernă.

— Ce dracului se întâmplă? a exclamat el.

A tușit, iar lui Omar Yussef i s-a părut că a pulverizat whisky prin întreaga cameră.

Nările i s-au dilatat din pricina mirosului de whisky care venea dinspre prietenul său și și-a dat seama că probabil nu era singurul care fusese trezit dintr-un coșmar de împușcăturile de afară.

— Vii direct de la rugăciunea de dimineață?

Khamis Zeydan și-a frecat pielea feței.

— Alah să te ierte, că este prea devreme pentru remarci sarcastice.

— Se întâmplă ceva la casa lui Husseini, a spus Omar Yussef.

— Paștele mă-sii! De la fereastra mea nu se vede nimic.

— Hotelul le-a rezervat celor din Consiliul Revoluționar camere cu vedere spectaculoasă, spre mare.

— Iar ție, camera cu vedere spre focurile de artificii.

Khamis Zeydan a ridicat un colț al draperiei.

— Mama voastră! a exclamat el, cu uimire în glas.

Omar Yussef a cercetat strada de la celălalt capăt al draperiei.

— Ce se întâmplă?

— Se pare că s-a întrunit Consiliul Revoluționar în ședință extraordinară.

— Crezi că este vorba de o reglare de conturi între Husseini și al-Fara?

— Poate. Sau poate că Brigăzile Saladin s-au hotărât să îi arate lui Husseini că știu cine l-a ucis pe Odwan, a spus Khamis Zeydan cu un rânjet. Ar putea fi o manevră comună: Brigăzile Saladin împreună cu oamenii colonelului al-Fara.

Din spatele unuia dintre jeepuri s-a ridicat un combatant în uniformă de camuflaj, purtând pe umăr un lansator de proiectile.

— Pentru numele lui Alah, a exclamat Khamis Zeydan, holbându-se la el.

— Ce este ăla?

— Un lansator de proiectile antitanc.

Proiectilul a pornit de pe umărul bărbatului cu un zgomot asemănător respirației unui demon și s-a izbit de etajul al treilea al casei, unde, cu o zi înainte, Omar Yussef luase micul dejun împreună cu generalul Husseini.

Împușcăturile care veneau dinspre casa lui Husseini au încetat. Chiar și militanții din stradă s-au oprit ca să privească mirați distrugerile cauzate. Unii dintre ei s-au ridicat în picioare, ținându-și cu o singură mână puștile de asalt îndreptate în jos. Omar Yussef i-a văzut cum râd de un coleg de-al lor, care își acoperise urechile în momentul detunăturii. Un altul a bătut palma cu cel care lansase proiectilul. Și-au reluat salvele de împușcături pentru a acoperi un detașament de șase oameni care au traversat strada în fugă spre intrarea clădirii.

Au călcat peste un corp în uniformă militară și beretă roșie pe cap, apoi au urcat pe scări. Omar Yussef nu văzuse să existe vreun rănit. A rămas cu ochii ațintiți asupra celui căzut, încercând să îl facă să miște cu puterea minții. S-a gândit să îl sune pe doctorul Najjar și să îi spună să nu plece deocamdată spre casă; va fi nevoie de el la morgă.

Fumul s-a risipit în dreptul etajului al treilea, unde lovise proiectilul. În zid nu se vedea decât o gaură mică, de mărimea unui cap de om, dar înăuntru ardea ceva. Și-a imaginat că luaseră foc canapelele și fotoliile. Dinăuntru au răsunat câteva focuri de armă, după care atacatorii au coborât scările în goană.

Generalul Moussa Husseini a apărut la picioarele scărilor. Nu purta decât o pereche de izmene largi. Stomacul său voluminos era acoperit de un păr alb, gros, iar picioarele păreau prea firave pentru un corp atât de gras. Sângele îi șiroia pe fruntea întunecată, fără păr. Unul dintre militanți l-a împins de la spate. A alunecat în băltoaca de sânge care se prelingea dinspre gardianul ucis și s-a împiedicat de picioarele lui, rostogolindu-se pe scări. Atacatorii l-au urmat, lovindu-l cu picioarele. S-a târât în genunchi până în stradă.

— Nu poate fi adevărat, a zis Khamis Zeydan.

Chipul lui Husseini era schimonosit și scăldat în lacrimi. Unul dintre militanți s-a postat în spatele lui, și-a ridicat kalașnikovul și l-a împușcat în ceafă.

S-a auzit o singură detunătură neașteptată. Omar Yussef a tras aer în piept involuntar.

Același militant și-a golit încărcătorul în trupul lui Husseini. Atacatorii s-au îndreptat sprinteni către jeepuri și s-au retras.

Unii au luat-o pe șoseaua paralelă cu țărmul, în vreme ce vreo două mașini au cotit pe Strada Omar al-Mukhtar, către centrul orașului. Generalul Husseini zăcea în drum, cu fața în jos.

Omar Yussef și-a lipit fruntea de geamul ferestrei și a închis ochii. Khamis Zeydan și-a pus o mână pe umărul lui și a făcut un semn cu capul în direcția străzii.

— Vino, i-a spus Khamis Zeydan.

— Crezi că a trecut pericolul? a întrebat Omar Yussef.

Khamis Zeydan a ridicat din umeri.

— Periculos sau nu, ar fi bine să mergem să verificăm ce s-a petrecut chiar acum, dacă nu vrem să ne mulțumim cu varianta oficială.

Pe când se îndrepta clătinându-se spre ușă, s-a lovit cu umărul de dulap și, când a înjurat, a lăsat în urmă un damf de whisky care l-a făcut pe Omar Yussef să se înece.

Au fost primii care au urcat aleea care ducea spre stradă, primii la fața locului. Omar Yussef simțea că oasele coapsei îi fuseseră răsucite la nouăzeci de grade în articulația piciorului – picioarele refuzau să păstreze linia dreaptă pe care le ordona să o urmeze, iar oasele bazinului păreau țintuite în ace și cuie. Corpul îi era epuizat după coșmarurile care îi chinuiseră somnul. Dar oricum ar fi fost visele care îl torturaseră, erau preferabile întâmplărilor pe care le trăia în acel moment.

Khamis Zeydan a îngenuncheat lângă trupul lui Husseini. Strada era pustie.

— Unde o fi poliția acum? a întrebat Omar Yussef.

— Probabil Husseini a uitat să sune la numărul de urgențe, a răspuns Khamis Zeydan, ridicând sarcastic o sprânceană, în timp ce verifica energic pulsul la gâtul lui Husseini.

Omar Yussef a privit în jos, la craniul sfărâmat și la rănile din spatele trunchiului plinuț, unde atacatorul își descărcase mitraliera. Izmenele albe și largi ale lui Husseini erau pline de excremente, iar praful se așeza deja într-un strat granulos peste plăgile împușcate.

— Îngrozitor.

— Cel puțin are amprentele intacte, a spus Khamis Zeydan.

Omar Yussef s-a holbat la prietenul său.

— Chiar și cel mai rău om merită respect după moarte, a spus el.

— Nu te ambala. Știi ce vreau să spun. Hai să aruncăm o privire prin casă.

Au pășit peste gardianul mort care zăcea la intrarea în clădire și au ocolit balta de sânge din jurul lui.

Ușa salonului de la etajul al treilea era deschisă. Materialul spongios al canapelelor fumega, umplând aerul cu o ceață înecăcioasă. În mijlocul tavanului era o urmă neagră, de la explozie, în locul în care se aflase candelabrul, iar bucățile de sticlă le scârțâiau sub picioare.

— Proiectilul a intrat prin perete și a lovit tavanul acolo, a spus Khamis Zeydan. Oricine s-ar fi aflat aici ar fi fost ucis de schijele de șrapnel din proiectil.

— Sau de cioburile din candelabru.

În spatele mesei celei mari, Omar Yussef l-a găsit pe băiatul cu cafeaua întins pe spate, cu brațele desfăcute și cu o urmă de glonț în obrazul osos, plin de acnee. Avea ochii deschiși. Părea că nu e decât amețit, dar în realitate era mort de-a binelea. Omar Yussef a aruncat o privire pe coridor. Alți doi gardieni zăceau nemișcați, cu trupurile contorsionate.

Rafturile cu cristaluri fixate de-a lungul peretelui opus se prăbușiseră. Colecția de sticle, pahare și farfurii a lui Husseini zăcea zdrobită pe podeaua de marmură. Omar Yussef s-a aplecat cu greutate și a ridicat gâtul unei carafe sparte.

— Chiar când a început toată nebunia asta, m-a sunat doctorul Najjar de la morgă, a spus el. A găsit în gâtul lui Bassam Odwan un dop de la o carafă ca aceasta. Prizonierul s-a sufocat din pricina lui.

Khamis Zeydan a adulmecat lichidul închis la culoare aflat pe fundul altei piese de cristal, pe jumătate sfărâmate.

— Coniac. Crezi că Husseini l-a invitat pe Odwan la un pahar?

Khamis Zeydan a trecut în celelalte camere, să arunce o privire. Omar Yussef a cântărit gâtul carafei în mână și l-a plimbat peste partea moale a gâtlejului său, sub mărul lui Adam. Atingerea sa rece pe pielea lăsată i-a redeșteptat senzația de sufocare din timpul coșmarului. S-a cutremurat și a pus-o jos, pe masă.

Dinspre faleză s-a auzit o sirenă apropiindu-se. Omar Yussef a simțit cum îi crește pulsul. *Când auzi o sirenă*, și-a zis el, *nu poți să nu te gândești că pe tine te caută*. Un jeep turcoaz al poliției a oprit lângă cadavrul lui Husseini. Cinci polițiști au sărit din spatele jeepului, iar un ofițer a coborât de pe scaunul din față. Au rămas îngrămădiți la câțiva metri de cadavru, neștiind ce să facă. Ofițerul s-a apropiat după câteva clipe de Husseini și s-a aplecat deasupra lui. Și-a dat bereta roșie pe spate și s-a scărpinat la frunte.

Khamis Zeydan a venit până în spatele lui Omar Yussef, ca să privească.

— Îmi pun mari nădejdi în acțiunea energică a forțelor de securitate, a spus el, zâmbind.

— Auzi, nu trebuie să pleci la vreo întrunire?

— Ce te-a apucat? a replicat Khamis Zeydan, surprins de tonul agresiv al prietenului său.

— Voi, ăștia din Consiliul Revoluționar, vă omorâți unii pe alții și apoi organizați o întrunire ca să faceți pace până data următoare când vă hotărâți să vă omorâți între voi, i-a strigat Omar Yussef. Până una alta, cei care plătesc prețul sunt oamenii simpli, ca amărâtul acela de băiat care zace pe podea.

— Crezi că mie îmi place cum stau lucrurile?

— Mie mi se pare că servești bine sistemul, în ciuda cinismului tău la adresa lui.

— Ce vrei să spui? a întrebat Khamis Zeydan, băgând în gură o țigară și căutându-și bricheta prin buzunar.

— Cine îți plătește camera de hotel? Dar mesele costisitoare? Dar apartamentul din Betleem? Și băutura de care duhnește respirația ta? Și țigările astea tâmpite care te ucid?

Omar Yussef i-a dat una peste țigară, iar aceasta i-a căzut din gură.

Comandantul detașamentului de polițiști aflat jos, în stradă, s-a uitat spre fereastra de la etajul al treilea. A arătat spre ei și s-a adresat oamenilor săi, iar doi dintre aceștia au pornit în fugă spre casa lui Husseini.

— Țigările? Te îngrijorează sănătatea mea? a întrebat Khamis Zeydan, luând o altă țigară din pachet și aprinzând-o. Nu știam că îți pasă atât de mult, dragul meu.

— Nu glumi.

— Acasă, în Betleem, recunosc că ai avea dreptate să îți faci griji, a spus Khamis Zeydan, apucându-i strâns brațul, cu ochii larg deschiși în care se citea surescitarea. Dar în Gaza greșești fundamental. Când sunt în Betleem, beau din pricina singurătății, a deprimării și a dezgustului față de viața mea. În Gaza am parte de acțiune din plin și recunosc că mă încântă. Încăperile pline cu fum de țigară, manevrele murdare și violența mă țin în priză. În Gaza beau pentru că aici am parte de cea mai mare agitație imaginabilă. Chiar și incidentul din dimineața asta îmi place la nebunie.

Omar Yussef i-a dat mâna la o parte.

— Este adevărat, a spus Khamis Zeydan. Ăsta sunt eu, cel pe care îl numești prietenul tău. Nu sunt mândru de asta și nu aș mai spune-o nimănui, dar în Gaza mi se pare că retrăiesc zilele de odinioară, când eram în Liban cu Bătrânul, înainte de a încurca complet ițele.

— Pentru numele lui Alah, ce ar putea fi mai încurcat decât Gaza? a exclamat Omar Yussef.

— Adevărul este că ar fi trebuit să rămânem în ilegalitate toată viața. Nu suntem în stare să guvernăm.

— Locul acesta este guvernat după legi din Evul Mediu.

— Haide, profesore! Mai lasă-mă cu prelegerile de istorie.

Pe scări s-au auzit pași.

— Emiri învrăjbiți, teama fără nume pe care o poți simți în fiecare grăunte de nisip adus de furtună și moartea, a continuat Omar Yussef. Moartea chiar și pentru cei ca Husseini, care sunt obișnuiți să o împartă în dreapta și-n stânga.

Omar Yussef l-a tras pe prietenul său de umeri, astfel încât fețele aproape că li se atingeau.

— Aceasta nu este istorie. Este prezentul, a mai zis el.

Unul dintre polițiști s-a ivit în pragul ușii, gâfâind. Și-a îndreptat kalașnikovul către ei. Omar Yussef a scos un hohot de râs răgușit. Apoi s-a îndreptat spre ușă.

— Declină-ți identitatea, a spus polițistul.

Era tânăr și slab, iar mustața lui subțire avea un tic nervos.

Omar Yussef l-a privit plin de ură.

— Sunt emirul Saladin, iată cine sunt. Dă-te din calea mea, mă duc să iau micul dejun. Înăuntru este un băiat care a murit pentru că voi erați prea ocupați cu micul dejun ca să vă faceți treaba.

Polițistul s-a dat un pas înapoi și a coborât țeava puștii pe lângă genunchi. Un alt polițist urca treptele, respirând anevoie. S-a uitat nedumerit la Omar Yussef și s-a lipit de balustradă ca să îi facă loc.

Capitolul 21

Omar Yussef era la a doua porție de ouă jumări când Khamis Zeydan și-a făcut loc printre scaune și mese, fără să își dezlipească privirile crunte din podea, pentru a evita orice discuție cu delegații Consiliului Revoluționar, aflați la celelalte mese. Deși politicienii și aghiotanții lor ocupau aproape toate scaunele, sala era copleșită de vestea morții lui Husseini. Toți se jucau nervos cu șervetele, într-o expectativă sumbră, fixându-și cafelele cu priviri hăituite.

În timp ce șeful poliției din Betleem se apropia de masă, Omar Yussef și-a golit ceașca, apoi și-a șters buzele cu șervetul.

— Să îți fie de bine, i-a spus Khamis Zeydan.

— Mi-a revenit pofta de mâncare, este adevărat, dar nu pot face nicio asociere în Gaza, nici măcar între mâncare și starea de bine, a răspuns Omar Yussef, după care și-a dres glasul și a privit în farfuria goală din fața lui. Îmi pare rău pentru răbufnirea de mai devreme. Când am văzut cadavrele lui Husseini, al gardianului și al băiatului care ne-a adus cafeaua, ce să zic, a fost prea mult pentru mine.

Khamis Zeydan a dat din mână, preferând să ignore esența acuzațiilor pe care i le adusese Omar Yussef.

— Ba nu, aveai dreptate. Ar trebui să fumez mai puțin.

S-a așezat lângă Omar Yussef, dar a rămas pe marginea scaunului, într-o stare de agitație. A despăturit o foaie de hârtie pe care a scos-o din buzunarul interior al jachetei.

— Aceasta este foaia tipărită de Brigăzile Saladin cu ocazia morții lui Husseini, a șoptit el.

Omar Yussef a ridicat din sprâncene, dar a continuat să-și ungă o felie de pâine cu unt.

— Ce repede scriu, nu-i așa?

— Spun că Husseini a fost ucis de Brigăzi, pentru că era colaborator și l-a ucis pe „luptătorul și fratele nostru Bassam Odwan după ce l-a supus mai întâi la tipice torturi neîndurătoare". Se referă la Manichiura Husseini, nu crezi? Cum de au știut?

— Am vorbit cu Sami, a spus Omar Yussef. Mi-a spus că au spioni în închisoare.

— Foaia aceasta îl acuză pe Husseini că a făcut tot posibilul pentru a slăbi mișcarea de rezistență și de aceea i-a arestat pe luptătorii cei mai însemnați.

Khamis Zeydan a pus hârtia pe masă.

Omar Yussef a privit-o, înghițind un sendviș triunghiular din trei îmbucături. În timp ce mesteca, a cojit un ou fiert cu degetele, l-a tăiat în două, a presărat sare peste el și a mâncat o jumătate. După o zi și o noapte de post negru, era hămesit.

— Parcă ai fi un condamnat la moarte care își mănâncă ultima porție, a spus Khamis Zeydan, așteptând ca Omar Yussef să ridice ochii spre el. În douăzeci de minute se întrunește Consiliul Revoluționar în ședință de urgență. Se iau în discuție asasinarea lui Husseini și modul în care ar trebui să reacționeze forțele de securitate.

Khamis Zeydan s-a uitat în jur. La celelalte mese, delegații se ridicau în picioare, scuturându-și costumele elegante de firimituri și murmurând ordine către aghiotanți.

— Ce ai de gând?

Omar Yussef a înghițit.

— Ce face un condamnat după ce își termină ultima masă? a întrebat el, după care a mâncat a doua jumătate de ou.

— Nu fi ridicol, a spus Khamis Zeydan. Uită remarca aceea. Era o glumă. Britanicii îi spun *umor la piciorul spânzurătorii.*

— Din fericire, în Gaza nu au loc spânzurări publice. Mă aștept să fiu decapitat când mi-o veni vremea.

Omar Yussef a bătut cu degetul arătător în cele două iatagane încrucișate de pe emblema Brigăzilor Saladin. S-a uitat cu atenție sporită la foaia volantă.

— Ideea mea este că, după întrunirea Consiliului Revoluționar, vom acționa într-un fel sau altul împotriva Brigăzilor Saladin, a spus Khamis Zeydan. O acțiune militară. Se va trece la arestări. Poate Brigăzile vor riposta. Lucrurile ar putea lua o turnură neplăcută pe străzi. Nu putem lăsa să se creadă că scapă așa de ușor după ce l-au asasinat pe unul dintre ai noștri, chiar dacă până și noi îl consideram pe Husseini un ticălos nemernic. Ai grijă să nu ajungi în bătaia puștii, OK?

Omar Yussef a scos capacul unui borcănel de miere și a turnat peste un croasant.

— Dacă m-ar preocupa atât de mult să îmi apăr pielea, nu m-aș mai afla în Gaza.

Khamis Zeydan a oftat, simțind că își pierde răbdarea.

— Situația este foarte, foarte periculoasă. Trebuie să ai grijă.

— Tu mi-ai spus că îți place cloaca asta, cu intrigile, cu trădările și cu violența ei, a spus Omar Yussef. Să fie oare asemenea plăceri rezervate membrilor clubului tău select? Vreau și eu să mă distrez.

— Nu fi ridicol. Știi bine că nu ne place situația asta. Aproape că ai avut o criză de nervi ieri, când nu reușeai să pricepi legăturile dintre diferitele forțe de securitate și toate grupările de militanți de aici.

— Am urmat sfatul pe care mi l-ai dat atunci: nu mai încerc să le urmăresc apartenența la diversele organizații, ci numai interesele, a spus el, mușcând din croasant. Doar tu mi-ai spus că vor să mă mănânce de viu.

— Era doar o metaforă, a replicat Khamis Zeydan, aplecându-se spre el. Nu le pasă dacă ești viu sau mort.

Omar Yussef a zâmbit, fluturând croasantul în aer.

— Cât va dura întâlnirea Consiliului Revoluționar?

— Vor spune cu toții cât de mult i-a contrariat ce s-a întâmplat și se vor preface că Husseini nu era un ticălos. Aș zice că partea aceasta va dura vreo două ore. La asta se adaugă câteva minute pentru ca cineva, probabil al-Fara, să remarce că asemenea lucruri nu pot fi tolerate în Gaza și să ordone arestarea celor responsabili. Două ore și un sfert.

Omar Yussef a încuviințat cu o mișcare a capului și a mușcat din croasant. Mierea i s-a prelins pe mustață. A supt-o cu buza de jos.

— Trebuie să plec, a spus Khamis Zeydan. Ce ar fi să faci o plimbare pe plajă și să eviți orice pericol?

Omar Yussef a privit pe fereastra sălii de mese furtuna care spulbera nisipul pe faleza îngustă.

— Este o zi potrivită pentru o plimbare, într-adevăr, a spus el.

Khamis Zeydan a oftat, a lovit exasperat în masă cu proteza înmănușată și s-a îndreptat către ieșire.

Pe plajă, un băiat cu capul și fața acoperite de un *keffiyeh* roșu cu alb întindea o plasă. Vântul fierbinte îi flutura tricoul zdrențuit. Prima dată când stătuse în această încăpere, Omar Yussef văzuse trei băieți care se luptau pe plajă. Acum se întreba dacă acela era unul dintre ei și unde se aflau ceilalți. Spera că nu li se întâmplase nimic și că se ascundeau doar de furtună.

Nu putea continua investigația asupra Brigăzilor Saladin și a sorții proiectilului furat al lui Odwan înainte de a primi vești de la Sami. Dacă Sami reușea să îi aranjeze o întâlnire cu cei din Brigăzile Saladin, atunci va avea nevoie de ceva cu care să negocieze eliberarea lui Wallender. Brigăzile intenționaseră să facă schimb de prizonieri: Odwan în schimbul lui Wallender; acum, că Odwan era mort, vor cere altceva, dacă Wallender se afla încă în viață. Sami avea dreptate: nu le putea oferi proiectilul. Chiar dacă l-ar fi găsit, știa că ar fi fost obligat să îl distrugă, sau să i-l dea unui om de onoare, care să-l dezamorseze și să nu-l vândă înapoi grupărilor de militanți. Nu ar fi fost în stare să le dea pe mâini o nouă jucărie pentru jocurile lor criminale.

Ajuns într-un punct mort cu Odwan, Omar Yussef a revenit la situația lui Eyad Masharawi. Masharawi era deținut într-o închisoare a Serviciului de Prevenire și Protecție. Se îndoia că ar exista vreo conexiune între cazul profesorului și răpirea lui Wallender sau moartea lui Odwan. Dar presupunea că, dacă ar fi investigat cazul lui Masharawi și ar fi descoperit vreo mizerie referitoare la Serviciul de Prevenire și Protecție, cel puțin ar fi putut trezi interesul Brigăzilor Saladin, mai ales în acest moment, când

Consiliul Revoluționar – dominat acum de al-Fara – era pe cale să asmută forțele de securitate asupra lor drept răzbunare pentru asasinarea lui Husseini. În schimbul eliberării lui Wallender, le-ar fi putut oferi rebelilor informații pe care să le folosească împotriva șefului Serviciului de Prevenire și Protecție.

Și-a amintit de eforturile depuse împreună cu Magnus pentru a-l elibera pe Masharawi. Înainte de răpirea suedezului, luase cina cu profesorul Maki și discutase cu el cazul Masharawi. Ar trebui să investigheze motivele pentru care Maki a solicitat ajutorul forțelor de securitate pentru a se ocupa de un profesor turbulent. Și-a adus aminte de diplomele eliberate de al-Azhar, atârnate în spatele biroului la care ședea colonelul al-Fara și pe peretele casei Salah, din Rafah. Bănuise atunci că diploma lui al-Fara este falsă. Poate că și cele ale fraților Salah erau false.

Și-a îndesat un alt croasant în gură și l-a mestecat, căzut pe gânduri. A împăturit foaia cu declarația Brigăzilor Saladin și a pus-o în buzunarul de la cămașă, alături de cealaltă. Profesorul Maki urma să se afle la întâlnirea Consiliului Revoluționar în dimineața aceea. Omar Yussef a hotărât să se ducă la biroul profesorului și să îi ceară secretarei să îi arate dosarele fraților Salah. Dacă ar fi găsit dovada că și-au cumpărat diplomele, ar fi obținut o informație pe care să le-o ofere Brigăzilor Saladin: o mână de noroi cu care să arunce în locotenentul mort ridicat la rangul de erou, în numele căruia fusese ucis omul lor, Odwan.

Ajuns la recepție, a rugat-o pe Meisoun să îi cheme un taxi.

— Încotro, *ustaz*? a întrebat ea, în timp ce forma numărul companiei de taxi.

— Prefer să nu răspund.

Fata s-a aplecat spre el, zâmbind.

— Ai o altă iubită? Tata își așteaptă cămila. Sper că nu o să îl dezamăgești.

El a tușit.

— Merg chiar acum să fur cămila, așa cum ți-am promis.

— Aștept să te întorci. Dar nu te lăsa prins, că te aruncă într-o închisoare specială pentru hoții de cămile. În Gaza avem închisori pentru toată lumea. Chiar și pentru amanții nefericiți.

Omar Yussef și-a mângâiat mustața, stângaci. Era încă lipicioasă din pricina mierii.

I-a plătit taximetristului când a ajuns la poarta universității, apoi a trecut prin dreptul afișelor cu chipurile teroriștilor sinucigași și a intrat în clădirea principală.

Umm Rateb s-a ridicat cu o exclamație de plăcere când Omar Yussef a ajuns în dreptul ușii deschise care dădea în suita de birouri ale lui Maki.

— O dimineață plină de bucurie, *ustaz* Abu Ramiz, a strigat ea.

— O dimineață luminoasă, dragă Umm Rateb, i-a urat Omar Yussef, încercând să își desprindă privirea de la zâmbetul de pe buzele ei mari, senzuale.

— Ia loc și bea o cafea.

— Alah să te binecuvânteze, dar tocmai am terminat un mic dejun copios.

— Să îți fie de bine, *ustaz*, să fii sănătos.

— Mulțumesc, mulțumesc.

Omar Yussef a aruncat o privire către biroul personal al lui Maki.

— Profesorul Maki nu este aici, a spus ea, făcând un gest către jaluzelele care acopereau fereastra dintre biroul ei și sanctuarul particular al lui Maki. Este la întrunirea Consiliului Revoluționar. Au organizat o ședință extraordinară pentru a discuta despre asasinarea generalului Husseini.

— Știu, a spus el. Am venit pentru altceva.

Umm Rateb nu a avut nicio reacție. În cele din urmă i-a zâmbit.

— Ce pui la cale, Abu Ramiz?

I-a fluturat un deget amenințător prin față.

— Trebuie să văd dosarele unor studenți.

— Regulamentul spune că sunt private.

Degetul continua să îl amenințe.

— Totul este în regulă. Când am venit aici zilele trecute, eu și colegii mei de la ONU am discutat cu profesorul Maki anumite chestiuni. De fapt, chiar el a spus să o rugăm pe Umm Rateb să ne aducă dosarul oricărui student ca să le putem vedea certificatele și tot restul.

— Ar trebui să vorbesc cu el mai întâi.

— El este la întrunirea Consiliului, după cum ai spus chiar dumneata.

Femeii i-a pierit zâmbetul de pe chip. A privit către biroul gol, în spatele căruia stătuse cealaltă secretară în timpul precedentei vizite a lui Omar Yussef.

— Ai noroc, colega mea Amina nu este aici în dimineața aceasta. Ea ține cu dinții de respectarea regulamentului.

S-a dus la ușa care dădea spre hol și a închis-o.

— Are vreo legătură cu soțul Salwei, *ustaz*? Cu profesorul Eyad Masharawi?

Omar Yussef a încuviințat.

— Ce dosar vrei să îl vezi?

— Ale lui Fathi Salah și Yasser Salah.

Umm Rateb a dat din cap, preocupată. S-a îndreptat către fișetele înalte, vopsite în gri și aliniate de-a lungul peretelui și l-a deschis pe unul dintre ele. A scos cu forța un dosar din înghesuiala din sertar și i l-a întins lui Omar Yussef.

— Citește-l la biroul profesorului Maki, în caz că intră cineva. Acolo nu te vede nimeni, din cauza jaluzelelor.

A așezat dosarul pe biroul lui Maki. Conținea foaia matricolă a locotenentului Fathi Salah. Omar

Yussef a observat cu plăcere că avusese medii foarte bune în liceu, iar la istorie avea nota maximă. Mai era și un certificat al cursurilor universitare urmate de Fathi la al-Azhar: medii de la șapte la zece. A băgat mâna în buzunarul de la piept și a scos foile tipărite de Brigăzile Saladin. A pus-o pe cea mai recentă la loc și a despăturit-o pe prima. A întins-o pe birou și a copiat certificatul lui Fathi Salah sub locul unde notase numărul de telefon al lui Sami. A frunzărit dosarul până ce a dat de o foaie scoasă la imprimantă, de la departamentul economic. Era o listă de plăți, cu zeci de înregistrări ale unor sume mici, ultima efectuată cu puțin timp înainte de absolvire. Părea a fi dovada strădaniilor unui om sărac de a satisface chiar și cerințele financiare relativ reduse ale unei universități locale. Omar Yussef a închis dosarul lui Fathi, s-a dus la ușa biroului și i l-a dat înapoi lui Umm Rateb. Femeia i-a dat un altul în schimb.

Era dosarul lui Yasser Salah. Pe certificatul de absolvire a liceului avea numai note de opt. Foaia matricolă de absolvent de facultate – opt de la un capăt la altul. Venea apoi licența în drept. *Hai, surprinde-mă*, și-a zis Omar Yussef. „Numai note de opt", a spus el cu voce tare. Lipsea sumarul plăților efectuate de Yasser către departamentul economic. A notat pe spatele tipăriturii distribuite de Brigăzile Saladin: *Yasser Salah – numai note de opt. Nicio plată.* A întors foaia și a recitit cererea Brigăzilor de a i se reda libertatea lui Odwan în schimbul eliberării lui Wallender. Oare o fi vreo legătură între mediile transcrise pe spatele paginii și mesajul tipărit pe partea aceasta? Și-a lăsat notițele pe birou și s-a dus la Umm Rateb, care aștepta lângă dulapurile metalice. I-a înapoiat dosarul și ea a închis sertarul.

Au răsuflat ușurați. Omar Yussef și-a pipăit buzunarul de la piept, apoi și-a amintit că lăsase foaia pe birou. A făcut un pas către cealaltă încăpere, pentru a o recupera, dar chiar în acel moment s-a deschis ușa.

— Abu Ramiz, ce surpriză încântătoare! a exclamat Adnan Maki.

Intrând, decanul și-a mușcat buza de jos și a căscat ochii, cu un aer aluziv.

— Umm Rateb, nu cumva cisiordanianul acesta fermecător și cosmopolit te-a ispitit să uiți de principiile tale morale?

Omar Yussef și Umm Rateb s-au îndepărtat unul de celălalt, ca și cum ar fi fost surprinși într-o îmbrățișare adulteră.

— A, nu vă faceți griji, a continuat el. Sunt convins că voi doi puneți la cale o năzdrăvănie. Iar eu o aprob din toată inima.

A râs și l-a prins pe Omar Yussef de mână. I-a mângâiat dosul palmei cu degetul mare, privindu-l pofticios și atingându-și buza de sus cu vârful limbii. Atingerea îi era atât de ușoară, încât Omar Yussef avea senzația că este mângâiat de o împletitură din oase de pește.

Maki și-a lăsat servieta din piele pe canapeaua neagră pentru a-l putea îmbrățișa pe Omar Yussef. I-a depus cinci săruturi pe obraji și a atins cu mâna vânătaia de la tâmplă.

— Parcă ai veni de la război, cum se zice în Anglia.

Umor la piciorul spânzurătorii, și-a amintit Omar Yussef.

— Nu știu de ce, dar astăzi toată lumea mi-i pomenește pe britanici.

A tușit și s-a înecat.

— Umm Rateb, adu apă pentru prietenul nostru și după aceea fă-ne niște cafea, a spus Maki. Hai la mine în birou, Abu Ramiz.

Omar Yussef a continuat să tușească. A clătinat din cap și s-a așezat pe canapeaua neagră din biroul exterior, ținându-l pe Maki de mână și forțându-l să stea lângă el. I-a aruncat o privire lui Umm Rateb și a făcut un semn cu ochiul înlăcrimat către biroul lui Maki, sperând că va recupera ea foaia, dar, din pricina agitației, femeia s-a dovedit oarbă la semnele lui.

— Abu Ramiz, rămâi unde te afli, a spus ea. Îți aduc un pahar cu apă. Abu Nabil, ce a decis Consiliul Revoluționar?

Încearcă să îl facă să se gândească la altceva, ca să nu se întrebe ce caut aici, și-a zis Omar Yussef în gând. Umm Rateb a adus paharul cu apă. *Habar nu are de bucata de hârtie rămasă pe biroul lui Maki.*

— Întâlnirea a decurs așa cum mă așteptam, Umm Rateb, a spus Maki, care și-a deschis brațele larg și, în timp ce Omar Yussef sorbea apa, l-a plesnit pe spate, provocându-i o nouă criză de tuse. Iartă-mă, Abu Ramiz, dar mă simt foarte bine în dimineața aceasta.

Nu vremea asta împuțită te-a umplut de vioiciune. Probabil este datorită vreunei asasinări reușite, și-a zis Omar Yussef în gând.

— La întrunirea Consiliului, am vorbit pe larg despre reacția în forță care trebuie organizată, a spus Maki. Colonelul al-Fara este de aceeași părere cu mine și a promis că va colabora cu celelalte forțe de securitate pentru a-i prinde pe ucigașii generalului Husseini. Totul a mers foarte repede, întrucât participanții au aderat la declarația mea în unanimitate. A fost un moment cu care mă pot mândri.

Omar Yussef a tușit pentru ultima oară.

— Să mergem în birou, pentru a putea discuta în liniște, a spus el, gândindu-se că va reuși să ascundă notițele înainte de a le vedea Maki.

Maki și-a ridicat servieta și l-a condus pe Omar Yussef de mână în biroul său. Foaia volantă, boțită și cu marginile îndoite, zăcea deasupra sugativei. Maki și-a trântit servieta pe birou. Fără să își dea seama, acoperise foaia. Omar Yussef a căscat ochii. S-a aplecat în față. Un colț al hârtiei ieșea de sub servietă. Dacă Maki ar fi părăsit încăperea fie și numai o clipă, ar fi putut să o recupereze.

Umm Rateb a intrat, aducând două cafele pe o tavă.

— Acum, că v-ați întors mai devreme, l-a întrebat ea pe Maki, putem relua întâlnirile pe care le-am amânat?

Încearcă să mă salveze, să mă ajute să scap de aici, și-a zis Omar Yussef. *O să mă forțeze să plec înainte de a putea lua hârtia de sub servietă.* A încercat să îi surprindă privirile.

— Desigur, ne întoarcem la treabă, a spus Maki cu un zâmbet larg pe chip. Muncim până la loc comanda.

— Mă duc să anunț persoana cu care aveți următoarea întâlnire.

Umm Rateb i-a făcut cu ochiul lui Omar Yussef, apoi s-a aplecat pentru a pune jos tava.

Omar Yussef a adulmecat mirosul săpunului ei. Femeia a pus cafelele pe marginea biroului. Maki și-a tras servieta ca să facă loc tăvii și, întinzându-se după o ceașcă, a lăsat servieta pe podea, lângă el, fără să îi mai acorde atenție. Hârtia a dispărut de pe masă o dată cu servieta. *Pe care parte o fi aterizat?* s-a întrebat Omar Yussef. *Poate a aterizat direct într-un coș de hârtii și am scăpat.* În orice caz, acum nu o mai putea recupera.

Umm Rateb a ieșit pentru a verifica cu cine avea Maki următoarea întâlnire.

— Să dea Alah să nu îți lipsească niciodată cafeaua, a murmurat Omar Yussef.

— Alah să te binecuvânteze, a spus Maki, răspunzând la formula de mulțumire pentru ospitalitate. Am auzit despre problema prietenului dumitale din Suedia. S-a discutat în treacăt în cadrul Consiliului Revoluționar.

— În treacăt?

— Au fost atât de multe probleme presante. Aseară, colonelul al-Fara a insistat ca generalul Husseini, răposatul, să îl elibereze pe Odwan, pentru ca Brigăzile Saladin să îi dea drumul prietenului dumitale.

— Ei bine, Odwan este mort, la fel și generalul Husseini. De ce nu eliberează colonelul al-Fara însuși pe altcineva?

— Ne-am întors la subiectul acelui mincinos, nesuferitul profesor Masharawi?

Maki a lăsat colțurile gurii în jos, în același timp mijindu-și ochii negri și umezi, ca și cum ar fi înghițit din greșeală zațul gros de pe fundul ceșcuței de cafea.

— În definitiv, de asta mă aflu aici.

— Chiar așa? a întrebat Maki, cu glasul stins.

A pus ceașca jos. În biroul exterior a răsunat o voce necunoscută.

— A sosit cel cu care am întâlnire, Abu Ramiz. Va trebui să continuăm discuția altă dată. Am multe de făcut înainte de funeraliile răposatului general Husseini, a spus el, ridicându-se în picioare. Respect un orar foarte riguros aici. Este împotriva tipicului palestinian, dar este unul dintre obiceiurile cu care m-am ales în timpul călătoriilor mele.

Apoi a adăugat în șoaptă, chicotind:

— În lumea civilizată.

Un bărbat cu barbă a apărut în cadrul ușii cu un teanc de hârtii în mână, încercând să își lipească pe buze un rânjet de lingău, la auzul râsului lui Maki. Acesta s-a întors pentru a-l întâmpina. La ieșirea din birou, Omar Yussef a închis ușa în spatele său.

S-a aplecat peste biroul lui Umm Rateb.

— Când pleacă profesorul Maki din încăpere, vezi dacă găsești o hârtie pe care este imprimată o declarație a Brigăzilor Saladin. Ar trebui să fie pe podea, sub birou. Ca un prost, am scris câteva informații pe ea și apoi am lăsat-o acolo.

— Am să încerc să o găsesc, Abu Ramiz, a spus ea, privind îngrijorată spre ușa lui Maki.

Jaluzelele care acopereau fereastra biroului lui Maki s-au ridicat deodată, dintr-o singură mișcare rapidă. Cu mâna pe cordonul jaluzelei, Maki zâmbea făcându-i semne de rămas bun lui Omar Yussef.

— Cum se mai simte Salwa? a întrebat Omar Yussef, după ce l-a salutat politicos cu capul pe Maki.

— Mulțumim lui Alah, a răspuns Umm Rateb.

— Așa, care va să zică?

— Este acasă. Sunt sigură că i-ar face plăcere să îi ții companie.

Umm Rateb a făcut un semn din cap către dosarele din spatele ei.

— Dacă ai aflat vreo veste pentru ea.

Omar Yussef a zâmbit, s-a îndreptat către ușă și s-a îndepărtat de-a lungul coridorului. A ieșit în mijlocul furtunii și a chemat un taxi.

Capitolul 22

Pășind printre măslinii din fața casei Salwei Masharawi, Omar Yussef a simțit mirosul familiar al pâinii calde plutind în aer. Salwa stătea pe un scăunel scund, în fața cuptorului din pământ de la marginea grădinii. Când l-a văzut, a dat să se ridice, dar el i-a făcut semn să își continue treaba.

Salwa s-a înclinat de mijloc, întinzând coca peste suprafața rotundă a unei tigăi întoarse cu fundul în sus. A scormonit în cărbunii de sub metalul înnegrit, iar coca subțire a început să sfârâie. A desprins-o de pe tigaie și apoi a întors-o. Partea care se vedea acum era gălbuie, ca untul, presărată cu bășici crocante de cărbune amar și pete maronii acolo unde arseseră bulele de aer rămas în coca.

Omar Yussef și-a odihnit piciorul pe zidul scund de cărămidă din jurul bucătăriei în aer liber.

— Minunată vreme pentru un grătar, a spus el, referindu-se la aerul încărcat de praf din jurul lor. Ce ar fi să chemăm întreaga familie aici, la aer curat?

Când Omar Yussef a pomenit de familia ei, obrazul Salwei a avut un spasm de durere, iar el a regretat gluma. Și-a dres glasul.

— Fiica mea, am venit să îți spun că am aflat ceva ce îl va ajuta pe soțul tău.

Femeia s-a îndreptat de spate și l-a privit atentă pe Omar Yussef.

— Am fost în biroul profesorului Maki. Am examinat certificatele a doi frați din Rafah. Am descoperit că foaia matricolă a celui care este ofițer în Serviciul de Prevenire și Protecție a fost în mod vădit falsificată. Chiar și fișa financiară miroase a fals, a spus el aplecându-se spre ea.

— Și cum îl ajută toate astea pe Eyad?

— Acum ONU are dovada care sprijină acuzațiile aduse de Eyad împotriva forțelor de securitate și putem susține că a fost arestat pentru că a descoperit o adevărată conspirație.

Salwa a încuviințat printr-o ușoară mișcare a capului. Omar Yussef crezuse că se va bucura mai mult de descoperirea lui. Mirosul de cărbune deveni deodată mai puternic. Salwa a tresărit și a tras pâinea arsă de pe tigaia întoarsă. S-a ridicat în picioare cu mâinile la mijloc și s-a întins.

— Îmi cer iertare pentru primirea pe care ți-am făcut-o, Abu Ramiz. Îmi este greu să văd partea bună a lucrurilor acum, a spus ea.

— Este de înțeles, fiica mea.

Femeia s-a aplecat pentru a ridica mormanul de turte din pâine pe care le făcuse deja.

— Ba nu este. Nu îl ajut deloc pe Eyad dacă sunt deprimată. De aceea m-am apucat să fac pâine astăzi. Simțeam nevoia să îmi dovedesc mie însemi că viața nu stă pe loc, în ciuda a ceea ce s-a întâmplat.

Omar Yussef a urmat-o în casă.

— A fost o decizie foarte înțeleaptă.

— Până când am ars pâinea.

Ajunși în bucătărie, a așezat pâinea lângă chiuvetă și a pus de cafea.

— Drăguț din partea dumitale să îmi aduci aceste vești, Abu Ramiz. Știu că ești ocupat. Te spetești pentru eliberarea soțului meu și a prietenului dumitale, străinul.

Omar Yussef s-a sprijinit de frigider. Salwa nu îl trimisese în salon, ci îi permisese să o urmeze într-un loc de obicei interzis musafirilor bărbați. I se părea odihnitor să se afle împreună cu o femeie în bucătăria ei și se minuna că poate găsi asemenea alinare chiar și într-o casă ca aceasta, răscolită de temeri. Își dorea să fie împreună cu Maryam și să îi poată masa umerii, așa cum îi plăcea ei.

Salwa a turnat cafea și zahăr în ibric și l-a pus pe plită. Umerii i-au tresăltat, dar Omar Yussef și-a dat seama că plânge numai când i-a auzit hohotele. A scos batista din buzunarul pantalonilor și i-a atins mâna cu ea. Femeia și-a șters fața și și-a suflat nasul.

— Uneori cred că singurii palestinieni care nu plâng sunt morții, a zis Salwa.

— Nu prea cred că al-Fara varsă multe lacrimi, a replicat Omar Yussef.

— Ce bine ar fi să fie mort.

Salwa s-a uitat spre Omar Yussef și chipul a părut să îi amorțească, de parcă s-ar fi îngrozit de propriile vorbe.

— În această chestiune, ca în toate celelalte, ai întreaga mea susținere.

Omar Yussef a continuat să îi zâmbească până ce l-a recompensat cu un chicotit discret din spatele batistei.

— Ești foarte bun că îl ajuți pe soțul meu în acest fel, Abu Ramiz, a spus ea.

— Sunt convins că și el ar face același lucru pentru mine. Odată, cu mult timp în urmă, am avut neșansa să fiu închis pe nedrept în Betleem. Nu aș lăsa un om nevinovat să sufere într-un asemenea loc.

Salwa a ridicat din sprâncene. Omar Yussef știa că urma să îl întrebe de ce fusese închis. Ultima dată când rostise cuvântul crimă, silabele i-au fost fatale lui Cree. Nu le va pronunța în fața Salwei.

— A fost vorba de o neînțelegere politică. A trecut totul, a spus el. Tot ce mă interesează acum este situația soțului tău.

Salwa l-a privit în ochi câteva clipe, apoi a zâmbit.

— Ce nepoliticoasă sunt! Te rog să te faci comod în salon până când e gata cafeaua, Abu Ramiz.

Omar Yussef s-a așezat în fotoliul din care îl privise pe Magnus la televizor cu o seară în urmă. S-a gândit la întâlnirea sa cu profesorul Maki și respirația i s-a accelerat. Și-a frecat fruntea, întrebându-se dacă Umm Rateb reușise să îi recupereze notițele înainte să le găsească profesorul Maki.

Undeva, în apropiere, s-a auzit o melodie. Era versiunea metalică, electronică a unei cantate de Bach, acompaniată de un bâzâit grav. La început, Omar Yussef nu și-a dat seama ce este, dar apoi a simțit că îi vibrează ceva în buzunarul pantalonilor și a înțeles că este telefonul celular al lui Sami. A plescăit enervat și s-a încruntat, privind la tastele aparatului. A conchis că apăsând butonul verde va accepta apelul. L-a apăsat, a dus telefonul la câțiva centimetri de ureche și a vorbit.

— Cine este?

— Vreau să vorbesc cu Abu Ramiz.

Vocea era aspră și puternică.

— La telefon.

— Abu Ramiz, de la ONU?

Omar Yussef a dat din cap. Nu îi plăceau telefoanele celulare, dar vocea de la celălalt capăt i-a sporit angoasa.

— Cine e la telefon?

— Cineva vrea să te salute.

La aparat s-a auzit o altă voce, hârâită și groasă. Era Magnus Wallender.

— Abu Ramiz, ce faci?

Omar Yussef și-a încleștat mâna pe telefon și l-a lipit de ureche.

— Mulțumesc lui Alah, Magnus. Ești în viață.

— Dacă zici tu.

— Unde ești?

— Nu știu, Abu Ramiz.

Magnus s-a întrerupt și a vorbit cu cineva. Vocea aspră de mai înainte i-a replicat ordonându-i „să citească".

— Abu Ramiz, voi citi acum: *„Brigăzile Saladin s-au răzbunat pe trădătorul și colaboratorul Husseini, ucigașul fratelui Bassam Odwan. Dar Brigăzile amenință că se va întâmpla ceva rău..."* – Wallender a gemut și a inspirat adânc – *„Se va întâmpla ceva rău străinului Wallender dacă nu pleacă imediat din Gaza întreg personalul ONU."*

— Dar au plecat deja, a spus Omar Yussef, amintindu-și de convorbirea sa cu americanca de la ONU.

— De ce au plecat, Abu Ramiz? a întrebat Magnus, părând în același timp curios și părăsit.

— Cuiva de la Ierusalim i s-a părut că este prea periculos să rămână.

S-a gândit la corpul carbonizat al lui James Cree.

— Din cauza răpirii tale.

— Așadar, nu mai este nimeni în afară de tine?

— Mai sunt angajații locali. Dar s-au ascuns și nu mai ies la lumină.

Magnus i-a transmis cele aflate celuilalt bărbat. S-a auzit un zăngănit, după care vocea aspră a lătrat din nou în telefon.

— Și tu trebuie să părăsești Gaza imediat, dacă vrei ca prietenul tău să trăiască.

— Am nevoie de un permis special din partea israelienilor ca să pot trece de punctul de control atât de repede.

Vocea a avut o ezitare, dar a revenit batjocoritoare.

— Aiurea. Doar lucrezi pentru ONU. Fă rost de permis și cară-te de aici.

— Lasă-mă să îi mai spun ceva lui Magnus.

Apelul s-a întrerupt.

Omar Yussef a înjurat. Salwa a intrat aducând cafelele. L-a privit pieziș, cu chipul împietrit, așteptând o explicație. Telefonul a sunat încă o dată. Omar Yussef și-a înfipt degetul arătător în butonul verde.

— Magnus?

— Ce?

Vocea lui Khamis Zeydan era învăluită în murmurul conversației purtate în jur.

— Tocmai m-au sunat răpitorii. Am vorbit cu Magnus.

— Deci este în viață.

Omar Yussef și-a ațintit privirile în întunecimea groasă a cafelei.

— Cum au făcut rost de numărul lui Sami? De unde știau că telefonul este la mine?

L-a auzit pe Khamis Zeydan mârâind nerăbdător.

— Nu am telefonul acesta decât de aseară, a continuat Omar Yussef. L-au sunat pe Sami pe celălalt număr mai întâi?

— Suspectezi pe cine nu e cazul, prietene, a spus Khamis Zeydan.

— Numai pentru că cineva îți spune prietene, asta nu înseamnă că îți este prieten cu adevărat.

A urmat un alt mârâit.

— Nu uita ce a spus ginerele Profetului: *Cel care are o mie de prieteni nu se poate lipsi de niciunul*, i-a replicat Khamis Zeydan. Ai nevoie de Sami.

— Uiți de cea de-a doua parte a cugetării lui Ali: *Iar cel care are un dușman îl va întâlni peste tot.*

Omar Yussef a auzit un clinchet metalic și zgomotul aerului inhalat când Khamis Zeydan și-a aprins o țigară. Șeful poliției din Betleem a suflat fumul.

— Sunt în drum spre hotel. Trebuie să stăm de vorbă.

— Sunt acasă la Salwa Masharawi.

— În cazul acesta, trec să te iau.

Omar Yussef a privit-o pe Salwa în ochi. Erau încă roșii, dar lacrimile i se uscaseră. A clătinat din cap înspre telefon.

— Încă nu. Mai stau puțin.

— Ba nu, vii cu mine, a replicat Khamis pe un ton răspicat. Te duc la o înmormântare.

Capitolul 23

Sami a îndreptat jeepul spre veranda de mahon din fața clădirii prezidențiale. Angajații Serviciul Militar de Informații formau un cordon menit să țină mulțimea în curtea incintei prezidențiale. Gloata scanda „Alah este mare" și îi împingea pe soldați, dându-le jos de pe cap beretele roșii și îmbrâncindu-i peste mașină cu bufnituri joase și seci care făceau să îi sară inima din piept lui Omar Yussef. În liniștea mașinii luxoase a lui Sami pătrundea păcănitul continuu al focurilor de arme descărcate în aer.

— Cred că sunt mii de oameni aici, a spus Omar Yussef. Credeam că Husseini era urât de popor.

— A fost un nenorocit, a răspuns Khamis Zeydan, privind spre mulțimea de afară pe deasupra țigării sale.

— Atunci de ce sunt atât de supărați oamenii aceștia?

— Știi cum e când moare un lider arab. Nimănui nu i-a plăcut de el, dar cu toate astea a reprezentat ceva pozitiv pentru ei – stabilitate, un salariu, ajutor pentru oamenii din satul lor în lupta împotriva unui alt sat. Asta-i tot.

— Sunt furioși. Situația ar putea să degenereze după înmormântare – pot isca o revoltă.

— Înmormântarea asta *este* o revoltă. Cum să degenereze? Poate doar dacă mai moare cineva.

Sami a oprit în fața verandei. Un ofițer a deschis ușa și i a salutat. Khamis Zeydan s-a îndreptat către intrare. Omar Yussef a privit peste masa de capete aflate în bătaia vântului cald, încărcat de praf. I se părea că mulțimea care strigă și scandează înaintează către el singur, amenințând cu pumnii în aer și cerând răzbunare. Era surprins de hotărârea de ultim moment a președintelui de a rămâne în Ramallah, lipsind astfel de la înmormântare.

Dinspre șoseaua paralelă cu plaja s-a auzit un hodorogit surd, puternic, asemănător vibrațiilor unei bombe la câteva secunde după detonare. L-au auzit din nou, cu un ritm regulat. Apoi i s-a alăturat o fanfară și Omar Yussef și-a dat seama că era o tobă mare, lovită cu o mișcare amplă a umerilor. Fanfara cânta Marșul Slav al lui Ceaikovski, iar toba bătea fiecare a doua măsură. Îl aduceau pe Husseini dinspre locuința lui. Mulțimea s-a bulucit în spatele cordonului militar. Omar Yussef l-a urmat pe Khamis Zeydan în clădirea prezidențială.

În capătul scării văruite, ornate cu câteva ghivece cu plante, Omar Yussef a intrat într-o sală de conferință plină de fum, de murmurele și îmbrățișările bărbaților bine îmbrăcați. Dincolo de masa cea lungă erau atârnate pe zid portretul președintelui și cel al predecesorului său. În dreapta și în stânga tablourilor, steagul palestinian înfipt în catarge, la înălțimea unui om scund. Un ofițer al Serviciului Militar de Informații, îmbrăcat în uniformă simplă și îngrijită, i-a turnat lui Omar Yussef o ceașcă de cafea amară dintr-un recipient de plastic în formă de ibric tradițional, din cupru.

Khamis Zeydan i-a făcut semn să se apropie de fereastră.

I-a vorbit încet, în timp ce trăgea din țigară. Abia își mișca buzele.

— Unde te-ai dus de dimineață?

— Ce vrei să spui?

— Te-am adus aici numai pentru că vreau să fiu cu ochii pe tine. Nu am încredere că știi să te ferești de pericole, a zis el, aruncând priviri în jur. Așa că spune-mi, după ce am plecat la întâlnirea Consiliului Revoluționar și te-am lăsat să îți termini micul dejun, unde te-ai dus?

— De ce nu m-ai întrebat în mașină, pe drum?

— Asta nu este pentru urechile lui Sami. Trebuia să te duci la o plimbare pe malul mării.

— Am uitat să îmi aduc costumul de baie.

Khamis Zeydan a suflat fum de țigară înspre Omar Yussef.

— Ar fi bine să îți faci rost de unul. Se pozează pentru un calendar, ca cele americane, cu supermodele care zburdă în valuri. Acesta se numește Victimele Asasinatelor pe malurile Fâșiei Gaza. Tu ești Miss August.

— Luna mea preferată. În orice caz, nu îmi este teamă să calc pe nervi pe unul sau pe altul. Vreau să îl eliberez pe Magnus, chiar dacă nimeni nu pare să-și mai amintească de el.

— Nu ai auzit vestea cea mare? El este Miss Septembrie.

— Nu o să permit să se întâmple așa ceva.

Omar Yussef s-a îndreptat de umeri și a ridicat capul. Falca îi tremura de furie.

— Iar în dimineața asta încercam să fac tot posibilul pentru a împiedica moartea lui, a continuat el.

— Nu cred, a zis Khamis Zeydan, cu maxilarul tot mai încleștat după fiecare cuvânt. Cred că în dimineața asta făceai o greșeală.

— Știi unde am fost?

— Am o bănuială. Ascultă-mă pe mine, Maki nu te poate ajuta. Nu faci decât să intri și mai adânc în mocirlă dacă îl superi.

— Nu am alte fire de urmat.

— Acesta nu este un fir. Este un drum înfundat, un zid de beton în care te avânți fără minte, pentru simplul motiv că Magnus a fost răpit după cina ta cu Maki.

— Nu la asta mă refeream când am spus că nu am alte fire.

— Ce alte conspirații ai mai descoperit, atunci? l-a întrebat Khamis Zeydan, suflând nervos fumul de țigară, ca și cum ar fi încercat să se acopere pe el și pe Omar Yussef de privirile celorlalți.

— Pe peretele casei unde locuiește familia locotenentului Fathi Salah sunt diplome de la al-Azhar. Ale lui și ale fratelui său, ofițer al Serviciului de Prevenire și Protecție.

Khamis a dat din umeri.

— Așa, și?

— Azi dimineață, am fost la biroul lui Maki și m-am uitat în dosarele lor de la universitate.

— Ce ai făcut? Cum?

Omar Yussef a făcut un semn din mână, nerăbdător.

— Dosarul lui Fathi este curat, un student obișnuit care în mod vădit a muncit din greu ca să-și plătească taxele școlare. Dar al lui Yasser e fals, iar tatăl lui mi-a spus că a fost promovat de curând. Este exact cum a afirmat Eyad Masharawi: ofițerii lui al-Fara cumpără diplome false de la Maki ca să poată obține avansări.

— Acesta este un scandal de importanță minoră.

— Atunci, de ce îl torturează pe Masharawi pentru că l-a dat în vileag?

— Pentru că tortura este o pedeapsă minoră în Gaza.

— Cred că există o legătură între tratamentul aplicat lui Masharawi ca pedeapsă că a vorbit despre diplomele false și proiectilul *Saladin I*, care a fost furat.

Omar Yussef și-a unit degetele, îndreptându-le spre fața lui Khamis Zeydan. Cei doi bărbați aproape se atingeau.

— Și dacă este așa, atunci răpirea lui Magnus și uciderea lui James au și ele legătură cu toate astea.

— Ai spus că diploma locotenentului Fathi nu este falsă. Cu toate astea, el este cel care încerca să vândă proiectilul și tot el a murit, nu fratele său, Yasser. Așadar, ai un tip cu o diplomă reală, care avea un proiectil de vânzare și un altul cu diplomă falsă, care însă nu vindea nimic. Unde vezi tu o legătură? Și ce are a face cu uciderea lui James Cree?

— Dacă aș ști toate astea, nu aș mai sta acum să mă cert cu tine. Încă nu am deslușit totul, dar sunt sigur că există o legătură.

S-a uitat pe geamul fumuriu, la mulțimea adunată dedesubt. Și i-a imaginat pe toți oamenii aceia luând cu asalt scările pentru a-l linșa. S-a întors către prietenul său.

— Ce știi despre website-uri?

— Ce tot îndrugi acolo?

— Dacă cineva îmi face un website, ar putea să intre oricine pe un calculator și să îl vadă?

Khamis Zeydan a pufnit într-un râs scurt, zeflemitor.

— *Să intre* pe un calculator? Frate, da' știu că nu ești deloc în pas cu vremea. Pun pariu că încă îți cureți dinții cu capătul păros al unei rămurele de *miswak*.

Delegații se luptau pentru o poziție mai bună în apropierea ușii. A intrat profesorul Adnan Maki, ținându-l strâns de mâneca costumului bine croit pe al-Fara. Khamis Zeydan a tras un fum adânc din țigară, apoi a strivit mucul cu piciorul, direct pe covor.

— A sosit cioclul, a spus el.

Omar Yussef s-a străduit să vadă prin fumul de țigară. Mulțimea s-a apropiat cu sfială de colonelul al-Fara, ca o droaie de copii timizi care se apropie de un dulău. Al-Fara le răspundea la salut celor pe lângă care trecea cu un zâmbet superior. Purta un costum cenușiu deschis, o cămașă albă ale cărei manșete ieșeau doi centimetri de sub mânecile sacoului, lăsând la vedere butonii de aur și o cravată mohorâtă, de mătase. Părul negru, lins, îi cădea peste frunte, iar mustața lui era umedă și lucioasă. A traversat încăperea gârbovit, împărțind rânjete triste în dreapta și în stânga. A scos un șervețel din buzunar și a scuipat în el. Băiatul cu cafeaua a întins o mână, iar al-Fara i-a dat șervețelul mototolit fără să se uite la el.

Maki l-a observat pe Omar Yussef. Zâmbetul i-a pierit, apoi a ridicat o mână și a fluturat din degete în semn de salut. Omar Yussef a căutat în atitudinea lui vreun indiciu care să îi spună că Maki ar fi găsit pe podeaua biroului foaia Brigăzilor Saladin și notițele de pe spate. Buzele ipocrite ale profesorului s-au țuguiat, schițând un sărut. S-a îndepărtat, împreună cu al-Fara, în partea din spate a sălii de conferințe, spre un balcon larg. Ceilalți i-au urmat.

Marșul Slav se încheiase. Sunetele grave ale fanfarei punctau acum un nou nivel de isterie colectivă, care luase proporții în fața clădirii. Muzicienii au intrat în curtea largă din spatele complexului prezidențial și au traversat în pas de marș cercul galben pictat pe beton, care servea drept loc de aterizare pentru elicoptere. Doi bărbați cărau toba cea mare iar un altul o lovea cu un băț bulbos, pe care îl ținea cu ambele mâini. În spatele lor, un jeep purta coșciugul generalului Husseini, învelit în drapelul palestinian. Militari cu berete roșii erau aplecați în afara jeepului, pentru a proteja coșciugul de mâinile isterice ale celor care reușeau să se întindă peste cordonul de soldați. Oamenii își ridicau brațele spre cer, strigând că se vor sacrifica pentru Husseini, pe care îl numeau martir.

— Idioții ăștia cred că a murit pentru Alah? a șoptit Omar Yussef. Martir?

La auzul acestei observații Khamis Zeydan a ridicat o sprânceană.

— Jihadul este un concept foarte flexibil, a spus el.

Jeepul s-a îndreptat către un spațiu gol din spatele unui cordon dublu de militari, fanfara s-a oprit pe una din laturi, șoferul a înconjurat curtea și s-a oprit într-un colț. Două șiruri de ofițeri ai Serviciului Militar de Informații, aflați pe loc repaus, cu arma la călcâi, flancau aleea până la mormânt. Au luat poziție de drepți.

Din balcon, bărbații de la conducerea partidului au coborât scările până în curte și au traversat cercul galben din mijloc. Un imam aștepta la marginea mormântului, cu mâinile împreunate, îmbrăcat într-o robă maronie, purtând pe cap un turban alb înfășurat în jurul unui fes stacojiu. În timp ce Omar Yussef și Khamis Zeydan înaintau într-o tăcere funestă către groapă, imamul și-a ridicat bărbia din piept și și-a mângâiat barba scurtă și sură. Delegații și-au aruncat țigările când au trecut de cercul galben și au pășit pe nisipul de lângă gard, unde urma să fie înmormântat Husseini. Imamul a început rugăciunea funerară. Militarii din spatele jeepului au ridicat trupul lui Husseini din coșciugul deschis și l-au adus, înfășurat în două cearșafuri albe, până la marginea mormântului. Omar Yussef reflecta asupra ritualului de îngropăciune, spălarea cadavrului fiind omisă în cazul unui martir, pentru că felul în care a murit îl purifică. Un martir este îngropat chiar și cu fața mânjită de sângele scurs din rănile sale, sau cu glod adunat sub unghiile cu care a scurmat pământul, în agonie. Se întreba ce făcuseră bărbații care l-au înfășurat pe Husseini în giulgiu cu excrementele din izmene.

Când l-au lăsat în groapă, i s-a văzut pielea verzuie, în contrast cu cearșaful alb care îi încadra chipul. Pe când era coborât în mormânt, trupul părea mic, dar soldatul din groapă s-a chinuit să poziționeze corpul dolofan astfel încât să se odihnească veșnic cu fața spre Mecca. Rugăciunea imamului i-a îndemnat pe cei prezenți să îl proslăvească pe Alah și să se gândească la răsplata care îl aștepta pe cel mort. Omar Yussef și-a zis că Husseini își primise deja răsplata pentru o viață nemiloasă și violentă – încărcătura unei mitraliere în șira spinării și conținutul intestinelor golit în izmene. O cântărire suplimentară a dreptății eterne nu își avea rostul.

Abia s-au terminat rugăciunile, că liderii Consiliului Revoluționar s-au întors în clădirea prezidențială. În spatele lor, cele două șiruri de ofițeri ai Serviciului Militar de Informații au tras salve de armă deasupra mormântului. Maki a spus o glumă, iar al-Fara și-a smuls un zâmbet obosit. A aruncat o privire către mulțime, și spatele gârbov i s-a încordat deodată. Expresia de pe chipul său s-a preschimbat mai întâi în teamă, apoi în furie.

Gloata reușise să rupă cordonul de lângă clădire. Oamenii au traversat în goană betonul curții cu pumnii ridicați în aer, îndreptându-se spre mormânt. Al-Fara s-a întors către detașamentul militar căutând protecție, dar soldații s-au retras dincolo de mormânt, fără să facă nicio mișcare în direcția mulțimii.

Delegații Consiliului Revoluționar și-au zorit picioarele bătrâne către adăpostul clădirii prezidențiale. Un Audi negru a părăsit parcarea și s-a apropiat zgomotos. Portiera din spate s-a deschis, iar al-Fara a sărit înăuntru. Mulțimea se revărsa către mașină. Un geam s-a lăsat în jos și una dintre gărzile lui al-Fara a ațintit țeava unui pistol în sus. A tras câteva focuri, iar mașina a dispărut în grabă după colțul îndepărtat al clădirii.

Cei din capul gloatei au ajuns în dreptul mormântului, unde s-au oprit, izbind cu pumnii în aer și strigând către Alah. Pentru a ajunge la mormânt, masa de oameni din spatele mulțimii s-a împrăștiat grăbită într-o parte și în cealaltă. Mișcarea lor l-a prins pe Omar Yussef, rămas în spatele demnitarilor care au scăpat intrând în clădirea prezidențială. L-a văzut pe Khamis Zeydan întorcându-se să îi strige ceva, chiar în momentul în care era împresurat de mulțime.

Forța gloatei l-a silit să facă câțiva pași într-o parte, apoi s-a dezechilibrat, neputând să se împotrivească avântului lor nestăpânit. A căzut și s-a sprijinit în genunchiul drept. A pus o mână pe pământ, ca să nu cadă lat. Cineva l-a călcat pe degete. A țipat, dar nu a îndrăznit să își miște mâna. Dacă ar fi alunecat pe jos, puhoiul l-ar fi putut strivi în picioare. Un bărbat s-a poticnit, l-a lovit cu genunchiul în umăr și s-a prăvălit peste el. Bărbatul a căzut pe spate și s-a rostogolit de câteva ori în timp ce gloata îl lovea cu picioarele, izbindu-l de suprafața dură a spațiului de aterizare a elicopterului prezidențial.

Mulțimea zbiera răgușit. Omar îi simțea violența, ca și cum ar fi fost scufundat în apă sau îngropat sub pământ. Țipetele omului călcat în picioare punctau scandările gloatei. Praful dens din aer îi umplea ochii. Pumnul cuiva s-a oprit în ceafa lui, urmat de o lovitură de genunchi în spate.

A simțit cum o mână îl apucă de brațul drept, îl ridică și îl trage. Și-a împins ochelarii la loc pe nas și s-a lăsat condus de mâna care îl sprijinea. A clipit pentru a-și scoate nisipul din ochi și și-a pus un braț în jurul lui Sami Jaffari.

Tânărul l-a tras afară din mulțime, înfigându-se bine în picioare pentru a-i contrabalansa curentul, împingându-i și înghiontindu-i pe cei care le stăteau în cale. Omar Yussef vedea mâini și picioare ca pe niște pete tulburi, dar fețele le observa cu claritate. Nimeni nu se uita la el; ochii tuturor erau măriți într-un mod nefiresc, lipsiți de concentrare și priveau altundeva, înainte, acolo unde își închipuiau că se află mormântul. *Au înnebunit cu toții*, și-a zis Omar Yussef. Nici chiar atunci când Sami îi împingea cu toată puterea, nu păreau să îi observe pe cei doi bărbați din fața lor. Ocoleau obstacolul neatenți, îmbrâncindu-se ca să ajungă mai repede la mormântul lui Husseini.

Omar Yussef a ajuns într-o zonă liberă, dar Sami nu s-a oprit. L-a zorit spre colțul clădirii.

— Unde este Abu Adel? a întrebat Omar Yussef, uitându-se în jur după Khamis Zeydan.

— Înăuntru.

— Trebuie să stau jos. Să intrăm și noi.

Sami a tras de Omar Yussef. Profesorul s-a împiedicat, încercând să țină pasul cu bărbatul mai tânăr.

— Sami, sunt epuizat. Unde mergem?

— Veniți cu mine.

— Trebuie să mă așez.

Sami a mers mai departe, după colț și s-a îndepărtat de intrarea clădirii prezidențiale.

— Nu aici. Nu cu ei.

În parcarea aflată pe o latură a clădirii prezidențiale, Sami l-a forțat pe Omar Yussef să își aplece capul, punându-i o mână pe ceafă și l-a înghesuit pe locul pasagerului din jeepul său, trântind apoi portiera în urma lui. A pornit mașina și a demarat prin fața clădirii, atât de repede, încât forța gravitațională l-a țintuit pe Omar Yussef pe scaunul îmbrăcat în piele. La poartă erau puțini oameni, deoarece majoritatea se îmbulzise către cercul galben din curte. Oamenii săreau din fața mașinii lui Sami de îndată ce auzeau roțile scârțâind în direcția lor. Jeepul a luat-o brusc la stânga și s-a îndreptat spre nord.

— Sami, ce se întâmplă?

— V-am spus, veniți cu mine.

— Asta văd și eu. Mă răpești?

Privirea lui Sami era ațintită asupra străzilor înguste, pe care le traversa în grabă, mânuind cu abilitate schimbătorul de viteze al mașinii puternice. S-a aplecat în față ca să deschidă torpedoul. Înăuntru erau două pistoale. Omar Yussef s-a împins în spătarul scaunului. Sami a tras afară o cârpă în care fusese înfășurat un al treilea pistol, a închis torpedoul și a aruncat cârpa în poala lui Omar Yussef.

— Am observat că vă place să vă prezentați curat și aranjat în fața altora, a spus el. Curățați-vă. Aveți întâlnire cu cineva.

Capitolul 24

Sami a gonit către zona de nord a Fâșiei Gaza, până când a intrat pe străduțele pline de nisip ale taberei de refugiați Jabalia. Obiectele păreau să zboare înspre ei, ieșind din întunericul furtunii de nisip, ca purtate de vârtejuri de aer. Câțiva copii alergau pe stradă după o capră; tomberoanele albastre donate de Uniunea Europeană se conturau nedeslușit prin norul de praf; o căruță trasă de un măgar se hurduca haotic de-a lungul unei alei înguste. Sami a ocolit toate aceste obstacole fără să ridice piciorul de pe accelerație.

A oprit la un colț, în apropiere de latura nordică a taberei.

— Coborâți, a spus el.

La capătul mahalalei se ridica o dună acoperită de tufișuri, iar în zare, dincolo de creasta ei, pe o distanță de o jumătate de milă, se ondulau nisipurile care se întindeau până la gardul care marca granița dintre Fâșia Gaza și Israel. La umbra zidului netencuit, sprijinit de capota unui jeep alb, stătea un bărbat îndesat, îmbrăcat cu un tricou negru și pantaloni largi, de armată. Omar Yussef a simțit că el, Sami și mașina lor luxoasă sunt cântăriți cu atenție.

Sami a luat-o pe o alee atât de îngustă, încât abia reușea să își strecoare umerii. Pe jos fusese turnat un șanț din beton în formă de V, astfel încât, în lunile ploioase, apa să se scurgă pe mijloc. Acum însă se aflau în anotimpul secetos, iar aleea era sufocată de ambalaje vechi de dulciuri ieftine, sticle goale de plastic, coji de legume și fructe și o sanda de copil, din piele, pe jumătate îngropată în nisip și praf.

Omar Yussef a traversat aleea pe urmele lui Sami, împiedicându-se de gunoaie. S-au afundat în labirintul de cocioabe cu un singur etaj, făcute din cărămidă arsă. Îl uimea că Sami cunoștea locul atât de bine. Acasă, în Dehaisha, știa și el prea bine toate acele locuințe triste și putea recunoaște trăsături de familie chiar și la copiii pe care nu îi cunoștea. Dar aici, fiecare nou colț părea identic cu cel de dinaintea lui și toți copiii îl fixau cu priviri posace, lipsite de orice expresie.

Zgomotele tihnite, familiale, ale mamelor care își strigă copiii și ale cârpelor grele și ude cu care sunt spălate podelele din beton, au rămas în urmă când Sami s-a strecurat pe o altă alee, care dădea în strada principală a taberei. Ajuns la colțul străzii, Sami s-a ferit de gălețile și măturile atârnate de copertina zdrențuită a unui magazin. A traversat în grabă strada, printre mașinile blocate în trafic, și a intrat într-un restaurant care servea falafel. Omar

Yussef l-a urmat, trecând pe lângă friteuza înnegrită din pragul ușii, în care se perpelea încă un rând de chiftele din năut verde. Sami l-a salutat scurt pe un bărbat care tăia roșii la tejghea și a luat-o în sus, pe scara improvizată din spate, urcând câte trei trepte odată.

Scara ducea într-o sufragerie ieftin decorată. Pereții și podeaua erau acoperite cu plăci de gresie și de faianță roz. Mesele aveau rame negre, din metal, peste care erau așezate tăblii pătrate, din imitație de marmură, cojite pe la colțuri. Scaunele din țevi cromate erau acoperite cu perne moi. Învelișul de plastic al pernelor nu fusese îndepărtat, dar din loc în loc era spintecat și cojit.

Pe ambii pereți erau atârnate portrete și fotografii înfățișând un bărbat tânăr, de vreo douăzeci de ani, cu păr îngrijit, pieptănat cu cărare pe stânga și cu o barbă deasă, lucioasă și moale, pentru că nu fusese rasă niciodată. Câteva fotografii erau colaje în care tânărul era suprapus imaginii Domului Stâncii din Ierusalim, iar alta peste imaginea Moscheii Aqsa. Un artist local copiase această fotografie într-o manieră copilăroasă și stângace, folosind vopsele pe bază de ulei. Pe peretele opus, aceeași fotografie fusese transpusă în țesătura unui covoraș ieftin de rugăciune.

Sami s-a așezat la o masă de lângă fereastră, urmărind aglomerația de pe stradă. Și-a aprins o țigară.

Omar Yussef a rămas în picioare lângă masă și a scos o batistă, ca să își șteargă sudoarea și praful de pe frunte și gât. Sami i-a făcut un semn către scaunul din fața lui. Omar a clătinat din cap.

— Înainte de a mă așeza, spune-mi ce se petrece, a zis el.

Sami l-a privit și a suflat fumul fără să se grăbească.

— Îmi cer scuze că v-am silit să părăsiți înmormântarea în grabă. Dar s-a dat ordin să fiți ucis, a spus el.

Omar Yussef s-a întrebat în treacăt dacă ordinul îl primise Sami; în ochii tânărului apăruse o undă nouă de întuneric. Dar se îndoia că l-ar fi adus într-un loc public pentru a-l executa.

— Am fost nevoit să vă iau de acolo. Unul dintre membrii Consiliului Revoluționar a dat ordinul, a spus Sami, trăgând din nou din țigară și privindu-și ceasul. S-ar putea să așteptăm aici o vreme. Stați jos, să mâncăm ceva.

Omar Yussef s-a așezat în scaunul inconfortabil. Îl dureau genunchii. Vântul puternic zgâlțâia geamurile restaurantului.

— Despre cine este vorba? Cine vrea să fiu ucis?

— Nu știu deocamdată. Dar este periculos să vă aflați în preajma celor din partid.

Sami a strivit țigara într-o bucată de staniol pe care o folosea pe post de scrumieră.

— Să mâncăm ceva.

Un tinerel slab s-a apropiat de masă. Purta un tricou alb, pătat pe burtă, acolo unde își ștersese mâinile după ce tocase ardei. Omar Yussef i-a remarcat tricoul care atârna larg pe umerii înguști și chipul, roșiatic și osos. Îi amintea de băiatul cu cafeaua, care acum era mort.

Au comandat falafel, *hummus* și o farfurie de murături și măsline. Când tânărul a dat să plece, Omar Yussef l-a întrebat cine e bărbatul din portretele atârnate pe perete.

— Este fiul patronului, a spus băiatul. A fost martirizat în timpul operațiunii de la pizzerie.

Omar Yussef și-a amintit că auzise de bomba aceea. Explodase într-o pizzerie din Tel Aviv sau vreun alt oraș vecin, lipsit de importanță. Muriseră mai bine de zece oameni din restaurant.

— Nu aveți a vă teme de un atac aici, a spus chelnerul. Este singurul avantaj al restaurantelor din Gaza.

— Ar trebui să aștepți să gust din mâncare înainte de a-mi spune asta, a spus Omar Yussef, scoțând un râs scrâșnit.

Tânărul a chicotit pe înfundate, apoi a plecat cu comanda.

— Sunteți nesperat de voios, a spus Sami.

— Crezi că nu iau în serios ideea că s-a pus un preț pe capul meu? Sunt în mâinile tale. Spune-mi cum să procedez.

— Ați atins un nerv, Abu Ramiz. Asta este tot ce vă pot spune. Într-un fel sau altul, afacerea Masharawi are legătură cu treburi mult mai importante decât libertatea unui profesor. Nu știu cum, dar încerc să îi dau de capăt.

— Lasă-mă să te însoțesc în căutarea adevărului.

Sami a zâmbit și și-a desfăcut brațele cu un gest larg.

— Am făcut-o deja.

Omar Yussef s-a uitat în jur, la restaurantul pustiu.

— Cu cine ne întâlnim aici?

— Am descoperit cine l-a ucis pe James.

— Pentru numele lui Alah!

— Trebuie să apară în orice clipă.

Omar Yussef s-a ridicat de pe scaun și a lovit cu palmele în tăblia mesei.

— Nenorociții vin aici?

— Liniștește-te, Abu Ramiz. Nu cred că sunt cei pe care îi cauți dumneata.

— Au ucis un reprezentat al ONU. L-au ucis pe James.

— Pentru că așa le-a spus cineva. Sau pentru că i-a plătit să o facă. Pe cel care a dat ordinul îl căutați, nu pe tipii aceștia. Dar, cu puțină șiretenie, ne-ar putea spune numele lui.

— Nenorociții, a exclamat Omar Yussef, izbind din nou cu palmele în masă.

— Aveți dreptate, dar sunt niște nenorociți care poate își dau seama că s-au băgat într-un rahat prea mare și speră că își pot salva pielea dându-mi mie o mână de ajutor, a zis Sami, întinzând o mână și trăgându-l cu blândețe înapoi pe scaun. Și ajutându-te astfel pe dumneata.

— Cine sunt?

— Membri ai Brigăzilor Saladin. De aici, din orașul Gaza. Nu uitați că Brigăzile sunt divizate. Organizația cea mai puternică se află în Rafah, acolo unde gruparea se bazează pe câștigurile obținute de pe urma traficului cu arme și din contrabanda pe sub granița cu Egiptul. Gruparea din Rafah avea nevoie de o operațiune în orașul Gaza, căci aici este cea mai mare piață de desfacere pentru bunuri și arme. Așa că au recrutat câțiva indivizi de aici pentru a înființa o aripă locală a Brigăzilor Saladin.

— Banda din Rafah importă bunurile, iar cei din Gaza le vând, corect?

— Da, și toată lumea este fericită. Numai că, după o vreme, gruparea din Rafah a început să-i bănuiască pe cei din Gaza că își opreau mai mult decât li se cuvenea. Cearta s-a înrăutățit. S-au împăcat ei, dar încă este multă râcă între diferitele aripi ale organizației. Dar, cel mai important este că niciunul dintre membrii grupării din Gaza nu poate băga mâna în foc că nu vor fi vânduți forțelor de securitate de către cei din Rafah. Asta îi face ușor de manipulat.

— De către cine? Cine îi manipulează?

— Asta sper să aflăm de la ei. Ar trebui să vină doi oameni de-ai lor. Ei au ales restaurantul. Îl cunosc pe patron, a spus Sami, zâmbind acru și făcând un gest către fotografiile și picturile de pe perete. Brigăzile Saladin l-au trimis pe fiul lui la moarte.

— Bănuiesc că beneficiază de o reducere la nota de plată pentru o asemenea faptă, nu? a spus Omar Yussef, însoțindu-și vorbele de un râset zeflemitor.

Sami a rămas tăcut, continuând să fumeze și să cerceteze strada prin aerul prăfuit. Omar Yussef l-a privit. Era un băiat bun, destoinic și, în plus, în el era singura lui speranță de a nu muri aici, în Gaza, singur și uitat de lume. Clanul lui Omar Yussef de acasă, din Betleem, era mare și avea legături cu toate forțele de securitate și milițiile militare. Partizanii ar fi ezitat să îl omoare acolo. În Gaza, în schimb, era un venetic, dar nu chiar un străin, așa ca putea fi făcut să dispară cu mai puține complicații decât Wallender sau Cree și nu i-ar fi păsat nici cât negru sub unghie vreunuia dintre cei care dețineau puterea de a face ceva.

Chelnerul le-a adus o farfurioară cu măsline și bucăți de ridichii murate care se coloraseră în roșu de la sucul de sfeclă. Omar Yussef s-a uitat la ceas. Așteptau de douăzeci de minute. Și-a dat seama că îi este foame.

— Unde este mâncarea?

— Vine imediat, a murmurat chelnerul.

Abia după alte douăzeci de minute a sosit la masă o farfurie cu falafel rece și *hummus* mediocru. Omar Yussef a cerut o sticlă de apă și a rămas cu privirea ațintită asupra hranei nesatisfăcătoare. Sami a luat o bucată de falafel, a tăvălit-o prin *hummus* și a mușcat din ea. A pus jumătatea rămasă înapoi, pe farfurie, apoi și-a aprins o altă țigară.

Omar Yussef a rupt un colț de pâine și l-a întins în *hummus*. Greața din ziua precedentă i-a revenit. Simțea că fiecare bucățică de năut din pastă îi face o tăietură în cerul gurii și în gâtlej, la fel ca cioburile de cristal care l-au sufocat pe Odwan. A sorbit hulpav o gură de apă și a plimbat-o prin gură până când i s-a dus gustul de năut. Și-a acoperit gura cu o mână, ca să nu vadă Sami tremurul nervos care îi contracta jumătatea inferioară a feței.

Pândeau lângă fereastră de o oră. La parter zarva clienților se întețea, dar nimeni nu urcase la ei. Cu puțin înainte de ora unu, proprietarul restaurantului a urcat scara cu mult zgomot. Era un bărbat posomorât, cu o mustață care îi atârna în jos și cu o constituție plăpândă, care dădea de înțeles că aprecia mâncarea pregătită în stabilimentul său la fel de mult ca Omar Yussef. L-a salutat cu o înclinare a capului pe Sami, care s-a îndreptat pe scaun de îndată ce l-a zărit. Proprietarul a ridicat zăvorul unei uși metalice din fundul sălii de mese. A făcut un pas în sus pe scara simplă, neluminată, din beton, și a șoptit ceva.

Doi bărbați au coborât de pe scară și au intrat în restaurant. Primul era înalt, slăbănog, cu o înfățișare jalnică, avea părul cărunt și era adus de spate. A cercetat încăperea cu priviri grăbite, strâmbându-se și trecându-și limba peste dinții inegali din față, ca și cum l-ar fi durut. În spatele lui venea un bărbat mai mic de statură, cu o șapcă albastră de baseball. Avea pielea deschisă la culoare, aproape ca a unui european. Purta o barbă neagră, bine frizată și o vestă neagră. Amândoi aveau mitraliere M16 atârnate la piept, mâna dreaptă pe trăgaci și stânga pe țeavă, gata să ridice armele și să tragă. S-au apropiat de Sami și de Omar Yussef, iar bocancii lor grei, militari, răsunau puternic pe podeaua subțire.

Proprietarul restaurantului a coborât.

Sami s-a ridicat să îi salute. Omar Yussef își ținea mâinile strâns pe lângă corp, împotrivindu-se tentației de a face un pas înainte și de a-i lovi pe criminali drept în față. Amândoi bărbații i-au întins mâna. El le-a strâns ușor, grăbit, cu privirea ațintită în podea. Partizanul cel înalt avea o strângere de mână moale, fără vlagă, pe când mâna celui scund a simțit-o groasă și aspră în palma sa. Cel înalt a tras două scaune la masa unde stăteau Sami și Omar Yussef și le-a așezat la o lungime de braț distanță de ei.

Sami l-a prezentat pe Omar Yussef drept colegul oficialului ONU care fusese ucis. Partizanul cel scund și-a aruncat ochii către Omar Yussef. Erau căprui închis, iar irisurile erau înconjurate de o cataractă dușmănoasă, de culoarea cafelei cu lapte.

Partizanul cel înalt și-a dres glasul.

— Îmi pare rău pentru moartea colegului dumitale, *ustaz*. Noi am acționat potrivit ordinului, dar am fost induși în eroare.

A tușit din nou, apoi a continuat.

— Mă numesc Walid Bahloul și sunt din tabăra aceasta. El este fratele Khaled al-Banna, care face parte din Brigăzile Saladin, ramura din Gaza.

Cel de-al doilea bărbat a clipit brusc, ca și cum numele său nu ar fi trebuit dezvăluit.

— De ce ați înfăptuit acest act de agresiune împotriva ONU? a întrebat Omar Yussef.

Își concentrase privirile asupra celui mai înalt. Ochii lui cenușii, umezi, nu erau la fel de neliniștitori ca ai celuilalt și, în plus, părea gata să vorbească.

— Ne pare foarte rău pentru străinul acela, *ustaz*, a răspuns Walid. Noi credeam că în mașină nu este decât un șofer sau vreun angajat local.

— Un angajat local? Un palestinian? Cineva ca mine? *Nu uita ce ți-a spus Sami: liniștește-te*, și-a zis Omar Yussef.

— Adevărat, a fost o operațiune îndreptată împotriva ONU, *ustaz*, a spus Walid. Un semnal trimis forțelor noastre de securitate pentru a-i sili să îl elibereze pe răposatul nostru frate Bassam Odwan, fie ca Alah să-și reverse mila asupra lui!

— Dar îl răpiserăți deja pe Magnus Wallender și urma să îl țineți până la eliberarea lui Odwan.

— Pe cine?

— Pe suedez, alt angajat al ONU.

— A, pe el? Nu l-am răpit noi, *ustaz*.

— Dar cine?

Walid i-a aruncat o privire plină de îngrijorare lui Khaled, care îl privea fix pe Omar Yussef.

— Suedezul a fost răpit de cineva din Rafah, a spus Walid.

— Brigăzile Saladin din Rafah?

— Nu știu, dar așa bănuiesc.

— Dar nu ești sigur?

— Comunicarea întâmpină multe dificultăți.

Walid a afișat un zâmbet la fel de moale ca strângerea de mână, iar umerii i s-au ridicat în semn de scuze.

— Am aruncat în aer mașina ONU și l-am ucis pe colegul dumitale crezând că va fi un gest de prietenie față de Brigăzile Saladin din Rafah. Ca să le demonstrăm că suntem pregătiți să ducem la îndeplinire acte drastice pentru a-l ajuta pe omul lor, Bassam Odwan.

— Ați văzut foaia volantă pe care au scos-o Brigăzile Saladin după răpirea suedezului? Cea în care se cerea eliberarea lui Odwan în schimbul libertății suedezului?

— Da.

Omar Yussef era furios pe acești oameni pentru că îl uciseseră pe James, dar acum îl mai și mințeau. A ridicat un deget și l-a îndreptat către bărbatul cel înalt.

— Ceea ce încercați voi să faceți era să demonstrați că, dacă cei din Rafah vă invadează teritoriul de aici, din Gaza, pentru a răpi un străin, voi puteți pune la cale o treabă și mai spectaculoasă, nu-i așa?

Walid s-a întors cu întreg corpul către Khaled. Acesta nu i-a acordat nicio atenție, ci s-a mulțumit să își lingă buzele groase, plasate în mijlocul bărbii negre și să își tragă nasul.

— Nu are rost să ne cerem scuze, a spus Khaled. Walid încearcă să îmbrace totul în vorbe frumoase, să pară că am avut motive onorabile. Mie nu îmi pasă ce crezi despre mine, tot ce vreau este să mă asigur că nu o să plătesc eu oalele sparte. Așa că hai să terminăm cu prostiile. Ni s-au dat bani ca să aruncăm în aer mașina ONU.

— De către cine? Cineva din orașul Gaza?

Gândul lui Omar Yussef se îndrepta către membrii Consiliului Revoluționar prezenți la înmormântare și prețul pus pe capul lui.

— Nu, nu este de aici. Este o jigodie în toată puterea cuvântului.

— Dar ce, în orașul acesta nu aveți jigodii adevărate?

— Aici avem oameni cu inimă de piatră și pe alții care au rahat în loc de creier, a spus Khaled. Dar tipul ăsta este altfel. Are capul tare, iar în locul inimii, doar o grămăjoară de căcat.

Lui Omar Yussef i-a trecut prin minte că l-ar fi plăcut pe Khaled dacă nu ar fi fost cel care l-a ucis pe James Cree.

— Cine este?

Khaled a inspirat adânc și și-a încrețit nasul.

— Yasser Salah.

— Yasser Salah v-a dat bani ca să îl ucideți pe reprezentantul ONU?

— Ne-a dat bani ca să aruncăm în aer mașina ONU.

— Care este diferența?

— Oricine se afla în mașină trebuia să moară.

— Adică și eu?

Khaled a ridicat din umeri.

— Ne-a sunat ieri după-amiază. A zis că o mașină a Națiunilor Unite se îndreaptă către punctul de control. Ne-a spus că ne dă bani să o aruncăm în aer. Nu ne-a dat și lista pasagerilor.

— Nu v-a lăsat prea mult timp să vă pregătiți.

Walid a zâmbit, mândru.

— Zonele de nord ale Șoselei Saladin sunt minate permanent cu explozivi, în caz că ne invadează din nou israelienii.

Khaled a fluierat dezaprobator, ridicându-și ochii în tavan.

— Acum ai aflat ce voiai să afli. Noi am fost cinstiți cu dumneata, acum vei rezolva problema cu ONU?

— Crezi că eu dau ordine la ONU? a replicat Omar Yussef.

— Nu îți bate joc de mine, a spus Khaled aplecându-se spre el. Cei de la ONU nu vor afla decât ce le spui dumneata. Noi nu suntem peștii cei mari; noi am fost manipulați. Gândește-te cum să ne scapi de pericol, altfel vei sfârși la fel ca amicul dumitale.

— Dar încă nu știu toată povestea.

— Ba o știi, a spus Khaled, împingându-și bărbia înainte.

— Ba nu.

Omar Yussef și-a scărpinat mustața și și-a mijit ochii pentru a înfrunta privirea încremenită a lui Khaled.

— De ce l-au ucis Brigăzile Saladin pe generalul Husseini?

Khaled și-a mutat privirea de la Omar Yussef, râzând feroce.

— Pe dumneata nu te privește decât încurcătura cu ONU. Despre asta ai dreptul să întrebi. Husseini este o altă poveste.

— Eu cred că există o legătură între ele și vreau să aflu adevărul.

— Nu ești de acord că este mai bine în Gaza fără nenorocitul acela?

— Nu sunt eu în măsură să judec. De ce l-ați omorât?

Chipul lui Khaled era din nou împietrit.

— El l-a ucis pe fratele nostru, Bassam Odwan.

— Și urma să ne ucidă pe toți, a spus Walid. La Consiliul Revoluționar de aseară, generalul Husseini a spus că Brigăzile Saladin l-au ucis pe reprezentantul ONU și a jurat că o să ne facă să plătim.

Omar Yussef i-a aruncat o privire lui Sami. Acesta fuma privind strada, dar era atent la discuție.

— Cine v-a spus asta? Colonelul al-Fara?

Cei doi nu aveau de gând să răspundă la întrebare. Au strâmbat din nas și au tușit.

Omar Yussef și-a mângâiat vârfurile mustății, de parcă tocmai și-ar fi dat seama de ceva neașteptat.

— Ce știi despre *Saladin I*?

— Despre ce?

— Lasă. Mai aveți proiectilele vechi, *Qassam*?

— Proiectile *Qassam*?

Khaled s-a aplecat către el.

— *Saladin I* este tot un proiectil, nu-i așa? De ce te interesează proiectilele?

— Ar putea fi un lucru important.

Khaled a tras aer în piept și și-a tras buza superioară în sus, lipind-o de nas.

— Avem câteva *Qassam*. Nu le prea folosim, că se oftică liderii Consiliului Revoluționar.

— De ce?

— Când tragem cu proiectile *Qassam* peste gard, israelienii le anulează toate cardurile VIP, iar șefii cei mari nu se mai pot duce la Tel Aviv să și-o tragă cu târfele rusoaice. Avem o grămadă de proiectile *Qassam* într-un depozit chiar aici, în tabără. Vrei să cumperi unul?

Khaled a împins scaunul în spate și s-a ridicat.

— Noi plecăm. Dumneata fă tot posibilul ca ONU să nu caute ucigașii în orașul Gaza, bine? Cei din Rafah trag toate sforile. Pe ei îi vor.

Omar Yussef și-a amintit că Odwan îi spusese că libertatea lui Wallender stă în mâinile liderului Brigăzilor Saladin din Rafah.

— Bine, dar trebuie să îmi stabilești o întâlnire cu Abu Jamal.

Se lăsă o tăcere îndelungată. Sami a apucat ultima porție de falafel și i-a lovit ușor crusta de marginea farfuriei. Khaled a aruncat o privire furioasă către mijlocul verde al bucății de falafel.

— O să îi dăm de știre lui Sami în privința acestei chestiuni, a spus Khaled.

— În această după-amiază?

— Duceți-vă în Rafah. Îl contactez eu pe Sami pe telefonul mobil și îi spun unde vă puteți întâlni cu Abu Jamal.

— Acolo ne ducem fără întârziere.

Khaled a înghițit cu zgomot.

— Nu vă grăbiți. Abu Jamal nu este atât de ușor de găsit. Îl anunțăm noi pe Sami.

S-a îndreptat către ușa metalică. Walid a îngăimat un rămas bun, apoi l-a urmat. Khaled a urcat scara câte trei trepte odată, iar Walid a pornit după el cu pași mărunți, închizând ușa cu un zăngănit puternic.

— Nu poate fi adevărat ceea ce au spus despre Consiliul Revoluționar, Sami. Chiar tu mi-ai spus că nimeni nu a menționat uciderea lui James la întâlnirea aceea, a spus Omar Yussef, tulburat.

— Așa mi-a spus Abu Adel.

— El a fost de față la întâlnire. Putem avea încredere în ceea ce spune el.

Sami a zâmbit și a ridicat din umeri.

— Sigur că da.

— Probabil că Yasser Salah le-a spus că Husseini a promis să îi aresteze, ca să îi convingă să îl ucidă. Dar de ce? Yasser Salah voia ca ucigașul fratelui său să moară, iar Husseini exact asta a făcut: l-a omorât pe Odwan în închisoare.

Sami a arătat către ușa pe unde plecaseră Khaled și Walid.

— Ăștia doi sunt destul de speriați. Își dau seama că sunt băgați până peste cap în chestiunea asta. Văd și ei că povestea duce sus de tot și nu știu în cine să aibă încredere: în Brigăzile Saladin sau în forțele de securitate.

— Dar de ce ar vrea Yasser Salah să fie ucis Husseini?

Sami a mâncat jumătatea rămasă din chifteaua de falafel. În timp ce o înghițea, și-a aprins o altă țigară și a pus trei monede de cinci shekeli pe masă.

— Hai să îl întrebăm pe Abu Jamal, a spus el.

Capitolul 25

Când Omar Yussef și Sami s-au întors la mașină, vopseaua neagră era acoperită de un strat de praf gros de trei centimetri. Omar Yussef a închis portiera în spatele lui și a clipit până a scăpat de praful din ochi.

— O să izbucnească furtuna în seara asta, Sami. Norii sunt mai denși decât până acum, a spus el.

Sami i-a aruncat o privire în timp ce întorcea cheia în contact.

— S-ar putea să stăm în Rafah până târziu, iar dumneata nu ești îmbrăcat decât cu o cămașă. Înainte de a o porni spre sud, o să opresc la hotel, să îți iei un pulover.

— Dacă te îngrijorează atât de mult sănătatea mea, ar fi mai bine să îmi faci rost de o vestă antiglonț.

— Așadar, nu vrei să devii martir?

Omar Yussef a râs pe înfundate.

— Dacă nu m-a omorât mâncarea de la restaurant, nimic nu mă mai poate omorî.

Sami s-a aplecat peste volan, a întors mașina cu spatele și a pornit pe drumul de întoarcere, pe străduțele taberei de refugiați.

Omar Yussef s-a proptit în portieră și a închis ochii. În spatele pleoapelor i-a apărut un bărbat fără chip, cu un ciorap pe față, cu o vestă neagră, de partizan, și cu un kalașnikov în mână, cu care îl tot împungea. Când a deschis pleoapele, partizanul a dispărut. Îl usturau ochii de la praful din aer. Ochii aceștia nu își pot găsi odihna, și-a zis el. Când sunt deschiși, se umplu cu mizeria care plutește prin Gaza; odată ce îi închid, cad pradă coșmarurilor funeste.

Se dăduse ordin să fie omorât. Cel care va trage glonțul va fi oare un partizan cu ciorap pe cap? O va face repede? Va fi umilitor, ca în cazul lui Moussa Husseini, ucis în plină stradă, cu izmenele pline de căcat? Sau îndelungat și înspăimântător, ca tortura la care a fost supus Bassam Odwan? El era următorul, sau mai avea de așteptat la coada lungă a victimelor? Cât timp avea la dispoziție?

Sami a părăsit Șoseaua Saladin, luând-o la dreapta, prin *souk*, spre Strada Omar al-Mukhtar. S-a proptit în claxon atunci când un taxi s-a oprit în mijlocul drumului pentru a lua două femei încărcate cu pungi pline de legume.

— Sami, ordinul acesta de a fi ucis, a început Omar Yussef. Dacă este dus la îndeplinire...

— Nu fiți ridicol, Abu Ramiz, a zis Sami, lovind claxonul cu putere de trei ori. Hai odată! a strigat el, clătinând din cap.

— *Dacă*. Aș dori să iei tu legătura cu familia mea din Betleem.

Sami a zâmbit, aprinzându-și o țigară.

— Vreți să îi spun soției că ați iubit-o?

— Spune-i doar că mi-a plăcut site-ul foarte mult.

Sami s-a încruntat.

— Care site?

— Vor ști ei.

Taxiul a pornit-o din nou încet, iar Sami s-a apropiat la mai puțin de un metru în spatele lui, așteptând prima ocazie de a-l depăși.

— Abu Adel spune că uneori nu este bine să vi se spună ce se petrece cu adevărat, pentru că reacționați disproporționat cu faptele.

Omar Yussef s-a întrebat ce altceva îi mai spusese Khamis Zeydan despre el.

— Tocmai mi-ai spus că s-a dat ordin să fiu ucis. Cum ar putea fi reacția mea disproporționată?

— Întotdeauna există cineva care dorește să te omoare, oricine ai fi, Abu Ramiz.

— Deci și tu ești ca Bassam Odwan, care credea că va muri atunci când Alah va decide că i-a sunat ceasul?

— Oare putea el influența în vreun fel momentul acela? Poate este mai bine să accepți că moartea vine oricum și că decizia o ia altul, fie el Alah, generalul Husseini sau cei doi tipi cu care ne-am întâlnit în tabără. Poate nu ai de unde să știi când și cum te lovește, dar în Gaza nu trebuie să te mire că moartea se află pe urmele tale.

— Dar pe tine dorește să te ucidă cineva, Sami?

— Numai tâmpitul ăsta de șofer de taxi.

Sami s-a proptit din nou în claxon. A tras de volan, trecând pe contrasens, și a gonit pe lângă taxiul galben și lung, forțându-i pe câțiva pietoni să sară pe trotuar.

— Abu Ramiz, nu am nici vârsta, nici înțelepciunea dumitale, dar am fost nevoit să învăț unele lucruri foarte repede, lucruri pe care dumneata nu le-ai cunoscut, poate, niciodată, lucrând într-o școală.

— Ai avut de înfruntat multe greutăți fiule, știu asta.

— Dacă am învățat ceva din viața asta, este că e ușor să ucizi și e și mai ușor să mori. Suferința este grea.

Sami s-a uitat către Omar Yussef și, preț de câteva clipe, chipul lui a căpătat trăsăturile unui bărbat mult mai în vârstă, cu riduri adânci și cu pielea lăsată din cauza greutății experiențelor răscolitoare. Chipul acela l-a făcut pe Omar Yussef să se întrebe dacă Sami va trăi până la o asemenea vârstă.

În timp ce înconjurau sensul giratoriu spre șoseaua paralelă cu plaja, furtuna de nisip părea tot mai amenințătoare. Marea abia se mai vedea în spatele restaurantului pescăresc Salaam. Era ora trei, dar Sami aprinsese deja farurile. A cotit pe șosea și a trecut de Hotelul Deira, spre Sands. Omar Yussef avea privirea ațintită în semiîntunericul de afară.

Stopurile de frână ale unui jeep au apărut în norul de praf din fața lor. Portiera din spate s-a deschis brusc. Un bărbat a căzut din mașină, s-a împiedicat și a căzut la pământ. Jeepul se afla în capătul aleii care ducea spre Hotelul Sands.

— Sami?

— Am văzut.

Sami a accelerat.

Omul s-a ridicat anevoie în picioare, fără să se ajute de brațe, care păreau să-i fie încătușate sau legate la spate. A făcut grăbit câțiva pași către zidul împrejmuitor al Hotelului Sands, s-a oprit și a privit în ambele direcții. S-a îndreptat șovăitor în stânga, apoi în dreapta, iar în cele din urmă s-a întors cu fața către jeep. S-a ghemuit, gata să fugă, dar vuietul scurt și surd al unui foc de armă l-a lipit de zid.

Jeepul a accelerat, pierzându-se în norul de praf, cu portiera din spate deschisă. Înainte de a dispărea, un bărbat s-a aplecat în afară să o închidă. Pe cap purta un ciorap de damă.

Omar Yussef își simțea gura uscată când Sami a frânat în dreptul zidului, la marginea drumului. S-a ridicat cu greu din scaunul jeepului Cherokee.

Pe zidul văruit care împrejmuia Hotelul Sands se vedea o pată roșie, în dreptul locului în care bărbatul fusese propulsat de forța gloanțelor. Dârele subțiri de sânge se prelingeau pe tencuială, peste corpul căzut la pământ. Era prăbușit, cu picioarele întinse în față și umerii aplecați la dreapta. Sângele i se prelingea în nisipul din jurul coapselor.

Omar Yussef s-a apropiat de corpul prăbușit. Nu era sigur. I-a ridicat capul. Urechea i se ițea în afara capului, în unghi drept, la fel ca a fiului său. I-a pipăit gâtul în căutarea pulsului, dar Eyad Masharawi era mort.

Capul îi căzuse spre dreapta, de parcă încerca și acum să ascundă privirilor urechea aceea straniu conformată, la fel cum o protejase în fotografia de acasă. Obrajii lui nebărbieriți de câteva zile erau acoperiți de fire negre și sure. Nu purta nimic în picioare, iar cămașa albastră, pătată cu sudoare și mizerie, era îmbibată cu sânge. Îi lipseau nasturii și i se vedea trunchiul slab și vânăt, pecetluit de trei urme de glonț. Omar Yussef i-a închis pleoapele cu marginea palmei.

— Urcă în mașină, Abu Ramiz, a spus Sami.

Omar Yussef a simțit cum Sami îl silește să se ridice.

— Ce tot spui? Trebuie să raportăm ce am văzut.

— Cui? Celor care l-au ucis? Sau celor care sunt pe punctul de a te ucide pe dumneata?

Au auzit voci apropiindu-se pe aleea hotelului. Khamis Zeydan a apărut la capătul aleii. Ținea în mână un pistol, iar pe chip i se citea teama, care a lăsat locul ușurării la vederea lui Omar Yussef. S-a întors către alee și a strigat:

— Rămâneți acolo unde sunteți! Mă ocup eu de asta.

S-a apropiat de Omar Yussef. Pe față și pe cămașă i se adunase un strat gros de praf; în mod vădit, hoinărise pe lângă hotel, în spatele zidului, așteptând întoarcerea lui Omar Yussef.

— Trebuie să pleci imediat de aici.

— Este Eyad Masharawi, a spus Omar Yussef.

Khamis Zeydan i-a aruncat o privire scurtă mortului, clipind des din cauza prafului.

— Mă asigur eu că soția va fi informată.

— A fost un jeep. L-au aruncat din mașină și...

— Sami, ia-l de aici, pentru numele lui Alah.

— De ce? De ce să plec?

— Câte cadavre mai trebuie să vezi până să îți intre în acțiune simțul de autoconservare? Eu sunt convins că doctorul Najjar te-a plăcut, dar mă îndoiesc că te-a plăcut atât de mult încât să te vrea dezbrăcat pe masa de disecție, la morgă. Frate, pleacă acum, i-a mai spus Khamis Zeydan apropiindu-se.

Omar Yussef a urcat din nou în jeep. Pe când Sami pornea mașina, Khamis Zeydan a băgat pistolul în tocul de la spate, fără să își ia ochii de la prietenul său. Când au ajuns la intersecția de la capătul Șoselei Cheiului, din Khamis Zeydan nu mai rămăsese decât o pată neclară în norul de praf, iar cadavrul lui Eyad Masharawi dispăruse din raza lor vizuală.

Sami a cotit spre sud, pe Șoseaua Saladin, îndreptându-se către Rafah. Omar Yussef și-a închipuit-o pe Salwa Masharawi privind vârtejurile de praf care traversează crângul de măslini din fața casei și ascultând zgomotele copiilor care se joacă în camera alăturată. Se întreba dacă simțise moartea soțului ei și ce îi va spune el despre felul în care a murit Eyad.

S-a gândit cu vinovăție la foaia Brigăzilor Saladin pe care o lăsase în biroul profesorului Adnan Maki. Dacă Maki citise însemnările de pe spate, poate că făcuse legătura cu interesul pe care Omar Yussef îl manifesta față de cazul Masharawi și cu vânzarea de diplome universitare.

Ar fi putut transmite informația mai departe, celor care îl țineau închis pe Masharawi. Gândul l-a făcut să se izbească cu pumnul în palma celeilalte mâini. Era posibil ca încercarea sa stângace de a investiga cazul să fi dus la moartea lui Masharawi. Dar nu putea crede că agenții de securitate ar ucide un om din pricina unei chestiuni atât de neînsemnate ca o acuzație de corupție în cadrul universității.

Telefonul lui Sami a sunat pe neașteptate. Acesta a ascultat, a spus ceva încet și apoi a închis.

— Era Khaled. Abu Jamal este de acord să se întâlnească cu noi în Rafah în următoarele ore.

Vântul bătea cu putere în geamurile mașinii. Cu tot ce se întâmplase, Omar Yussef nu apucase să își ia un pulover de la hotel. Iar acum tremura.

Capitolul 26

Aplecați sub greutatea unor ghiozdane mari cât trunchiurile lor, șiruri întregi de elevi își târșâiau picioarele spre casele sărăcăcioase, din tablă, înșirate de-a lungul țărmului, în apropiere de Rafah. Printre dunele de nisip fâlfâiau foliile zdrențuite, din plastic, care acopereau ramele metalice ale serelor lăsate în urmă de israelieni când au evacuat așezările. Sami a clătinat din cap.

— Ar trebui să fie o zonă minunată. Dacă situația ar fi alta.

— Prefer dealurile din jurul Betleemului, a zis Omar Yussef. Stâncile și pantele abrupte și răsăritul soarelui deasupra munților de dincolo de Marea Moartă.

— Soarele răsare și aici, Abu Ramiz.

Omar Yussef a făcut un gest cu mâna către negura palidă a furtunii de nisip.

— Cu voia lui Alah.

Șoseaua se îndepărta de țărm, lăsând în urmă șirurile de palmieri de lângă granița cu Egiptul și cobora spre Rafah. Orașul se întindea asemenea unui maldăr de pietre împrăștiate din neatenție pe nisip de lovitura unei mingi. Metalul cenușiu și zimțat al gardului care demarca granița cotea prin oraș ca un șarpe tăcut, puternic și veninos. La marginea orașului, clădirile ciuruite de gloanțe semănau cu rânjetul unui boxer cu dinții scoși, sparți sau înnegriți.

Mașina a înaintat prin partea de sud a orașului, către Poarta Saladin. Sami a oprit la umbra copertinei din pânză a unei băcănii cu obloanele trase. În fața magazinului stătea un băiat de vreo trei ani, care a început să arunce cu pietricele când Omar Yussef a coborât din mașină. Bărbatul l-a amenințat cu un deget. O altă pietricică a aterizat pe capota mașinii. Pe chipul grăsuț și bronzat al băiatului se citea antipatia și sălbăticia, iar picioarele îi erau bine înfipte în pământ. *Își antrenează brațul pentru luptele viitoare*, și-a zis Omar Yussef. A respirat adânc și s-a întors în mașină, așteptând să fie chemați de Abu Jamal.

Sami se juca cu telefonul. Pietricelele au continuat să lovească capota jeepului, ca un contrapunct la impactul nestăvilit al torentelor de nisip purtate de vântul fierbinte. Capul lui Omar Yussef s-a lăsat în față, iar ochii i s-au închis. L-au trezit țârâitul telefonului lui Sami și senzația că lumina a scăzut. Sami a ascultat la aparat, murmurând cuvinte de aprobare în timp ce pornea mașina. A închis și apoi a pornit pe strada principală a orașului.

— Am dormit? a întrebat Omar Yussef, căscând.

Își simțea gura uscată.

— Vreo trei ore.

— Atât de mult am așteptat? De ce nu m-ai trezit?

— Aveați nevoie de somn, iar eu nu simțeam nevoia să îmi țină cineva companie.

Sami a scrutat norul de praf. Strada era aproape pustie. Orașul se ascundea de mizeria din aer. Cei câțiva pietoni păreau umbre sinistre în mijlocul furtunii. În fața magazinelor tremurau spectrale lumini fluorescente.

Sami a observat o papetărie la colțul străzii principale.

— Aici e, a spus.

A tras mașina pe o stradă laterală. O ușă albastră, metalică, s-a deschis spre o scară întunecată. Omar Yussef a remarcat profilul nedeslușit al unui cap de om și o mână care le făcea semn. Sami s-a aplecat, a scos pistolul de la curea și l-a pus în torpedo.

— Nu crezi că vom avea nevoie de el? a întrebat Omar Yussef.

— Până să avem nevoie de el, vom fi deja morți, a răspuns Sami, zâmbind. Și în orice caz, tipii ăștia mi l-ar lua înainte să ajungem să ne întâlnim cu Abu Jamal.

La piciorul scării îi aștepta câte o strângere de mână, dar ochii lui Omar Yussef nu reușeau să se adapteze la întunericul adânc. Mâna i-a condus pe o scară nefinisată. Pielea pantofilor săi scotea un sunet asemănător lemnului frecat de beton și de câteva ori s-a și împiedicat din pricina întunericului.

Ajunși la capătul scării, au intrat într-o încăpere lungă și îngustă. O pereche de mâini le-a pipăit mijlocul și pieptul, în căutarea unor arme. În dreptul unei ferestre mici erau înghesuite trei canapele aranjate în formă de potcoavă. Singura lumină din încăpere venea dinspre un tub fluorescent, aflat pe brațul unei canapele. Omar Yussef a mijit ochii, încercând să străpungă întunericul. Un bărbat slab, bărbos, de vreo treizeci și cinci de ani, își făcea rugăciunea de seară în colțul cel mai îndepărtat de fereastră. În dreapta și în stânga lui, două ventilatoare vânturau aerul în cameră, dar era înăbușitor de cald și aproape la fel de încărcat de praf ca afară. Susurul cadențat al vântului pătrundea ca o șoaptă prin golurile din tocul ferestrei.

S-au așezat pe canapeaua din fața luminii fluorescente. Bărbatul care îi întâmpinase la intrare a pus tubul pe o măsuță de mahon, plasată între canapele. Când a mișcat-o, scânteierea de gheață i-a luminat fața și mâinile. Avea aceleași trăsături lătărețe, de fermier, pe care Omar Yussef le remarcase la Bassam Odwan. Fruntea lui înaltă părea în alertă, încordată de concentrare. Avea ochii întunecați și vigilenți.

— Ești rudă cu Bassam Odwan? l-a întrebat Omar Yussef.

— Era fratele meu, a răspuns el cu o voce răgușită și sumbră.

— Alah să se milostivească de el. Am avut o scurtă întâlnire cu el la închisoare. Cred că era senin în fața morții.

— Nu cred că *senin* este cuvântul potrivit.

— Cum te numești?

— Attiah Odwan.

— Dar care ar fi cuvântul potrivit, Attiah?

— Pregătit. Acesta ar fi cuvântul potrivit.

Bărbatul de la colț a terminat cele cinci prosternări ale rugăciunii *Maghrib*, dar nu s-a oprit. Omar Yussef a numărat încă două repetări ale acelorași mișcări – ridicare, îngenunchere, o clipă de tihnă meditativă, apoi închinare până la pământ – care alcătuiau o singură prosternare. Rugăciunile suplimentare trădau pregătirea pentru o misiune iminentă, urmată, poate, de moarte.

Când rugăciunile au luat sfârșit, o femeie, căreia îi era interzis să fie văzută de musafiri, a adus o tavă cu cafele până la ușă, iar Attiah a așezat-o pe masă. Bărbatul din colț i-a salutat. Când Omar Yussef i-a strâns mâna, a remarcat că era deformată, avea oasele rupte și prost sudate la loc, pielea anormal de moale și lipsită de păr acolo unde fusese arsă. Omar Yussef s-a înfiorat.

— Rezultatul întâlnirii cu un obuz de tanc, a spus bărbatul.

Avea o voce joasă, ca un mârâit. Ochii lui adânci, negri, erau uscați și injectați, împrejmuiți de cearcăne groase de culoarea și textura scorțișoarei. Barba lui era moale, neagră și strălucitoare. A scos un șervețel din cutia de pe masă și a scuipat în el. Din buzunar a scos un pachet de bomboane de tuse, a băgat una în gură și apoi a luat de pe masă o ceașcă de cafea.

— Simțiți-vă aici ca în casa părintească, le-a urat el.

— Tu ești Abu Jamal? a întrebat Omar Yussef.

Omul a încuviințat din cap, apoi s-a retras la adăpostul întunericului.

Omar Yussef a încercat să detensioneze atmosfera din încăpere.

— Am intrat unde trebuia? a întrebat el, râzând. Nu mă așteptam să te găsesc rugându-te aici. Poate am ajuns la sediul islamiștilor din greșeală.

Abu Jamal a zâmbit ușor.

— Printre membrii mișcării de rezistență, cei care nu se rugau înainte sunt acum uniți cu Alah, pentru că moartea pare atât de aproape. Cu toții suntem pregătiți în orice moment să fim martiri ai lui Alah. Ne încredințăm sufletele lui Alah.

— Eu mă numesc Omar Yussef Sirhan și sunt din tabăra Dehaisha. Lucrez pentru Agenția de Ajutor și Muncă a Națiunilor Unite. Unul dintre colegii mei, un suedez, a fost răpit de Brigăzile Saladin, iar un altul a fost ucis, tot de către Brigăzile Saladin.

— Cei din orașul Gaza se fac vinovați, a spus Abu Jamal, tușind și întinzându-se după un alt șervețel.

— De răpire? Da, ce să zic, într-un fel.

— Ce vrei să spui?

Abu Jamal și-a întins capul spre ei, amenințător.

— Cei din Gaza au acționat la comanda cuiva din Rafah.

— Aș ști și eu despre povestea asta, dacă ar fi adevărată.

Abu Jamal a strivit bomboana de tuse între măsele.

Omar Yussef a simțit mirosul de mentol tocmai din cealaltă parte a camerei.

— Poate a fost cineva din Rafah, dar nu un membru al Brigăzilor Saladin.

Abu Jamal nu a spus nimic. Și-a băut cafeaua și și-a șters mustața cu dosul mâinii sale deformate.

— Colegul meu, suedezul, a venit aici într-o inspecție școlară și a aflat că unul dintre profesorii noștri a fost arestat, a explicat Omar Yussef. Ar fi trebuit să fie o chestiune simplă, dar într-un fel pe care noi nu îl înțelegem în totalitate, situația lui a atins alte probleme, care depășesc cazul unui profesor întemnițat. Probleme periculoase.

— Și ce vreți de la mine?

— Aș vrea să îl eliberezi pe suedez.

— Cum aș putea face asta?

— Nu ai de ce să îl mai ții acum, că fratele Bassam Odwan a murit.

— Nu asta voiam să spun. Nu se află în mâinile mele.

Omar Yussef și-a înclinat capul și a imprimat cuvintelor sale o mușcătură batjocoritoare, sarcastică.

— Vrei să îmi spui că aripa din Gaza a Brigăzilor Saladin l-a ucis pe reprezentantul ONU și tot ei l-au răpit pe celălalt?

Abu Jamal a găsit o altă bucată din bomboana de tuse, pe care să o ronțăie.

— Poate.

— Ei ne-au spus altceva.

— Și, mă rog, ce v-au spus ei?

— Că suedezul a fost răpit de cineva din Rafah.

— De Brigăzile Saladin din Rafah?

Omar Yussef s-a străduit să își amintească.

— Nu au spus decât că a fost cineva din Rafah.

— În Rafah locuiesc o sută șaizeci de mii de oameni. Eu sunt numai unul dintre aceștia.

Abu Jamal a schimbat un zâmbet zeflemitor cu Attiah, al cărui trup era învăluit în întunericul de la celălalt capăt al canapelei.

— Brigăzile Saladin au distribuit o foaie volantă în care anunțau că suedezului i se va reda libertatea în schimbul eliberării lui Bassam Odwan, a spus Omar Yussef. În afară de asta, am fost martor la răpire, iar răpitorii purtau banderolele Brigăzilor Saladin.

— Oricine poate să-și facă niște banderole și, dacă are un calculator și un fax, se poate da drept vocea Brigăzilor Saladin. Foaia nu a venit din partea noastră.

— Dacă nu este la voi, atunci unde să îl caut?

— Nu este foarte ușor să știi în cine să ai încredere și de cine să te ferești în Rafah, a spus Abu Jamal. Sigur, noi ne așteptăm oricând să fim atacați de evrei – sfântul nostru Coran spune că lupta se va da fără încetare până în Ziua Judecății de Apoi. Dar acum nu evreii, ci alți palestinieni îmi ucid oamenii.

— Așa cum s-a întâmplat cu Bassam Odwan.

— Exact așa.

— Acești alți palestinieni, nu cumva vă fură și noile proiectile?

Chipul lui Abu Jamal a încremenit. *Acum i-am câștigat toată atenția*, și-a zis Omar Yussef.

— Dacă îl găsești pe suedez, a spus Omar Yussef, ai putea să îți recuperezi și proiectilul.

În ochii lui Abu Jamal s-a văzut o sclipire.

Omar Yussef își găsea cuvintele potrivite pe măsură ce înainta, vorbind încet și hotărât.

— Suedezul a fost răpit pentru că a pus la îndoială felul în care au obținut diplome universitare ofițeri ai Serviciului de Prevenire și Protecție. Bassam Odwan a fost ucis pentru că l-ar fi împușcat pe locotenentul Fathi Salah. Fratele lui Fathi, Yasser, lucrează pentru Serviciul de Prevenire și Protecție. Odwan mi-a spus că era singur cu Fathi când acesta a fost împușcat și că era un singur trăgător.

— L-ai văzut pe Bassam?

— În celula sa de la închisoare. Un alt angajat al ONU, James Cree, a fost aruncat în aer de Brigăzile Saladin din orașul Gaza, dar la ordinele cuiva din Rafah, care, de fapt, s-ar putea să fi încercat să mă ucidă pe mine.

Abu Jamal a tresărit la auzul numelui lui James Cree. *Cineva puternic te-a acuzat că atacul la adresa ONU îi creează dificultăți*, i-a zis Omar Yussef în gând.

— Ordinul de a-l ucide pe reprezentatul ONU a venit din Rafah, a spus Omar Yussef. De la Yasser Salah.

Era rândul lui Abu Jamal să vorbească încet, alegându-și cu grijă cuvintele.

— De ce ar dori Salah să te ucidă?

— Investigația mea privind răpirea suedezului m-a purtat și acasă la el, în Rafah. Yasser Salah este punctul unde se întâlnesc toate aceste fire. Acolo vom găsi și proiectilul.

Abu Jamal a tușit și a scuipat într-un șervețel.

— Locotenentul Fathi Salah a venit la noi, încercând să vândă proiectilul. Era ofițer în cadrul Serviciului de Prevenire și Protecție. Poate că proiectilul este în posesia lor.

Omar Yussef a clătinat din cap și și-a mângâiat mustața.

— Fathi era singur și speriat când s-a întâlnit cu Odwan. Asta pentru că acționa fără permisiunea șefului său, generalul Husseini.

— De ce nu i-a vândut proiectilul generalului Husseini?

— Ar fi făcut-o, dar nu îi dădea voie Yasser. Dacă șeful *acestuia*, colonelul al-Fara, afla că a vândut o armă de o asemenea importanță celui mai mare dușman al său, ar fi însemnat sfârșitul pentru Yasser.

— Așadar, vânzarea către Brigăzile Saladin era soluția de compromis?

Omar Yussef a încuviințat din cap.

— Dar ceva nu a mers cum trebuia în timpul vânzării. Pentru Yasser nu conta, căci putea încă să i-o vândă colonelului al-Fara. Dar trebuia mai întâi să scape de fratele său, a spus Omar Yussef, frecându-și mâinile una de cealaltă, ca și cum le-ar fi spălat. Știa că generalul Husseini îl va acuza pe Odwan pentru uciderea lui Fathi.

— Deci Yasser Salah și-a vândut propriul frate. Dar ce interes avea să îl răpească pe suedez?

— Încă nu știu. Poate are legătură cu diploma sa de la al-Azhar. Și-a cumpărat diploma, ca să poată fi înaintat în grad. Poate se temea că va fi degradat sau acuzat de corupție în cazul în care erau date în vileag diplomele false.

Abu Jamal a clătinat din cap.

— Ar fi fost prea riscant pentru Yasser. Și în orice caz, ofițerii lui al-Fara promovează dacă sunt corupți, nu sunt puși sub acuzare. Dar s-ar putea să ai dreptate în privința proiectilului.

S-a aplecat spre Attiah și i-a șoptit ceva. Bărbatul cel voinic s-a dus către celălalt capăt al apartamentului și a vorbit la telefon cu voce joasă.

— Mergem să căutăm proiectilul acasă la Salah, a spus Abu Jamal.

— Când?

— Plănuisem o altă misiune în noaptea asta, așa că toți oamenii mei sunt pe poziții. Vom fi gata în curând.

— Venim și noi.

Abu Jamal a plescăit din limbă și a ridicat capul.

— Nu.

— Uiți că pe noi ne interesează suedezul.

Șeful Brigăzilor Saladin și-a frecat bărbia gânditor, cu mâna teafără.

— În regulă. Dar stați deoparte. Nu vreau ca Brigăzile să fie acuzate de moartea altui reprezentant al ONU.

Stai liniștit, că dacă mor eu, și-a zis Omar Yussef, *nu vei avea parte de atâta tămbălău. Nu te vor deranja nici măcar cu un telefon.*

Capitolul 27

Se făcuse ora unsprezece în seara aceea când Abu Jamal s-a declarat în sfârșit mulțumit de cantitatea de armament adunată pentru a putea ataca locuința familiei Salah. Omar Yussef și-a petrecut timpul plimbându-se în sus și în jos prin întunericul de deasupra papetăriei. Știa sigur că proiectilul se află în mâinile lui Yasser, dar în momentul acela nu putea spune cu mâna pe inimă că fratele lui Salah pusese la cale răpirea lui Wallender. Dacă greșea, trebuia să afle foarte repede, ca să încerce să îi convingă pe alți lideri să îl elibereze pe suedez.

Omar Yussef a scos un mormăit grav, de frustrare. Îl încercau gânduri deznădăjduite – dacă Wallender nu se afla în casa lui Salah, atunci nu avea să îl mai găsească niciodată. Colegul său ar rămâne la mila unor teroriști numai de Alah știuți. Brigăzile Saladin își vor recupera proiectilul, îl vor produce în serie, îl vor lansa spre teritoriile israeliene și astfel vor aduce pe capul oamenilor din Gaza un nou război. *Măcar unii vor fi fericiți*, și-a zis el. Și-a încleștat pumnii la spate.

Pași grei se apropiau cu repeziciune din celălalt capăt al apartamentului. În întunericul care învăluia canapeaua, vârful portocaliu al țigării lui Sami s-a apropiat de măsuță, apoi a fost strivit. Sami stătea în picioare lângă Omar Yussef, când Attiah Odwan a ajuns la ușă. De-a curmezișul pieptului său viguros și bine făcut își atârnase o mitralieră Carl Gustav. La curea avea prinse opt grenade, iar sub vesta lui bombată se ghiceau încărcătoarele de rezervă pentru mitralieră. Le-a făcut semn cu capul să îl urmeze.

La capătul scărilor așteptau trei jeepuri cu farurile stinse. Bărbații dinăuntru își acoperiseră capetele și fețele cu *keffiyeh*, pentru a se apăra de praf. Omar Yussef nu purtase niciodată eșarfa aceasta în pătrățele, dar acum își dorea să aibă una, chiar dacă era simbolul unei simplități rustice. Nu își dădea seama dacă îi era frig pentru că nu purta decât cămașă sau pentru că febrilitatea de la nivelul mușchilor îi împiedica alimentarea cu sânge. A tușit și a urcat în primul jeep, alături de Sami. Abu Jamal a coborât scările grăbit. Și-a pus o bonetă verde pe cap și s-a așezat pe scaunul din față. Attiah Odwan a dat o fugă până la capătul străzii și a verificat dacă șoseaua principală este liberă, înainte de a face semn convoiului să se pună în mișcare. Apoi s-a strecurat pe bancheta din spate, alături de Omar Yussef.

În timp ce se foia ca să își facă loc, Omar Yussef s-a lovit cu capul de ceva metalic. Lovitura i-a reînviat durerea pe care o simțise atunci când fusese lovit în cap, în timpul răpirii lui Wallender, smulgându-i un geamăt de durere. S-a întors să îi arunce o privire fioroasă unuia dintre partizanii aflați în compartimentul de bagaje din spatele jeepului, care tocmai retrăgea tubul gros al unui lansator de proiectile de umăr, similar celui pe care Omar Yussef îl văzuse în acțiune împotriva casei generalului Husseini, chiar în dimineața aceea. Partizanul a așezat proiectilul lângă un altul, pe care îl ținea ridicat între genunchi. A bătut cu încheieturile degetelor în aruncătorul de proiectile, acolo unde se lovise cu capul Omar Yussef și a ridicat din umeri, lăsând să i se citească scuzele în ochi, printre pliurile eșarfei.

— Fii atent, i-a spus Omar Yussef. O singură împușcătură este de ajuns ca să îmi spulbere capul. Nu îți irosi proiectilele.

Abu Jamal a aruncat o privire către partea din spate a jeepului și i s-a adresat celui cu aruncătorul de proiectile antitanc.

— Când ajungem acolo, stai lângă mine.

Jeepurile au înaintat cu viteză pe strada principală. Dacă în primele ore ale serii orașul era liniștit, acum era pustiu și fantomatic. În Rafah, noaptea aparține partizanilor, contrabandiștilor și detașamentelor israeliene sub acoperire.

Sami și-a aprins o țigară, după care le-a înmânat pachetul partizanilor recunoscători din spate. Attiah Odwan a refuzat țigara.

— Ce aveți de gând să faceți când ajungem acasă la Salah? l-a întrebat Omar Yussef pe Abu Jamal.

Capul și umerii acestuia din urmă săltau în ritmul hurducăturilor jeepului pe drumul accidentat. Era destins și relaxat.

— Ne vom lua revanșa pentru moartea fratelui lui Attiah, a spus el.

Omar Yussef știa că în noaptea asta vor muri alți oameni. În tăcerea care s-a așternut în mașină, se întreba dacă raționamentul său în privința lui Yasser

Salah era corect. Oare nu cumva revărsa pe capul unor oameni nevinovați furia nemiloasă a unei forțe bine înarmate? S-a simțit străpuns de o înțepătură de panică. S-a gândit să îi încetinească pe partizani, ca să aibă timp să reia raționamentul.

— S-ar putea să aveți nevoie de Yasser Salah în viață, a spus el. Să vă arate unde este ascuns proiectilul.

— Va rămâne în viață cineva din familie ca să ne arate, a replicat Abu Jamal. Nu mă aștept să fie Yasser. Nu îi stă în fire.

— Yasser este cel care știe adevărul, a spus Attiah încet.

Omar Yussef s-a întors către bărbatul cel solid, înghesuit pe bancheta din spate, alături de el.

— Care adevăr, Attiah?

— Familia Salah a cerut moartea fratelui meu Bassam, spunând că el l-a ucis pe fiul lor, a spus Attiah, cu privirile ațintite în întunericul nisipos din spatele geamului. Cererea lor era corectă din punctul de vedere al tradiției noastre, a răzbunării sângelui vărsat. Dar nu Bassam era ucigașul. Acum, aceeași tradiție mă împinge la răzbunare. Răzbunarea mea este cea adevărată.

Omar Yussef a meditat câteva clipe la cele auzite.

— Te aștepți ca familia Salah să reziste atacului, Abu Jamal?

Abu Jamal și-a ridicat mâinile în față, neștiutor.

— Cei care mor pentru cauza Rezistenței merg în Rai, a zis el. Cei pe care îi omorâm merg în Iad.

Eu nu cred în Rai, și-a zis Omar Yussef în gând. A scrutat întunericul de nepătruns. Se aflau în zona pe jumătate demolată a orașului Rafah, unde zidurile purtau urme de gloanțe, iar marginile lor erau distruse – crestate și spintecate de obuze. *Iar Iadul este chiar aici.*

Primul jeep a încetinit pentru a intra pe aleea care ducea la casa familiei Salah. A rulat până la zona acoperită cu nisip unde James Cree parcase Chevroletul ONU în urmă cu o zi și jumătate. Omar Yussef s-a încruntat. I se părea că trecuse atât de mult timp, ca și cum Cree ar fi murit cu mulți ani în urmă, la fel ca străbunicul său înmormântat în Cimitirul Eroilor Britanici. *Câți ani aș avea eu dacă ar fi așa?* s-a întrebat el. *Azi am trăit cât pentru mai multe vieți.*

Cel de-al doilea jeep s-a apropiat de ei, iar ultimul a înconjurat casa, prin partea de vest. Partizanii au coborât în liniște din jeepuri. Omar Yussef a pășit țeapăn pe nisip, mișcându-și umerii amorțiți de cât stătuse imobilizat între Sami și Attiah.

Casa era cufundată în întuneric. Printre vârtejurile de praf, Omar Yussef a văzut pânza neagră a cortului de doliu fluturând în vânt și i-a auzit vibrația gravă și constantă. Măslinii foșneau deasupra zidului împrejmuitor. A făcut câțiva pași pe alee și a privit spre garajul din spatele casei, pe lângă care trecuse împreună cu Cree cu o zi înainte. Ochii lui s-au luptat cu întunericul. O rază firavă de lumină strălucea pe sub ușă, între garaj și grădină. O rafală de vânt s-a năpustit spre el, silindu-l să clipească des pentru a se feri de praf. Când a deschis ochii, lumina din garaj dispăruse. Cineva îi văzuse.

Partizanii au traversat zona acoperită cu nisip, spre zidul împrejmuitor. Omar Yussef a mers pe urmele lor. L-a recunoscut pe Abu Jamal după vârful bonetei militare și i-a șoptit numele. Voia să îi spună despre lumina din garaj. Abu Jamal s-a întors.

Deodată, dinspre casă s-a auzit o bubuitură de armă. Sunetul său baritonal era în perfectă armonie cu basul pânzei de cort, care continua să fluture domol. Abu Jamal s-a lăsat în genunchi. Și-a ridicat kalașnikovul și a răspuns focului de armă venit din direcția unei ferestre de la etaj. Oamenii lui s-au adăpostit în spatele zidului dimprejurul crângului de măslini. Abu Jamal i-a urmat în fugă, trăgând încontinuu.

Omar Yussef s-a ghemuit în mijlocul parcării, în același loc unde se afla când a început schimbul de focuri. A văzut scânteierea portocalie la gura țevii care ieșea de la etajul casei Salah, dar când s-a uitat în jur, totul era negru. Cineva l-a apucat de talie și l-a silit să alerge la adăpostul zidului. A căzut în genunchi, dar nu s-a oprit, târându-se de-a bușilea prin nisip. Ajuns lângă zid, s-a lăsat la pământ și și-a împins ochelarii mai sus, pe nas. S-a întors gâfâind. Sami îi zâmbea, bătându-l pe braț.

Partizanii se strânseseră de-o parte și de cealaltă a porții, gata să ia cu asalt casa. Un fulger a sfâșiat întunericul, iar o parte a zidului s-a dezintegrat. Explozia a săltat în aer doi partizani, apoi i-a aruncat în nisip, la câțiva metri de poartă. Omar Yussef a simțit-o ca pe un val de căldură în noaptea umedă. *Yasser a minat intrarea*, și-a spus el. Unul din bărbații trântiți la pământ a țipat de durere. Mitraliera de la fereastră a țăcănit o nouă salvă de împușcături și ambii răniți au rămas nemișcați. Attiah s-a ridicat și a tras spre fereastra de la etaj.

Abu Jamal i-a făcut semn bărbatului care căra cele două proiectile antitanc legate pe spate. Acesta a dat din cap, a pregătit unul dintre proiectile și s-a furișat către poartă. A inspirat adânc, iar umerii i s-au ridicat. A ieșit de la adăpost și a tras către acoperișul casei. Obuzul a lăsat dungi aprinse, albastre și roșii, prin fereastra de unde veniseră împușcăturile. A lovit cimentul dinăuntru cu un zgomot de copac înalt căzut la pământ și a inundat încăperea cu lumină.

Partizanii și-au ridicat capetele și au privit cum lumina s-a transformat într-un noian de întuneric fumegând. Cel cu aruncătorul de proiectile s-a întors către Abu Jamal, dând din cap entuziasmat. Pe neașteptate, de la o altă fereastră de la etaj a izbucnit un nou răpăit de armă, iar omul a căzut secerat. A scăpat din mână lansatorul gol și s-a apucat cu mâinile de stomac. Abu Jamal l-a tras din bătaia gloanțelor. L-a răsucit pe o parte, i-a scos celălalt proiectil antitanc de la spate și l-a sprijinit de zid. I-a rupt tricoul pentru a-i examina rana.

Attiah s-a rezemat de rămășițele zidului și a început să tragă spre casă. Fumul care ieșea din încăperea lovită de proiectil era mai gros acum, reușind să astupe etajul aproape în întregime. Focul se întinsese și la celelalte camere. Omar Yussef a auzit un țipăt de femeie în mijlocul flăcărilor. Attiah a înconjurat zidul și, cu spinarea aplecată, s-a repezit către ușa casei.

Omar Yussef l-a apucat pe Sami de umăr.

— În spate este un garaj. Înainte să înceapă să tragă, am văzut o lumină acolo.

Sami a dat din cap. S-au strecurat în spatele zidului și apoi pe lângă casă.

— Ridică-mă peste zidul grădinii, a spus Omar Yussef. Tu ești destul de puternic să îl sari singur.

Zidul avea doi metri. Omar Yussef și-a proptit un picior în palmele înlănțuite ale lui Sami, iar tânărul l-a împins până când a reușit să pună un genunchi pe zid. Pe margine erau împrăștiate bucățele de sticlă pe care le-a simțit pătrunzându-i în mâini și în picior. Înjurând printre dinți, l-a trecut cât a putut de repede și a căzut cu o bufnitură la pământ, aterizând pe spate. S-a rostogolit pe burtă și și-a ferit mâinile însângerate de nisip. S-a ridicat în genunchi și s-a apucat cu palmele de partea din față a tricoului, strângând cu putere pentru a opri sângerarea.

— Sami, pe zid sunt cioburi de sticlă. Ai grijă!

— Bine.

În casă se auzeau trăgând cel puțin două arme. În timp ce Omar Yussef se strâmba de durere, un bărbat îmbrăcat într-un tricou alb a ieșit pe ușa din spate și a coborât treptele. A tras câteva focuri înapoi și a traversat în fugă grădina. Omar Yussef și-a dat seama că este Yasser Salah abia când a trecut pe lângă el.

Un măslin a fost despicat în două de impactul unei salve trase din casă, iar Yasser Salah a căzut într-un genunchi. Attiah Odwan a ieșit în goană pe ușa din spate, risipind gloanțe prin toată grădina. Omar Yussef s-a culcat la pământ. Yasser a țintit în grabă și a tras. A ținut degetul pe trăgaci doar o clipă, dar a fost de ajuns ca șase gloanțe să îl lovească pe Attiah. Bărbatul cel voinic a căzut la pământ, secerat. Omar Yussef a scos un icnet.

Yasser s-a oprit. S-a uitat în direcția în care se afla Omar Yussef, încercând să străpungă cu privirile întunericul dintre măslini. Omar Yussef a rămas culcat pe nisip.

Deasupra lui, a auzit un geamăt, iar Sami a apărut în vârful zidului. Yasser a ridicat arma și a tras. Sami a sărit înapoi, fără să scoată niciun zgomot. Yasser s-a grăbit către garaj, a deschis ușa, apoi a închis-o în urma sa.

— Sami? a strigat Omar Yussef.

— Nu s-a întâmplat nimic, Omar Yussef. Ajung imediat la dumneata.

— Ești rănit?

— Nu chiar.

— Ce vrei să spui?

— Am o ușoară zgârietură la umăr. Lasă-mă câteva clipe, da?

Omar Yussef a rămas cu privirile pironite asupra garajului dărăpănat. Din casă se auzeau împușcături și țipete de femei. S-a furișat prin grădina acoperită de nisip, către intrarea garajului. A deschis ușa cât a putut de încet și a intrat.

Pe un banc de lucru, într-un colț, se afla un mic felinar de furtună. Când Yasser Salah l-a ridicat, a început să se legene, aruncând în jur raze slabe, dar lumina sa nu l-a dat de gol pe Omar Yussef. Salah a întins cealaltă mână și l-a tras înspre el pe un bărbat. Acesta avea mâinile legate în față, iar gura îi era acoperită cu bandă adezivă neagră. Părul acestuia, ondulat, blond-cenușiu, era murdar și nepieptănat.

Omar Yussef s-a opus tentației de a striga către Magnus Wallender. S-a furișat la adăpostul umbrelor, către colțul luminat al încăperii.

Salah a îndepărtat un radiator pe parafină de lângă perete. Sub el se afla un chepeng. *Tunelul clandestin*, și-a zis Omar Yussef. Salah a ridicat chepengul. Intrarea avea numai un metru pătrat și era căptușită cu lemn. A tăiat sfoara cu care erau legate mâinile lui Wallender și i-a smuls banda de pe față. Wallender a țipat de durere, ducându-și mâinile la gură. I-a dat sângele prin barba țepoasă și picăturile i s-au scurs pe cămașă. Salah a coborât pe o scară în puțul ce ducea până la tunel, ținând în mână felinarul de furtună. A scos un pistol de la spatele pantalonilor și l-a îndreptat spre Wallender.

— Vino după mine.

Wallender a dat din cap, exagerat de docil. Picioarele îi erau deja pe prima treaptă a scării.

Omar Yussef a deschis gura, ca să îl strige pe Wallender. Cuvintele i-au fost însă înghițite de explozia vâjâitoare a unui alt proiectil lansat de pe umăr. A lovit garajul într-o parte, doborându-l la pământ și nimicind în același timp o parte a zidului din spatele lui.

S-a străduit să se ridice în genunchi și s-a târât până la intrarea în tunel. Garajul șubred a scârțâit, resimțind din plin forța impactului, iar el și-a dat seama că o să se prăbușească. În timp ce cobora în

tunel, acoperișul din lemn al garajului s-a
A privit în jos. La capătul puțului, trei metri și
tate mai jos, partea superioară a trupului lui Mag
era luminată de scânteierea felinarului. Picioare
suedezului tocmai pătrundeau prin tunelul îngust care ducea probabil dincolo de graniță. Nici urmă de Salah. În timp ce cobora, mâinile sale lăsau pete de sânge pe treptele scării.

A auzit cum deasupra lui s-a prăbușit un alt zid. Cofrajul de lemn al puțului a gemut, iar dintre scânduri s-au iscat vălătuci de praf.

Omar Yussef a ajuns la capătul scării. Wallender era întins pe burtă, târându-se în spate prin tunel. Spre deosebire de puț, tunelul nu era susținut de un cofraj de lemn și era chiar și mai îngust – aproximativ șaptezeci de centimetri pătrați. Omar Yussef s-a lăsat în patru labe.

— Magnus, a șoptit el.

Suedezul a scrutat penumbra aruncată în spatele său de felinar. Pe chipul său însângerat se citea că îl recunoscuse. Transpirația i se scurgea lui Omar Yussef în ochi odată cu praful, pe când se chinuia să privească în spatele lui Wallender, dar trupul acestuia astupa întregul tunel. În jurul lor pământul tremura, iar din peretele de deasupra se scurgea o pulbere de praf.

Trebuia să îi convingă să se întoarcă.

— Yasser, a strigat el de-a lungul culoarului.

— Băga-te-aș în pizda mă-tii, a strigat Yasser. Îl împușc pe străin.

— Mai bine ieșim toți de aici, Yasser. O să se prăbușească totul.

Pulberea s-a transformat într-o scurgere continuă, măruntă, ca ploaia, de-a lungul întregului tunel. Apoi pământul a gemut ca un luptător care încasează un pumn, iar acoperișul tunelului s-a surpat. Omar Yussef s-a azvârlit în față, ca să apuce

Wallender. A tras cu putere, iar suedezul brațu ns înainte. Puțul din jurul lui Omar Yussef s-plut cu un praf dens. Prin întuneric, a în-t să îl strige pe Magnus, dar nu putea decât să ească. L-a ținut de mână și a simțit lupta dispe-ată a acestuia de a-și elibera picioarele și mijlocul, apoi a sesizat că rezistența pe care o opune se în-moaie. S-a tras într-o parte, cu spatele lipit de scân-durile din lemn, ca Magnus să poată ieși din tunel și să se ridice în genunchi. L-a îmbrățișat și s-au ținut strâns în brațe câteva clipe. L-a împins apoi pe Magnus în sus, pe scară, iar el s-a târât în spatele lui prin aerul opac. Deasupra lor s-a auzit zgomot de pietre care se ciocnesc unele de altele.

— Nu pot ieși, Abu Ramiz, a spus Wallender, ajuns în vârful scării. Ieșirea este blocată.

Când se prăbușise, acoperișul garajului astu-pase intrarea în tunel. Înecați de tuse, Omar Yussef și Wallender au strigat că se află sub pământ. Au ascultat cu atenție tăcerea adâncă, apoi au strigat din nou.

În timp ce așteptau, Omar Yussef simțea liniștea picurându-i în suflet. Îl găsise pe Magnus. Chiar dacă aveau să rămână înțepeniți în acest tunel pe vecie, fără ca nimeni să știe ce li s-a întâmplat, îi demonstrase suedezului ce fel de om este. *Aș putea rămâne aici, și-a zis el, îngropat în Gaza, ca stră-bunicul lui James Cree.* Deodată s-a încruntat. Un gând i-a trecut prin minte timp de o clipă și l-a aju-tat să facă legătura între scheletul de la morga doc-torului Najjar și Cimitirul Eroilor Britanici. A încer-cat să readucă cele două imagini laolaltă, dar a fost distras de strigătele lui Magnus, care încercau să străpungă lemnul și pietrele în căutare de ajutor.

Magnus respira anevoie. Și-a pus o mână pe umărul lui Omar Yussef.

— Abu Ramiz, în timpul captivității mele m-am simțit foarte singur, a murmurat el. Cu toate că sunt încă prizonier, cel puțin am lângă mine un adevărat prieten.

Apoi, ridicând vocea:

— Spune-mi, Suedia a invadat Norvegia?

L-a plesnit pe Omar Yussef peste umăr și și-a dat capul pe spate, râzând. Omar Yussef a înțeles că tovarășul său era atât de ușurat că a scăpat de Yasser Salah, încât nici măcar perspectiva de a fi îngropat de viu nu îi putea strica buna dispoziție. A tușit, dând afară praful adunat în gură și a zâmbit.

Deasupra lor s-au auzit zgârieturi și hodorogeli produse de cineva care ridica acoperișul prăbușit. Gura puțului s-a eliberat, iar Wallender a fost tras afară. Omar Yussef l-a urmat. Sami l-a apucat de subțiori, a făcut o grimasă din pricina rănii ușoare de la umăr, apoi l-a săltat pe piatra spartă care fusese zidul garajului. Omar Yussef a rămas nemișcat și asudând lângă Magnus. Furtuna de nisip încă îneca orașul Rafah în mizerie și umiditate, dar lui Omar Yussef aerul i se părea curat și energizant, ca aerul de la munte, după tot praful înghițit în tunel.

Sami s-a aplecat în puțul care ducea spre tunelul clandestin și a cercetat întunericul.

— Nu mai este nimeni acolo?

Omar Yussef a ridicat capul pentru a rosti numele lui Yasser Salah, dar s-a înecat și a tușit până ce diafragma i s-a lipit de plămâni.

Abu Jamal a traversat ruinele către garajul distrus, ținând în față o lanternă. Oamenii lui aruncau în grădină bârne de lemn, bucăți din tabla de pe acoperiș și cărămizi de zgură, căutând ceva printre dărâmături. Partizanul șef l-a fixat cu privirile pe suedezul epuizat de efort. Tușind și respirând adânc, Wallender era acoperit de pământ din cap până în picioare. Și-a ferit ochii de raza lanternei lui Abu Jamal.

Omar Yussef s-a ridicat în picioare și i s-a adresat lui Abu Jamal.

— Acesta este Magnus Wallender, de la ONU, cel care a fost răpit de Yasser Salah. Yasser zace mort, jos, în tunel.

Abu Jamal s-a uitat la Wallender cu o privire ce părea a spune că tocmai îi fusese prezentată cea mai împuțită jigodie din Gaza. A îndreptat raza de lumină către Omar Yussef, a scos pistolul din toc și l-a ațintit către el.

— Nemernicule, unde mama dracu' e proiectilul meu?

Capitolul 28

Magnus Wallender s-a ridicat în picioare, gâfâind. În jurul gurii, unde Yasser Salah îi smulsese banda adezivă, pielea îi sângera, năclăită cu pământ ud. Părul său cu fir gros se zbârlise în smocuri înfiorătoare, iar ochii de un albastru deschis îi ieșeau în evidență, contrastând puternic cu fața lui murdară de pământ. A scos pieptul înainte, a clipit până când a scăpat de mizeria din ochi și a făcut un pas în fața lui Abu Jamal.

— Oricine ai fi, lasă arma jos.

Abu Jamal l-a măsurat din cap până în picioare. A aruncat o privire în spate, acolo unde oamenii lui căutau printre dărâmături, sperând încă să dea de urma proiectilului.

— Eu știu cine ești, chiar dacă tu nu mă cunoști, a spus el. Norocul tău că nu vreau să am probleme cu ONU, că altfel te-aș omorî.

Wallender a întins mâna către pistolul lui Abu Jamal. Acesta s-a dat în spate, dar a băgat arma în tocul de piele.

Partizanul s-a scărpinat la ceafă și a dat cu piciorul, ursuz, într-o cărămidă spartă. A făcut un pas într-o parte, ca să i se poată adresa direct lui Omar Yussef.

— Deci, unde este *Saladin I*?

— Cu siguranță Yasser a ascuns-o undeva, a spus Omar Yussef, ridicându-se încet și privindu-și cu atenție palmele însângerate. Trebuie să îmi bandajez mâinile.

— Du-te dracului cu mâinile tale! Dacă sângerezi până la moarte, ONU nu mă poate acuza pe mine.

După ce a spus asta, Abu Jamal s-a îndreptat către casă.

Unul dintre oamenii lui a ieșit din casă, îmbrâncindu-l pe tatăl lui Yasser și Fathi Salah pe trepte. Abu Jamal a grăbit pasul și a scos pistolul în timp ce traversa grădina nisipoasă. Când a ajuns lângă Zaki Salah, și-a pus mâna liberă pe umărul bătrânului, l-a silit să îngenuncheze, să dea capul pe spate și i-a băgat țeava pistolului în gură.

— Unde este proiectilul? a strigat el.

Zaki a clătinat din cap. Abu Jamal a strigat încă o dată, iar a treia oară a urlat de-a dreptul. A scos pistolul din gura bătrânului, l-a pocnit cu țeava peste obraz și apoi peste nas. Sângele a început să se scurgă pe *jalabiya* albă și lungă a lui Salah.

Abu Jamal l-a apucat pe Salah de barbă și l-a târât prin nisip, către cadavrul lui Attiah Odwan. L-a trântit pe bătrân la pământ, lângă trupul voinic și musculos. Salah s-a uitat la chipul mortului și a murmurat o binecuvântare.

— Închide gura! a strigat Abu Jamal. Javra de fi-tu l-a ucis. Javra de Yasser, care este mort și îngropat în pământul de sub garaj.

Salah a început să murmure din nou, închizând ochii și rugându-se pentru sufletul fiului său. Abu Jamal l-a lovit pe bătrân în stomac. I-a făcut un semn celui care îl scosese pe Salah din casă.

— Ridică-l!

Omar Yussef a făcut un pas spre grădina înecată în nisip. Se îndrepta către Abu Jamal. Sami l-a apucat de încheietura mâinii și a clătinat din cap, dar Omar Yussef nu l-a băgat în seamă.

— Bătrânul nu știe unde este proiectilul, a strigat el.

Abu Jamal s-a întors și i-a aruncat o privire furioasă.

— Crezi că un om ca Yasser ar avea încredere în cineva? Chiar dacă îi este tată? a spus Omar Yussef.

Abu Jamal s-a uitat către Salah, apoi s-a întors spre Omar Yussef.

— Dacă el nu știe, atunci cum o să-l găsim?

— Nu îl veți găsi niciodată.

— Răspuns greșit.

— Nu era un răspuns, ci o urare.

Omar Yussef și-a ridicat capul sfidător în direcția lui Abu Jamal. Și-a încleștat mâinile însângerate și le-a simțit cum tremură.

— Dacă bătrânul nu știe unde este proiectilul, a zis Abu Jamal, cu ochii ațintiți asupra lui Omar Yussef în timp ce ridica pistolul către capul lui Salah, atunci nu am ce face cu el în viață.

A tras cocoșul, iar Zaki Salah s-a prăbușit pe spate, peste corpul lui Attiah Odwan.

Lui Omar Yussef i s-a tăiat răsuflarea. Genunchii bătrânului se zvârcoleau sinistru. Rana din frunte era o gaură mică și neagră, dar îi curgea sânge din ceafă, infiltrându-se în nisip. Omar Yussef s-a întins spre Abu Jamal și i-a apucat mâna deformată. Pielea moale era rece în palma sa. A arătat către cadavrul lui Attiah Odwan, de sub cel al bătrânului.

— Măcar Attiah a murit vitejește. Tu nu vei avea niciodată parte de o asemenea onoare.

Abu Jamal a mijit ochii și s-a uitat peste umărul lui Omar Yussef, către Magnus Wallender. Omar Yussef se întreba dacă nu cumva ia în calcul o nouă răpire, care să îi permită măcar să stoarcă o recompensă de la guvern, drept compensație pentru operațiunea neproductivă din acea noapte. Dar se pare că uciderea lui Zaki Salah îl liniștise.

— Sunt gata să devin martir, la fel ca Attiah, a spus el cu voce calmă.

Omar Yussef a simțit mirosul bomboanelor mentolate în respirația lui Abu Jamal.

— Dacă Alah o vrea.

Abu Jamal a pus arma la locul ei. Ochii săi injectați priveau în depărtare.

— Asta este o altă urare?

— La pământ! a urlat un partizan aflat printre ruinele garajului.

Abu Jamal și Omar Yussef s-au trântit în nisip. Au auzit un vuiet sec și au văzut ceva care se îndrepta în salturi spre ei. O piatră cu diametrul de treizeci de centimetri s-a oprit într-un măslin aflat la depărtare de un metru de ei. Nu părea însă a fi o piatră și sălta mult prea ușor. Omar Yussef s-a încordat de așteptare.

Unul dintre partizani a venit agale dinspre garaj.

— Îmi pare rău, șefu'. Aruncam molozul din garaj și am azvârlit și piatra aia fără să îmi dau seama ce este. Cred că este o carapace din fibră de sticlă care deghizează bombele plasate la marginea drumului. În momentul în care am aruncat-o, mi-am dat seama că e prea ușoară ca să fie o piatră și m-am gândit că poate are deja o bombă montată înăuntru. De asta am strigat, a spus el, îngenunchind lângă ea. Nu pare a fi armată.

— Ce ai mai găsit înăuntru? a întrebat Abu Jamal, făcând un gest către dărâmături.

— Câteva zeci de mitraliere kalașnikov și o grămadă de grenade. Depozitul de armament al lui Salah. O adevărată captură.

— Aduceți jeepurile aici și încărcați totul, a ordonat Abu Jamal.

— Acum ești fericit?

Omar Yussef s-a ridicat în genunchi.

— Acum îmi pot continua lupta de rezistență. Până când voi deveni martir.

Abu Jamal a tras un șut în capsula din fibră de sticlă. Omar Yussef s-a aruncat din nou la pământ. Capsula s-a rostogolit departe de ei. Abu Jamal a râs încet, zeflemitor.

Sami a sfâșiat o bucată de material din tricoul său pentru a-și lega umărul zgâriat de glonțul tras de Yasser Salah. A îngenuncheat lângă Omar Yussef cu un castron cu apă și i-a curățat mizeria adunată în rănile din palme.

— Era cât pe-aici să fiți îngropat de viu aici, Abu Ramiz, a spus el.

— Da, am crezut că acesta îmi va fi mormântul etern.

Omar Yussef și-a amintit felul în care se uniseră în mintea sa imaginile scheletului din laboratorul medicului legist cu cele ale Cimitirului Eroilor Britanici, pe când se afla în tunel. I se părea că totul se petrecuse acolo, jos, în aceeași groapă cu el și Yasser Salah. Și-a frecat fruntea.

— Nu v-aș fi lăsat acolo. V-aș fi scos eu de acolo și v-aș fi trimis corpul înapoi, în Betleem. Nu se poate sta în Gaza, nici măcar oasele nu îți pot rămâne aici.

Sami și-a rupt o altă bucată din tricou, cu care a înfășurat palma lui Omar Yussef.

Nici măcar oasele nu îți pot rămâne aici. Gândurile lui Omar Yussef s-au îndreptat către Yasser Salah, strivit de tunelul prăbușit. Deși Salah era mort, vor muri și alții când rezerva sa de armament va fi îndreptată către ei. Bărbații din Gaza puteau aduce moartea chiar și din mormânt. Și-a amintit de scheletul de pe masa de disecție a medicului legist. *Tu pe cine ai venit să omori de dincolo de mormânt?*

Capitolul 29

Lumina zorilor împrumuta o nuanță trandafirie norului de praf în timp ce Sami accelera pentru a ieși din Rafah, prin nord, pe Șoseaua Saladin, care ducea în orașul Gaza. Wallender își spălase pielea zdrelită din jurul gurii sub un robinet, dar fața îi era încă acoperită cu sânge și cu mizerie. Odorizantul auto cu miros de pin, atârnat de oglinda retrovizoare a jeepului Cherokee, lupta cu mirosul de sudoare și pământ al pasagerilor. Omar Yussef se întreba dacă va reuși vreodată să își curețe trupul de murdăria care îl împiedica să respire și îi înfunda gâtul.

Pe bancheta din spate a mașinii, Wallender sporovăia entuziasmat de recăpătarea libertății încă de când îi lăsaseră pe oamenii Brigăzilor Saladin la papetărie, cu jeepurile lor încărcate cu armele lui

Yasser Salah, purtând corpurile celor patru tovarăși morți. *Îl las să se spele și să se odihnească înainte de a-i spune despre James*, se gândea Omar Yussef. *Sau despre Eyad Masharawi. Poate despre toate celelalte nu am să îi spun niciodată. În acest fel, aș putea uita și eu tot ce s-a întâmplat.*

A privit spre câmpurile cu varză. Vântul îndoise pâlcurile izolate de smochini. Furtuna de nisip se pregătea pentru un ultim asalt. Poate se va opri, în sfârșit, iar soarele va răsări din nou înainte de plecarea sa din Gaza.

În timp ce treceau pe lângă Deir al-Balah, palmierii cei înalți se înclinau sub răbufnirile vântului. Câmpurile de varză fluturau ca suprafața de smarald a mării, întinse până la gardul viu bine îngrijit al Cimitirului Eroilor Britanici. Rafalele veneau dinspre est odată cu zorile, ca și cum lumina crescândă a dimineții era cea care sufla peste Gaza.

Pe când se apropiau de cimitir, privirile lui Omar Yussef s-au ațintit asupra gardului. *În tunel, mi s-a părut că locul acesta cu morminte era acolo, jos, unde mă aflam împreună cu Yasser. Și scheletul acela vechi era cu noi.* Gândul l-a făcut să se încrunte.

— Sami, să tragi pe dreapta la intersecția cu drumul acela, a spus el, arătând spre căsuța îngrijitorului.

Misteriosul schelet de la morgă a fost descoperit la marginea unui câmp de pe aici, și-a zis el. Și-a amintit de mormintele profanate pe care le văzuse când a vizitat cimitirul împreună cu Cree. Apoi i-au răsunat în minte cuvintele rostite de Khamis când de-abia ajunsese în Gaza: *În Gaza nu există nicio nedreptate separată, independentă de celelalte. Toate sunt legate unele de altele.*

A coborât din mașină și a făcut câțiva pași până în curtea îngrijitorului, cu capul plecat împotriva vântului. Îngrijitorul s-a holbat înfricoșat la hainele lui murdare și la capul acoperit de un strat gros de mizerie.

— Îți amintești de mine, Suleiman? Am venit aici cu domnul James Cree de la ONU.

Suleiman Jouda a încuviințat din cap, dar consternarea de pe chipul lui nu s-a șters.

Omar Yussef a tușit.

— Acesta este prietenul domnului Cree, domnul Wallender. Tot de la ONU.

Jouda a rămas cu gura căscată văzând fața însângerată a lui Wallender și hainele lui împuțite.

Omar Yussef s-a strecurat pe lângă îngrijitor.

— Este din Suedia, a spus el, făcându-i semn cu ochiul, ca și cum asta explica strania lor apariție la ușa îngrijitorului în zorii zilei.

Jouda a încuviințat din cap, șovăitor.

— Suleiman, trebuie să inspectăm cimitirul într-o chestiune de securitate foarte importantă pentru ONU.

Omar Yussef a traversat curtea acoperită de pământ, trecând pe lângă o roabă și câteva unelte de grădină sprijinite de zid. Jouda le-a deschis poarta cimitirului și a intrat. Omar Yussef a apucat o cazma cu coada lungă și i-a dat-o lui Sami. A evitat privirea întrebătoare a acestuia și a mers pe urmele lui Jouda, străbătând gazonul des al cimitirului.

Wallender a rămas uimit de curățenia cimitirului.

— Parcă nici nu am fi în Gaza. Ce facem aici, Abu Ramiz?

— Aducem un omagiu, a spus Omar Yussef.

Apoi, întorcându-se către Jouda:

— Suleiman, arată-ne mormintele care au fost profanate de curând. Nu erau acestea, aproape de capătul potecii?

Jouda i-a condus către colțul primului grup de lespezi, plasate cu fața spre obeliscul din centru.

— Sunt cele de aici, *ustaz*, a spus el. Dar îmi puteți spune, vă rog, care este problema? Îmi cer scuze că vă întreb, unchiule, dar consulatul britanic trimite azi pe cineva să inspecteze reparațiile pe care le-am făcut lespezilor deteriorate. Vizita dumneavoastră are vreo legătură cu asta?

— Într-un fel. Totul va fi în regulă. Nu îți face griji.

— Aceea este cazmaua mea? a întrebat Jouda, neliniștit și întrucâtva revoltat.

— Ai încredere în mine, Suleiman.

Omar Yussef a trecut de pe poteca acoperită cu pietriș pe iarbă.

Jouda fixase bucățile sparte de piatră și refăcuse gazonul răscolit din jurul lor. Lespedea pe care o marcaseră cu graffiti ieșea în evidență. Soluția de curățire a lui Jouda ștersese sloganul vandalilor, dar îndepărtase în același timp nouăzeci de ani de praf adunat pe piatră, lăsând o dungă diagonală, calcaroasă, peste vârful lespezii.

Omar Yussef s-a apropiat de mormânt. A citit inscripția. *Soldat Eynon Price. Corpul medicilor militari, Stația a 53-a de triaj al răniților. 28 de ani. 4/S/1917.* A citit inscripția din nou. *Eynon Price, Eynon Price. Cum se pronunță? „Ai" sau „Ei" sau „I"? Eynon Price.* Era sigur că numele îi este cunoscut. Poate vreunul din străinii care lucrau pentru ONU purta un nume asemănător, dar nu își putea aminti cine ar putea fi. Apoi și-a dat seama: auzise cuvintele acelea, rostite de o gură neobișnuită cu engleza. În celula lui Odwan. Când acesta, încă de pe atunci condamnat la moarte, le povestise despre bâiguiala fără noimă a locotenentului Fathi Salah, înainte de a fi împușcat. *High Noon Price.* Asta i se păruse lui Odwan că a spus Salah.

Odwan crezuse că Fathi Salah negocia prețul proiectilului, dar ofițerul înspăimântat îi spunea de fapt unde era ascunsă arma. Era aici, iar îngroparea sa fusese deghizată într-o profanare de morminte.

Omar Yussef s-a simțit străbătut de un val de putere și de entuziasm. Descoperise adevărul, iar acum era pe punctul de a scoate la suprafață proiectilul *Saladin I*.

— Sami, apucă-te să sapi aici.

Jouda a protestat. Omar Yussef a pus o mână pe umărul bărbatului și i-a vorbit pe un ton liniștitor.

— Suleiman, a fost comis un act criminal îngrozitor. Ai auzit de oasele care au fost descoperite în apropiere și duse la morga spitalului Shifa?

Jouda a făcut semn că da.

— S-a scris și în ziar, *ustaz*, a spus el.

A rămas cu privirea îndreptată către mormânt, acolo unde Sami îndepărta gazonul pe care el abia îl refăcuse.

— Acelea sunt oasele care ar trebui să se afle în acest mormânt.

— Atunci, ce se află în mormânt acum?

— Tot răul din Gaza.

— În acest caz, lăsați-l să putrezească acolo.

Jouda nu s-a întrebat ce fel de rău este acela care locuiește sub pământ.

— Nu putem face asta. Unde s-ar mai odihni oasele soldatului?

Sami începea să transpire, îngropat în pământul nisipos până la piept și cu bandajul de la umăr plin de sânge. Omar Yussef a simțit cum se încălzește aerul pe măsură ce soarele urcă pe cer.

Se gândea la locotenentul Fathi Salah, un student bun și mai apoi un ofițer cuviincios, dar în același timp un bărbat sărac, cu un frate care îl presa să încheie afacerea cu proiectilul cu Brigăzile Saladin. Nefiind în stare să ducă la bună îndeplinire negoțul murdar al lui Yasser, Fathi și-a pierdut cumpătul. Când i-a dezvăluit lui Odwan locul unde era ascuns proiectilul, fratele lui l-a împușcat. Omar Yussef își amintea de prelegerea pe care profesorul

Adnan Maki i-o ținuse la cină, despre invadatorii străini, printre care și acești britanici îngropați sub picioarele lor. Dar nu străinii vărsau cel mai mult sânge în Gaza, ci oamenii ca Yasser Salah, care își ucideau frații.

— Abu Ramiz!

Sami a aruncat cazmaua din groapă. A ridicat o cutie din placaj, ținând-o de un capăt. Avea lungimea unui coșciug, dar era legată cu sârmă, iar lemnul era nou și curat.

Wallender l-a ajutat pe Sami să ridice cutia pe iarbă. Sami l-a trimis pe Jouda în curtea casei, în căutarea unei perechi de clești. I-a adresat lui Omar Yussef un zâmbet admirativ și nedumerit. Când Jouda a revenit, Sami a tăiat sârma și a desfăcut capacul bătut în cuie al cutiei cu ajutorul cazmalei.

Proiectilul era cenușiu la culoare și surprinzător de îngust – cât trupul unui țânc. O dungă galbenă îi încercuia vârful ascuțit și o alta, aripioarele de la bază. Trei bucăți de material spongios îl țineau fix și era bine împachetat în pungi de balast din plastic.

— Suleiman, sună la spital și vorbește cu medicul legist Najjar. Spune-i că ai aflat de unde provin oasele lipsă, a spus Omar Yussef. Spune-i că o să sun eu la morgă de îndată ce voi putea.

Îngrijitorul s-a grăbit spre casă.

Omar Yussef s-a aplecat pentru a închide capacul cutiei.

— Ce este cu toată povestea asta? a întrebat Wallender.

— Acesta este *Saladin I*, a răspuns Omar Yussef și a fixat bine capacul cu podul palmei.

Sami s-a apropiat de Omar Yussef.

— Cum ai de gând să distrugi proiectilul, Abu Ramiz?

— Să îl distrug? a replicat Omar Yussef, râzând. O să îl vindem.

Capitolul 30

Pe când vântul scădea în intensitate, norul de praf așternea peste strada Émile Zola un strat nisipos. Omar Yussef a privit către cer, clipind. Un albastru intens se zărea prin praf pentru prima oară în ultimele patru zile. Tricolorul arborat pe clădirea Centrului Cultural Francez, aflată alături de casa lui Maki, atârna de catargul său ca o floare ofilită de căldura dimineții. Sami trăsese jeepul lângă bordură. A ciocănit ușor cu pumnul în cutia din placaj a proiectilului, așezată pe bancheta din spate, apoi i-a făcut un semn lui Omar Yussef, cu degetele mari ridicate în sus. Acesta a dat din cap și a apăsat pe butonul soneriei de la poarta profesorului.

Ușa albastră din metal s-a deschis, iar Omar Yussef a intrat în grădina cu tufișuri bogate și cu palmieri înalți. A tras aer adânc în piept, încercând să se calmeze și a remarcat că, pentru prima oară de zile întregi, putea inspira fără a înghiți un pumn de praf. Trecând pe lângă căprioara de plastic de lângă fântână, care își întindea gâtul din spatele unui tufiș, și-a lăsat crusta de sânge și sudoare din palma bandajată să se frece de boticul ei.

Menajera adusă din Sri Lanka îl aștepta lângă ușa din mahon. Nu a acordat nicio atenție murdăriei care îi acoperea fața și părul sau petelor de sânge de pe tricoul lui, în dreptul burții, acolo unde își presase palmele pentru a opri sângerarea. Asta l-a făcut să se întrebe ce alte ciudățenii văzuse femeiușca aceasta intrând în casă, astfel încât să privească, zâmbind politicos, o arătare hidoasă cum trebuie să fi fost el în acest moment.

— Profesorul Adnan nu s-a trezit încă, a spus ea. Dar dacă vă grăbiți, îl anunț că sunteți aici.

— Te rog să o faci. Mulțumesc.

Menajera a plecat să îl cheme pe Adnan Maki. Omar Yussef a tras unul dintre scaunele curbate de sub masa din sufragerie, ca să nu murdărească canapeaua și să o pună pe femeie la muncă. Îl durea spatele, iar capul îi zvâcnea. Probabil că în aceste clipe Magnus se spăla și se bărbierea în camera sa de la Hotelul Sands; oare el când va avea răgazul să facă același lucru? Și-a frecat țepii care îi acopereau bărbia și o ploaie de noroi uscat s-a scuturat pe tăblia lucioasă a mesei. L-a șters cu marginea palmei. Bandajul a lăsat o urmă umedă pe suprafața lustruită. A respirat adânc, clătinând din cap.

Menajera s-a întors. Zâmbind, s-a oferit să îi aducă o cafea. Omar Yussef a rugat-o să nu îi pună zahăr, după care ea a plecat la bucătărie. Asculta zgomotele înfundate ale pregătirilor din bucătărie, când l-a observat pe Maki privindu-l de după paravanul chinezesc cu inserții din email, care masca holul. Maki purta un halat de noapte roșu și pijama bej, ambele din mătase. Părut cărunt îi era ciufulit. Omar Yussef a aruncat un ochi la ceas.

— Dimineață luminată, Abu Nabil, i-a urat el.

— O dimineață plină de bucurie, a răspuns Maki.

Vocea îi era stinsă. S-a uitat fix la Omar Yussef, a căscat și și-a frecat fața cu palmele ca să se trezească de-a binelea.

— Îmi pare rău că te deranjez.

Maki a părut că se scutură de somn într-o clipă. Devenise deodată la fel de gălăgios și de vioi ca întotdeauna.

— Nu mă deranjezi deloc, Abu Ramiz. Te invit să iei micul dejun cu mine. Dacă o companie bună la cină este un lucru rar în Gaza, atunci la micul dejun este o imposibilitate, a spus el cu o privire pofticioasă în ochi.

Omar Yussef s-a întrebat cine îi ținea companie lui Maki la micul dejun în apartamentul său din Paris, departe de privirile conservatoare din Gaza. Probabil nu erau mai grozave decât felul în care se înfățișa Omar Yussef în acest moment.

— Îmi cer iertare pentru felul în care arăt.

— Vrei să te cureți la baie? Ce naiba ți s-a întâmplat?

Menajera a adus cafeaua. Maki i-a spus să aducă o farfurie cu croasante și pâine prăjită.

— Nu îmi este foame, Abu Nabil, a spus Omar Yussef.

— Nu, nu, insist să ne delectăm cu un mic dejun pe îndelete, numai noi doi.

Maki s-a așezat la masă.

— Mă bucur mult de compania dumitale excelentă. Întâlnirile Consiliului Revoluționar au luat sfârșit. Prietenii mei instruiți se întorc în Cisiordania. Brusc, o liniște mormântală se așterne peste Gaza. Ca într-un cavou. Un cavou.

Omar Yussef a detectat un înțeles ascuns în repetarea acestui ultim cuvânt. Poate că totuși Maki descoperise notițele de pe spatele foii distribuite de Brigăzile Saladin. Dar acum nu mai conta. Asul se afla în mâna lui Omar Yussef.

— Nu am venit de dragul discuției elevate. Vreau să încheiem o afacere, a spus el.

Maki și-a înclinat capul într-o parte, desfăcându-și palmele.

— Propun un schimb, a continuat Omar Yussef.

Menajera a intrat cu o farfurie plină cu produse de patiserie. Maki a împins-o spre Omar Yussef, zâmbind.

— Vrei să cumperi libertatea prietenului dumitale, profesorul Masharawi?

— Știi la fel de bine ca și mine că Masharawi este mort, a replicat Omar Yussef.

Zâmbetul de pe chipul lui Maki a pierit. A tras înapoi spre el farfuria și a mușcat dintr-un croasant cu ciocolată. În timp ce mesteca, ochii săi mici, negri, de mormoloc, s-au îngustat, luând o înfățișare severă și vicleană. Și-a șters câteva firimituri de aluat rămase pe buza de sus.

— Nu o știu la fel de bine ca dumneata, dar este drept că știu.

— *Saladin I* se află în posesia mea.

— Despre ce vorbești?

— Prototipul de proiectil pe care l-ai furat împreună cu Yasser Salah de la Brigăzile Saladin.

— Nu știu la ce te referi. Cine este Yasser Salah?

Maki a lăsat capul în jos, ca un dulău gata de atac.

Omar Yussef s-a luptat cu oboseala pentru a rămâne concentrat.

— Yasser Salah a fost ofițer al Serviciului de Prevenire și Protecție din Rafah. A cumpărat de la tine diplomele universitare, ca să poată obține promovarea.

— Zici că *a fost* ofițer al Serviciului de Prevenire și Protecție?

— Acum este mort. Îngropat de viu în tunelul său clandestin de sub granița cu Egiptul. Azi-noapte am fost acasă la el și l-am găsit acolo pe colegul meu suedez, care fusese răpit, și care era încă întreg, slavă lui Alah.

— Suedezul se află în siguranță? Atunci, totul s-a rezolvat după cum ți-ai dorit, a spus Maki, desfăcându-și larg brațele și dând astfel la iveală firele de păr negru de pe piept, pe lângă gulerul pijamalei.

— Nu chiar totul. Vreau să îți vând proiectilul Saladin.

Maki a clătinat din cap, prefăcându-se extrem de uimit.

— De ce l-aș vrea?

— Pentru că dacă nu îl cumperi, i-l vând colonelului al-Fara.

— Și?

— El va dori să știe cum se face că acest proiectil, care a fost adus în Gaza de Brigăzile Saladin, a ajuns în mâinile unui profesor de la o școală ONU.

— Și ce îi vei spune?

— Că aliatul său din Consiliul Revoluționar, profesorul Maki, voia să pună mâna pe o părticică din comerțul cu armament. Că a aranjat ca un oarecare Yasser Salah din Rafah să obțină diplome de la Universitatea al-Azhar, astfel încât acesta să fie promovat pe o poziție importantă în cadrul organizației locale a Serviciului de Prevenire și Protecție.

Maki a râs și a bătut din palme.

— Abu Ramiz, se pare că furtuna de nisip ți-a afectat judecata. Povestea este de-a dreptul fantasmagorică.

Omar Yussef nu l-a luat în seamă.

— Dată fiind poziția lui în interiorul forț
securitate, Salah putea să cumpere și să vând

fără să se teamă de contrabandiștii rivali. Când a auzit că Brigăzile Saladin aduc în Gaza un nou tip de proiectil, Salah și-a dat seama că are ocazia să șterpelească prototipul și să îl vândă după aceea înapoi partizanilor.

Maki s-a oprit din râs. Avea fălcile încleștate.

— Salah s-a folosit de fratele său, ofițer al Serviciului Militar de Informații, pentru a încheia afacerea, a spus Omar Yussef, astfel încât Brigăzile Saladin să acuze Serviciul Militar de Informații de furt. Fratele său și-a pierdut sângele rece și a periclitat vânzarea, așa că Salah l-a ucis. Cred că se pregătea să vândă proiectilul colonelului al-Fara, când lucrurile au luat o turnură proastă.

— Nu știu nimic despre acest proiectil.

— Ba știi. Yasser Salah avea două diplome universitare false, dar nu avea stofă de istoric. Proiectilul a fost ascuns într-un mormânt din Cimitirul Eroilor Britanici. Asta a fost contribuția ta, profesore. Tu ești istoricul, a spus Omar Yussef, privindu-l cu atenție. Este nevoie să îți amintesc de prelegerea pe care mi-ai ținut-o la cină pe tema implicării britanicilor în Primul Război Mondial?

Profesorul a rupt un croasant în bucăți. A aranjat bucățelele pe farfuria sa, una lângă alta.

— Prin diplomele pe care le-ai vândut oamenilor din Serviciul de Prevenire și Protecție, ca Salah, ți-ai creat o rețea puternică în toată Gaza. Oamenii aceștia îți datorau avansările și puterea. Tu te-ai folosit de ei pentru a vinde armele trecute de Salah pe sub graniță.

Omar Yussef a ridicat un deget și l-a privit amenințător pe Maki.

— Dar dacă colonelul al-Fara ar afla că ai obținut de pe urma vânzării de diplome mai mult decât niște bani, te-ar strivi de viu. Nu ar accepta ca oamenii săi să datoreze chiar și o fărâmă de loialitate altcuiva.

— I-am vândut o diplomă și lui al-Fara, a spus Maki, zâmbind. Așa că încetează să te mai porți ca și cum m-ai avea la mână.

— Nu uita că proiectilul se află la mine.

Maki a dat dintr-o mână, indiferent.

— Pentru mine, toate proiectilele arată la fel. Salah se ocupa de treburile astea.

— Ai mers prea departe, Abu Nabil. Când profesorul Masharawi a incriminat corupția din interiorul universității, i-ai pus pe oamenii tăi din Serviciul de Prevenire și Protecție să îi însceneze o acuzație de spionaj. În cele din urmă, l-ai răpit pe suedez, l-ai aruncat în aer pe James Cree și ai pus să fie ucis Masharawi, pentru că ai văzut că ne apropiem prea tare de adevăr.

— Nu am ordonat eu să fie aruncat în aer tipul de la ONU. Asta a fost prostia lui Salah. În orice caz, credea că dumneata vei fi în mașină, nu străinul.

— Dar voiai și tu să fiu ucis.

Maki a ridicat capul, arogant, apoi l-a lăsat în jos, ca și cum puterea de luptă îl părăsise.

— După ce ai plecat, am găsit foaia Brigăzilor Saladin la mine în birou și am citit datele despre frații Salah notate pe spate. Am înțeles atunci de ce te aflai în birou cu secretara mea. Pe foaie era notat un număr de telefon, așa că l-am pus pe Salah să sune. Când ai răspuns, ți l-a dat pe suedez la telefon, ca să te sperie. Stratagema nu a funcționat, așa că am dat ordin să fii ucis – a dat din umeri – dar prietenul dumitale, scoțianul, era deja mort. În momentul în care a murit el, te asigur că nu voiam să fii ucis. Bomba plasată la marginea drumului a fost prea mult.

Omar Yussef a simțit o durere în umărul lovit de piatra aceea aruncată lângă vehiculul în flăcări al lui Cree. Era doar una din nenumăratele sale vânătăi, dar acum simțea durerea în adâncul mușchiului.

— A fost prea mult pentru *mine*, a spus el. Pentru tine, totul făcea parte din lunga și sângeroasa istorie a Fâșiei Gaza.

— Nu sunt un monstru, Abu Ramiz. Sunt un politician.

Maki și-a dus mâinile la inimă și s-a încruntat.

— Cum crezi că se face politică în Gaza? Cu dezbateri de idei între gentlemeni care își spun unul altuia „onorabile domn”? Speram să fi înțeles că ești implicat în ceva ce depășește o simplă neînțelegere între un profesor cu jumătate de normă și conducerea universității. Tortura aplicată lui Masharawi ar fi trebuit să te lămurească în privința seriozității problemei.

Maki a clătinat ușor din cap, apoi a continuat:

— Dacă ai fi fost mai deștept, prietenul dumitale de la ONU ar fi încă în viață. Nu a fost vina lui că nu a înțeles cum merg treburile în Gaza. Dar dumneata ești palestinian – ți-am spus să îi îndepărtezi pe cei doi străini de cazul Masharawi. Totuși, ai mers înainte cu tâmpenia asta de investigație. Dacă cineva l-a ucis pe scoțian, acela ai fost chiar dumneata.

Lui Omar Yussef îi zvâcnea falca și îi tremurau mâinile de furie.

— Ai recunoscut că erai gata să mergi chiar mai departe, a spus el, cât a putut de calm. Ai dat ordin să fiu ucis.

— Era un lucru mai puțin grav decât uciderea scoțianului. Crezi că i-ar fi păsat cuiva de la ONU de moartea dumitale? a întrebat Maki, zâmbind și părând să își tragă forța din indubitabila furie a lui Omar Yussef. Dar chiar și așa, uciderea scoțianului nu se va lăsa cu repercusiuni. Chiar dacă ONU ar afla că am avut un amestec în moartea lui – ceea ce nu ar putea dovedi, crede-mă – diplomații lor ar mușamaliza totul.

— A murit unul dintre colegii lor.

— A, da, ei ar putea dori să i se facă dreptate tovarășului lor mort. Dar i-ar preocupa mai mult negocierile pentru pace. Nu l-ar putea acuza de crimă pe unul din membrii importanți ai Consiliului Revoluționar.

Maki a făcut un gest cu mâna în jur, de parcă luxul cu care se înconjura constituia dovada că se află deasupra legii și a justiției.

— ONU va închide ochii în privința asta, a continuat el, va afirma că a căzut victimă luptei interne dintre diferitele facțiuni rebele și va plăti pensie de urmaș familiei sărmanului om, asta dacă avea familie.

Omar Yussef și-a amintit cu amărăciune graba cu care echipa de negociatori ai ONU s-a întors la Ierusalim, după ce James Cree fusese ucis în explozie.

— Poate că ai dreptate. Vor permite ca incidentul să fie îngropat, a spus el. De ce ar fi doar palestinienii corupți de șederea în Gaza?

— Ai venit aici să îmi asculți confesiunea? Crezi că trei mii de ani de crime în Gaza vor lua sfârșit dacă mă dai pe mâna poliției? Doar ți-am explicat lecția despre istoria Fâșiei Gaza când am cinat împreună, acum câteva seri. Se pare, însă, că nu ai fost atent.

Maki s-a aplecat peste masă și a fluturat un deget pe sub nasul lui Omar Yussef. Pe încheietură îi rămăsese o urmă de ciocolată topită. Maki a lins-o. A zâmbit, plescăind din buze, apoi a continuat:

— Yasser Salah, Eyad Masharawi și omul dumitale de la ONU, astea sunt chestiuni mărunte. Aceștia trei au beneficiat cu toții de pe urma violenței și corupției de aici – Salah făcea contrabandă cu arme, Masharawi era apărătorul principial al justiției, iar omul dumitale de la ONU se alegea cu un salariu neimpozabil și cu sentimentul călduț că îi ajuta pe sărmanii indigeni negricioși.

— Au plătit cu viața pentru beneficiile astea.

— Și-au asumat riscul. Cât au fost în viață, au trăit bine de pe urma aceluiași sistem care i-a ucis.

Omar Yussef a făcut semn cu mâna bandajată.

— Să uităm că suntem profesori de istorie. Nu îmi doresc să pun capăt istoriei violente a Fâșiei Gaza. Când m-ai invitat la cină, mi-ai spus că îmi poți oferi stimulente ca să îngrop cazul Masharawi. Înțeleg foarte bine ce voiai să spui prin asta și sunt gata să te las să îmi cumperi tăcerea.

Maki nu a făcut nicio mișcare. A încercat să schițeze un zâmbet, apoi a ridicat din sprâncene și a râs. Și-a plesnit mâinile de tăblia mesei și a râs mai tare.

— Abu Ramiz, mi-a plăcut de dumneata din primul moment în care te-am văzut. Ești un om foarte, foarte rău, prietene, a spus el, întinzând un deget către Omar Yussef. Dragul, scumpul meu prieten. Un om foarte rău.

Maki a chemat-o pe menajera din Sri Lanka ca să îi aducă un whisky. Femeia l-a adus înainte ca el să se oprească din râs, iar el a făcut pauză numai cât să dea paharul peste cap. Apoi a întins paharul către Omar Yussef.

— Nu vrei și dumneata unul, Abu Ramiz?

Omar Yussef a clătinat din cap că nu.

— Eu vreau douăzeci de mii de dolari, a spus el.

— Atât de mult?

— Este prețul pe care l-ai oferit Brigăzilor Saladin.

— Ce să zic, cred că pot să adun suma asta.

— Bani lichizi. Pe loc.

Maki s-a oprit din râs și a sughițat. Apoi a zâmbit.

— De unde știu eu că ai proiectilul?

— Deschide ușa garajului. Asistentul meu va trage mașina înăuntru și îți va lăsa proiectilul acolo.

Maki l-a condus pe Omar Yussef prin bucătărie, până la intrarea laterală a garajului. A ridicat ușa care dădea spre stradă și a scos Mercedesul la lumina zilei, pentru a face loc. Omar Yussef i-a făcut un semn lui Sami, care a intrat în garaj cu spatele. Cu ajutorul lui Sami, a scos cutia din placaj a proiectilului din spatele jeepului și au lăsat-o pe podeaua pătată cu ulei.

Maki a intrat înapoi și a tras ușa în jos. Sami a întredeschis capacul cutiei.

Maki s-a uitat înăuntru și a zâmbit. Și-a trecut mâna de-a lungul proiectilului, răsuflând din greu, ca și cum ar fi mângâiat o femeie goală.

— *Saladin I.* Închide capacul, Abu Ramiz. Îți aduc banii.

Întors în sufrageria lui Maki, Omar Yussef s-a plimbat în sus și în jos pe podeaua lucioasă, de marmură. Profesorul s-a întors cu o servietă neagră din piele. A așezat-o pe masă și a deschis-o. Înăuntru erau douăzeci de teancuri de dolari americani. Omar Yussef a frunzărit capătul unui teanc de bancnote.

— Nu este nevoie să îi numeri, Abu Ramiz, a spus Maki, râzând. Consider că este un preț bun și o afacere excelentă.

— Ce vei face cu proiectilul?

— Sunt sigur că și locotenentul al-Fara va considera afacerea excelentă.

— O să i-l dai lui?

— Să i-l dau? Abu Ramiz, noi doi suntem implicați de-acum în traficul de arme, așa că nu are rost să ne mai jenăm. Colonelul al-Fara știa despre încercarea Brigăzilor Saladin de a aduce un nou prototip. Își făcea griji, pentru că asta le-ar fi dat pe mână o armă nouă cu care să îi amenințe pe israelieni.

— Și, în același timp, un instrument cu care să stoarcă bani de la partid și de la guvern, a adăugat Omar Yussef.

— Dacă nu își primeau plata, ar fi bombardat Israelul cu proiectilele *Saladin I* și apoi israelienii ar fi invadat Gaza, a spus Maki, râzând.

— Ceea ce l-ar fi pus într-o postură jenantă pe colonelul al-Fara.

— Dacă al-Fara ar fi pierdut controlul securității în Gaza, nu după mult timp i-ar fi sunat și lui ceasul.

Maki s-a lovit cu pumnul în palma celeilalte mâini.

— Plănuisem ca Yasser Salah să ducă tratativele, ca să nu mă implic eu personal, a continuat el. Dar va merge la fel de bine dacă mă folosesc de relația mea personală cu al-Fara pentru a încheia afacerea. De îndată ce plecați, îl voi suna pe colonel și îi voi spune că un intermediar i-a oferit proiectilul *Saladin I* spre vânzare.

— Cu un mic profit pentru tine.

Maki s-a înclinat, cu un zâmbet.

— Nu o să supere el pentru o mică recompensă, onorariul consultantului, dacă vrei să îi spui așa. Colonelul va fi mulțumit de realizările acestei săptămâni. Mai întâi, este ucis un om al Serviciului Militar de Informații, iar cei din Brigăzile Saladin sunt acuzați de crimă. În consecință, un membru al Brigăzilor, acest Bassam Odwan, este ucis de Serviciul Militar de Informații, iar ca să își ia revanșa Brigăzile îl ucid pe generalul Husseini, cel mai mare dușman al colonelului al-Fara. Acum, colonelul poate cumpăra proiectilul din cauza căruia s-au omorât între ei. Un rezultat foarte mulțumitor pentru el, nu crezi?

Omar Yussef a ridicat servieta și s-a îndreptat către ușă. Era în grădină, cu mâna pe botul căprioarei, când Maki l-a strigat din prag.

— Cum te simți cu atâția bani în mână, Abu Ramiz?

Omar Yussef a ridicat din umeri.

— Nu te simți puțin murdar, poate chiar surescitat? Ești obișnuit să câștigi sume mari de bani din tranzacții ilegale?

— Nu. Dar sunt obișnuit să car manuale.

Omar Yussef a ridicat servieta și a ciocănit în ea.

— Iar acesta este manualul de istorie a Fâșiei Gaza, a adăugat el.

Capitolul 31

Omar Yussef a înaintat cu greu pe alee, cu pantofii pe jumătate îngropați în nisip, sprijinindu-se de graffitiul înfățișând Domul Stâncii, înconjurat de o ramă din sârmă ghimpată neagră. Chiar dacă sârma ar fi fost adevărată și nu doar un desen, nu i-ar fi putut răni palma mai rău decât o făcuseră bucățile de sticlă de pe zidul casei Salah. Poate moartea îl urmărise în drumurile sale prin Gaza, așa cum își închipuise, dar numai pentru a-i aduce aminte că este muritor, îmboldindu-l să acționeze cu folos. În orice caz, nu îl prinsese din urmă. Și-a strâns bandajele, a împins poarta și a trecut fără grabă pe lângă lămâi și măslini, spre casa familiei Masharawi, cu servieta lui Maki lovindu-l peste genunchi la fiecare pas.

Curtea acoperită cu nisip din fața intrării era umbrită de o pânză neagră, de cort, sub care membrii familiei îi primeau pe cei veniți să îl plângă pe mort. La adăpostul copertinei stătea Naji, așezat pe un scaun de grădină din plastic, având alături o sticlă cu cafea amară și câteva păhărele din polistiren, pregătit să îi întâmpine pe vizitatori. Băiatul nu l-a observat pe Omar Yussef. Era singur și își răsucea trist urechea care, din pricina unghiului său ciudat, avea să rămână pe veci un stigmat al faptului că era fiul tatălui său, fiul unui om care fusese acuzat de colaboraționism. Băiatul privea nemișcat încâlceala de umbre de sub măslini. Trilurile molatece ale porumbeilor săi pluteau prin aerul canicular.

În sufrageria de la capătul holului le-a găsit pe Salwa Masharawi și pe Umm Rateb. Cele două femei se țineau de mână, Umm Rateb uitându-se țintă la degetele prietenei sale, cu disperarea unui părinte care își îngrijește copilul bolnav. Salwa privea fotografia soțului ei, aflată pe raftul bibliotecii. Cu mâna liberă și-a dus la ochi o batistă mică, din dantelă. Omar Yussef le-ar fi lăsat în pace, dar trebuia să vorbească cu Salwa. A pășit peste pragul ușii.

— Abu Ramiz, o dimineață plină de bucurie, l-a salutat Salwa.

Vocea îi era tulbure și pierdută. Părea că nu observă hainele lui murdare și mâinile bandajate.

— O dimineață luminată, fiica mea, a răspuns Omar Yussef. Alah să îl odihnească pe sărmanul tău soț.

— Mulțumesc, Abu Ramiz. Fii binevenit, a spus ea.

Umm Rateb s-a ridicat în picioare. Și-a ridicat palmele ca și cum ar fi ținut în ele mâinile bandajate ale lui Omar Yussef și l-a privit îngrijorată. El a clătinat din cap.

— Trebuie să beți o cafea, Abu Ramiz, a spus ea. Nu l-ați văzut pe Naji în cortul de înmormântare?

— Îl jelește pe tatăl lui, Umm Rateb. Nu este chelner. Lasă-l în pace.

— Vă fac eu o cafea, *ustaz*. Luați loc lângă Salwa.

Umm Rateb s-a dus la bucătărie.

Omar Yussef s-a lăsat pe canapea. Îl dureau coapsele și, când s-a așezat, nu și-a putut înăbuși un vaiet.

— Îmi pare rău că nu am putut participa la înmormântare azi dimineață, a spus el. L-am găsit pe prietenul meu, suedezul care fusese răpit și am reușit să îl eliberez. Tocmai l-am adus de la Rafah.

— Slavă lui Alah!

— Vreau să îți spun că am încercat din răsputeri să previn ceea ce i s-a întâmplat soțului tău.

— Știu, Abu Ramiz, a spus Salwa, ștergându-și o lacrimă de sub ochi cu batista. În Gaza, un om ca Eyad poate fie să spună ceea ce gândește și să plătească teribilul preț, fie să ignore relele din lume, iar viața să i se pară mai rea decât moartea. Eyad și-a ales drumul de urmat. De aceea l-am iubit.

— Ai dreptate, fiica mea.

Omar Yussef a ridicat servieta și i-a pus-o Salwei în poală. Femeia l-a privit, iar el i-a făcut semn să o deschidă.

Salwa a desfăcut încuietorile și a rămas cu gura căscată.

— Abu Ramiz, ce ai făcut?

— Sper să îți fie de ajutor în momentele grele.

— De unde sunt banii ăștia?

— Este singurul tip de asigurare de viață pe care ți-l va oferi vreodată universitatea. Desigur, prietenul nostru din Suedia te va contacta în legătură cu o pensie plătită de ONU.

Salwa și-a șters o altă lacrimă din colțul ochilor. A deschis gura ca să pună o altă întrebare, dar Omar Yussef a plescăit cu limba, zgomotos. Ea și-a întors privirea către fotografia soțului ei.

— Mulțumesc, Abu Ramiz.

A închis servieta și a strecurat-o în spatele canapelei. Umm Rateb s-a întors cu o ceașcă de cafea.

— Alah să îți binecuvânteze mâinile, i-a mulțumit Omar Yussef.

— Să fii sănătos, i-a răspuns Umm Rateb.

Omar Yussef a simțit din nou mirosul de apă de trandafiri al săpunului ei, urmat de sentimentul de vinovăție pentru această atracție. *Și încă într-o casă îndoliată*, și-a zis el, scuturând din cap. Dar și-a acordat iertarea fără întârziere. Nu avea niciun motiv să se îndoiască de corectitudinea sa, oricare ar fi fost impulsurile sale mai puțin lăudabile.

Umm Rateb s-a așezat pe fotoliul din fața lui, răsuflând greu. Și-a dres glasul.

— Abu Ramiz, sper că nu este prea târziu, dar îți amintești de foaia pe care ai uitat-o în biroul profesorului Maki?

— Știu ce s-a întâmplat cu ea.

— Știi? Am găsit-o pe podea, în spatele biroului său. Avea o urmă de pantof pe ea. Cred că a călcat pe ea fără să o vadă.

— A găsit-o cu siguranță, Umm Rateb.

— Îmi pare rău. Am încercat să dau de dumneata la hotel, ca să îți spun că am recuperat-o, dar erai plecat.

Privirea îngrijorată a dispărut de pe chipul lui Umm Rateb, lăsând locul unui zâmbet cunoscător.

— Doamna care mi-a răspuns la telefon, la recepție, a izbucnit în râs și mi-a spus că ai plecat să „investighezi un caz".

Meisoun. Agentul O. Omar Yussef a simțit cum începe să îi ardă gâtul și și-a dres glasul.

— Mă întreb ce a vrut să spună.

Ceașca de cafea îi zornăia în farfurioară.

Și-a luat rămas bun de la cele două femei și a mers prin umbra umedă a pânzei de cort. S-a așezat pe un scaun de plastic, lângă fiul singuratic și stângaci al lui Eyad Masharawi.

Băiatul abia dacă i-a aruncat o privire. A întins mâna spre una dintre palmele bandajate ale lui Omar Yussef și și-a așezat degetele uscățive peste ea. Umerii i-au tresăltat. Suspinele îi ieșeau din piept în ritmul chemărilor pe care și le adresau porumbeii din colivia de la etaj. Și-a odihnit fruntea pe pieptul lui Omar Yussef. Profesorul i-a mângâiat părul negru cu vârfurile degetelor de la cealaltă mână. A rămas nemișcat, cu spatele drept, timp de o oră, până când lacrimile băiatului s-au uscat.

Capitolul 32

Sami a tras jeepul în fața Hotelului Sands, pentru a-i lua pe Magnus Wallender și pe Khamis Zeydan. Suedezul era tăcut și serios. Omar Yussef îl rugase pe Khamis Zeydan să îi povestească împrejurările morții lui Cree, cât timp el o vizita pe Salwa Masharawi. Cu toate acestea, șeful poliției din Betleem fremăta de nerăbdare când i-a întins lui Omar Yussef o cămașă curată.

— A murit profesorul Adnan Maki, a spus el.

Omar Yussef s-a răsucit pe scaun și a rămas cu gura căscată.

Khamis Zeydan s-a plesnit cu mâna cea sănătoasă peste proteza înmănușată.

— Diseară are loc o întâlnire extraordinară a Consiliului Revoluționar, pentru a discuta situația.

În definitiv, este al doilea membru al Consiliului asasinat în ultimele două zile.

— Cum s-a întâmplat? a întrebat Omar Yussef, scoțându-și neîndemânatic cămașa însângerată și punându-și-o pe cea curată.

— O explicație oficială nu va fi dată decât după ce se întrunește Consiliul Revoluționar, desigur.

— Desigur.

Omar Yussef a ridicat capul, cu un scurt gest cinic.

— Maki i-a spus colonelului al-Fara că poate să îi aranjeze să cumpere noul prototip de proiectil, cel pe care îl numesc *Saladin I*. Al-Fara i-a dat lui Maki banii, iar acesta i-a adus proiectilul. Dar nu era prototipul cel nou. Era unul din proiectilele vechi, de tip *Qassam*. Sunt cu sutele în Gaza, iar al-Fara l-a recunoscut imediat. Are deja un stoc de proiectile de tip vechi.

— Și nu a reușit Maki să iasă basma curată din încurcătură?

— Poate ar fi reușit, dar al-Fara a primit un telefon de la Abu Jamal, din Rafah. I-a povestit colonelului despre Yasser Salah și furtul noului proiectil – Khamis Zeydan s-a pocnit peste coapsă de entuziasm – și l-a acuzat pe colonel că el s-ar afla în spatele întregii afaceri, deoarece, la urma urmei, Yasser Salah era ofițerul său. Se pare că Abu Jamal îl învinuia pe Yasser Salah – și, ca urmare, pe al-Fara – de moartea câtorva dintre oamenii săi în schimbul de focuri în timpul căruia tu l-ai salvat pe Magnus.

Când îl lăsase pe Wallender la hotel în grija lui Khamis Zeydan, Omar Yussef îi povestise prietenului său întâmplările acelei nopți doar până la eliberarea suedezului. Îi spusese lui Wallender să nu sufle nimănui vreo vorbă despre descoperirea făcută în cimitir, iar despre vânzarea proiectilului către Maki nu știau decât el și Sami.

— Așadar, urma fie să se pornească un război deschis între Abu Jamal și al-Fara, a spus Omar Yussef, fie să învinuiască pe altcineva.

— Chiar așa. Colonelul și-a amintit că Salah fusese recent promovat în funcție după ce obținuse diploma în drept. Știa de la bun început despre negoțul cu diplome al lui Maki – se pare că și el își cumpărase diploma în drept. Așa a făcut legătura dintre Salah și Maki. A înțeles că fusese păcălit și, pe deasupra, își găsise și țapul ispășitor.

— L-a ucis pe Maki? a întrebat Omar Yussef.

Khamis Zeydan a dat din cap că da.

— Maki a fost găsit acum mai puțin de o jumătate de oră în grădina sa, întins în fântâna arteziană. A fost împușcat în stilul Mozambic.

— Cum adică?

— Câte un glonț în fiecare sân și unul în frunte. Este o tehnică de asasinare folosită de profesioniștii adevărați. Instructorii trimiși de CIA i-au învățat această tehnică pe agenții lui al-Fara. Nimeni nu ucide așa în Gaza. Abu Jamal va înțelege fără nicio urmă de îndoială că Maki a fost ucis din ordinul lui al-Fara, pentru a răscumpăra dauna cauzată de furtul proiectilului.

— Asta va decide Consiliul Revoluționar?

— Vezi tu, al-Fara l-a ucis pe Maki. S-ar putea să fie implicat și în moartea generalului Husseini. Dacă ai fi în Consiliul Revoluționar, ai îndrepta degetul către el? Khamis Zeydan a pufnit. Vom da vina pe una dintre grupările islamiste și vom fi extrem de politicoși cu colonelul al-Fara.

Au condus spre sud, pe Șoseaua Saladin, în direcția orașului Deir el-Balah. Sami a tras mașina la umbra unui curmal înalt, în dreptul casei îngrijitorului de la Cimitirul Eroilor Britanici. Lângă gardul viu era parcată o ambulanță, iar doctorul Najjar stătea în picioare în fața porții care dădea spre curtea căsuței, strigând instrucțiuni către sanitari. Medicul legist l-a întâmpinat pe Omar Yussef cu cinci pupături și l-a condus pe aleile din cimitir.

Omar Yussef s-a uitat pe cer. Furtuna de nisip se potolise de tot în cursul dimineții. Soarele părea că îi sfredelește creștetul, pătrunzându-i direct în creier printre cele câteva șuvițe de păr pe care le mai avea. Era ora douăsprezece, miezul zilei, al cărui preț îi provocase atâta nedumerire lui Bassam Odwan în timpul detenției sale.

Mormântul soldatului Eynon Price era săpat: un dreptunghi îngrijit, pregătit pentru a reprimi rămășițele pământești ale soldatului. Aflat în fața celui mai îndepărtat grup de morminte, Suleiman Jouda și-a aruncat cazmaua pe iarbă și a ieșit dintr-o a doua groapă. Asudat din pricina efortului, s-a apropiat de Omar Yussef.

— Când am acceptat această slujbă, cimitirul avea optzeci de ani. Nu mă așteptam să mai sap alte morminte, a spus el, ștergându-și fruntea cu mâneca tricoului.

— Mi se pare că te-ai descurcat excelent, a spus Omar Yussef. S-ar zice că ai săpat morminte toată viața.

— Doar sunt din Gaza, *ustaz*. Am săpatul mormintelor înscris în sânge. Oricum, sper că pe acesta l-am săpat unde trebuie.

Omar Yussef a făcut câțiva pași spre mormântul cel nou. Se afla în linie cu una dintre primele lespezi: *Soldat James Cree. Batalionul al 4-lea de Pușcași Edinburgh. 21 de ani. 5/11/17*.

— Da, Suleiman. L-ai săpat exact acolo unde trebuie. Foarte bine.

— Trimisul consulatului britanic va veni în curând să asiste la reînhumarea rămășițelor pământești ale soldatului Eynon Price, a spus Jouda. A zis că nu este cazul să amânăm serviciul funerar până la sosirea lui, deoarece domnul Cree nu făcea parte dintr-o organizație britanică. A spus că îl lasă pe domnul Wallender să se ocupe de tot, ca reprezentant al Organizației Națiunilor Unite.

Sanitarii au adus cele două sicrie din curtea casei îngrijitorului. Primul era un coșciug simplu, din lemn de pin negeluit. Doctorul Najjar le-a spus să îl lase lângă mormântul lui Eynon Price până la sosirea oficialului britanic. Cel de-al doilea era o ladă lungă, din placaj, pe care au adus-o lângă mormântul lui James Cree.

— Ciudat material pentru un coșciug, a remarcat Khamis Zeydan în șoaptă.

Suleiman Jouda a sărit în groapa lui Cree ca să preia coșciugul de la sanitarii de pe ambulanță. Apoi a ieșit și a așteptat să vorbească Magnus.

Suedezul nu a privit coșciugul. Și-a îndreptat privirea spre cer, și-a șters o lacrimă de sub rama ochelarilor și a citit o scurtă slujbă dintr-o cărticică de rugăciuni. La sfârșit, a închis cartea.

— Evenimentele la care am luat parte săptămâna aceasta împreună cu James m-au învățat că noi, vesticii, avem o abordare simplistă a ceea ce înseamnă bine și rău aici, în Orientul Mijlociu. Noi credem că binele trebuie să triumfe asupra răului, dar în același timp îi sprijinim pe oamenii răi, deoarece aceasta servește intereselor noastre politice. James nu a acceptat niciodată această atitudine, pentru că îi păsa prea mult de locurile acestea și de oamenii de aici. Așa mi-l voi aminti mereu, odihnindu-se aici, în mormântul său din Gaza.

Jouda a început să arunce pământ deasupra cutiei din placaj.

Doctorul Najjar i-a strâns mâna lui Wallender.

— Alah să se îndure de cel decedat, a spus el.

— Mulțumesc, doctore, a răspuns Wallender. Mulțumesc că i-ați îngrijit trupul.

Doctorul și-a dres glasul.

— Da, da, nu aveți pentru ce. Dar acum trebuie să semnați niște acte. Sunt cerințe oficiale, iar dumneata ești reprezentantul ONU.

— Desigur.

Wallender a luat hârtiile. Deodată s-a încruntat.

— Acestea sunt pentru transferul cadavrului.

— Aveți dreptate.

— Dar noi tocmai l-am îngropat aici, a spus Wallender, trecând la a doua pagină. Acestea sunt pentru predarea în mâna autorităților israeliene. Pentru ieșirea coșciugului pe la punctul de control.

Omar Yussef l-a apucat pe Wallender de braț.

— Domnule doctor Najjar, mai bine pregătește cel de-al doilea coșciug pentru înmormântare, în timp ce Magnus se uită peste documentele acestea.

Doctorul a traversat pajiștea zâmbind.

— Abu Ramiz, ce se întâmplă? a întrebat Wallender.

— Trupul lui James va fi transferat în Israel și de acolo transportat cu avionul înapoi, în Scoția. Am aranjat asta cu biroul ONU din Ierusalim. Nu au nevoie decât de semnătura ta pe autorizațiile de transport.

— Nu înțeleg.

— Cadavrul lui James este încă la morgă.

— Atunci, cine se află în mormânt?

— Nu *cine, ce.*

— Nu pricep, Abu Ramiz.

— Tocmai am îngropat obiectul pentru care oamenii au fost dispuși să ucidă. L-am îngropat acolo unde va zăcea timp de o sută de ani, sau poate pentru totdeauna. Măcar destul de mult timp ca să se uite de el.

Wallender se uita uimit la groapă, până când, în cele din urmă, s-a luminat la față.

— Proiectilul cel nou?

Omar Yussef a dat din cap.

— L-am schimbat cu un Qassam vechi, pe care Maki a încercat apoi să i-l vândă colonelului.

— De unde ai făcut rost de cel vechi, ca să poți face schimbul? a întrebat Wallender.

Omar Yussef și-a atins ușor nasul, amintindu-și de cei doi membri ai Brigăzilor Saladin din orașul Gaza, Walid și Khaled, care renunțaseră la unul din numeroasele lor proiectile și se puteau considera acum achitați de datoria față de ONU pentru atacul împotriva lui James Cree. *Saladin I* nu părăsise cimitirul nicio clipă.

— Să mergem să îl așezăm în mormânt pe acest sărman soldat, a spus el.

Suleiman Jouda a bătătorit maldărul de pământ de pe mormântul cel nou cu spatele cazmalei și a înfipt în mijloc o cruce provizorie pe care era scris numele lui James Cree.

Un bărbat înalt, dolofan, cu o sănătate de invidiat, îmbrăcat într-un costum de vară kaki, a intrat pe poarta cimitirului. Le-a făcut un semn amical cu mâna și s-a îndreptat spre mormântul soldatului Eynon Price. Era oficialul trimis de consulatul britanic din Ierusalim. Și-a șters sudoarea de pe gât și de pe față cu o batistă.

— Este teribil de cald azi, a spus el. Totuși, înțeleg că am ratat furtuna de nisip. Slavă Domnului pentru micile bucurii ale vieții, nu?

A scos câteva foi printate din buzunarul sacoului și a citit slujba de înmormântare, în vreme ce toți ceilalți se apropiau de groapă cu capetele plecate.

Cerul era de un albastru viu. Omar Yussef și-a amintit povestea Nadiei despre lacrimile lui Atum. Dacă vechea zeitate egipteană a plâns, iar din lacrimile sale s-au întrupat oamenii, atunci acela nu era un zeu în care Omar Yussef să poată crede. Zeul *lui* plânsese cu lacrimi de nisip, stârnind o furtună care îi luase vederea și îl sufocase până când nu-i mai rămăsese altceva de făcut decât să îi pună singur capăt. În timp ce îngrijitorul arunca pământul peste mormântul soldatului, Omar Yussef a privit cerul albastru și a zâmbit. Ochii zeului erau, în sfârșit, uscați de atâta plâns.

În aceeași colecție

Khaled Hosseini – *Vânătorii de zmeie*

Brian Frederiksen – *Sângele vikingilor*

Miguel Ruiz Montañez – *Mormântul lui Columb*

Emilio Calderón – *Harta Creatorului*

Khaled Hosseini – *Splendida cetate a celor o mie de sori*

Kitty Sewell – *Capcana de gheață*

Matt Beynon Rees – *Crimele din Betleem*

Nuria Masot – *Umbra templierului*

B-dul Tudor Vladimirescu, nr. 31,
sector 5, Bucureşti, ROMÂNIA

fedprint

t i p o g r a f i e

Tel.: 411.00.55; 411.47.76 fed@promo.ro